dtv

Ray und Elena lernen sich im Jahr 2001 unter dramatischen Umständen in New York kennen: Sie, eine Fischerstochter aus dem Donaudelta, muss die Asche ihrer Mutter nach Amerika bringen; er, ein bislang erfolgloser Künstler, will endlich den Durchbruch schaffen, der seinem Großvater verwehrt blieb. Ihre Lebensfäden verknüpfen sich unauflöslich, während sie einander die Geschichten ihrer Familien anvertrauen. Florescu entführt den Leser in das brodelnde New York – von 1899 bis in die Gegenwart – und in das magische Universum des Donaudeltas. Eine literarische Reverenz an die Fähigkeit des Menschen, sein Glück zu suchen, zu überleben und allen Widrigkeiten zum Trotz zu lieben.

Catalin Dorian Florescu, 1967 in Timişoara, Rumänien, geboren, lebt als freier Schriftsteller in Zürich. Er ist Psychologe und Suchttherapeut. Seinen Debütroman ‹Wunderzeit› (2001) wählte die Schweizer Schiller-Stiftung zum ‹Buch des Jahres›, zudem wurde er mit dem Chamisso-Förderpreis ausgezeichnet. Auch für seine weiteren Romane, ‹Der kurze Weg nach Hause› (2002), ‹Der blinde Masseur› (2006) und ‹Zaira› (2008) erhielt Florescu zahlreiche Preise, u.a. den Anna-Seghers-Preis. Sie wurden in mehrere Sprachen übersetzt. Sein Roman ‹Jacob beschließt zu lieben› wurde 2011 mit dem Schweizer Buchpreis ausgezeichnet. Zudem wurde Florescu mit dem Josef von Eichendorff-Literaturpreis 2012 für sein Gesamtwerk geehrt und 2013 als korrespondierendes Mitglied in die Bayerische Akademie der Schönen Künste gewählt.

Catalin Dorian Florescu

Der Mann,
der das Glück bringt

Roman

dtv

Von Catalin Dorian Florescu ist bei dtv außerdem lieferbar:
Zaira (13829)
Jacob beschließt zu lieben (14180)
Wunderzeit (14321)

**Ausführliche Informationen über
unsere Autoren und Bücher
www.dtv.de**

2. Auflage 2018
2018 dtv Verlagsgesellschaft mbH & Co. KG, München
© Catalin Dorian Florescu/Verlag C.H.Beck oHG, München 2016
Umschlaggestaltung: dtv nach einem Entwurf von Geviert,
Grafik & Typografie, Christian Otto unter Verwendung
eines Fotos von © Alper Yeşiltaş
Satz: Fotosatz Amann, Memmingen
Druck und Bindung: Druckerei C.H.Beck, Nördlingen
Gedruckt auf säurefreiem, chlorfrei gebleichtem Papier
Printed in Germany · ISBN 978-3-423-14621-0

Und auch ich war einsam,
nichts führte in mich hinein.

Meša Selimović, ‹Der Derwisch und der Tod›

Erstes Kapitel

Der Fluss nahm die Toten sanft auf, als ob er wusste, dass es besondere Tote waren. Der East River, so ungestüm er sein konnte, lag in der Morgendämmerung wie ein breiter, bleierner Streifen. Er war geduldig, er wollte dem Menschen nicht ins Handwerk pfuschen. Er würde die Toten des Ghettos an diesem Tag nicht mehr kriegen, dafür aber andere. Das war so gut wie sicher.

An den Ufern Manhattans stand immer irgendwer bereit, der sich ihm anvertrauen wollte: Verzweifelte, Müde, Verrückte. Oder jemand, der ihm andere anvertraute, die Opfer eines Überfalls oder einer Kontenregelung. Der Fluss war nicht wählerisch. Tage später gab er die Körper wieder frei und spülte sie ans Land, von den Piers des geschäftigen Hafens im Süden bis zur sandigen Küste und den morschen Stegen der Bronx.

Es war nicht der Fluss, der sich zu fügen hatte, da man ausgerechnet hier eine Stadt gebaut hatte, sondern der Mensch. Nur jetzt gönnte er sich eine Pause und schaute unbeteiligt zu, wie die Mannschaft des Dampfschiffes die kleinen weißen Särge an Bord brachte. Sie waren kaum vom Schnee zu unterscheiden, der seit dem letzten Abend gefallen war und nun dick auflag.

Die Männer waren die Arbeit gewohnt. Zweimal die Woche brachte das Schiff die frischen Toten des Ghettos zur Hart-Insel. Ihre Hände waren an ihre Aufgabe gewöhnt, die sie schnell und effektiv verrichteten. Der Kapitän, mürrisch und grob, schaute ihnen von der Reling zu. Auch er war gewohnt, sie zu noch mehr Eile zu ermahnen. Und ebenso war Großvater – ein Junge von erst vierzehn oder fünfzehn Jahren – gewohnt, dem Dampfer zuzusehen, wie er sich vom Pier löste, um dann schwer und träge Kurs auf den Armenfriedhof zu nehmen.

Meistens schenkte er ihm nur einen flüchtigen Blick. Er hatte Wichtigeres vor, er musste die paar Cent zusammenbringen, um seinen knurrenden Magen zu füllen. Ein hartes Brötchen mit Hering, ein Gurkensandwich oder an der Orchard Street, im jüdischen Viertel, einige Knisches und einen kräftigen Borschtsch.

Wie der Fluss war auch er nicht wählerisch. Wer ihn ernährte – Iren, Italiener oder Juden – war ihm egal, wichtig war nur, dass er etwas zwischen die Zähne kriegte. Wenn dann am Abend noch sechs Cent für einen Schlafplatz im Heim für Zeitungsjungen übrig blieben, war es ein guter Tag gewesen. Ein perfekter erst, wenn er sich Kautabak leisten konnte.

Großvater hätte niemals zugegeben, dass ihm der Anblick des Dampfers etwas ausmachte, wenn dieser an den Straßen der East Side vorbeifuhr, beladen mit seiner wertlosen oder wertvollen Ladung. Ganz, wie man es haben wollte.

Es waren bloß einige Tote mehr, und sie trugen keine illustren Namen, manchmal hatten sie gar keinen, wenn sie, Neugeborene, ungetauft gestorben waren. Oft blieb hinter ihnen keiner auf dem Kai zurück. Weil sie sich nicht einmal das Sterben leisten konnten, bezahlte die Stadt ihr dürftiges Begräbnis. Für ein Mal, das einzige Mal, kamen die Toten auf ihre Kosten.

Wenn er am Ende der Delancey Street Stiefel putzte, an einer Straßenecke zwischen Union Square und Chatham Square stand und die Schlager des Tages sang, wenn er vor einer Fabrik oder einer Synagoge Zeitungen verkaufte, war das Schiff eine entfernte Erinnerung. Ebenso, wenn er sich um einen Zigarettenstummel oder um die Bierreste in den Fässern vor den unzähligen Spelunken prügelte. Nur eine Erinnerung, aber eine unauslöschliche.

Keiner der Jungen hätte zugegeben, dass er sich davon beeindrucken ließ, doch jedes Mal verrieten sie sich. Sie schauten eine Spur zu lange hin oder spuckten den Tabak eine Spur zu gleichgültig aus, nachdem sie gemurmelt hatten: «So kann es einem schnell mal ergehen.»

Die Toten der East Side zogen regelmäßig an ihnen vorbei. Dem war nichts mehr hinzuzufügen. Das Leben war kompliziert genug, um es auch noch mit dem Tod zu belasten. Wenn man aber Großvater unter vier Augen gefragt hätte, hätte man vielleicht erfahren, dass er eins ganz bestimmt nicht wollte: dort zu landen, wo das Schiff hinfuhr. Aber niemand fragte. Es gab niemanden. Er war allein.

«Volevo an impressive funerale», sagte er noch als alter Mann in seinem seltsamen Sprachenmischmasch. Eine schwarze Kutsche mit gläsernen Wänden, durch die man ihn in seinem besten Anzug auf feinem Tuch liegend sehen würde. Dahinter eine Blaskapelle. So fuhren die Iren und die Italiener ihre Toten durch das Ghetto. Dafür gaben sie ihr letztes Geld aus, wenn sie welches hatten. So wollte er es haben, aber so kriegte er es nicht. Am Ende gingen nur Mutter, Pasquale und ich hinter dem billigen Sarg her.

Am 1. Januar 1899 stand Großvater auf halber Strecke zwischen der Brooklyn Bridge und dem Rudgers Slip, wo er im Sommer im Fluss badete, und schaute dem Treiben am Pier zu. Er hätte jedem ins Gesicht gelacht, der behauptet hätte, der East River wäre gar kein Fluss, vielmehr eine langgezogene Meerenge. Die Ghettobewohner dachten nicht anders an ihn als an einen Strom, dem sie ihre Abfälle, ihre Ausscheidungen anvertrauten, ihre Toten. Der sie wusch und an dessen Ufern sie manchmal saßen, um für einige Augenblicke der Enge der Stadt zu entkommen.

Großvater war zufrieden, denn er hatte am letzten Tag des Jahres nicht wenige Zeitungen am unteren Broadway abgesetzt, auch wenn seine wichtigsten Kunden nur noch selten unterwegs waren: Die ambulanten Verkäufer, die immer Verpackungspapier brauchten. Viele von Ihnen hatten sich vorm heulenden Wind geschlagen gegeben und waren gar nicht erst aufgetaucht.

Er hatte, so laut er konnte, «Extra!» geschrien, denn das verfehlte fast nie seine Wirkung. So viel «Extra», wie er immer rief, konnte es gar nicht geben. War er an der Elisabeth Street unterwegs, wo vor allem arme Iren wohnten, hatten seine Extras mit den Engländern zu tun, die Irland unterdrückten. An der Mulberry Street waren seine Extras – ein Attentat auf den König, die Dürre, eine Seuche im alten Land – auf die Italiener zugeschnitten. An der Orchard Street wiederum war es wichtig, den Zaren schlechtzureden.

Sein Chef Paddy Einauge hatte ihm geraten: «Bei einem Mord hier in der Stadt rufst du ein Mal ‹Extra›. Moskau und Kiew vertreiben die Juden aus dem Stadtgebiet? Herrscht in Russland große Hungersnot und sterben die Juden daran? Zwei Mal ‹Extra›! An einem Tag, an dem nichts geschieht, fügst du drei ‹Extra› hinzu, denn du musst überhaupt was verkaufen.» Für Extras gab es immer eine gute Gelegenheit. Nur für die Toten des Ghettos wäre keinem eingefallen, «Extra» zu rufen.

Einauge war nur drei, vier Jahre älter, und doch war er ein großer Kenner der vielen Extras. Er hieß nicht etwa so, weil er ein Auge zu wenig hatte. Ihm fehlten drei Finger an einer Hand, aber kein Auge. «Ich will für dieses eine Mal ein Auge zudrücken», sagte er zu einem Jungen, der nicht genug Zeitungsexemplare abgesetzt hatte. «Das nächste Mal aber vergiss nicht, dass ich zwei habe. Also streng dich an.» So kriegte jeder bei ihm eine zweite Chance.

Die Jungen fürchteten nicht so sehr die harte Hand von Einauge, die er nur selten erhob. Es gab jede Menge harter Hände im Ghetto. Die des Polizisten, der älteren Jungs, der Händler, wenn sie von deren Schubkarren was klauten. Die des Vaters, wenn man so etwas wie einen eigenen Vater hatte. Wenn dieser nicht längst schon Richtung Westen verschwunden war, nachdem er die Plakate studiert hatte, auf denen Goldnuggets so groß wie ein Kopf versprochen wurden.

Mehr als alle Schläge fürchteten sie, nicht mehr in der Gunst von Einauge zu stehen und von ihm nicht mehr beschäftigt zu werden. Nicht mehr die besten Plätze zugewiesen zu bekommen, an belebten Straßenecken oder vor bekannten Restaurants wie Delmonico's oder Lüchow's. Dann würde man noch mehr hungern, als man es ohnehin schon tat. Was einen danach erwartete, sah man zweimal die Woche den Fluss hinauftuckern.

Wenn Großvater ein talentierter, aber dilettantischer Extra-Rufer war, so war Paddy Einauge der ungekrönte König von allem, was mit Geldmachen auf der Straße zu tun hatte: geschmuggelte Zigaretten, gepantschter Alkohol, Zeitungen verkaufen oder Pennys werfen. Wäre er nicht so jung gewesen, hätte man ihn einen «alten Fuchs» nennen können.

Noch höher im Ansehen als Paddy Einauge Fowley stand bei den Straßenjungen nur noch Houdini. Sie liebten den Magier, der sich im Nu aus den Handschellen befreien konnte. Nur für ihn nahmen sie Hunger in Kauf, um die zehn Cent für den Eintritt in die schäbigen Theater der Bowery oder in das Huber's Museum an der Union Square zu sparen. Wer kein Geld hatte, starrte auf die Plakate, die einen kleingewachsenen, stämmigen Mann zeigten: «Houdini – der unbestrittene Handschellenkönig!» Als ob es irgendjemand bestreiten wollte. Man schaute und staunte.

Wenn Kinder mit Geld aus dem Theater kamen, belagerten sie die Kinder ohne Geld. Wenn sie nichts erzählten, wurden sie verprügelt. Wenn sie schlecht erzählten, wurden sie auch verprügelt. Also erfanden sie die wildesten Geschichten über Houdini. Einer behauptete, der Magier habe ihm Handschellen angelegt, ohne dass er es gemerkt hätte. Ein anderer ergänzte: «Nicht nur dir hat er welche angelegt, sondern dem ganzen Publikum.» Dann nickte er bedeutungsvoll und spuckte auf den Boden.

So einer wie Houdini würde sich von keinem Polizisten fangen lassen. Er würde sich aus jeder Lage befreien. Sie hatten dafür sogar einen Ausdruck: «Ein Houdini sein» oder «wie Houdini sein». Mit allen Wassern gewaschen. Einer, der nichts mit sich machen ließ. Ein Schlauer. Ein ganz Schlauer. Er würde niemals auf dem Schiff der Armenbehörde landen.

Auch Großvater hatte einen Spitznamen, man nannte ihn «Streichholz». Nicht, weil er so dünn war, das waren sie alle. Die meisten mussten Hosenträger kaufen, damit die Hosen nicht rutschten. Hosenträger waren ein ziemlich gutes Geschäft im Ghetto. Großvater war einfach schnell entflammbar.

Der Schneefall hatte am frühen Silvesterabend eingesetzt und das Ghetto verwandelt. Der Dreck, die Abfallmulden, die Sickergruben, der Müll, der Schlamm, die Reste der Straßenmärkte, das alles lag unter einer weißen Schicht, die immer höher wurde.

Es schneite auf die schwarzen Hüte der charedischen Juden und die Kopftücher der Italienerinnen, die noch ein wenig Mehl, Öl und alte Kartoffeln für die Sfingi suchten. Es schneite auf die Feuerleiter, die Markisen der Geschäfte und die Hausaufgänge, die im Sommer, wenn man aus den überhitzten Wohnungen flüchtete, voller Leben waren. Es schneite verbissen auf die Auslagen der Läden, die Körbe und Bottiche, die aufgehängten Anzüge und Kleider. Die unzähligen Sachen, die auch im Ghetto benötigt wurden.

Es schneite auf die Huren an der Allen Street, die sich trotz der Kälte hinauswagten, um Kunden anzulocken. Und egal, ob es sich um fromme Juden, betrunkene Iren oder bloß um neugierige Männer handelte, die jenseits der 14th Street lebten und hier nach Vergnügen suchten, sie verteilten ihren Segen gleichmäßig über alle. «Wollen wir nicht zusammen beten?», riefen sie unterschiedslos allen zu. Im Sommer, wenn sie im Schatten der Hochbahn spazierten, ließen sie ein Handtuch fallen, und wer es aufhob, durfte zur Betstunde mitgehen. Bei solchem Wetter aber gingen sie nur kurz vor die Tür und kehrten dann in den Hausflur zurück, um sich zu wärmen.

Es schneite auf die Bilder von San Rocco und der Madonna del Carmine, die Kruzifixe, Kerzen und Rosenkränze der Italiener, auf die Gebetbücher, die Tallit und Menoras der Juden, die überall auf Tischen zum Verkauf angeboten wurden. Es schneite unerbittlich und ganz demokratisch, der Schnee wurde auf alle verteilt, von der Battery bis nach Inwood. Der Wind zog ungehindert durch die eingemauerten Straßen wie ein Atemzug durch den Körper eines liegenden Riesen. Wie Gift.

Die Menschen und die Tiere hatten ihn zu ertragen. Während die Leute die warmen Stuben aufsuchten, blieben die Pferde duldsam am Straßenrand stehen. Ihre Rücken, Köpfe und Mäuler wurden allmählich vom Schnee bedeckt, ebenso die Karren, die sie zeitlebens hinter sich herzogen. Die Tiere waren still, sie hatten die Schikanen des Menschen überlebt, sie würden auch noch jene der Natur überleben. Sie lauschten in den Wind hinein. Selten schlugen sie mit ihren Schweifen, selten schlossen sie ihre gutmütigen Augen und zuckten mit den spitzen Ohren, als wollten sie noch besser lauschen.

Ihre Besitzer rückten zusammen in den Kellerkneipen der Mulberry Street und den versifften Saloons der Bowery. Der Silvesterabend bedeutete auch für die Armen etwas, für sie erst recht. Es war eine der wenigen Gelegenheiten, um für ein paar Stunden alles zu vergessen. Und für die Säufer, um aus noch besserem Grund zu trinken. Als die Sonne untergegangen war und die Stadt sich auf das große Fest vorbereitete, begannen sie, an der East Side zu vergessen und zu trinken. Oder zu trinken und zu vergessen, je nachdem, was schneller ging.

Zu dieser Zeit hatte Großvater längst die Bowery überquert und sich bis zum unteren Broadway durchgekämpft.

Das tat er selten, denn nur im Ghetto fühlte er sich zu Hause. Das war sein Territorium, hier kannte er die Regeln, hier war er ein Houdini. Jenseits davon, am Broadway, an der Fifth Avenue und in den nördlichen Vierteln, kam er sich wie in einem fremden Land vor. Er war nie im Ausland gewesen, aber so musste man sich dort bestimmt fühlen. Man hatte zwei linke Hände und schaute dumm aus der Wäsche. Ein paar Hundert Meter entfernt, ein paar Schritte über die Bowery, und schon war man in einer anderen Welt.

Die Frauen trugen Kleider aus Seide, Samt und Brokat, duftige Stoffe mit Spitzen bedeckt, schwarze Atlasgürtel, Schärpen aus Seidegaze. Die Männer Zylinder aus hellgelbem Baststroh mit schwarzem, breitem Moiréband oder aus weißem Filz. Ottermäntel mit Zobelkragen. Seinesgleichen hingegen nur speckige Mützen, zerlumpte, ausgebeulte Hosen und Jacken und oft gar keine Schuhe.

«Wenn du dort Stiefel putzen oder Zeitungen verkaufen willst, dann spucke keinen Tabak auf die Straße. Meine Leute haben Stil. Geh in eine Bar und spuck in den Napf. Vor allem aber fluche nicht. Die drüben sind sehr gottesfürchtig. Jetzt mach, dass du wegkommst und was verkaufst, 'dammt mal!» So redete Einauge mit ihnen.

Auf dem Weg nach Downtown hatte Großvater nur wenige Zeitungen verkauft. Viel war in letzter Zeit auch nicht passiert. Auf die Welt war kein Verlass, sie ließ einen immer dann im Stich, wenn der Hunger am größten war. Die letzten wahren Extras hatte er im November ausgerufen. Am 26. jenes Monats war die SS Portland auf dem Weg nach Cape Cod gesunken, und alle hundertzweiundneunzig Männer waren ertrunken. Am 5. November hatte in Berlin das Stück eines Deutschen Premiere, der

15

Hauptmann hieß. «Berlin» konnte er aussprechen, aber nicht «Fuhrmann Henschel», und so zog er durch die riesige Halle des Atlantic Gardens und rief: «Extra! Extra! Hauptmann in Berlin! Unbestrittene Premiere!»

Er hatte dort keinen Erfolg, weil die meisten Gäste inzwischen Italiener waren, aber sehr wohl weiter nördlich, an der Second Avenue. Er verkaufte an dem Tag fast hundert Exemplare. Hauptmann schien beliebt zu sein, er sollte jeden Monat eine unaussprechliche Premiere haben.

Die Schlagzeile der Extra-Klasse aber stammte vom letzten Oktober. Theodor Herzl war in Jerusalem angekommen, das ganze Ghetto stand Kopf. Die Juden rissen ihm die Zeitungen aus der Hand. Sie küssten und umarmten ihn, sie steckten ihm Süßigkeiten zu. In einer halben Stunde hatte er so viel verdient, dass er sich ein Festessen bei Dolan's leisten konnte: zwei hart gekochte Eier, eingelegte Zunge, gepökeltes Rindfleisch und Bohnen, Austernkuchen, Kaffee und eine Zigarre. An jenem Tag hatte er mit einem richtigen Bierkrug und nicht mit Bierresten auf den unternehmungslustigen Mr. Herzl angestoßen.

Die einzige leider laue Nachricht vom Dezember hingegen war jene über eine Maschine, die 63 Kilometer pro Stunde erreicht hatte. The Times nannte sie «Automobil», aber deshalb hatte er die Ausgabe nicht besser verkaufen können. Einauge war nicht zufrieden gewesen, aber wie konnte er an der Flaute schuld sein, wenn die Welt einen anständigen Zeitungsjungen nicht mit einigen anständigen Nachrichten versorgte? Die Schuld trug sie, die Welt, nicht er. Aber Einauge hatte nichts davon wissen wollen und ihm nicht einmal den Anteil an dem mageren Verkauf gegeben.

«'dammt, bin ich Houdini oder was? Wenn du dich

nicht anstrengst, kriegst du auch nichts.» So war Paddy Fowley. Wenn die Welt nichts hergab, musste man sie eben auspressen.

Als er im Süden des Broadways angekommen war, hatte Großvater Hunger. Eigentlich war der Hunger sein ständiger Begleiter, er war manchmal größer, manchmal kleiner, aber er war immer da. Dem Hunger entkam keiner, dann doch eher dem Polizisten, dem schlagenden Vater, der Faust des aktuellen Liebhabers der Mutter oder dem Kinderschutzamt, das sich immer wieder einen von ihnen schnappte.

«Wir machen einen Menschen aus dir», sagten sie. Wenn er aber etwas wusste, dann, dass er schon ein Mensch war. Ihm musste keiner was vormachen, was das Menschsein anbelangte. Er ließ sie reden, schaute sich aber nach etwas Essbarem um. Sie gaben ihm zu essen, dann lief er wieder davon.

Sie wollten aus ihm einen richtigen Amerikaner machen, aber auch das war er schon längst. Solange er sich erinnern konnte, hatte er auf dieser Seite des Ozeans gelebt. Was davor gewesen war, wusste er nicht. Er erinnerte sich vage, dass ihm jemand gesagt hatte, er sei drüben, in Europa, geboren worden. Aber wo bloß? Er hatte schon so viele Geschichten von Drüben gehört, dass sich alles in seiner Vorstellung vermischte.

Wenn ein «Dago» damit angab, dass sich in Italien besser hungern ließ als in Amerika und dass die Landbesitzer dort schlimmer seien als die Astors und Vanderbilts hier, glaubte er ihm und konnte sich gut vorstellen, dass er in Pietramelara geboren worden war. Dass seine Eltern in den steilen, steinigen Gassen beim Monte Maggiore gelebt, und dass sie dort gehungert hatten. Dass sie vielleicht nach seiner Geburt zur Kirche des San Rocco geeilt waren, damit ihn der Heilige vor Krankheiten schützte.

Und wenn ihm einer vom Wunder von Palmi erzählte, wo die Heilige Jungfrau drei Tage lang die Augen bewegt und die Gesichtsfarbe gewechselt hatte, hielt er es für möglich, dass auch die Seinen dabei gewesen waren. «Wie machte die Madonna mit den Augen?», fragte er jedes Mal nach. «So», antwortete der italienische Junge und ahmte die Madonna nach.

Wenn dann der winzige, hinkende Berl – der lauteste und beste Zeitungsjunge von allen – ihm erzählte, wie er als Dreijähriger mit seinen Eltern durch Galizien gewandert war, um dann an der preußischen Grenze den Zug nach Hamburg zu nehmen, wiederholte Großvater behutsam: «Ga-li-zien.» Als ob er prüfte, ob Galizien zu ihm passte. Für kurze Zeit hielt er es für möglich, dass er diese Reise selbst gemacht hatte. Dann aber schob er den Gedanken beiseite. «Nur Unsinn!», murmelte er.

Wenn Paddy Fowley wiederum im Kohlenkeller der Post, wo sie dank seiner Beziehungen schlafen durften, vom Hunger seiner Eltern erzählte, einem irischen Hunger diesmal, war er ganz aus Irland. Doch auch das verwarf er wieder. Es gab zu viele gute Geschichten, um sich nur auf eine festzulegen. Wenn ihn dann einer fragte, was denn eigentlich seine Geschichte sei, zuckte er die Schultern. Wenn der andere nicht locker ließ, kriegte er eine auf die Rübe. Großvater war, wie ich schon sagte, schnell entflammbar.

Er wollte sich einmal richtig Zeit nehmen, um sich eine gute Geschichte auszudenken. Eine, die dann seine eigene sein würde. Vorläufig aber genügte ihm zu wissen, dass er ein Mensch und ein Amerikaner war. Ein hungriger Amerikaner. Ein Drittes wusste er auch: dass er kein Sohn war. Wenn er sich in manchen Nächten in einer billigen Absteige, einem Fünf-Cent-Hotel, an den Rücken seines Nachbarn drückte und wegen der Hitze oder der Kälte nicht einschlafen konnte, dachte er: «'dammt, so einen wie mich kann es gar nicht geben. Wo komme ich bloß her?» Solange er nachgrübelte, fielen ihm kein Vater und keine Mutter ein.

Vielleicht stammte er vom Mond, denn er hatte schon gehört, dass dort oben ein Mann wohnte. Mit dem Bild seines Sturzes vom Mond direkt nach New York in seiner Vorstellung wurde sein Körper schwerer, und seine Augen fielen ihm allmählich zu. «Wenig hätte gefehlt, und ich wäre ins Meer gefallen. Vielleicht vor Coney Island», murmelte er noch und schob den Arm unter den Kopf. Er sah sich immerzu fallen, und Coney Island wurde immer größer und größer, die Sanddünnen tauchten auf und auch das Riesenrad vom Steeplechase Vergnügungspark, dessen Bild er in der Zeitung gesehen hatte. Auf dem er bald einmal zu sitzen hoffte. Er sah die Luxushotels im Osten und das verkommene West Brighton, das voller Spelunken, Rennbahnen, Tanzlokale und Spielhöllen war, von denen er ebenfalls viel gehört hatte.

Der Schlaf erlöste ihn nicht, denn er träumte wieder, dass er fiel. Der Flug änderte seine Richtung, er flog über Brooklyn, und obwohl er nie in Brooklyn gewesen war und noch nie so weit oben, wusste er, dass es das sein musste. Er erkannte dann auch Manhattan, die World- und die Manhattan-Life-Hochhäuser – die höchsten der Stadt –, die Second- und Third-Avenue-Hochbahnen, die Piers, die dicht an dicht stehenden Mietskasernen von Chatham Square bis zur 14. Straße. Er sah den Dampf aus den Schornsteinen der Häuser und die Schiffsmasten im Hafen.

Doch jedes Mal wachte er vor dem Aufprall auf. Zu gerne hätte er gewusst, ob er in East Side runtergekommen war oder nicht doch bei reichen Deutschen in Yorktown. Vielleicht sogar bei den Astors an der Fifth Avenue.

Großvater hatte gehofft, dass sich die Menschen wie jedes Jahr zahlreich vor der Trinity Church und bis zum Rathaus einfinden würden. Aber der Schnee und der eisige Wind würden ihm womöglich einen Strich durch die Rechnung machen. Er patrouillierte seit einer Stunde durch die Gegend, es ging schon auf acht Uhr zu, und er hatte nur neun oder zehn Exemplare abgesetzt. Damit wagte er nicht, zum Keller der Post, dem Versteck von Einauge, zurückzukehren. Er dachte sogar daran, sich an eine Straßenecke zu stellen und die Lieder von Stephen Foster oder Harry von Tilzer zu singen, die immer etwas einbrachten. Aber er konnte vor Kälte nicht lange stillstehen und seine Stimme, so klar und warm sie auch war, sich kaum gegen den Wind behaupten.

Um die Füße hatte er sich Kleiderreste gewickelt, die Löcher in den Schuhen mit Zeitungspapier gestopft, und damit war auch schon der bessere Teil seiner Kleidung beschrieben. Die Hosen reichten kaum bis zu den Knöcheln, die Jacke – zwei Nummern zu groß – war vor Dreck und Regen steif geworden. Er trug sie zu jeder Jahreszeit und in jeder Lebenslage. Für das Halstuch und die speckige Mütze hatte er einen kleineren Jungen verprügelt. Großvater hatte sie an sich gerissen wie eine Trophäe.

Er hatte sich geirrt, es waren noch weniger Menschen unterwegs, als er befürchtet hatte, und es schien nicht besser zu werden. In einer Seitenstraße ging er in einen Cheap-Charlie-Laden und kriegte für ein Zeitungsexemplar gesüßten Tee mit Gin. Der Verkäufer schaute ihn mitleidsvoll an und goss ihm noch mehr Alkohol ein. So viel, dass ihm nun nicht nur warm, sondern auch schwindelig wurde.

«Du musst entweder dumm oder sehr verzweifelt sein, Junge. Wieso verkaufst du die Zeitung von gestern? Am Neujahrsabend wollen die Leute nicht mehr die Nachrichten von vorgestern erfahren. Alle denken nur an morgen», sagte der Mann und schob ihm die Ginflasche rüber.

«Es gab nichts anderes mehr. Entweder das oder nichts», antwortete er.

Dann folgte nur noch Schweigen. Großvater hatte Angst, sich zu rühren, er hoffte, vergessen worden zu sein. Der Mann hatte das Kinn auf die Hände gestützt und starrte in das Schneegestöber. Selten gingen feine Herrschaften vorbei, die Männer hielten mit einer Hand die Zylinder auf ihren Köpfen fest, die Frauen lüpften leicht ihre Röcke, damit sie besser durch den Schnee kamen. Sie waren alle nach der neuesten Mode gekleidet, aber die neueste Mode hatte Großvater nie interessiert. Sie hatte keinen Extra-Wert für ihn, er verkaufte seine Zeitungen ja nicht vor Bloomingdale's an der Lexington Avenue. Die meisten seiner Kunden gaben sich mit grob gewobener Baumwolle zufrieden.

Es zogen Kutschen, Straßenbahnen und Omnibusse vorbei, die Fahrbahn war gefroren, die Kutscher mussten oft aussteigen und kräftig an den Zügeln ziehen, damit sich die Pferde voranwagten. Keiner der beiden hatte Lust, den Augenblick der Ruhe zu beenden, denn vom Ofen her strömte wohlige einschläfernde Wärme. Die Gaslampe warf mehr Schatten als Licht auf die beiden Menschen, die offensichtlich nicht wie alle anderen in Eile waren. Auf die niemand wartete. Der Junge wollte nicht mit leeren Taschen vor Einauge stehen, jedenfalls noch nicht. Wenn es nach ihm gegangen wäre, hätte der Augenblick bis zum Frühling andauern können.

Gegen zehn Uhr abends aber ging ein Ruck durch den Mann. Er stemmte die Hände in den Rücken und streckte sich. «Jetzt muss ich dich rausschicken. Mach, dass du nach Hause kommst, damit es dir nicht wie meinem Cousin Robby am letzten Thanksgiving ergeht.» Er brauchte nicht zu fragen, was an jenem Tag im November geschehen war, denn er erinnerte sich gut. Der Eissturm hatte vierhundertfünfundfünfzig Menschen umgebracht. Er hatte gar nicht gewagt, den Kohlenkeller zu verlassen.

Von der Straße aus blickte er mit Bedauern zurück in den Laden. Der Mann zog unter der Theke zwei Strohsäcke hervor und schob sie zu einer improvisierten Matratze zusammen. Dann zog er die Schuhe aus, legte noch ein paar Holzscheite in den Ofen und legte sich hin. Er deckte sich mit dem Mantel zu, mit einer letzten Bewegung schaltete er die Gaslampe aus, dann verschwand er fast ganz unter die Theke. Im schwachen Licht der Straßenlampe konnte Großvater den Rücken des Mannes sehen. Er beneidete ihn, er wäre nicht ungern dort gelegen und hätte sich von Zeit zu Zeit Gin eingeschenkt. Aber er hingegen musste schauen, dass er nicht wie Cousin Robby endete.

Für einmal hatte er Glück, denn vor der Trinity Church wartete ein Kutscher auf Kunden, den er gut kannte. Nicht selten hatte er dessen Kundschaft oben am Union Square die Stiefel poliert. Er war ein griesgrämiger, oft schlecht gelaunter Deutscher, den alle Gustav nannten, ohne zu wissen, ob das sein richtiger Name war. Er reagierte so gut wie nie darauf. Gustav und der Schiffskapitän, der die armen Toten zur Hart-Insel brachte, waren die einzigen Deutschen, die er kannte. Beide waren sie düster und verschlossen, als ob das Trostlose und Schlechte, was sie erlebt hatten, sich in ihre Gesichter eingegraben hätte.

Beim Kapitän ahnte man, wieso. Wer den Tod hin und her fuhr, wer dauernd in dessen Gegenwart lebte, ja sogar sein Geld damit verdiente, musste unweigerlich merkwürdig und bitter werden. Vielleicht hatten bei ihm aber auch die Menschen Schuld. Wo immer er und seine Männer auftauchten, wurden sie gemieden. Alte Frauen bekreuzigten sich. In den Kneipen hielt man für sie nur die hinterste, dunkelste Ecke bereit, und niemand sprach sie an.

Manche behaupteten, dass sie nach dem Tod rochen, von dem sie lebten. Sich auf diese Männer einzulassen, hätte bedeutet, mit dem Tod auf Tuchfühlung zu gehen. Ihn geradezu herauszufordern. Dabei war er schon nah genug. Für manche nicht mehr als ein paar Tage entfernt. Die meisten von ihnen, seit Langem oder erst seit wenigen Stunden in Amerika, hatten die Wälder Russlands und Galiziens, die Hochebenen Irlands und die ausgetrocknete Erde Süditaliens für ein Stück mehr Leben verlassen. Der Aberglaube war mit ihnen mitgereist.

Der Broadway war sehr hübsch beleuchtet, Mr. Edison hatte ganze Arbeit geleistet. Das warme, weiche Licht hatte die Menschen am Anfang sehr erstaunt. Sie hatten sich noch vor wenigen Jahren zu Dutzenden unter jeder Straßenlampe versammelt und die Wirkung des neuen Lichts kommentiert, als ob es ein weiteres Kunststück von Houdini gewesen wäre.

Gustav saß in lauter Decken gehüllt auf dem Kutschenbock. Er trotzte der Kälte wie auch sein Pferd, ein kräftiger, gutmütiger Brauner. Über Gustav wusste man nur, dass er zwei Söhne gehabt hatte und das Deutsche Kaiserreich liebte. «Mr. Gustav», rief Großvater, der vor Kälte von einem Bein aufs andere sprang, «dem Kaiser geht es blendend. Das wollte ich Ihnen sagen.» Keine Antwort. «Mr. Gustav!», rief Großvater lauter. Er hoffte, dass ihm der alte Mann eine Zeitung abkaufen würde. Erst jetzt und über das Heulen des Windes hinweg hörte er das Schnarchen des Kutschers. Ihm gelang es wohl als einzigem Menschen in der Stadt, bei solchem Wetter im Freien zu schlafen. Großvater spielte seine letzte Karte aus: «Mr. Gustav, wachen Sie auf! Hauptmann in Berlin! Ein unbestrittenes Ereignis! Das ganze Kaiserreich überglücklich!»

Er horchte, aber außer einem leisen Grunzen und einem winzigen Zucken war nichts festzustellen. Er hatte vergeblich seine letzte Munition verschossen. Gustav schien festgefroren zu sein, vielleicht war er es sogar. Nur das Pferd sah sich nach ihm um, als wollte es ihn vor der Peitsche seines Besitzers warnen, die es gut kannte.

Wenn er schon keine Zeitung verkaufen konnte, konnte er sich wenigstens in der Kutsche aufwärmen, bis sich die Straße kurz vor Mitternacht beleben würde. Er klopfte sich den Schnee ab, öffnete vorsichtig die Kutschentür, doch als er schon auf der kleinen Stufe stand, hörte er eine mächtige, brummige Stimme: «Wenn Sie irgendwohin gebracht werden wollen, steigen Sie ein. Wenn Sie nur Unfug machen wollen, lassen Sie es lieber sein, sonst beginnt für Sie das Neue Jahr schlecht.»

«Aber Mr. Gustav, ich bin es doch, der Zeitungsjunge.»

«Ich kenne viele Zeitungsjungen. Die wenigsten taugen was.»

«Ich bin der Schuhputzer vom Union Square.»

«Es gibt viele Nichtsnutze am Union Square.»

«Ich bin der Junge, den Sie regelmäßig verprügeln, weil er Ihren Kunden die Geldbörse klauen will.»

«Ach, wieso sagst du das nicht gleich, Junge? Steig ein.»

Er zögerte einen Moment, denn in der Kutsche wäre er in der Falle gewesen. Aber er war durchnässt, fror und einen anderen Ort, wo er hingehen konnte, hatte er nicht. Aus Angst, Gustav könnte es sich anders überlegen, sprang er schließlich doch in die Kutsche und schloss die Tür hinter sich. Es war nicht das, was man einen warmen Platz am Kamin nennen konnte, aber windgeschützt und trocken. Er hörte, wie der schwere Gustav vom Kutschenbock stieg, und kurz danach zwang sich der mächtige Bauch des Deutschen durch den schmalen Spalt ins Kutscheninnere.

Neben Gustav war kaum noch Platz, Großvater dachte, dass er jeden Augenblick vom feisten Körper neben ihm erdrückt werden könnte. Stumm bückte sich Gustav und holte unter der vorderen Bank eine Schachtel hervor. Jetzt erst begriff Großvater sein Glück, denn dort drin lagen nicht ein gekochtes Ei, sondern zwei, nicht ein Hühnerschenkel, sondern zwei, und dazu Brot, Tabak, eine Pfeife und zwei Flaschen Lagerbier.

«Iss!», befahl Gustav und schob die Schachtel rüber. Großvater konnte sich sowieso nicht beherrschen, der Duft brachte ihn um den Verstand. Solange er aß, schwieg Gustav und schaute ihm zu, danach stopfte er sich Tabak in die Pfeife und zündete sie an. Er trank die Hälfte einer Bierflasche in einem Zug aus, dann überreichte er sie seinem Besucher. «Rauchst du, Junge? Ihr Straßenjungen raucht und trinkt doch alle.»

«Ich kaue lieber Tabak.»

Immer wieder zogen heitere, angeregt schwatzende Leute an ihnen vorbei. Sie beeilten sich, in die Saloons und Varietétheater um den Chatham Square zu kommen. Obwohl es bis dorthin ein weiter Weg war, dachte keiner

25

daran, die Kutsche zu nehmen. Sie gehörte ganz und gar Großvater. Einmal nur öffnete jemand die Tür und blies sein Horn. Ansonsten kümmerte sich keiner um einen alten Kutscher und einen Jungen, die ruhig dasaßen, vom scharfen Geruch der Pfeife und dem süßlichen ihrer feuchten Kleider eingehüllt.

Sie hätten aus der Welt verschwinden können, niemand hätte sie vermisst. Ein anderer hätte «Extra!» gerufen, und die Kutsche hätte jemand anderer übernommen. Vielleicht hätte sich das Pferd noch eine Weile an seinen Besitzer erinnert. An den Jungen hingegen hätte sich nicht einmal das Tier erinnert. Einauge hätte seine Einnahmen vermisst. Berl, der einzige anständige Junge, den er kannte, hätte ihn in einem der Särge vermutet, die regelmäßig mit dem Totenschiff fortgebracht wurden.

«Wieso bist du nicht zu Hause?»

«Kein Zuhause, Sir.»

«Eltern?»

«Keine Eltern.»

«Wo schläfst du?»

«Mal hier, mal dort. Wenn ich sechs Cent habe, im Heim für Zeitungsjungen an der Duane Street.»

«Weißt du, wer deine Eltern waren?»

«Weiß ich nicht, Sir.»

«Aber du musst zumindest wissen, aus welchem Land sie kamen.»

«Ich war vielleicht zwei oder drei Jahre alt, Sir, als man mich in Irenes Findelhaus gebracht hat. Die Frau meinte, dass sie mich an der Kreuzung Bowery und Delancey weinend aufgefunden hat. Das hat man mir erzählt. Aber man hat mir auch erzählt, dass ich nackt in einen Krawattenladen gelaufen bin. Oder in McSorley's Saloon, Sir, und die Männer haben mich auf die Theke gesetzt und mir guten, alten Rum zu trinken gegeben. Oder dass man mich in der hintersten Sitzreihe des Pastor's Theaters an der 14th Street gefunden hat. Ich soll nicht geweint, sondern laut gelacht haben. Ich habe mir angeblich das ganze Programm angeschaut. Die Jungs im Findelhaus haben sich damit die Zeit vertrieben, mir dauernd solche Geschichten zu erzählen. Einer behauptete sogar, dass ich der Sohn von Lottie Collins bin, Sir. Sie sagten: ‹Du kannst so gut singen. Bestimmt bist du der Sohn von Lottie Collins.› Als die *Normannia* wegen Cholera im Hafen in Quarantäne gehalten wurde, war auch sie an Bord. Dort soll sie ihre Wehen bekommen haben. Man hat mir so viel erzählt, dass ich gar nichts mehr glaube.»

«Collins? Ein Teufelsweib ist die! Wie geht ihr berühmtes Lied noch mal?»

«So geht das, Sir:

A smart and stylish girl you see,
Belle of good society;
Not too strict, but rather free.

I'm not extravagantly shy,
And when a nice young man is nigh,
For his heart I have a try …

I'm not a timid flower of innocence,
I'm one eternal big expense;
But men say that I'm just immense!

Tho' free as air, I'm never rude
I'm not too bad and not too good!

Mit Liedern kenne ich mich gut aus.»

Gustav grunzte etwas, was nach Zustimmung klang.

«Die Epidemie war doch Zweiundneunzig, dann wärst du jetzt erst sieben. Das kann kaum sein, auch wenn du so mager bist.»

«Stimmt, aber ganz genau kann ich nicht sagen, wie alt ich bin.»

«Was hast du gesprochen, als man dich gefunden hat?»

«Ein wenig Italienisch, ein wenig Jiddisch, ein wenig Englisch. Das, was man im Ghetto spricht.»

«Du bist im Ghetto ziemlich rumgekommen.»

«Gut möglich.»

«Wenn ich dich so anschaue, könntest du wirklich alles sein. Es spricht nichts dagegen, dass dein Vater Jude war, deine Mutter Irin und irgendwer Italiener. Oder andersrum.» Gustav lachte.

«Spricht nichts gegen, Sir.»

«Weißt du etwas über Deutschland?»

«Nicht mehr als ein paar Schlagzeilen. Die Deutschen sind schon fast alle fort aus dem Ghetto und in die besseren Gegenden gezogen. Die Namen der Häfen, von wo die Schiffe mit den russischen Emigranten kommen: Bremen und Hamburg. Die *Patria* aus Bremen ist heute im unteren Hafen vor Anker gegangen. Morgen läuft sie bestimmt ein.»

«Sonst nichts?»

«Der Kaiser, Sir. Ein feiner Mann, der Kaiser. Und dann Hauptmann in Berlin.»

Gustav schaute ihn lange von der Seite an.

«Du könntest also auch vom Mond gefallen sein.»

«Sage ich mir auch dauernd.»

«Wolltest du nie wissen, wer die Frau war, die dich ins Heim gebracht hat? Vielleicht war sie deine Mutter.»

«So jemanden findet man in New York nicht wieder. Und wenn sie mich weggegeben hat, will sie mich bestimmt nicht mehr zurückhaben. Ich habe Besseres zu tun. Ich muss immer schauen, dass ich irgendwie zu Geld komme.»

Noch nie hatte ihm jemand so viele Fragen auf einmal gestellt. Wenn der Alte sich einbildete, dass er ihn für ein wenig Essen und Tabak ausquetschen konnte, irrte er. Er würde gleich aus der Kutsche springen und davonlaufen. Aber plötzlich stellte der Kutscher eine Frage, die ihn überraschte und interessierte: «Weißt du, wieso ich dich jedes Mal schlage, wenn du stiehlst, Junge?»

«Vielleicht, weil ich schlecht bin?»

«Nicht, weil du schlecht bist, sondern damit du nicht schlecht wirst. Ich habe einmal zwei Söhne gehabt. Den Ältesten hat mir vor ein paar Jahren das Meer genommen. Er hat Hering gefischt in der Nordsee. So ist das, und man kann nichts tun. Der Jüngere war in deinem Alter, als er gestorben ist. Tuberkulose. Kann man auch nichts machen, nicht wahr?»

«Kann man nicht, Sir.»

«Wenn Gott beschlossen hat, dass deine Söhne verrecken müssen, dann verrecken sie. Du gehst in die Kirche und betest ein Leben lang, doch das zählt für Gott nicht. Aber du weißt immer noch nicht, wieso ich dich schlage. Der Jüngere hat auch gestohlen. Jede zweite Woche habe ich ihn bei der Polizeistation an der Elisabeth Street abholen müssen. Und jede zweite Woche habe ich ihn grün und blau geschlagen. Aber doch nicht, weil ich ihm Schlechtes wollte, sondern weil ich ihn geliebt habe. Ich wollte, dass er ein Mensch wird.»

Der Kutscher musste sich mehrmals mächtig räuspern, und er wandte sich ein wenig von Großvater ab. Er zwirbelte seinen Schnurbart und machte Anstalten, aussteigen zu wollen. Er öffnete die Tür, dann schloss er sie wieder. «Unter der Bank findest du eine Decke. Du kannst eine Stunde liegen bleiben und schlafen. So lange werde ich keine Kundschaft annehmen. Hier hast du Geld für zwei Zeitungen. Damit putzt du nachher den Kutschenboden, er ist ziemlich dreckig. Schlaf ruhig, ich werde aufpassen, dass dich niemand stört.»

Die Tür ging hinter Gustav zu, aber bald öffnete er sie noch einmal: «Und hier hast du noch mal zehn Cent, damit du morgen etwas Vernünftiges essen kannst. Versteck sie gut, und gib sie nicht für Bier oder Tabak aus.»

Verwundert und ungläubig über so viel Glück legte sich Großvater hin und zog die Decke über sich. Doch gerade als er in den Halbschlaf gesunken war und wieder vom Mond auf die Erde fiel, ließ ihn Gustavs Bassstimme aufschrecken: «Was ist das für eine Geschichte mit dem Hauptmann in Berlin? Ist dort drüben Krieg ausgebrochen?»

«Nein, Sir. Das ist nur einer vom Theater, nichts weiter. Eine uralte Nachricht vom November.»

Der Schneefall schwächte sich ab, nur die kalte Brise verrichtete noch ihr Werk. Immer mehr Leute fanden sich am südlichen Broadway ein. Die meisten waren jung, nur sie hatten sich bei solch einem Wetter aus dem Haus getraut. Sie schlitterten, rutschten aus und fielen um, standen vergnügt wieder auf. Sie bliesen kräftig in ihre Hörner. Es war die übliche Aufregung, die Menschen kurz vor dem Jahreswechsel packt. Die Kutschen und Straßenbahnen kamen nun in großer Zahl, um die Menschen nach dem üblichen Glockenläuten der Trinity Church nach

Chatham Square oder ins Theaterviertel mitzunehmen. Die Pferde bäumten sich auf, und die Kutscher fluchten, weil sorglose Leute ihnen die Bahn abschnitten, auf der Suche nach einem trockenen Ort.

Der Junge aber hörte sie nicht. Während die Welt sich auf etwas Großes und Bedeutsames einstellte, die Nachricht aller Nachrichten, schlief Großvater ruhig auf der Bank einer Kutsche, die in die Jahre gekommen war. Sein Arm steckte wie immer unter seinem Kopf, seine Mütze verdeckte das Gesicht, sein Brustkorb hob und senkte sich regelmäßig. Man konnte meinen, dass er auf der weichsten, angenehmsten Matratze der Stadt lag, so zufrieden sah er aus. Dieser dunkle Ort, diese Höhle gehörten ihm ganz allein. Niemand nahm Kenntnis von ihm oder vom Alten und von seinem Pferd, die ihn bewachten.

Die Welt ignorierte sie und drehte sich weiter, immer schneller. Die drei aber – vereint für eine volle Stunde – ignorierten ihrerseits die Welt. Drei Gestalten inmitten eines Schauspiels, das für sie keine Rollen vorgesehen hatte.

«Wach auf, Junge!» rief der Alte. «Mach sauber und schau, dass du wegkommst. Bald ist Mitternacht, dann habe ich Kundschaft.» Als Großvater wieder auf der Straße stand, bückte sich Gustav und sprach leise, aber so deutlich, dass er sich noch nach Jahren an seine Worte erinnern würde: «Hör gut zu! Jetzt bist du jung, dir macht es nichts aus, auf der Straße zu leben. In ein paar Jahren kann es schon anders aussehen. Bei mir kriegst du immer eine Suppe und einen Platz zum Schlafen. Du kannst den Kutscherberuf erlernen. Nun ja, viel zu lernen gibt es nicht, und viel wirft er nicht ab, aber man verdient genug, um nicht zu hungern. Du weißt, wo du mich findest.»

Niemand schenkte Großvater Aufmerksamkeit oder wollte eine Zeitung haben, so kurz vor dem Schritt in die Zukunft. Er brauchte sich gar nicht mehr anzustrengen. Er hatte die hübsche Summe von zweiundzwanzig Cent in der Tasche, sein Körper war wieder aufgetaut, und er war satt. Ein fast perfekter Tag ging zu Ende, ob man ihn «Silvesterabend» nennen wollte oder nicht. Doch Großvaters Glückssträhne hielt immer noch an. Sein vorletztes Glück war nur einige wenige Blocks entfernt, versteckt hinter dem hohen, imposanten Eingang des Presseklubs.

Dort arbeitete Pasquale als Türsteher, und wenn Großvater in seiner Jugend von etwas überzeugt war, dann, dass alle Deutschen düster waren und alle Italiener «Pasquale» hießen. Das waren die ewigen Wahrheiten, die man sich in der Stadt über das Ghetto erzählte: Die Iren sind grobschlächtig, saufen und prügeln sich. Die Juden sind verschwiegen, nicht zu zivilisieren und bringen die Cholera aus Europa mit. Die Italiener halten wie Pech und Schwefel zusammen, sind dumm und schnell mit dem Stilett zur Hand. Und sie hießen alle «Pasquale». Wenn die Polizei jemanden suchte, dessen Name sie nicht kannte, nannte sie ihn «Pasquale».

Dieser Pasquale hingegen war ein sanftmütiger Riese mit dem Geist eines Kindes. Sein Spitzname war «Zehnmal», denn er war zehnmal im Athletic Club auf Coney Island als Boxer angetreten und hatte zehnmal in der ersten Runde in den Seilen gehangen. Aber das Ghetto hatte es ihm verziehen, spätestens, als er Türsteher im famosen Presseklub wurde, wo sich alle Zeitungsmagnaten und Journalisten trafen. Denn wer konnte sich schon rühmen, täglich mit solch wichtigen Leuten zu verkehren? Er hatte es in den Augen des Ghettos geschafft, wenn auch nach einem sehr schmerzhaften Umweg.

Wenn er nach dem Dienst die Mulberry Street hinaufging, in seiner Uniform mit den goldenen Knöpfen und mit der prächtigen Mütze auf dem Kopf, grüßten ihn alle respektvoll. Sie mochten ihn, und er mochte die Welt. Die Mulberry Street war eine ganz besondere Welt. Sie war von morgens bis abends durch ambulante Verkäufer verstopft. Alte Frauen verkauften auf ausgebreiteten Tüchern große, runde, schwere sizilianische Brote. Auf Schubkarren wurden Hosenträger und billige Kleider, Lederwaren und Töpfe angeboten. Das welke Gemüse wurde mit Wasser besprenkelt und poliert, damit es frischer aussah. Kinder und Frauen liefen hinter den Kohlenwagen her, um ein paar Stück Kohle zu ergattern.

Kam ein Italiener in New York an, so suchte er an der Mulberry Street nach Arbeit. Was früher die Iren gewesen waren, waren jetzt die Dagos: willige, billige, leicht zu ersetzende Arbeitskraft. Der Padrone schickte sie entweder in die Kohlenminen von Pennsylvania oder in den Süden zum Bau der Ostküstenbahn. Viele von ihnen wurden auch in der Stadt benötigt, wo sie die Tunnel, die U-Bahn und die Brücken bauten. Sie durchkämmten die Abfallmulden der Stadt, sammelten Reste ein und sortierten sie aus. Sie wachten sehr über ihr Privileg, im Müll zu wühlen.

Pasquale war zwar verprügelt worden, aber er hatte es doch noch aus eigener Kraft geschafft. Er stank nicht oder höchstens nach dem Parfüm seiner Kunden. Seine Größe und seine Uniform verliehen ihm Glanz. Nur die Kinder waren unbarmherzig: «Pasqualino, wie schön du aussiehst, wenn du in den Seilen hängst!», riefen sie hinter ihm her. Großvater war der Einzige, der den Riesen vor den Kindern beschützte und sie grün und blau schlug. Deshalb beschloss Pasquale, Großvater auszuhelfen, als er ihn in der Silvesternacht im großen Gedränge vor dem Gebäude entdeckte. Er umarmte ihn stürmisch, sodass sich Großvater nicht wehren konnte, und zog ihn in die große, marmorne Halle hinein. «Ich kaufe dir drei Zeitungen ab, Streichholz», sagte er.

«Wirklich?», erwiderte Großvater.

«Mit der einen poliere ich mir die Schuhe, mit der anderen die Knöpfe, die dritte lege ich offen auf den Tisch, damit die Leute meinen, dass ich lesen kann. Hast du was verkauft heute?»

«Nicht viel.»

«Na, siehst du? Hast du was gegessen?»

Großvater war vorsichtig, es eröffneten sich angenehme Perspektiven. «Was man so findet.»

«Warte hier!», befahl Pasquale und verschwand durch eine Tür, hinter der Geschirr klapperte. Großvater schaute sich im prunkvollen Raum mit seinen zwei Säulenreihen um und entdeckte eine verglaste Tür. Dahinter erklangen Musik und Gelächter und ein Gewirr von Stimmen. Fast so, wie wenn die Zeitungsjungen im Kohlenkeller eng zusammenrückten, um sich zu wärmen. Wenn einer – meistens er – sang und die anderen mit den Füßen stampften und klatschten und sich am Schluss alles in allgemeine Heiterkeit auflöste.

Obwohl er nicht gut lesen konnte, erkannte er auf dem Plakat neben der Tür das Wort «Vaudeville». Es war ein Wort, das in aller Munde war und auf vielen Plakaten, denn Vaudeville war gerade in Mode. Es gab Dutzende solcher Theater in New York, Vaudeville für Reiche und

Vaudeville für Arme. Aber Leute seinesgleichen gingen nicht ins Vaudeville. Sie zogen die Zehn-Cent-Theater mit ihren Freakshows und Monstrositäten vor. Die Welt der Buckligen, Einäugigen, Kleinwüchsigen, Einarmigen, der Hässlichen und Bizarren. Dort vergnügten sie sich, und nicht im Herald Square Theater, wo offenbar ein gewisser Andrews auftrat. «Ann-drr-ewss» entzifferte Großvater. Er hatte keinen prominenten Platz auf dem Plakat bekommen.

Seinesgleichen liebte die irische Fiedel und nicht die Mandoline, die ein Mann namens Enrico Gaiqullo spielte, der etwas weiter oben aufgeführt wurde. Seinesgleichen konnte nichts anfangen mit Basssängern und Klavierbegleitung, mit A. Pearsall und Marie Budworth, die an bester Stelle und in großen Lettern erwähnt wurden. Und es gab noch einen Vogelimitator, Fred Hansell. Neben seinem Namen stand «begnadet», aber das hatte ihm nicht einen der untersten Plätze im Programm erspart.

Großvater stieß die Tür einen Spalt weit auf. Der Saal war mit farbigen Schleifen und Papierfahnen dekoriert, an den Tischen saßen die Frauen in ihren hochgeschlossenen Abendroben und Männer im Frack. Wenn er genauer hinsah, entdeckte er den Fußknöchel manch junger Frau. Durch den bläulichen Dunst erkannte er auch eine kleine Bühne, auf die gerade ein alter Mann geklettert war, der sich als Magier Lefebre vorstellte. Es ging auf Mitternacht zu, nur noch Minuten, die meisten beachteten den Mann dort oben gar nicht mehr.

Auf dem Plakat stand neben seinem fast unsichtbaren Namen kein Zusatz. Dabei war der Schlüssel zum Erfolg doch eine kräftige Übertreibung, ein schriller Spruch. Das wusste Großvater als Zeitungsverkäufer und Besucher von Zehn-Cent-Theatern. In Amerika kam man nicht weiter, wenn man irgendwo bloß schrieb: Magier Lefebre aus Frankreich. Damit ernährte man keine Familie. Der Vogelimitator hingegen hatte seine Lektion gelernt, er hatte aus seinem nutzlosen Können das Äußerste herausgeholt.

Vielleicht war der Magier einfach nur bescheiden, aber was suchte er dann überhaupt in Amerika? Man kam nicht hierher, man ging nicht ins Varieté, um bescheiden zu sein. «In Amerika ist kein Platz für Bescheidenheit. Damit verhungert man», hatte Einauge einmal gesagt. Bescheiden konnte man erst werden, wenn man es sich leisten konnte. Oder wenn man alle anderen Wege ausprobiert hatte. Dann konnte man mit allem zufrieden sein und auf den Tod warten. Für Großvater aber war das Leben eine große, breite, fette Schlagzeile. Und die galt es, jeden Tag der Welt zu verkünden.

Ein runder, vor Leben strotzender, übers ganze Gesicht grinsender Mann sprang auf die Bühne und drängte den Alten zur Seite, just als dieser mit seiner ersten Nummer beginnen wollte. Wie auf ein Kommando stand das Publikum auf und begann, rückwärts zu zählen, zehn, neun, acht, sieben, sechs … Der Magier war schon vergessen. Das geschieht ihm recht, dachte Großvater. Man musste mit der Zeit gehen, und die Zeit liebte eindeutig Houdini und nicht Magier Lefebre.

Fünf, vier, drei, zwei, eins, null … Die Menschen fielen sich in die Arme, als die schwere Hand von Pasquale sich auf seine Schulter legte. Erschrocken drehte sich Großvater um und erblickte das erste Bild des Jahres 1899: ein Teller voller dampfender Speisen, wie er noch nie welche geschmeckt oder gerochen hatte. Höchstens in den Schaufenstern von Delmonico's gesehen hatte. Wenige Sekunden später saß Großvater an Pasquales Tisch und verschlang alles in Eile, wie ein Tier, das Angst haben muss, dass man ihm die Beute entreißt.

«Wie hast du den Koch rumgekriegt?», fragte Großvater.

«Er ist Ire und liebt italienische Mädchen. Und ich kenne zwei oder drei Mädchen, die ihn lieben könnten.»

Als Großvater die Augen schloss und sich genüsslich die Finger ableckte, breitete sich in ihm dasselbe wohlige Gefühl aus, das er schon in Gustavs Kutsche gehabt hatte. Etwas Unbeschreibliches, wofür er nur das Wort «Extraklasse» kannte. Ein Mädchen konnte Extraklasse sein, ein Glas Rum oder auch solch ein Augenblick. In ihm wurde es still und warm, und er wünschte sich, den Augenblick festzuhalten. Doch wenn das Jahr schon so gut begann, brauchte er nichts zu fürchten. 1899 würde ein unbestrittenes Ereignis werden.

Als er die Augen wieder öffnete, bemerkte er Pasquales ängstliche Blicke. Er folgte ihnen und entdeckte, dass sich ihnen ein sehr gut gekleideter Mann näherte. Er schien gerade angekommen zu sein, denn draußen stand eine Luxuskutsche. In einiger Entfernung, vor der Glastür zum Ballsaal, warteten einige Leute, die der Mann offenbar mitgebracht hatte. Er tippte Pasquale mit der Spitze seines Spazierstockes auf die Schulter.

«Pasquale, meine Freunde wollen wissen, wie oft du K. o. geschlagen wurdest», sagte er mit einer kalten Stimme, die offenbar das Befehlen gewohnt war. «Na, wirst du reden?»

«Zehnmal, Sir», murmelte Pasquale.

Die Leute lachten.

«Das ist eine beeindruckende Zahl. Konntest du überhaupt einige Schläge landen? Ich wette, du bist in der ersten Runde zu Boden gegangen.»

«Bin ich.» Wieder lachten die anderen.

«Na, also.» Erst jetzt bemerkte der Mann Großvater und schob mit seinem Stock Pasquale beiseite, der versucht hatte, den Jungen hinter seinem breiten Rücken zu verstecken. «Wer ist denn der da? Fütterst du jetzt alle Straßenjungen der Gegend auf unsere Kosten durch?»

«Nein, Sir.»

«Pass auf, dass nicht auch du bald auf der Straße landest.» Dann wandte er sich an Großvater: «Komm her, Junge. Verkaufst du Zeitungen?»

Großvater wischte sich in Eile den Mund mit dem Ärmel ab und beeilte sich zu folgen. «Ja, Sir.»

«Ist auch meine Zeitung drunter?»

«Welche ist das?»

«The Sun.»

«The Sun mehr als jede andere.»

«Siehst du, Pasquale, sogar dieser verdreckte Junge tut mehr als du. Du stehst hier nur herum, er aber verkauft meine Zeitung. Und was hast du da?»

«Da, Sir?», fragte Großvater. «The Tribune. Aber gestern und vorgestern war es The Sun. Ich schwöre es.»

«Und wie viele hast du heute davon verkauft?»

«Sehr wenig, höchstens fünfzehn oder sechzehn.»

«So wenig? An einem ganzen Tag? Entweder bist du dumm, Junge, oder du hast etwas gegen diese Zeitung.»

«Ich bin sicher dumm.»

«Das glaube ich nicht. Ich glaube, dass die Zeitung schlecht ist, nicht wahr?»

«Ja, Sir, die Zeitung ist schlecht.»

«Hier hast du einen Dollar, Junge. Ich kaufe dir alle ab, die du noch hast.»

«Ein Dollar? Aber ich kann Ihnen kein Wechselgeld geben.»

«Macht nichts. Der Rest ist für dich. Für das Vergnügen, das es mir bereitet, sie dem Besitzer vor die Nase zu halten.»

Ohne auf seine Begleiter zu warten und mit dem Stapel Zeitungen unterm Arm, lief der Mann in den Saal hinein. Bevor sich die Tür hinter ihm schloss, hörte man ihn rufen: «Wo steckst du, Thomas? Ich habe hier einen Stapel von Exemplaren deiner Zeitung. Sogar die Zeitungsjungen klagen, dass sie unverkäuflich ist. Komm und hol sie ab, sonst müssen wir uns damit die Galoschen putzen.»

Es war ruhig rund um das Postamt, die Menschen hatten sich in alle Richtungen verstreut. Selten fuhr eine Kutsche vorbei, noch seltener hörte man Stimmen, als ob mit dem Neuen Jahr auch die Stille in die Welt gekommen wäre. Der Wind hatte sich gelegt, auf die Bäume, die Tiere und die Menschen, in den Schnee. Er wollte vielleicht Kraft schöpfen, nachdem er gallig und böse getobt hatte. Er hatte einiges in Unordnung gebracht, hatte den Menschen den Atem geraubt, als diese dabei waren, Atem zu holen für ein weiteres Jahr. Hatte sie daran erinnert, wer hier das Sagen hatte. Hatte Hüte, Papiere, Körper vor sich hergetrieben, wie Kinder ihr Spielzeugrad. Und hatte eingesehen, dass es fürs Erste genug war.

Der Junge, mein Großvater, der nicht einmal wusste, ob er den nächsten Tag überleben würde, geschweige denn sich jemals verlieben, Kinder zeugen und einen Enkel haben, mich, Ray, mein junger Großvater kam triumphie-

rend nach Hause. Obwohl er öfter im Heim für Zeitungsjungen, dem Haus für gefallene Menschen an der Allen
Street oder in einer der billigen Absteigen rund um die
Bowery für fünf Cent auf dem Boden oder für zwei Cent
auf einem Stuhl schlief, war ihm der Kohlenraum des
riesigen Postamtes gegenüber der St.-Paul-Kapelle so
was wie ein Zuhause. Auch wenn das Postamt jenseits
der imaginären Grenze stand, die das Ghetto von all dem
trennte, was zivilisiert, sauber, sicher, amerikanisch war.
Er musste das Gewölbe jedes Mal mit mindestens zwanzig anderen Jungen teilen.

Er war satt, hatte Geld in der Tasche und brauchte
Paddy Fowley nicht zu fürchten. Es war ein Klasseabend
voller Wunder gewesen. Niemand hatte ihn geschlagen,
niemand ihn übers Ohr gehauen. Ein Abend wie eine
Schlagzeile in der besten Zeitung. Ob das The Tribune, The
Herald oder The Sun war, war ihm egal. Die hohen Herren
sollten sich die Galoschen putzen, womit sie wollten.

Großvater sah sich vorsichtig um und stieß das Tor
zum Innenhof auf. Er durchquerte ihn eilig und geduckt,
an den Abdrücken im Schnee merkte er, dass es im Versteck eng werden würde. Zur Not würde er kauern müssen, mit den Beinen an der Brust und dem Kopf auf den
Knien. Er war erfahren darin, seinen Körper an den Raum
anzupassen, der ihm zum Schlafen gelassen wurde; ihn
die Form der Lücke zwischen den anderen Körpern annehmen zu lassen.

Er öffnete die Klappe und rutschte auf der Kohlen-
rampe herunter. Er hatte erwartet, dass der Raum bis auf
eine brennende Kerze im Dunkeln liegen und ihn nur das
Stöhnen, Seufzen und Schnarchen der Jungen empfangen
würde. Aber der Sack voller Überraschungen war noch

nicht ganz leer. Hosenboden packte ihn am Kragen und zog ihn hoch. «Da bist du endlich. Wo warst du so lange? Du vermasselst uns das hübsche Fest.» Er hakte sich bei Großvater unter und führte ihn in die Raummitte.

Hosenboden hatte seinen Spitznamen daher, dass er die Jungen jeden Morgen daran erinnerte, sich den Hosenboden zu putzen, damit sie tageslichttauglich seien. Gesicht und Hosenboden, denn beide waren schwarz vom Kohlenstaub. Er hieß eigentlich Hugh McHugh, aber wer wollte schon so genannt werden? Wenn man dabei lachte, kriegte man es mit seinen Fäusten zu tun, denn er war mindestens genauso entflammbar wie Großvater. «Ich bin eure Mutter und Einauge euer Vater, also benehmt euch!», rief er ihnen nach.

Im schwachen Licht der Petroleumlampe erkannte Großvater fünfzehn, zwanzig Jungen, die im Kreis um Einauge saßen. Sie rauchten Pfeifen und Zigaretten, die Luft war dick, als ob man sie mit dem Messer schneiden könnte. Die Jungen hatten getrunken, Bier und Gin, einige waren längst hinüber, und Großvater stolperte über leere Flaschen. «Hattest du Angst zu kommen, weil du wieder nichts verkauft hast?», rief einer aus seiner Ecke. Hosenboden hielt Großvater zurück. Dann stand jemand auf und kam auf ihn zu. Es war Paddy Fowley.

Großvater hatte Einauge noch nie außerhalb des Kellers gesehen. Es kam einem so vor, als ob er diesen nie verlassen würde und im Bauch der Erde ausharrte. Als ob er wartete, dass die Erde ihn ausbrütete und er wiedergeboren würde. Oder er sah ganz einfach keinen Grund darin, ans Licht zu gehen. Er brauchte das auch nicht, denn die Welt kam zu ihm. Hosenboden brachte ihm sehr früh am Morgen die Zeitungen des Tages, und er wählte die Nachrichten, die Schlagzeilen, die Extras aus, die er dann seinen Jungen einbläute. Was Einauge an der Erdoberfläche erledigen musste, erledigte Hosenboden für ihn.

Man erzählte sich, dass sein Vater ihn ein Jahr lang in einem Keller eingesperrt hatte, weil er nicht mehr betteln wollte. Seine helle, irische Haut hatte nach und nach die Farbe der Umgebung angenommen. Alles war schwarz geworden bis auf die leuchtend blauen Augen. Einauge hatte Leute für jede Gegend. Iren für die irischen Straßen, Juden für die jüdischen, Schwarze für die Gegend um Hell's Kitchen und solche, die überall einsetzbar waren, weil sie wie Großvater ein wenig von allem sprachen.

«Ich wusste gar nicht mehr, was ich den Jungen erzählen sollte. Ich habe alles gesagt, was ich über Irland weiß. Ich habe erzählt, wie Vater mir einen Finger abgeschnitten hat, zwei Finger abgeschnitten hat, drei Finger abgeschnitten hat. Dann hat Hosenboden erzählt, was er von seinen Alten weiß. Das ganze Programm. Wir haben nur noch auf dich gewartet, damit du unser Fest in Schwung bringst. Ohne dich wären wir ganz ohne Gesang eingeschlafen. Also, sing uns was vor, Streichholz, mach uns glücklich!»

«Ja, sing was für uns!», wurde gerufen.

Paddy Fowley mochte ein sehr guter Zeitungsverkäufer sein, aber er war ein noch besserer Erzähler. Manchmal regnete es draußen in Strömen, und er erzählte fünf, sechs Meter unter der Erde von den irischen Landschaften seines Vaters. Desselben Vaters, der ihm drei Finger abgeschnitten hatte. Oder es herrschte die Bruthitze des Augusts, und tief in der kühlen Erde entfalteten sich vor den Augen der staunenden Jungen die grünen Felder Irlands, die sich über Nacht braun gefärbt hatten. Drei

Jahre lang war die Ernte ausgefallen, die Menschen in County Kerry, der Gegend seines Vaters, begannen zu hungern, später zu sterben.

Paddy erzählte, wie in den Häusern und auf Straßen ausgemergelte Leichen herumgelegen hatten. Wie Paddys Großvater sich auf den Weg nach Cork gemacht hatte, um Arbeit zu suchen, und wie das Nächste, was man von ihm erhalten hatte, ein Jahr später ein kurzer Brief aus New York gewesen war. Er ermutigte darin seinen Ältesten, ihm dorthin zu folgen. Wie Paddys Vater, seine Geschwister und die Mutter die letzten Kartoffel gekocht und dann drei Kartoffeln auf sechs Münder verteilt hatten. Wie sich sein Vater vor Schwäche kaum noch vom Bett hatte erheben können. Sie tranken Tee mit Gin gegen den Hunger. Mehr Gin als Tee.

Wie er sich, als alle anderen tot waren, mit letzter Kraft ins Armenhaus geschleppt hatte, wie dort der Pächter des Grundbesitzers aufgetaucht war und ihn, um ihn loszuwerden, für ein Leben in Amerika ausgewählt hatte. Wie er nach Cork gebracht worden und dann mit dem Schiff *Sir Robert Peel* nach anderthalb Monaten Überfahrt in New York angekommen war. Wie er auf dem Schiff um seinen Schlafplatz und einen Teller wässriger Suppe pro Tag hatte kämpfen müssen. Wie der Typhus ausgebrochen war und nur die Hälfte der Passagiere die Reise überstanden hatte.

Draußen konnte der schlimmste Frost herrschen, aber drinnen, in der warmen Erde, erzählte einer von der Ankunft des Vaters an der South Street, und wie er tagelang verwirrt auf den Kais und im Park des Rathauses herumgeirrt war. Paddy kannte sogar einige Zeilen von damals aus The Herald: «Es ist grausam, die vielen unglücklichen Kreaturen zu sehen, die täglich ohne einen Penny und unfähig, sich selbst zu ernähren, an unsere Küste gespült werden. Gestern wurden Gruppen von gerade erst angekommenen Iren am Broadway gesichtet, die ein Bild der Verzweiflung, der Misere und des Hungers abgaben.»

Die zerlumpten, ausgezehrten Menschen, die man überall auf den Straßen antraf, waren lange Stadtgespräch gewesen.

«Und hat er jemals seinen Vater gefunden?», fragte jedes Mal einer der jungen Zuhörer.

«Du meinst meinen Großvater?», fragte Einauge zurück, dann wartete er kurz ab, damit die Spannung stieg. «Er ist von Haustür zu Haustür gegangen und hat nachgefragt. Aber gefunden hat er ihn nicht. Um ihn zu trösten, hat man ihm dauernd was eingeschenkt.»

«Und was hat er dann getan?»

«Was er getan hat? Na, was soll ein Ire in der Fremde schon tun? Gesoffen hat er. Gesoffen wie wir alle.»

An dieser Stelle, wie auf ein Zeichen hin, löste sich der Bann, und alle begannen zu lachen. Paddy hatte einen alten Vater gehabt. Er war 1851 mit fünfzehn Jahren rübergekommen, seinen Sohn aber hatte er erst dreißig Jahre später gekriegt.

Es gab aber etwas, was noch magischer war als Paddys Erzählen. Die Jungen waren der Musik verfallen, sie liebten die Lieder, die alten und die, die gerade in Mode waren. Und sie liebten Großvater, wenn er zu singen begann. Er mag Niemandes Sohn gewesen sein, vom Mond direkt auf Manhattan herabgefallen sein, er mag nur ein durchschnittlicher Zeitungsjunge gewesen sein, aber wenn er *On the Sidewalks of New York* sang, blieb für alle die Zeit stehen:

Down in front of Casey's old brown wooden stoop
On a summer's evening we formed a merry group
Boys and girls together we would sing and waltz
While Jay played the organ on the sidewalks of New York

There were Johnny Casey, little Jimmy Crowe
Jakey Krause, the baker, who always had the dough
Pretty Nellie Shannon with a dude as light as cork
She first picked up the waltz step on the sidewalks of New York

Things have changed since those times, some are up in »G«
Others they are wand'rers but they all feel just like me
They'd part with all they've got, could they once more walk
With their best girl and have a twirl on the sidewalks of New York …

Das war Großvaters Zauber, das unterschied ihn von allen anderen. Ein sehniger Junge mit misstrauischem Blick, einer verdreckten Mütze, ewig hungrig, aber mit einer satten Stimme.

Einauges Wunsch war Befehl, also stellte Großvater schnell sein Programm zusammen. Er ging schnell alle romantischen Lieder, alle Songs über tote Mütter und verschwundene Väter, über Trennungen, über den Tod überhaupt im Geiste durch. Er stellte sich breitbeinig in die Mitte und breitete die Arme aus, wie er es bei den zweitklassigen Sängern in den Zehn-Cent-Theatern oder an den Straßenecken beobachtet hatte.

Großvater wartete einige Sekunden. Erfüllt von der Vorfreude auf seinen Triumph schaute er umher und sah im flackernden Licht die leuchtenden Augen seiner Kumpel und ihre Anspannung. Er räusperte sich, atmete noch einmal kräftig ein und begann zu singen:

45

The night that Paddy Murphy died
is a night I'll never forget
Some of the boys got loaded drunk
and they ain't been sober yet

That's how they showed
their respect for Paddy Murphy
That's how they showed
their honor and their pride

They went into an empty room
and a bottle of whiskey stole
and kept that bottle with the corpse
to keep that whiskey cold

They emptied out the jug
but still they had a thirst
Than they stopped the Funeral Hearse
outside Sundance Saloon

They all went in at half past eight
and staggered out at noon
They went up to graveyard
so holy and sublime

And realized when they got there
they'd left the corpse behind …

Jeder der kauernden Jungen wusste, dass es auch ihn treffen konnte, sogar Einauge, der in sich gekehrt da saß, hin und wieder zustimmend nickte und zuhörte, wie ein unbekannter Paddy zu Grabe getragen wurde. Ein ferner

Widerhall des eigenen baldigen Verschwindens. Aber den Anderen gefiel das Lied sehr, genauso hatten sie ihre toten Freunde verabschiedet, und sie sangen beim Refrain aus voller Kehle mit. Ein ungeübter, krächzender Chor begleitete Großvater an jenem Abend, der viele Zugaben geben musste.

Seine Stimme drang nicht durch die Erde, sie störte nicht die Stille auf den Straßen, sie blieb in der Erde gefangen. Aber sie füllte die armselige Behausung aus, wie das sonst nur das Licht von Mr. Edison konnte. Berl meinte sogar: «Das war elektrisch.» Erst als sie ihn gründlich bejubelt hatten, legte er sich neben seinen Freund schlafen. Jemand drehte die Petroleumlampe aus, und Berl schmiegte sich an ihn. «Du bist ja der reinste Caruso. Ich habe den nie singen gehört, aber bestimmt klingst du wie er. Du musst was daraus machen», flüsterte er. Paddy war so zufrieden mit ihm, dass er ihm die Tageseinnahmen überließ.

Vor dem Einschlafen ging Großvater seine persönliche Liste der besten Extras des letzten Jahres durch. Es war ein durchschnittliches Jahr gewesen, aber einige Glanzpunkte hatte es doch gegeben. Brooklyn und Manhattan hatten sich vereint, und die Glühbirnen von Mr. Edison hatten in der ganzen Stadt geleuchtet. An die Parade, die Fahnen und Konfettis, an das Kirchengeläut beidseits des East Rivers konnte er sich gut erinnern. Er hatte seine Zeitungen in zehn Minuten restlos verkauft.

In Lake City war ein schwarzer Postbeamter gelyncht, seine Frau und seine Töchter waren erschossen worden. Ob ein Schwarzer starb oder nicht, war üblicherweise kein Extra wert, aber die Nachricht hatte sich gut bei den Schwarzen von Hell's Kitchen absetzen lassen. Als dann

die österreichische Kaiserin von einem Italiener umgebracht wurde, kauften sowohl Deutsche als auch Dagos
fleißig seine Zeitung. In New York hatten im September
Hunderte von Juden ein Koscher-Restaurant belagert,
weil es am Jom Kippur geöffnet war. Die beiden Schwarzen Walker und Williams, die den *Cake Dance* erfunden
hatten, waren in allen fünf großen Vaudeville-Theatern
der Stadt aufgetreten.

In der Nacht auf den 1. Januar 1899 träumte Großvater
nicht mehr vom Mond. Er träumte sich als großer, größ-
ter, unbestrittenster Sänger. Er träumte sich in Frack und
Schlips, die Haare gut frisiert, der Scheitel perfekt gezogen. Er wohnte im Gilsey Hotel und gab ein Konzert im
Fifth-Avenue-Theater. In der ersten Reihe saßen Gustav,
Pasquale, Einauge, Hosenboden, Berl und mindestens ein
Dutzend Stadtberühmtheiten. Der begeisterte Applaus
brandete im Saal auf.

Die Stille machte sich auch im Kohlenkeller breit. Draußen wurde es kälter, aber sie schliefen geschützt unter der
Erde. Sie atmeten ruhig, und die Erde atmete mit.

Zweites Kapitel

Der Bauch einer Schwangeren gehört Gott oder dem Teufel. Das wussten die Fischersfrauen an der Mündung der Donau sehr gut. Neun Monate lang hofften sie und fürchteten sich im gleichen Atemzug. Gott hatte die besseren Karten, aber auch der Teufel hatte seine Chance. Denn so aufmerksam man auch war, man machte immer Fehler. Genau darauf wartete «Necuratul», der Unsaubere, wie man den Teufel hier nannte.

Wenn die Schwangere in den Ofen pustete, würde sie fiebrig werden und das Kind verlieren. Wenn sie sich den Wollfaden um den Nacken legte, würde das Neugeborene von der Nabelschnur erstickt werden. Würde sie eine Leiche sehen und sich nicht bekreuzigen und nicht murmeln: «Ich sehe keinen Toten», so würde ihr eine Totgeburt bevorstehen. Am schlimmsten aber war es nachts, falls der Teufel, der neunzehn Namen hatte und neunzehn Bosheiten vollbringen konnte, ins Haus kommen würde. Wenn die Frau erschöpft und voller blauer Flecken aus dem Schlaf aufschrak, dann deshalb, weil er sie besucht hatte.

Um sich zu schützen, trug die Schwangere einen Zettel mit den Namen des Necuratul immer bei sich: *Avizuha, Abaroca, Ogarda, Nesuca, Muha, Aspra, Hluchica, Sarda, Vinita, Zoita, Ilinca, Merana, Feroca, Fumăria, Nazara, Hlubic, Nesatora, Genția, Șamca.* Denn auch am Tag war sie nicht sicher. Die schlechten Geister konnten ihr als Vogel, Katze, Fliege, Ziege, Spinne und Kröte erscheinen. Zwischen Himmel und Erde, zwischen Himmel und Wasser war fast alles festgelegt. Doch die Lage des Menschen war nie aussichtslos.

Das wusste auch Leni, als sie im Sommer 1919 merkte, dass sie zum vierten Mal schwanger war. Zweimal hatte sie das Kind vor der Geburt verloren, einmal danach. Die Frauen des Dorfes Uzlina, das auf einer sumpfigen Landzunge auf dem Flussarm Sfântu Gheorghe lag, mieden sie. Sie würde ihnen nur Unglück und Unfruchtbarkeit ins Haus bringen. Schon lange hatte niemand mehr ihren Mann und sie besucht. Das aber kümmerte sie nicht oder jedenfalls weniger als ihn, der in der Kneipe immer allein trinken musste.

Niemand wollte mit ihm ins Delta hineinfahren, um zu fischen. Auch an ihm klebte ihr Versagen, Leben zu spenden. Also freute sie sich über ihre Entdeckung und sagte es ihm. Er aber, der am trüben Wasser seine Netze flickte, murmelte ohne aufzublicken: «Das wirst du auch verlieren. Besser, ich kaufe schon mal das Holz für den Sarg.» Sie aber spürte: Diesmal war es anders.

Sie wollte alles richtig machen und schickte Vanea, den gutmütigen Sonderling, um die Baba zu holen. Diese wohnte im Dorf Crişan, auf dem mittleren Arm des Flusses, der Sulina hieß. Meistens aber in einer schäbigen Fischerhütte auf dem Bogdaprostei-See. Vanea war ein hochgewachsener, kräftiger, blonder, junger Mann, der vor einigen Jahren wie aus dem Nichts aufgetaucht war. Man hatte erwartet, dass er sich auch wieder in Nichts auflöste, aber er war geblieben.

Er war ein Lipowanerkind, ein Russe, das sah man ihm deutlich an. Scheu und liebenswürdig, wie er war, vertrieb er sich die Zeit mit den Kindern und den Hunden der Fischer. Sie hatte ihm zuerst eine Schale mit Maisbrei und einigen Fischresten in das Boot gestellt, das vor ihrem Haus am kleinen Steg angebunden war. Dann etwas näher, vor den Zaun, noch näher, in den Hof, und am Schluss auf der wackligen Holzbank neben der Tür. So hatte sie ihn an sich gewöhnt.

Man wusste nicht, ob er irgendwo Verwandte hatte oder sogar Eltern. Man kannte seinen Vornamen nur deshalb, weil er alles, was er tat, kommentierte: «Vanea geht Karpfen fischen mit Maisbreiklumpen.» Alle wussten, dass man bei Karpfen keinen Mais nehmen sollte. Oder: «Vanea geht auf den Uzlina-See und lässt sich treiben.» Oder: «Vanea geht zuschauen, wie der Graureiher auf einem Bein steht.» Jeder wusste, dass das sehr lange dauern konnte.

Als die kleine, stämmige und entschlossen wirkende Leni ihn zu sich gerufen und ihm den Auftrag erklärt hatte, hatte er nur gesagt: «Dann macht sich Vanea besser auf den Weg.» Er gehorchte ihr gerne, seitdem sie sich seiner angenommen hatte. Der Einzige, der für diese Verbindung nicht viel übrig hatte, war ihr Mann. «Der ist kein Kind mehr. Pass auf, dass er dir nicht bald unter den Rock fasst», sagte er. Oder: «Besser, du strengst dich an und machst eigene Kinder, anstatt dieses hier zu adoptieren.»

Im Spätsommer war das Wasser aus den Teichen, Tümpeln und Seen längst abgeflossen. Das Delta lag wie ein erschöpftes, blutarmes Wesen da und wartete auf den Wassersegen des Frühlings. Oder auf einige heftige Wolkenbrüche, die Pflanzen und Tiere aus der Erstarrung lösen würden. Vanea musste darauf achten, mit dem Boot nicht im Schlamm oder im Dickicht stecken zu bleiben, doch er schaffte es. Einige Stunden später stand die Baba in der Behausung des Fischers und seiner Frau.

Sie holte frisches Brunnenwasser, wusch damit die Ikone der heiligen Mutter Gottes und dann mit demselben Tuch auch den Bauch der Schwangeren. Sie säuberte ihre Fußsohlen, Waden und Schenkel damit und streifte auch ihre Mitte. Mit runden Bewegungen wusch sie ebenso die Brüste, die Arme, die Achseln und das Gesicht der Frau. Erst jetzt merkte sie, dass der Mann und Vanea wie angeleimt auf der Türschwelle standen.

«Was glotzt du?», herrschte sie den Mann an. «Du solltest deine Frau schon kennen. Und du ...» Sie wandte sich Vanea zu. «Das ist nichts für einen Dummkopf wie dich.» Sie knallte ihnen die Tür vor der Nase zu, und die beiden hörten lange ihren Beschwörungsformeln zu. Die Männer wagten nicht, auch nur ein einziges Wort zu sprechen, als ob damit das Geheimnis, der Bund zwischen der schwangeren Frau und Gott, gestört werden könnte. Als die Tür wieder aufging, hielt die Baba Vanea ein Blechbecken voller Wasser hin. «Ich habe sie von den Sünden reingewaschen. Bring es weit weg und leere es in die Donau.»

Dem Fischer erklärte sie: «Ich habe deine Frau auch mit Weihrauch geräuchert. Man weiß nie, was besser wirkt. Das letzte Mal ist das Kind gestorben, weil ihr mich nicht rechtzeitig geholt habt. Du musst den Burschen jeden Freitagmorgen nach mir schicken, damit ich das Ganze bis zur Niederkunft wöchentlich wiederhole.»

Sie machte sich bereit für die Abreise und band sich wieder das Kopftuch um, das sie bei ihrer Ankunft abgelegt hatte. Sie schenkte dem unschlüssigen Fischer das freundlichste Lächeln, zu dem ihr zahnloser Mund fähig war. «Iulian, was hast du heute so gefischt? Du kannst mir für dieses eine Mal die Hälfte des Fanges geben und ein paar Münzen dazu. Das ist ziemlich großzügig von mir, denn es wird im Delta so viel geboren, dass ich alle Hände voll zu tun habe. Der Teufel ist fleißig unterwegs. Einmal bei euch hier in Uzlina, ein anderes Mal in Crişan oder in Maliuc. Mein Wissen ist gesucht und wichtig, aber niemand fragt sich, ob auch mein Bauch voll ist. Befiehl also Vanea, meinen Anteil in sein Boot umzuladen und mich wieder nach Hause zu bringen.»

Iulian warf Vanea, der inzwischen seine Aufgabe erledigt hatte, einen Blick zu, aber der rührte sich nicht von der Stelle. Er starrte auf die offene Tür. Erst als sich dort Leni zeigte und ihm zunickte, lief er fröhlich davon und begann die Vorbereitungen für die Abreise zu treffen. «Eine Schwangere ist ein seltsamer Mensch», fuhr die Baba fort. «Sie hat Appetit auf alles. Sie isst Kreide und Salzklumpen und leckt Ziegelsteine, wenn es sein muss. Deine Frau, Iulian, hat früher Lehm gegessen und Verputz. Das hat sie nur getan, weil du ihr nicht genug zu essen gegeben hast. Von heute an musst du dafür sorgen, dass sie alles kriegt, was sie will. Sonst bekommt das ungeborene Kind nicht genug und stirbt. Hörst du, was ich sage?»

Der Fischer fuhr zusammen und beeilte sich zu nicken.

«Gut. Und du, Leni, musst dich schonen! Es ist Sünde, dich zu sehr anzustrengen, wenn Gott dir ein Kind schenken will. Wir sehen uns in einer Woche wieder.»

Sie schritt aus dem Garten und kletterte in das Boot voller Fische, das Vanea hielt. Er folgte ihr, legte die Ruder ein, und bald verschwanden sie hinter einer umgeknickten Weide, die quer über dem Kanal lag. Der Fischer Iulian – ein einfacher und ungebildeter Mann – kratzte sich im Nacken und schaute sich nach seiner Frau um. Er wollte etwas sagen, aber sie kam ihm zuvor:

«Geh und kauf Schmalz und Honig. Ich habe Hunger.»

«Schmalz gibt es im Dorfladen, aber wo soll ich Honig hernehmen?»

«Du hast die Baba gehört: jeden Wunsch. Ich koche jetzt eine Fischsuppe, und dazu will ich Brot mit Schmalz essen und danach Honig. Viel Honig. Beeil dich. Du willst doch nicht das Leben deines Kindes in Gefahr bringen?»

In den Monaten, die folgten, war Iulian ständig auf der Suche nach Nahrungsmitteln, um Lenis gewaltigen Appetit zu stillen. Er fuhr schon in aller Frühe ins Delta, um seine Netze zu prüfen, um acht Uhr verkaufte er das Meiste bei der «Cherhana» in Maliuc, und um die Mittagszeit war er wieder zu Hause und nahm die Wünsche seiner Frau entgegen. Es schien, als ob sie sich an ihm für die vielen Jahren rächen wollte, in denen er sie nicht mehr beachtet, sondern nur noch verachtet hatte.

Er hatte nicht einmal mehr Zeit für ein paar Gläschen Schnaps, die er sich früher nach getaner Arbeit genehmigt hatte. Leni hingegen nahm von Mal zu Mal zu, als ob sie den kargen, dunklen Raum ihres niedrigen Hauses ganz allein ausfüllen wollte. Und je dicker sie wurde, desto mehr wollte sie essen. Iulian musste Eier, Mehl, Marmelade besorgen, die sie mit den Fingern aus dem Glas holte. Sie leerte ein ganzes Glas auf einmal. Fisch, ihre tägliche Nahrung, seit sie Kinder gewesen waren, reichte ihr nicht mehr. Sie brauchte jetzt teures Kalbfleisch, Lammfleisch und ganze Hühner, die Iulian mit seinen mageren Einkünften kaufen musste. Er musste für eine Packung russischer Schokolade, türkisches Halwa oder Rahat-lokum manchmal bis nach Sulina reisen.

In seiner armseligen Fischerkleidung – den abgewetzten Arbeitshosen, die in den dreckigen Stiefel steckten, und dem fleckigen, verschwitzten Hemd – klapperte er jeden Laden der Stadt ab, in der Schiffe aus aller Welt ankerten, nach den Süßigkeiten, von denen er bislang nicht einmal gewusst hatte, dass es sie gab. Die bittere Schokolade aus einheimischer Produktion, die es auch bei ihnen im Dorf gab, schmeckte seiner Frau nicht mehr.

Wenn er dann wieder nach Hause ruderte, und das dauerte Stunden, war ihm mulmig. Ein Teil von ihm hoffte auf einen Nachkommen, ein Teil traute seiner Frau nur tote Kinder zu. Und es war ihm, als ob sie ihn die ganze Zeit verhöhnte, ihn mit ihrer Maßlosigkeit erdrücken wollte. Aber er wusste auch, dass das vielleicht die letzte Gelegenheit war, um Erfüllung und Ruhe zu finden. Um wieder als ganzer Mensch zu gelten und sich als normaler Mann mit anderen Männern zu betrinken. Also beklagte er sich nicht.

Vanea wiederum verbrachte jeden Freitag damit, die Baba zu holen und wieder nach Hause zu fahren. Als im Winter die Kanäle und Seen zugefroren waren und die meisten Vögel das Delta verlassen hatten, hatte er sein Boot bis zur nächsten eisfreien Wasserstelle gezogen. Auf dem Rückweg trug er die Baba sogar auf dem Rücken. Sie waren vorsichtig über die weite, glatte Fläche des Isac-Sees gelaufen, und der Wind aus dem Nordosten hatte sie ausgepeitscht. Sie zogen durch eine unendliche, erstarrte Landschaft, während der graue Himmel ihnen dabei zuschaute.

Im Frühling war das Delta wieder vollgelaufen. Die Donaumündung war für die Fischer der Mund des Flusses. So nannten sie sie: «Gurile Dunării». Ihrem Verständnis nach lebten sie an ihrem Mund, nicht an ihrer Mündung. Nicht an ihrem Hintern.

Die Donau war das Eingeweide Europas. Sie nahm alles in sich auf, was man ihr auf ihrem langen Weg quer durch den Kontinent mitgab, und lagerte es im Osten ab: die Ausscheidungen der Menschen, den Abfall und die Abflüsse aus Tausenden von Fabriken. Sie wusch die Körper von badenden Kindern und trug deren Schmutz fort. An ihren Ufern brachten Männer aus vielen Ländern stolz ihre Autos auf Hochglanz. Die wenigen, die schon ein Auto hatten. Andere führten dorthin ihr Vieh zum Tränken.

Selbstmörder stürzten sich in den Fluss, Friedhöfe wurden abgetragen, und Bäche und Nebenflüsse trugen das Schwemmgut dahin. Der Strom nahm alles geduldig auf. Ein großer Abwasserkanal war er und lagerte im Delta ab, was ihm weit entfernt im Westen übergeben worden war. An einem Ort wurde Europa abgetragen, und an einem anderen entstand es neu. Schlamm, Geröll, Kies, der Kontinent wuchs tagtäglich ins Meer hinein. Und auf dem Boden der Teiche und Kanäle lagerte sich mit jeder neuen Flut eine dünne Schicht Sand ab, dessen Reise tausend Kilometer landeinwärts angefangen hatte.

Unter den Stiefeln der Fischer, unter ihren Booten, unter dem Schilf, zwischen den Wurzeln der Weiden, unter dem Fuß des geduldig wartenden Graureihers verjüngte sich die Erde von Jahr zu Jahr und veränderte sich unentwegt. Obwohl die Gegend, in der Vanea, Iulian und Leni lebten, wie aus der Zeit gefallen schien, immer gleich und gleichgültig gegenüber der Außenwelt. Unveränderlich, seitdem sie Gott erschaffen hatte. Vielleicht hatte er hier sogar Himmel und Wasser voneinander getrennt.

Im Frühjahr stand Vanea vor neuen Schwierigkeiten,

wenn er die Baba abholte. Der Wind formte auf dem Isac-
See hohe Wellen, als ob dieser ein Binnenmeer wäre. Er
ruderte kräftig, seine Arme schwollen stark an, aber er
kam nur mit Mühe vorwärts. Wenn er die alte Frau wieder heimfuhr, stand diese auf, wie um dem Wind und
dem Wasser zu trotzen. Mit ihrem schrumpeligen Körper
und ihrem faltigen Gesicht sah sie aus wie ein Geist. Wie
«Baba Coaja», die ungetaufte Kinder tötet. Wie die «Strige»,
die den Neugeborenen das Blut austrinken. Vanea glaubte mit ganzem Herzen an die Geschichten, die man sich
im Delta erzählte. Und wenn die Baba unverständliches
Zeug murmelte und die Wellen sich vor ihnen legten,
fürchtete er die Alte noch mehr als sonst.

Leni hatte diesmal vorgesorgt. Sie war wöchentlich gewaschen und geräuchert worden. Sie hatte geweihtes
Wasser getrunken und sich damit den Bauch eingerieben.
Immer waren die neunzehn Namen des Teufels bei ihr gewesen und ebenso ein Stück Eisen als Schild gegen Verwünschungen. Jeden Tag hatte sie sich vor der Ikone der
Heiligen Mutter Gottes vierzehn Mal verbeugt und gebetet. Zusammen mit der Alten hatte sie Wasser auf das
Schilfdach geworfen und ihr nachgesprochen: «So leicht,
wie dieses Wasser zurück zur Erde fließt, soll ich gebären.»

Als sie dann gegen Mitte Mai 1920 spürte, dass sich die
Geburt anbahnte, fühlte sie sich gut gewappnet. Sie ging
vors Haus, schwerfällig wie ein riesiger, monströser Wels
auf dem Trockenen, und schaute sich nach Vanea um. Weil
sie ihn nirgends sah, rief sie einen Jungen zu sich, der auf
dem Steg fischte. «Such Vanea! Sag ihm, dass es bald so
weit ist und dass er die Baba holen soll. Mach schon!»

Dann wandte sie sich an ihren Mann, während sie sich

mit der einen Hand an die Hauswand stützte und mit der anderen den Bauch streichelte.

«Das Kind kommt bald.»

«Dann soll es kommen. Ich zimmere schon mal den Sarg.»

Seine Frau schleppte sich, ohne auf ihn zu hören, auf ihren geschwollenen Beinen zurück ins Haus, zündete eine neue Kerze vor der ausgewaschenen Ikone an und machte ihr Bett für die Niederkunft bereit. Iulian ging in den Geräteschuppen, holte einige Holzbretter und begann in einer Ecke des Hofes am Sarg seines Kindes zu zimmern. Leni legte sich aufs Bett und wartete, während von draußen das Klopfen und Hämmern bis zu ihr durchdrangen. Sie lächelte, sie war bereit.

Dein Großvater, Ray, hat nie etwas über die Welt Vaneas oder Lenis erfahren. Einer Gegend, wo man nur einen Fingerbreit von Gott, aber auch vom Teufel entfernt war. In der er die Stille kennengelernt hätte, die er sich in der Metropolis so wenig vorstellen konnte. Oder eine andere Art von Lärm als denjenigen der umtriebigen Stadt. Das begann mit dem sanften, trockenen Raspeln der Schilfrohre aneinander, dem Klappern der Störche und dem Rascheln der Weiden, Pappeln und Eschen. Es setzte sich im Rauschen der Wellen auf den großen Seen fort und gipfelte im Schreien und Rufen von Abertausenden Vögeln. Das Delta hatte einen Atem. Es atmete im Frühling ein und im Spätsommer wieder aus. Auch das konnte man hören, wenn man geduldig war.

Das einzige Delta, worüber Streichholz Bescheid wusste, war jenes des Mississippi, weil es im harten Winter von 1899 zufror. Das aber war für viele New Yorker Zeitungen eine außergewöhnliche Nachricht gewesen. Für

ihn lag dieser Flussmund jenseits seiner Vorstellungs-
kraft. Jenseits von allem, was er kannte und was er in seinem Leben sehen würde. Wenn es nach ihm gegangen
wäre, hätte die Donau mit ihrem Delta und dessen Bewohnern auf dem Mond liegen können. Ein Mondfluss.
Aber etwas hätte ihn möglichweise interessiert: Gab es
dort Zeitungen, und welche Nachrichten schafften es bis
zu den Ohren der Fischer? Bis in die abgelegenen, vom
Wandel der Zeit geschützten Dörfer?

Der Junge wusste, wo Vanea seinen Beobachtungs-
posten hatte: einige Hundert Meter hinter dem Dorf, auf
einer Landerhebung am Rande des Schilffeldes, das an
den Uzlina-See grenzte. Tatsächlich sah er, der das Boot in
der Nähe abgestellt hatte, bald den Rücken Vaneas. Dieser beobachtete so konzentriert etwas, was im Schilf versteckt war, dass der Junge sich ihm bis auf wenige Meter
nähern konnte.

«Vanea!», rief er.

Der Riese drehte sich um und lächelte ihn an. Er hielt
sich den Zeigefinger an die Lippen und winkte ihn heran.

«Was tust du da?»

«Sprich leise, sonst verscheuchst du ihn.»

«Wen?»

«Den Graureiher. Ich schaue ihm seit zwei Stunden zu.»

«Wieso denn das?»

«Ich will sehen, wie lange er auf einem Bein stehen
kann, ohne umzukippen.»

«Ei, Vanea, nicht umsonst sagt man, dass du verrückt
bist», sagte der Junge und brach in Gelächter aus.

«So, jetzt hast du ihn wirklich vertrieben.»

Der Junge kümmerte sich aber nicht mehr um Vanea
oder den Reiher. Er inspizierte einen Unterstand, der an

der höchsten Stelle gebaut worden war, damit er nicht überflutet wurde, und der oft von Fischern aus der Stadt genutzt wurde. Die einfache Behausung war vollständig mit Zeitungspapier ausgekleidet. Der Junge, der genauso schlecht wie Vanea lesen konnte, begann, mit dem Finger den Zeilen zu folgen und mühsam die Worte zu formen und auszusprechen. Von seinem Murmeln angezogen, kam Vanea näher und ließ sich neben ihm nieder.

«Lies lauter! Ich will auch wissen, was in der Welt passiert.»

«Aber es sind Nachrichten aus dem letzten Jahr. Von 1919. Inzwischen sind doch andere Dinge geschehen.»

«Das erfahren wir nächstes Jahr. Jetzt lies endlich vor!»

«Aber ich kann gar nicht gut lesen», protestierte der Junge.

«Wenn der Graureiher auf einem Fuß stehen kann, kannst auch du lesen.»

Der Junge blickte Vanea erstaunt an, denn diesmal ergab das, was er gesagt hatte, ein wenig Sinn.

«Hier ist eine Nachricht aus Deutsch-land», buchstabierte er.

«Ich habe noch nie etwas von solch einem Land gehört. Was soll dort passiert sein?»

«Rosa Lu-xem-burg ermordet. Am 15. Januar.»

«Wer weiß, in welchen Kreisen sie sich herumgetrieben hat. Weiter!»

«Spartakus-Aufstand in Berlin. Auch im Januar. Dann steht da etwas über irgendwelche Berliner Märzkämpfe. Eintausendzweihundert Leute sind hingerichtet worden.»

«Das sind doch so viele wie in ganz Maliuc, Crişan, Uzlina und Murighiol zusammen!», rief Vanea.

«Weißt du, was ein Aufstand ist?», fragte der Junge, und Vanea legte seine Stirn in Falten.

«Ein Aufstand», sagte er nach einer Weile, «ist, wenn jemand aufsteht, der vorher hingefallen ist. Das ist ein Aufstand.» Zufrieden über seine Definition befahl er: «Lies weiter!»

«Hier ist was vom Mai. Reichs-wehr-trup-pen besetzen Mün-chen und kämpfen gegen Kom-mu-nis-ten. Oder hier ist etwas aus dem Februar: Ha-bi-bul-lah Khan, der fünfzehnte Emir von Af-gha-nis-tan, wurde während der Jagd ermordet.»

«Schon wieder ein Mord? Bei der Jagd? Das hat es ein-mal auch hier bei uns gegeben. Einer hat seinen Neben-buhler bei der Wachteljagd erschossen. Aber wo ist das Land dieses Emirs?»

«Ich weiß das so wenig wie du, Vanea. Schau, hier ist eine bessere Nachricht vom Juni: Deutsche De-le-ga-tion unterschreibt Frie-dens-ver-trag von Versail-les. Es gab dabei keine Toten.»

«Jetzt fällt es mir wieder ein: Deutschland ist ein Land im Westen und hat den Großen Krieg begonnen. Das sagen die Männer in der Kneipe.»

«Vor oder nachdem sie ausgetrunken haben? Auf das, was die danach sagen, gebe ich keinen Pfifferling, Vanea. Vielleicht hat Deutschland den Krieg begonnen, vielleicht auch nicht. Was weiß ich schon?»

Sie berauschten sich lange an den letztjährigen Nach-richten. Mal legte Vanea den Finger auf eine Schlagzeile, mal der Junge. Meistens las sie der Junge vor, aber auch der Lipowaner versuchte sich in der schweren Kunst des Vorlesens. Sie erfuhren, dass ein Kaiser ins Exil in die Schweiz gegangen und Südtirol italienisch geworden

61

war. Sie hatten nicht die leiseste Ahnung, wo sich das alles befand.

Dass im selben Land, Italien, ein gewisser Mussolini eine Partei gegründet hatte. Dass ein französischer Premierminister ein Attentat knapp überlebt hatte, ein bayerischer hingegen an den zwei Schüssen in Kopf und Rücken gestorben war. Dass vor der Küste Schottlands das Schiff HMY Iolaire gesunken und zweihundertsechs Passagiere ertrunken waren. Mit Schiffen und Stürmen kannten sie sich besser aus. Dass die ukrainische Armee Juden getötet hatte und die englische Sikhs und Hindus. Die beiden lasen und staunten.

Die neueste Grippeepidemie war überstanden, und das war an sich gut, wenn sie bloß gewusst hätten, was eine Epidemie war. Sie lasen, dass am 29. Mai sich irgendwo auf der Welt die Sonne verfinstert und dass man dadurch mehr Erkenntnisse über das Licht gewonnen hatte. Wieso man etwas über das Licht erfuhr, wenn es dunkel wurde, blieb ihnen ein Rätsel. Und im August war in Paris ein Mann namens Charles Godefoy mit seinem Doppeldecker durch den Triumphbogen geflogen.

Sie entdeckten auch Schlagzeilen über ihr eigenes Land. Rumänien hatte den Westen des Landes von der ungarischen Armee befreit. Es hatte Budapest besetzt und sich dann wieder zurückgezogen. Und es hatte Transsilvanien eingenommen.

Dort hörte Vanea auch zum ersten Mal etwas über Amerika. Ein Luftschiff hatte elf Tage gebraucht, um bis nach Europa zu fliegen, ein anderes war über einer Stadt, die Chicago hieß, abgebrannt. Man verhaftete Anarchisten und brachte Schwarze um. Bomben gingen hoch an einer Straße, die offenbar von Bedeutung war: Wall Street.

Ein gewaltiger Orkan tötete in einem Golf namens Mexiko sechshundert Menschen. Jetzt wussten sie immerhin, dass Amerika an ein Meer grenzte, das vielleicht so groß war wie das Schwarze Meer.

Das alles genügte noch nicht, um Vanea Amerika unsympathisch zu machen. Was aber genügte, war die Meldung, dass dort der Schnaps verboten worden war. Das konnte er nicht gutheißen. Das Gesetz dazu sollte im Januar 1920 in Kraft getreten sein, also vor vier Monaten. Vom anstrengenden Versuch, die Welt zu begreifen, wurden die beiden müde und träge. Sie ließen sich auf den feuchten, warmen Boden sinken.

«Weißt du, Vanea, besser man schaut sich das ganze Leben lang Reiher an», sagte der Junge mit schwerer Zunge.

«Recht hast du. Besser, man bleibt hier im Delta. Hier haben wir doch alles, was wir brauchen.»

Er wäre beinahe eingeschlafen, wenn der Junge nicht plötzlich hochgefahren wäre und begonnen hätte, an ihm zu zerren.

«Vanea, du musst dringend los! Du musst die Baba holen! Das Kind kommt!»

Er ruderte wie von Sinnen auf dem Litcov- und dem Ceamurlia-Kanal durch einen dichten Teppich aus Wasserschwertlilien und Seerosen. Seine hektischen Bewegungen schreckten Vögel auf, die vor seiner Bootsspitze herflogen und ihn begleiteten. Eine Würfelnatter durchquerte den Wasserweg und verschwand im Dickicht. Löffler, Prachttaucher, Stelzenläufer, Teichhühner waren eifrig auf der Suche nach Larven, Schnecken, Fröschen und Fischen. Es gab Tausend Gelegenheiten, um anzuhalten und sich treiben zu lassen, doch der Lipowaner hatte etwas anderes im Sinn.

Der Riese erreichte endlich den Sulina-Arm, ließ sich noch einige Hundert Meter bis auf die Höhe von Crişan treiben und machte sein Boot an der Anlegestelle des Postschiffes fest, das zweimal die Woche von Tulcea nach Sulina fuhr. Auf der Bank, wo sonst die Passagiere warteten, lag noch ein Stapel Zeitungen, den das Schiff am Morgen geliefert hatte. Der einzige Dorfladen war zu, und in den Kneipen kümmerte sich niemand um das, was darin stand.

Wozu denn auch? Die Störe würden Jahr für Jahr flussaufwärts schwimmen, um zu laichen. Im Sommer würden die Vogelschwärme den Himmel verdunkeln und im Herbst das Delta bis zur nächsten Saison wieder verlassen. Im Winter würden nur die Rothalsgans, der Silberreiher und der große Kormoran bleiben, um dem Menschen Gesellschaft zu leisten, wenn die frostigen Winde wehten. Wenn die Fischer frierend in ihren Hütten ausharrten und das Delta den Stürmen, dem Eis und dem Teufel preisgaben.

Es war immer so gewesen, und es würde immer so bleiben. Man brauchte keine Zeitung, um das zu wissen. Man brauchte aber Schnaps, um sich warm zu halten, Sommers wie Winters. Also rückten die Männer in den Kneipen näher zusammen, und die Welt wurde sich selbst überlassen.

Doch an jenem Tag stand eine Nachricht in der Zeitung, die Vanea vielleicht beruhigt hätte. Auf der Titelseite waren zwei Bilder zu sehen. Eines vom berühmten spanischen Stierkämpfer Joselito, der am 16. Mai seinen letzten Kampf austragen wollte. Das hätte Vanea wenig interessiert. Das zweite Foto zeigte den Papst, der an jenem Tag eine Französin namens Jeanne heiligsprechen wollte. An solch einem Tag würde Gott bestimmt nicht die Seele eines Neugeborenen zu sich holen. Vanea aber ignorierte den Zeitungsstapel, seine Neugierde war fürs Erste gestillt.

Er fand die Baba nicht in ihrer Hütte am Dorfrand, und die Nachbarn schlugen ihm vor, in der Fischerhütte auf dem Bogdaprostei-See nachzuschauen. Das bedeutete weitere zwei Stunden Weg, und es ging schon auf den Abend zu. Er bezwang die starke Strömung auf dem Flussarm und tauchte mit seinem Boot am anderen Ufer in die Stille der ursprünglichen Mäander des Flusses.

Die Alte lag betrunken und besinnungslos auf dem Boden der Hütte. Vanea nahm sie in die Arme und trug sie zum Boot. Sie kam erst auf halber Strecke zu sich. Es war finster, weil der Himmel sich mit dunklen, tiefen Regenwolken gefüllt hatte. Keiner, außer dem Lipowaner, hätte den Weg nach Hause gefunden. Aber das war nicht seine einzige Sorge, denn es würde nicht mehr lange dauern, bis der Sturm sich entfesselte. Der Isac-See war bereits sehr aufgewühlt. Er musste sich beeilen, in den nächsten schmalen Kanal zu steuern, in dem sie geschützter wären.

Dann hörte er im Dunkeln, am Bug des Bootes, die Baba sprechen, die allmählich zu Bewusstsein kam: «Wer bist du? Wo bringst du mich hin?» Vanea schwieg, er wurde immer müder, und sie kamen kaum vorwärts. «Heilige Mutter Gottes, bin ich im Himmel oder in der Hölle?», rief die verängstigte Frau aus. Plötzlich, noch bevor Vanea antworten konnte, sprang die Baba auf und begann, zu schreien und zu jammern. Sie zappelte so heftig, dass sie beinahe das Boot zum Kentern gebracht hätte.

Vanea griff nach ihr und zwang sie, sich hinzusetzen. «Das ist die Hölle! Die Hölle!», wiederholte sie. Man hörte

in der Ferne ein dumpfes Grollen, beim zweiten und dritten Mal war es schon näher. Ein erster Blitz leuchtete
schwach den Himmel aus, ein weiterer schlug in eine der
vielen Auen der Umgebung ein. In seinem Licht sah
Vanea das erschrockene Gesicht der Baba auf dem Boden
seines Bootes. Sie musste auch seines gesehen haben,
denn sie rief: «Du bist das! Ich dachte, ich sitze mit dem
Teufel in einem Boot.»

Alles war wie erstarrt und wartete, lauschte. Weitere
Blitze leuchteten den See aus und die Baumkronen am
Ufer. Sie waren noch hundert Meter von der Einfahrt in
den Kanal entfernt, der sie zum kleineren Uzlina-See führen würde. Im wiederkehrenden flüchtigen Licht waren
auch die dunklen Gestalten unzähliger Vögel zu sehen –
Kormorane, Pelikane und Höckerschwäne –, die auf den
Ausbruch des Regens warteten. Vanea wusste, dass sie
sich beeilen mussten. Wenn der Wind den Zugang zum
Kanal mit einer Schilfinsel verstopfen würde, wären sie
auf dem See gefangen. In allen anderen Nächten hätte er
nichts dagegen gehabt, aber jetzt schon.

Der Wind legte sich, Blitz und Donner zogen sich in die
Weite des Meeres zurück. Sie glaubten sich gerettet, aber
es herrschte nur ein Augenblick Ruhe. Die zwei Menschen und die Tiere hockten in vollkommener Dunkelheit, als ob die Welt noch nicht erschaffen worden wäre.
Einige Tropfen fielen auf die Wasseroberfläche, dann
wurde es für einige Sekunden wieder still. Der Regen
nahm sich Zeit, er täuschte Mensch und Tier, gab ihnen
die Hoffnung, alles sei schon überstanden. Aber er hielt
bloß den Atem an, bevor er zuschlug.

Als sie beim Schilfgürtel ankamen, waren sie komplett
durchnässt. Die Baba betete, aber der Regenguss war so

laut, dass er ihre Stimme überdeckte. Gegen ihn schien auch sie kein Mittel zu haben. Inzwischen hatte auch der Wind wieder eingesetzt. Vanea fand den Eingang in den Kanal nicht. Sosehr er mit seinem Arm herumstocherte, fühlte er vor sich nur eine undurchdringliche Schilfwand. Da war gar nichts zu machen. Sie hatten zu warten.

Iulian hatte nicht gewagt, ins Haus zu gehen. Er hatte fast die ganze Nacht auf einem Schemel unter dem Vordach gesessen, mit dem Kindersarg neben sich, der an die Hauswand gelehnt war. Seine Frau hatte gestöhnt, manchmal geschrien und oft gebetet. Als der Regen am stärksten war, hatte er nichts mehr gehört. Er hatte vor sich hin gemurmelt, was sie sonst immer gesagt hatte: «So leicht, wie das Wasser fließt, soll auch das Kind in die Welt rutschen.»

Aber das Kind schien andere Pläne zu haben. Es quälte seine Mutter, es bereitete ihr Schmerzen, es verzögerte seine Ankunft, um noch mehr davon zu verursachen. Vielleicht wollte es seine Mutter umbringen. Oder war es Necuratul, mit dem sie kämpfte? Er wollte es nicht wissen, seinen Teil hatte er schon beigetragen: den Sarg.

Als es ganz heftig wurde, war er zu den Nachbarn gelaufen, um Hilfe zu holen, aber keiner wollte mitkommen. Schließlich hatte er eine Flasche Schnaps aus der Sommerküche geholt und sich damit dort hingesetzt, wo ihn das erste dünne Tageslicht fand. Dann hatte er sich an den Netzen zu schaffen gemacht, ohne wirklich voranzukommen. Denn bei jedem Schrei zuckte er zusammen, dann horchte er, ob er die Stimme seines Sohnes hören würde. Es war unvorstellbar für ihn, dass es ein Mädchen sein könnte. Er würde entweder Vater von toten Kindern oder von Söhnen sein.

Er war dann eingenickt und wurde erst wieder von den Geräuschen geweckt, die vom Kanal herkamen. Er nahm sich vor, Vanea zu verprügeln, aber als er die beiden Erschöpften und vor Nässe Zitternden erblickte, vergaß er sein Vorhaben. Außerdem war der Erfolg sehr ungewiss, denn der Lipowaner war zwar gutmütig, aber größer und stärker als jeder andere im Dorf. Er half der Baba aus dem Boot und fragte sie, was geschehen war. Sie antwortete nicht, marschierte direkt auf das Haus zu und machte erst vor dem Sarg halt.

«Der ist doch viel zu groß. Wen willst du darin begraben? Dich selbst?», bemerkte sie spöttisch, ohne zu wissen, dass sie recht behalten würde. «Vielleicht wirst du den wirklich brauchen, wenn ich zu spät bin. Es ist alles die Schuld von deinem Dummkopf. Er ist zu spät aufgebrochen und hat zu langsam gerudert. Wir sind die ganze Nacht auf dem Isac-See eingeschlossen gewesen, und er hat ständig gejammert, dass es seine Schuld ist.»

Ohne sich weiter um die beiden zu kümmern, zog sie ihre Stiefel aus und ging barfuß hinein. Sie schloss die Tür hinter sich. Als sie nach über einer Stunde wieder aufging, war es ganz hell. Iulian und Vanea hatten sich kaum von der Stelle gerührt. Die Baba verschwand wieder im Haus, und man hörte eine Weile lang nichts, sodass die Männer fürchteten, nicht nur das Kind, sondern auch die Mutter sei tot. Der Fischer blickte schon zum Sarg, als Leni zu schreien und zu wimmern begann, als hätte ihre letzte Stunde geschlagen. Erst nach einiger Zeit wurde es wieder still.

Spät erschien die Baba im Türrahmen.

«Sag doch was», verlangte Iulian. «Sind sie beide tot?»

«Tot ist hier niemand.»

«Gott sei Dank! Wieso weint denn der Junge nicht?»

«Dein Kind lebt, aber ich kann dich trotzdem nicht dazu beglückwünschen oder mit dir anstoßen.»

«Wieso denn nicht?», fragte der Mann vorsichtig, weil er die Antwort schon ahnte.

«Vielleicht wirst du später Enkelsöhne haben, aber jetzt hast du nur eine Tochter.»

«Ein Mädchen?», rief Iulian verzweifelt. «Was soll ich damit?»

«Ein Mädchen!», rief auch Vanea und strahlte übers ganze Gesicht.

«Sei nicht dumm», herrschte die Alte Iulian an. «Ein Mädchen ist zwar kein Junge und wird nicht mit dir zum Fischen fahren. Aber es wird deine Socken stopfen, das Haus sauber halten und dir eine gute Fischsuppe kochen. Jetzt geh ans Fenster, damit ich es dir dort übergebe.»

«Wieso durchs Fenster?»

«Anders geht es nicht, wenn du willst, dass es überlebt. Durch die Tür habt ihr schon eure toten Kinder hinausgetragen.»

Es dauerte eine Zeit, bis die Baba mit einem winzigen Bündel am Fenster auftauchte. Sie hob es feierlich zum Himmel, als ob sie das Kind zuerst Gott und erst danach ihrem Vater zeigen wollte. Drei Mal sprach sie das Vaterunser, dann legte sie das Mädchen dem Vater in die Arme. Iulian schob das Tuch beiseite und blickte in ein helles Gesicht mit zwei blauen Augen und einigen blonden Haaren.

«Das will nichts heißen», murmelte die Baba. «Viele Kinder kommen blond zur Welt.»

«Doch nicht, wenn man so dunkelhäutig ist wie ich.»

Die Baba zuckte die Achseln, Iulian machte einige

Schritte rückwärts, und wenn Vanea nicht aufgepasst hätte, hätte er das Kind fallen lassen. Er rieb sich das Gesicht mit einer Hand, als ob er erwachen wollte, dann nahm er direkten Kurs auf die Kneipe.

«Wieso weint es nicht?», fragte Vanea.

«Weil Frauen mehr Verstand haben als Männer. Du weinst gleich los. Sie aber weiß, dass ihre Kraft für ein ganzes Leben reichen muss.»

In jenem Augenblick begann das Mädchen furchtbar zu heulen, sodass die Hunde der Nachbarn losbellten. Aus dem dunklen Bauch des Hauses hörten sie Lenis Stimme: «Vanea, bring jetzt meine Tochter zu mir.»

Die Baba badete die Neugeborene ein zweites Mal. Sie hatte ein Ei ins Wasser fallen lassen, damit das Kind unversehrt wie dieses bleibe. Eine Silbermünze, damit es immer von allem genug habe. Honig, damit sein Leben süß sei. Milch, damit es eine makellose Haut habe. Etwas Brot, damit es gut wie ein warmes Stück Brot sei. Und einen Weihrauchzweig, damit die bösen Geister fernblieben.

«Du weißt, dass du sie bis zur Taufe nicht aus den Augen lassen darfst. Der Teufel liebt ungetaufte Kinder. So, das ist auch erledigt», sagte sie und legte das Mädchen neben ihre Mutter. «Es fehlt nur noch ein Vorname.»

«Wie wär's mit …», setzte Leni an.

«Iulian und du könnt ihr keinen Namen geben. Ihr habt schon drei Kinder verloren, das bringt Unglück.»

«Wer dann?», fragte die entkräftete Frau und stützte sich ein wenig auf. Die Baba musste nicht lange nachdenken, bevor sie sich entschied.

«Man trägt das Kind bis an die Straße, und der Erste, der vorbeikommt, soll sagen, wie es heißen soll. Das ist für solche Fälle vorgesehen.»

Die Baba musste eine ganze Weile lang warten, bis sich jemand auf der Straße zeigte, denn das Haus von Iulian und Leni stand etwas abseits, näher am Wasser als alle anderen. Der Erste, der hungrig und voller Flöhe vorbeizog, war ein magerer Hund. Als er die Baba sah, bellte er träge, klemmte den Schwanz zwischen die Beine und setzte seine ewige Suche nach etwas Essbarem fort. Der Zweite war ein betrunkener Fischer, der vom gleichen Ort herkam, wo sich auch Iulian gerne aufhielt.

Der Dritte war der Junge. Er erschrak, als die alte Frau ihn zu sich rief, denn er kannte die Gerüchte über ihre Zauberkräfte. Er überlegte, ob er nicht lieber wie der Hund abhauen sollte. Trotzdem blieb er wie angewurzelt stehen.

«Ich tue dir nichts. Komm her und halte das Mädchen.» Gerade, als sie ihm das Kind in die Arme legen wollte, fiel ihr Blick auf Vanea, der sich auf dem schmalen, wackligen Steg zu schaffen machte. «Ist gut, Junge. Du kannst gehen.» Sie zog das Mädchen zu sich. «Geh von Haus zu Haus und verkünde, dass dem Fischer Iulian und seiner Frau Leni ein gesundes Mädchen geboren worden ist.»

«Und was kriege ich dafür? Es gibt immerhin dreiunddreißig Häuser im Dorf.»

«Was denkst du, dass du kriegst, wenn du es nicht tust?»

Schon war der Junge fort. Sie musterte Vanea eine Weile. Gott liebt die geistig Armen. Es wird ihr nicht schaden, wenn sie ihn zum Paten hat, dachte sie. Sie ging die wenigen Schritte bis zum Steg, blieb aber am Ufer stehen und rief Vanea zu sich. Vanea nahm das Kind in die Arme, er hob es ein wenig höher und machte das Kreuz auf der Stirn des Mädchens, wie die Baba ihm befahl.

«Und jetzt gib ihr einen Namen!»

«Was?»

«Wie soll das Mädchen heißen?»

Er strengte sich an, legte die Stirn in Falten, aber ihm fiel nichts ein.

«Es muss doch einen Vornamen geben, den du mehr magst als alle anderen.»

Er seufzte erleichtert, und sein Gesicht strahlte plötzlich Freude und Begeisterung aus. «Ja, Vanea kennt einen schönen Namen!»

«Sag ihn doch, in Gottes Namen!»

«Das Mädchen soll Elena heißen, wie ihre Mutter. Es ist der schönste Name der Welt.»

So hat meine Mutter den Namen meiner Großmutter bekommen und ihn vierzig Jahre später an mich weitergegeben. Ich bin die dritte in einer ganzen Reihe von Elenas, Ray.

Aber ich greife vor, denn bevor es mich überhaupt geben kann, muss meine Mutter die ersten sechs Wochen ihres Lebens überleben. Muss Iulian sterben und Großmutter, nachdem sie bewiesen hat, dass sie lebensfähige Kinder gebären kann, das Interesse an ihr verlieren. Und Vanea muss noch ein paar Jahre leben, bevor er erkranken und für immer in den Tiefen des Deltas verschwinden wird.

Großmutter war dagegen, den Popen zu holen, um das Säuberungsgebet zu sprechen. Das Haus und ihren Körper durch das Gebet zu reinigen. Das Kind unter Gottes Schutz zu stellen. «Er ist nicht gekommen, als ich drei tote Kinder hatte, jetzt braucht er sich nicht mehr zu bemühen.» Und doch hatte ihn Vanea auf Drängen Iulians nach Uzlina geholt.

Die mächtige Gestalt des Geistlichen machte den Fi-

72

schern Angst, so, wie die Baba, deshalb nahmen sie die Mützen ab, wenn der Pope mit der Bibel vor der Brust an ihnen vorbeitrieb. Ein brummiger Mann mit verfilztem, weißem Bart, der oft nach Ungewaschenem und Hochprozentigem roch. Der den Fischern mit scharfem Blick in die Seele zu schauen schien und angesichts dessen, was er dort gefunden hatte, düster und hart geworden war. Oder hatte er bloß in die eigene Seele geschaut?

Am Steg wurden sie von Iulian erwartet, und die beiden Männer wollten den Hof betreten, aber Großmutter hatte sich zum Tor geschleppt und versperrte ihnen jetzt den Weg.

«Die Kirche kommt mir nicht ins Haus», sagte sie.

«Aber das ist Sünde, dummes Weib», erwiderte empört der Pope.

«Sünde oder nicht. Dreimal sind Sie nicht gekommen, jetzt will ich Sie nicht mehr. Gott wird es verstehen.»

«Dafür kann die Kirche nichts, wenn du das Kind verlierst. Du hättest zu mir kommen und für deine Sünden beten sollen, anstatt die Hexe ins Haus zu holen.»

«Welche Sünden, Vater? Ich habe keine Sünden. Ich habe ja meine Kinder nicht umgebracht. Gott hat sie einfach zu sich genommen. Sie kommen mir nicht ins Haus.»

Das ging lange so weiter, auch der treue Vanea hatte sich vor den Popen gestellt, damit es klar war, dass es für ihn dort kein Durchkommen gab. Bis Iulian dann einen Vorschlag machte, der alle zufriedenstellte. Der Pope sollte im Hof seine Gebete aufsagen. So geschah es dann auch. Der Pope holte aus seiner Ledertasche ein Kruzifix und eine Flasche mit Weihwasser und überreichte Vanea die Flasche. «Du gehst ins Haus und begießt den Boden kreuzweise damit.»

Währenddessen hielt der Pope das Kruzifix hoch und begann, in einem feierlichen Singsang zu beten: «Heiliger Vater, Vater unser, ich bete hier für Elena aus Uzlina und für ihre schnelle Genesung und Reinigung von allem weltlichen Schmutz. Ich bete dafür, dass sie geschützt ist vor der Tyrannei des Teufels, der sie gierig, neidisch und …», er überlegte kurz, «uneinsichtig werden lassen kann. Ich bete zu dir auch für ihre Tochter Elena, auf dass sie geschützt sei vor allen Verwünschungen und Verhexungen und eine gute Dienerin der Kirche werde und deinen Name ewig lobe.»

Der Pope war gründlich, doch er hatte etwas vergessen: die Sünde der Kaltherzigkeit, die bald von Großmutter Besitz nehmen sollte. Vorerst aber wachte sie über ihre Tochter, ließ sie nicht aus den Augen und schlief nachts kaum, um ihr nicht ungewollt den Rücken zu kehren, was nur den Teufel herbeilocken würde. Wenn sie trotzdem wegmusste, kümmerte sich Vanea um sie. Das Mädchen schaute ihn aus ihrer Kuhle an und lächelte ihn an, während er sich zögerlich an einem Wiegenlied versuchte. Schon damals glichen sie sich wie ein Tropfen dem anderen.

Iulian starb einen Monat später. Für ihn hatte der Pope vergessen zu beten: Heiliger Vater, Vater unser, beschütze Iulian vor dem übermäßigen Trinken. Beschütze ihn davor, nachts betrunken den Uferweg nach Hause zu nehmen. Beschütze ihn, der wie viele Fischer nicht schwimmen kann, davor, den Abhang runterzurutschen. Beschütze ihn vor der Donau, die ihn an den Beinen in die Tiefe ziehen will.

Sie fanden ihn erst drei Tage später. Der Fluss hatte ihn wieder freigegeben, weil er zu mager war, um ihn zu ernähren. Er war genau dort ans Land gespült worden, wo sich der Unterstand mit den Nachrichten des Vorjahres befand. Sein Tod würde niemandem eine Schlagzeile wert sein, nicht einmal im Kleingedruckten. Leute wie er kommen auf die Welt, leben so gut oder schlecht, wie sie können, und verschwinden wieder, ohne Aufsehen zu erregen. Iulian lebte nicht lang genug, um mitverfolgen zu können, wie seine Tochter immer blonder, immer blauäugiger, immer heller wurde.

In vielen Dingen hatte Vanea seinen Platz schon eingenommen. Weil Iulian nie dafür gesorgt hatte, unersetzlich zu sein, wurde er ersetzt. Er hinterließ keine Lücke, keine Erinnerung, kein Bedauern. Nicht einmal der Strom wollte ihn, um aus seinem Leib neue europäische Erde zu formen.

Vanea hatte keine Bretter für einen passenden Sarg kaufen können, denn Iulian hatte in letzter Zeit kaum noch gefischt und nichts mehr verdient. Die letzten Münzen hatten sie dem Popen gegeben. Ratlos hatte sich Vanea im Garten umgesehen, bis sein Blick auf den Kindersarg gefallen war, der in einer Ecke des Hofes stand. Je länger er ihn musterte, desto klarer wurde ihm die Lösung des Problems. Es schien, dass Iulian sich zwar nicht das Grab selbst geschaufelt, aber durchaus seinen Sarg gezimmert hatte. Oder mindestens einen halben Sarg.

Der Sarg war viel zu groß für ein Neugeborenes, aber der dürre, kleingewachsene Iulian würde bis zu den Hüften gut hineinpassen. Vanea sägte am Fußende des Sarges zwei Löcher aus der dünnen Wand heraus, legte mithilfe des Jungen die Leiche hinein und zog mit Mühe deren Beine durch die Öffnungen hindurch. Der offene Sarg wurde im Hof auf zwei Stühlen aufgebahrt, denn Iulian roch so schlecht, dass Großmutter ihn nicht neben die Wiege ihrer Tochter stellen wollte. Ein paar Saufkumpane kamen vorbei, mehr nicht. Großmutter hatte nichts dagegen, wenn der Pope am Begräbnis teilnahm, solange er sich nur im Hof aufhielt.

Mit dem Jungen an der Spitze, der das Kruzifix hochhielt, und dem Popen gleich dahinter brachten sie Iulian zum Boot. Die Fischer, ihre Frauen und Kinder verfolgten die Prozession neugierig aus einiger Entfernung. Man stellte den Sarg in Julians Boot, und Vanea und der Pope stiegen dazu. In Vaneas Boot hingegen nahmen Großmutter, die ihre Tochter im Arm hielt, und der Junge Platz. Sie ruderten los und zogen wie bei einer Parade am ganzen Dorf vorbei.

Die Fischer nahmen ihre speckigen Mützen ab und pressten sie sich an den Bauch. Dann holten die Frauen aus bereitgestellten Eimern Fische und warfen sie, wenn das Boot auf ihrer Höhe war, in den Fluss zurück. So, wie die Donau die Fische wieder in sich aufnahm, sollte die Erde Iulians Leib wieder aufnehmen. Als sie den Sfântu-Gheorghe-Flussarm erreichten, mussten Vanea und der Junge kräftig rudern, um den Fluss zu überqueren und nach Murighiol zu kommen, wo sich der Friedhof befand. Die steifen und gestiefelten Beine Iulians ragten die ganze Zeit aus dem Sarg heraus.

Mutter überlebte die ersten sechs Wochen, vielleicht war der Appetit des Necuratul mit dem Tod Iulians fürs Erste gestillt. Sie wurde in der Kirche von Murighiol getauft, unweit von Iulians Kreuz. Ihre Mutter hatte ein Einsehen, denn erst wenn das Mädchen getauft wäre, stünde es auch unter Gottes Schutz. Dass dieser Schutz für Mutters ganzes Leben nicht ausreichen würde, konnte keiner ahnen.

An dieser Stelle könnte ihre Geschichte zu Ende sein.

Denn was sollte man über das Leben einer Frau erzählen, die am Mund eines Flusses lebt, wo nie etwas Besonderes geschieht. Sie würde lernen, zu weben, den Fisch zu schuppen und eine köstliche Fischsuppe mit Wasser aus der Donau zu kochen. Sie wäre mehr als die Männer auf der Landzunge, wo sie lebte, gefangen, denn die Frauen waren nicht stark genug, um durch die schnelle Strömung des Flusses zu rudern.

Sie würde ein wenig lesen und schreiben lernen. Gerade so viel, wie unbedingt nötig war. Sie würde ein-, zweimal im Jahr nach Murighiol fahren und noch seltener nach Tulcea oder Sulina. Es gab kaum Gründe dafür. Früh, wie alle anderen jungen Frauen, würde sie sich einen Mann nehmen und sich davor fürchten, Tote zu gebären. Sie würde die gleiche oder eine andere Baba zu sich holen und dieselben Beschwörungen durchführen. So, wie die Erde des Deltas, verjüngte sich auch die Angst. Alles andere hingegen blieb im Leben der Flussmenschen gleich.

Aber so sollte die Geschichte nicht ausgehen. Der Teufel hatte einiges mit ihr vor, und davor konnte sie nicht einmal Gott beschützen. Ihr Leben würde eine Wendung nehmen, die grausamer als alles war, was man in der trägen, monotonen Welt des Deltas erwarten konnte.

Die Milch schoss Großmutter in die Brüste und erinnerte sie alle paar Stunden daran, dass sie eine Tochter hatte. Abgesehen davon schien sie es vergessen zu haben. Sie tat alles, was getan werden musste, aber bloß mechanisch. Sie vermied die Blicke der Kleinen, die ihre Augen suchten. Sie überließ sie, sooft sie konnte, der Wiege und Vanea.

Sie hatte den Wettlauf mit dem Teufel gewonnen, sie hatte dem Dorf gezeigt, dass sie gebären konnte. Als die Nachbarn endlich vorbeizukommen begannen, um sich das Kind anzuschauen, ließ sie diese nicht rein. Sie nahm ihre Geschenke im Hof entgegen, und Vanea schenkte ihnen Schnaps ein. Sie rührte kaum etwas von dem an, was ihr gegeben wurde. Weil die Fischer nicht viel besaßen, schenkten sie meist Speisen. Davon konnte Vanea sehr satt werden. Es war, als ob Großmutter jetzt, da sie sich mit der Welt hätte versöhnen können, diese zu hassen begann.

Vanea war verzaubert von dem Mädchen. Als sie acht, neun oder zehn Jahre alt war, nahm er Mutter mit auf die Seen. Manchmal mussten sie eine ganze Nacht dort verbringen, wenn die Schilfinseln wieder einmal alle Ausgänge verstopften. Mutter schlief, und Vanea schaute in den Himmel, ohne je genug davon zu bekommen. Tagsüber kauerten sie im Boot und versuchten, die Vögel am Flügelschlag zu erkennen. Die Unterschiede in ihrem Gesang und ihren Rufen kannte hingegen jeder im Delta.

Sie verbrachten viel Zeit beim Unterstand, der inzwischen verwittert war, und beobachteten die Reiher. Das Zeitungspapier war vergilbt, vieles nicht mehr gut zu entziffern, aber Vanea gab nicht auf und las ihr umständlich die Ereignisse des Jahres 1919 vor. An manche von ihnen konnte sich kaum noch jemand erinnern, dafür fanden sie in Mutters Fantasie gerade statt. So erfuhr sie, dass es Flugzeuge und Flugschiffe, Bomben und Einstein, Deutschland und Afghanistan, Schwarze und Weiße, Kaiser und Präsidenten gab.

Sie hörte auch etwas über Amerika, aber Vanea warnte sie davor. Das Land war ihm unsympathisch, weil es von dem Menschen verlangte, ständig eine trockene Kehle zu haben. Die vielen Fragen, die sie stellte, konnte er nicht beantworten. Dann ging er verlegen nach vorne, schob das Schilfrohr zur Seite und flüsterte: «Vor lauter Fragen verpassen wir das Wesentliche. Der Graureiher ist wieder da.»

Im Frühling nahm er sie mit auf die Donauarme. Dort machte er das Boot an einem dicken Baum oder an einem Steg fest, dann gab er dem Mädchen das Zeichen, sich über den Bootsrand zu lehnen und in das braune, schlammige Wasser zu schauen.

«Tief unter uns ziehen die Störe stromaufwärts. Es sind Tausende. Halt dein Ohr näher ans Wasser. Kannst du sie hören?»

«Aber, Vanea, Fische können nicht reden!»

«Natürlich können sie das. Sie erzählen sich Geschichten aus dem Meer, sonst wäre es ganz schön langweilig auf dem langen Weg in den Westen. Hör genau hin.»

Mutter, die Vanea unter keinen Umständen enttäuschen wollte, tat so, als ob sie angestrengt zuhörte, und erklärte begeistert: «Sie sprechen!»

Als sie vierzehn, fünfzehn oder sechzehn Jahre alt war, holte er sie nach dem Unterricht ab, den ein Lehrer dann und wann den Kindern der Fischer gab, und nahm sie in das Labyrinth der Teiche, Seen und Kanäle mit, wo er ihr das Fischen beibrachte. Er zeigte ihr, welche Fische im trüben Wasser der Hauptarme zu finden waren, der Wels und der Karpfen zum Beispiel, und welche nur im klaren Wasser der Nebenarme und Seen, wie der Hecht und der Zander.

Er erklärte ihr, dass der Wels, wenn der Wasserspiegel anstieg, seine Schlupfwinkel unter den Wurzeln verließ und in die Seen eindrang. Im Spätsommer würde man ihn wieder in den Kanälen und Teichen fangen können. Sie lernte auch, dass man rund um ihr Dorf bis zur ersten Vereisung im Dezember prächtige Hechte fangen konnte, mit einigem Glück sogar manche bis zu zehn Kilogramm schwer. Ein guter Wels hingegen konnte an die dreißig Kilo wiegen. Ein Fang, an den man sich sein ganzes Leben erinnern würde, auch hundert Kilogramm.

Die Fische waren klug, sie wussten, wie sie sich tarnen konnten. Der Karpfen wurde gelblich auf den Hauptarmen der Donau, aber in den Seen war er schwarz. Der Wels, der im Bogdaprostei-See dunkel war, wurde bräunlich, sobald die Donau nach heftigem Regen flussaufwärts lehmig wurde. Der Hecht wiederum trug schwarze Striche auf der Seite und wurde unsichtbar auf dem schlammigen Grund.

Um die Vorsicht und die List der Fische zu umgehen, hatte der Mensch Spieße, Harpunen, dreizackige Gabeln, trichterförmige Reusen, Sacknetze, Langleinen mit spitzen Haken oder Rutenkörbe erdacht. Der Fisch war schlau, doch die Fischer noch schlauer. Aber nicht immer gewann der Mensch.

Das Mädchen half, so gut sie es konnte, bei der Leerung der Netze oder der Entladung in der Cherhana. Vanea stellte sich gern sein weiteres Leben so vor: In der Frühe würden sie fischen, dann die Ausbeute zur Annahmestelle bringen und sich den Rest des Tages treiben lassen. Aber es kam anders.

Seitdem Mutter mit einer jungen Frau gesprochen hatte, die aus Sulina zu Besuch zu ihren Eltern gekommen war, hatte sie sich verändert. Die Besucherin hatte anders gerochen, sich anders gekleidet und anders bewegt als alle Fischersfrauen, die Mutter jemals gesehen hatte. Sulina war so nah und doch beinahe unerreichbar. Ein ehemaliges Piratennest, eine Stadt auf Sand gebaut, die ihre besten Zeiten schon hinter sich hatte.

Sulina war nur einige Kilometer Luftlinie entfernt, doch durch die verschlungenen Kanäle brauchte man fast einen halben Tag bis dorthin. Die kleine Stadt war für viele Fischer das Ende ihrer Welt. Sie hielten sich dort nicht länger auf als nötig und nur, wenn sie ins Krankenhaus mussten oder um Dinge zu besorgen, die sie sonst nirgends fanden.

Alte Fischer erzählten von den Dampfschiffen und Viermastern aus Sewastopol, Istanbul, Cardiff oder Rotterdam, die früher in die Flussmündung hineinfuhren und an den Quais der Stadt vor Anker gegangen waren. Von russischen Kreuzern, griechischen Handelsschiffen, englischen Fregatten. Von den Huren aus Brăila und Galați, sogar aus Bukarest, die in den Bordellen der Stadt gearbeitet hatten.

Es hatte die teuren Damen für die Schiffsoffiziere, die Handelsvertreter und die Beamten der Donauverwaltung gegeben, und die billigen Mädchen für die betrunkenen englischen oder deutschen Seemänner, die Hafenarbeiter und die kleinen Leute, die auf jenem Fleckchen Erde wie Gefangene lebten. Die Stadt war gegen Norden von undurchdringlichen Schilffeldern begrenzt und im Süden von Sanddünnen und Sümpfen. Wer in die Stadt wollte oder aus ihr heraus, kam entweder vom Meer her und bezahlte viel Geld für eine Fahrkarte. Oder zweimal die Woche mit dem Postschiff aus Tulcea. Im Winter war Sulina wochenlang nicht zu erreichen.

Es hatte auch die gehobenen Lokale für die Schiffskapitäne, die ersten Offiziere, die Konsuln und Handelsvertreter, den Bürgermeister, die Ärzte, den Richter, den Zolldirektor, den Schuldirektor und den Hafenvorsteher gegeben, mit spanischem Wein und Orangen aus Kleinasien, englischem Tee und ägyptischen Zigaretten. Ebenso hatte es Weinlokale für Griechen, Engländer und Deutsche gegeben.

Man fand noch Handelsniederlassungen und Konsulate, Villen mit lauschigen Terrassen und den Palast der internationalen Donauverwaltung mit Tennisplätzen, Wohnhäusern für die Beamten, geometrisch angelegten Gärten und gestutzten Büschen. Jenseits des grünen Zauns, der mitten in der Stadt die Grenze Rumäniens markierte, war alles perfekt, sauber und geordnet gewesen. Trotzdem wirkte alles wie in einer früheren Zeit stehen geblieben.

Es gab noch Spelunken für Gepäckträger, Kranführer, Matrosen und Schiffsjungen. Für Abenteurer, Hochstapler und andere zwielichtige Gestalten. Auch das Kaffeehaus für die Lotsen, die jederzeit bereitstehen mussten, um die Schiffe in den Hafen zu begleiten, stand noch am selben Ort. Alles andere aber war verschwunden, die Stadt und der Hafen hatten an Bedeutung eingebüßt, die Ausländer hatten sie nach und nach verlassen.

Sulina bestand nur aus drei oder vier Hauptstraßen, wobei die Äußere als Bollwerk gegen die Sümpfe und Stechmücken galt. Deshalb hatte man dort Sanddünen errichtet. Bis auf die erste Reihe am Flussufer waren die meisten anderen Häuser einfach und anspruchslos, viele waren nur aus blankem Ziegelstein und Schilfdächern gebaut, manche sogar nur aus Lehm und Stroh. Mutter, die Sulina sehen wollte, ließ so lange nicht locker, bis Vanea sich einverstanden erklärte, sie dorthin zu bringen.

Großmutter hatte sich nicht widersetzt, sondern Unverständliches gegrunzt und sich in ihrem Bett auf die andere Seite gedreht. Vanea hatte die ganze Strecke über geklagt. Wenn sie sich die Stadt anschauen wollte, dann nur, weil sie später dort wohnen wollen würde. Wenn sie einmal dort wohnte, würde sie nicht mehr ins Herz des Deltas und zu ihm zurückkehren wollen. «Heute Sulina, morgen Amerika», murmelte er unzufrieden, während er schwer an den Rudern zog. «Aber dort hängen sie Leute an Bäumen auf und haben den Schnaps verboten. Wieso soll man überhaupt das Delta verlassen?»

«Weil ich die Welt sehen will, Vanea. All das, was du im Unterstand vorgelesen hast, hat mich neugierig gemacht. Und Aura hat mir erzählt, wie aufregend es dort draußen ist.»

Er keuchte. Er war in letzter Zeit oft erschöpft, stand nur mühsam auf und lag mit Fieber in seinem Unterschlupf.

In Sulina passierten sie die lange Reihe der Vorstadthäuser, den soliden roten Wasserturm, rostige Schiffe und Kähne und machten ihr Boot neben der Anlegestelle des Postschiffes fest, direkt an der Promenade. Der Platz vor dem Hotel International, die Kneipen und die angrenzenden Straßen waren verwaist und schienen aufgegeben worden zu sein, denn die Sommerhitze hatte alle vertrieben.

Mutter machte sich auf die Suche nach der jungen Frau, mit der sie im Dorf gesprochen hatte. Vanea begann ein Gespräch mit einigen Fischern, die vergeblich auf Kunden für ihren Tagesfang warteten. Ein großes Frachtschiff fuhr langsam vorbei, und Vanea erkannte am Geruch, dass es Schweine geladen hatte. Es war auf dem Weg zu anderen westwärts liegenden Häfen, die auf Kosten Suli-

83

nas aufblühten. An jenem Tag sollte in Sulina gar kein Schiff anlegen.

Als Mutter nach Stunden zurückkam, hatte sie nicht nur das Meer und den alten Leuchtturm gesehen, der sich einige Hundert Meter von der Küste entfernt befand, sondern auch Arbeit und Unterkunft gefunden. Ihre neue Freundin Aura, die schon seit einigen Jahren in der Stadt lebte, hatte sie dem Friseur Ahile Petraşcu vorgestellt. Der Mann – ein halber Rumäne und halber Grieche – rühmte sich, dass er mittlerweile zum Internationalsten von Sulina gehöre.

Er hatte das Mädchen gemustert und sich dann wieder seinem Klienten gewidmet. Als sich die jungen Frauen schon zurückziehen wollten, sagte er: «Ich kann mir nicht leisten, jemanden anzustellen, der faul ist.»

«Sie ist nicht faul», verteidigte sie Aura.

«Oder jemanden, der zwei linke Hände hat.»

«Hat sie nicht.»

«Der so nach Fisch stinkt wie sie.»

«Sie wird sich waschen.»

«Kann sie nicht für sich selbst sprechen?»

«Ich werde mich waschen.»

«Ich kann dir nicht viel zahlen.»

«Ich brauche fast nichts.»

Erst jetzt entspannte sich Ahile und begann, vor sich hin zu pfeifen. Mutter war nicht schön, aber sie hatte ihre Reize. Frisch gewaschen, besser hergerichtet und angezogen, konnte sie von Vorteil für seinen Laden sein. Auch sein Geschäft, das er von einem Franzosen übernommen hatte, hatte bessere Zeiten gesehen. Die Leute hatten immer weniger Geld, und sie wurden immer geiziger. Vielleicht konnte er ein Plakat an der Straße anbringen, dass man nun von zarten Händen den Kopf gewaschen bekam.

«Ich kriege höchstens einen Schiffskapitän und drei oder vier Offiziere pro Monat. Und die meisten wollen nur rasiert werden. In der übrigen Zeit sehen meine Klienten aus wie dieser hier.» Er deutete mit dem Kinn auf den Mann auf dem Stuhl, der sie im Spiegel angrinste. «Sie sind arbeitslos und lassen anschreiben. Aber bevor ich den ganzen Tag nutzlos herumstehe, schneide ich ihnen die Haare. Bei mir lernst du einen anständigen Beruf. Ich habe auch einige Kundinnen, und wenn du Talent hast, kannst du sie in zwei, drei Jahren selbstständig frisieren. Weißt du schon, wo du wohnen wirst?»

Mutter schaute hilflos Aura an.

«Ja, das weiß sie. Ich kenne eine Familie, die Untermieter nimmt.»

«Wie heißt du?»

«Elena.»

«Na also, Ahile und Elena, das ist doch eine alte griechische Geschichte. Wenn du dich bewährst, schreibe ich in ein paar Jahren auf die Fenster in großen Lettern: ‹Ahile und Elena. Bei uns erleben Sie keine Tragödie.›» Sie lachten alle, obwohl nur er allein den Sinn seiner Worte verstanden hatte.

Bei einer Familie, die am Stadtrand lebte, gleich neben den Sanddünen, fand Mutter ein Zimmer. Der Mann hatte gezögert, bis er erklärt hatte, womit er sein Geld verdiente. Für das, was er tat, mied man ihn, obwohl er nicht wenig Macht im Hafen hatte. Er dekontaminierte die Schiffe. Er stieg immer zusammen mit dem Hafenarzt an Bord, und solange sie beide nicht ihr Einverständnis gegeben hatten, verließ keiner das Schiff.

Er kroch in die dunkelsten, dreckigsten Ecken der Kombüse und der Schlafräume und stieg in den Maschinen-

und Laderaum des Schiffes hinunter. Währenddessen warteten alle gespannt auf sein Urteil. Wenn er wieder auftauchte, war er mit Kohlenstaub verschmiert und stank wie eine Kloake. Er beseitigte Ratten, Kakerlaken und Wanzen. Gerade bei Schiffen, die aus Häfen kamen, wo es noch die Pest gab, musste er besonders aufpassen. Man fürchtete und verachtete ihn zugleich. Doch nur der Arzt wurde gut bezahlt, deshalb nahmen sie Untermieter.

«Wir sind saubere Leute. Sauber und gesund», beeilte sich seine Frau hinzuzufügen, als sie ihr das Zimmer zeigte.

Sie waren enttäuscht, als sie hörten, wie wenig Mutter verdienen würde. Aber Aura wusste auch hier einen Ausweg.

«Du hast doch Vanea, der dich so liebt. Dann soll er ihnen doch drei Eimer voller Fische pro Monat liefern.»

Damit konnten sich alle einverstanden erklären.

Auf dem Rückweg nach Uzlina musste sie Vanea trösten, der wie ein Kind weinte: «Weine nicht, Vanea! Ich komme jeden Monat nach Hause, und wir fahren auf die Seen hinaus. Wir hören den Stören zu und beobachten die Reiher. Wir lesen die Nachrichten von 1919. Weine nicht, ich werde doch immer an dich denken.» Aber Vanea war untröstlich, denn sogar er begriff, dass damit ein Lebensabschnitt zu Ende gegangen war.

Während er kräftig ruderte, um vor der Dunkelheit zu Hause zu sein, spürte er das erste Mal die Lähmung in seinem linken Arm. Er schüttelte ihn heftig und vergaß die Angelegenheit angesichts seines großen Kummers schnell wieder. Aber die Lähmung kehrte zurück.

Drittes Kapitel

New York erwachte langsam aus dem Rausch der letzten Nacht. Einige Schlepper, Lastenkähne und Dampfschiffe waren schon auf dem East River unterwegs. In den Kaminen wurde das erste Feuer des Tages entfacht, und der dünne Rauch stieg aus den Schornsteinen wie der warme Atem der Häuser empor. Es war bald sieben Uhr und windstill.

In den Spelunken an der South Street standen die ersten Trinker des Tages schon nicht mehr aufrecht. Übernächtigte Seeleute torkelten an der schweigsamen Schar von Menschen vorbei, die sich am Kai versammelt hatte. Zwei Männer in Frack und Zobel blieben unschlüssig stehen.

«Es bringt Pech, Tote an Neujahr zu sehen. Außerdem ist die Gegend nicht sicher. Lass uns von hier verschwinden», bemerkte der eine und wollte den anderen wegziehen.

«Kapitän, wo bringen Sie sie hin?», wollte der andere wissen.

«Auf die Hart-Insel», kam es widerwillig und schlecht gelaunt von der Reling.

«Die Toten der letzten Nacht?»

«Der letzten paar Tage.»

«So viele sind es aber gar nicht. Man erzählt sich, dass im Ghetto viel gestorben wird.»

«Heute bringen wir nur die Kinder weg. Wenn Sie ein wenig warten, werden Sie sehen, wie viele es sind. Wir sind etwas zu früh dran.»

Die Ghettobewohner, die sich am ersten Januartag dort versammelt hatten, verabschiedeten ihre Kinder. Manche von ihnen hatten einen Pfarrer oder einen Rabbiner mitgebracht, aber meist stand jede Familie nur stumm hinter einem kleinen, einfachen Sarg. Es wurde wenig geweint und geklagt, denn noch hatten sie ihre Kinder bei sich. Noch waren die Dämme nicht gebrochen. Die Mannschaft wartete auf weitere Lieferungen, die Männer wussten, dass sie das Schiff vollkriegen würden.

Sie hatten schon die Särge an Bord gebracht, die in der Nacht am Kai abgestellt worden waren. Sie hatten sie aus dem Schnee graben müssen. Viel Zeit blieb ihnen nicht mehr, denn dem Fahrplan gemäß würden bald ein Schiff aus Kuba, das mit Kaffee und Bauholz beladen war, und später ein Dampfer aus Irland mit einer Ladung Schafe, Kühe und Pökelfleisch anlegen.

Großvater war gerade eingetroffen und blieb von niemandem beachtet abseits stehen. Er schaute oft von jener Stelle aus dem Kapitän und seiner Mannschaft zu. Er trug die Stiefel und den Mantel eines Jungen, den er erfroren unter der Hochbahn aufgefunden hatte. Der leblose Körper war vom Schnee bedeckt gewesen, Großvater wäre beinahe über ihn gestolpert.

Er hatte gleich erkannt, dass er nichts mehr für den Jungen tun konnte. Er hatte das bleiche, gefrorene Gesicht freigelegt und sich bekreuzigt, so, wie er es oft gesehen hatte, sich dann umgesehen, ob er seine Beute verteidigen musste. An solch einem kalten Januarmorgen war außer ihm aber niemand unterwegs gewesen. Der Mantel und das gute Schuhwerk würden ihm gehören. Manchmal entschieden solche Zufälle darüber, ob man überlebte oder auf die Hart-Insel kam. Er wollte nicht der Nächste sein, dem man die Stiefel ausziehen würde.

Neben der Leiche fand er auch einen Bierkrug, der ihm die ganze Geschichte des Toten erzählte. Oft schickten die durstigen Eltern ihre Kinder, um Bier zu holen, doch auf dem Weg zurück tranken diese einen Schluck nach dem anderen, bis der Krug leer war. Benommen fielen sie in einem Hinterhof oder einer Sackgasse um. Was dann mit ihnen geschah, hatte Großvater klar vor Augen.

Es war ein neuer Tag, und es galt, wieder Geld zu verdienen. Hosenboden hatte sie auf Paddys Befehl hin früh auf die Straße geschickt, und bis zum Abend musste jeder schauen, in welcher Absteige er sich vor der Kälte verstecken konnte. Großvater wanderte umher, um sich warm zu halten, als seine Füße den gewohnten Weg zum Hafen nahmen. Manchmal half er dort aus, um die Schiffe und Schuten zu löschen, Kartoffelsäcke und Heringbottiche in die Lagerhäuser zu bringen oder auf die Fuhrwerke zu laden.

Es gab Männer und Frauen jeden Alters am Kai, mit Kindern, die sich die stumme Trauer der Erwachsenen anschauten. Jede Gruppe hatte einen Sarg vor sich. Die Lebenden gehörten ebenso zu ihren Toten wie diese zu ihnen. Sie waren alle eine Familie. Irgendwann würden weitere Kinder dort drinnen liegen, irgendwann sie selbst. Die Särge waren winzig, die Körper so leicht, dass ein Mann allein sie tragen konnte.

Die Luft war milchig, man sah das Ufer von Brooklyn mit all den Docks, Fabriken und Lagerhallen wie durch einen dichten Schleier. Manchmal traten aus diesem Dunst

Boote mit rauchenden Schornsteinen hervor, aber sie lösten sich gleich darin wieder auf. Die zähe Masse dämpfte alle Geräusche: das schrille Rufen der Schiffssirenen, den Schrei der Wasservögel, das Rumpeln der Fuhrwerke über die schlecht gepflasterte Uferstraße.

Der Kapitän spähte immer ungeduldiger zu den Straßenmündungen in der Nähe des Piers. Er wusste, dass die Flut an Toten noch nicht begonnen hatte und dass diejenigen, die sich dort eingefunden hatten, unmöglich die ganze Ausbeute der letzten Tage sein konnten. Auf die Toten des Ghettos war immer Verlass. Er sollte sich nicht täuschen. Wie auf ein Zeichen hin begannen die Toten aus den angrenzenden Straßen herauszuströmen, zuerst zaghaft – zwei oder drei Särge, begleitet von den Hinterbliebenen –, am Schluss an die vierzig auf einmal. Wie wenn man eine Schleuse geöffnet hätte.

Sie wurden auf Schubkarren oder Pferdekarren gebracht oder über den Schnee geschoben. Einige Männer trugen den Sarg unter ihrem Arm. Die jüdischen Särge waren schlicht, aus grobbehauenem Holz, die anderen weiß gestrichen. Einzig darin unterschied sich der jüdische Tod von all den anderen. Wer nicht einmal für einen billigen Sarg genug Geld gehabt hatte, der hatte Orangenkisten genommen oder die Leiche in eine Decke gewickelt.

Nachdem man den Menschen etwas Zeit zum Abschied gelassen hatte, begann man damit, die Särge an Bord zu tragen. Innerhalb kurzer Zeit war das erledigt, und die Maschinen liefen bereits auf Hochtouren, als plötzlich aus der Mündung der Cherry Street eine seltsame Erscheinung auftauchte, die wild gestikulierte.

Es war ein kleinwüchsiger Mann, der mit seinen kurzen, dicken Armen Zeichen machte und mit seinen ebenso kurzen und krummen Beinen, so schnell er konnte, zum Pier lief. Als er dort ankam, war er so erschöpft, dass er zuerst nach Luft schnappen musste. Sein Auftritt lenkte die Menschen für einige Augenblicke ab. Er trug eine blaue Uniform mit goldenen Knöpfen, in der einen Hand hielt er seinen Zylinder und in der anderen einen prachtvollen Stock mit rundem Griff.

Großvater erkannte ihn, er arbeitete im Huber's Museum am Union Square, wo er als «Der kleinste Mensch der Welt» eine der vielen Attraktionen war. Seine Frau trat oft mit ihm zusammen auf, sie waren eine gute, solide, aber nicht glanzvolle Nummer. Auf dem Plakat vor dem Eingang wurde ihr Name in der unteren Hälfte aufgeführt, in einer mittelgroßen Schrift.

Die Metropolis bot ihren Bewohnern eine Fülle von Abnormitäten: Meerjungfrauen, Menschen mit haarigem Gesicht, siamesische Zwillinge. Sie wurden in den billigen Theatern Manhattans gezeigt. Sie waren eine Augenweide für das müde, nach Zerstreuung lechzende Volk, das die Theatersäle bevölkerte. Für das Publikum, das Menschen sehen wollte, die noch geschundener waren als es selbst. Der Zwerg hatte viel Konkurrenz.

«Meine Frau!», keuchte der kleinste Mensch der Welt.

«Was ist mit ihr?», fragte der Kapitän.

«Sie fährt mit.»

Die Leute am Kai starrten ihn gebannt an. Sie hatten nicht bemerkt, wie sich ihnen eine kleine Prozession näherte. Man hatte die Frau in ihre eigene Requisitentruhe gesteckt, worauf geschrieben stand, was sie zu sein vorgab: «Die schönste Zwergin aus Fidji». Viele lebten davon, die Größten, Dicksten, Hässlichsten aus irgendeiner

Weltgegend zu sein. Das nährte sie, brachte sie ins Licht, schenkte ihnen Applaus. Das Varieté nahm alle wie eine gute Mutter auf, es machte keinen Unterschied zwischen seinen Kindern. Am Ende brachte sie das Varieté in ihrer eigenen Requisitentruhe zum Fluss.

Im Trauerzug liefen Leute mit Buckeln, fehlenden Armen, tätowierten Gesichtern und solche, die ganz unscheinbar waren: Kontorsionisten, Schlangenbeschwörer, Schwertschlucker, Magier vielleicht. Die Truhe trug ein Mann von gewaltiger Statur, der als der stärkste Mann von Coney Island hätte durchgehen können. Die Menge teilte sich schweigend, um sie durchzulassen.

Der starke Mann verbeugte sich, und der Zwerg klopfte mit dem Stock auf den Deckel der Truhe, als ob es sich um einen Zaubertrick handelte und er die Frau von den Toten erwecken wollte, während alle anderen den Atem anhielten. Zwei der Matrosen übernahmen die Kiste, die als Spitze zuoberst auf die Pyramide von Särgen gesetzt wurde.

Der Kapitän rief seine Befehle an die Mannschaft, er hatte mindestens eine Viertelstunde verloren. Die Totengräber würden bei solchem Wetter nicht lange warten wollen. Wenn sie fort wären, hätte er eine Ladung Toter, die er nicht loswerden würde. Am nächsten Tag würde der Boden vielleicht schon so gefroren sein, dass man sie nicht mehr darin eingraben konnte.

Nachdem die Trossen gelöst waren und das Schiff sich von den Pollern entfernt hatte, setzte ein zunächst kaum hörbares, dann immer lauteres Weinen ein. Es war eine gälische, italienische, jiddische Klage aus Dutzenden von Kehlen, die sich nach allen Richtungen ausbreitete und sich wie ein Schleier aus Stimmen über die Menschen, die

Boote, den Fluss und das Land legte. Bis das Schiff die Flussmitte erreichte, waren die Särge gut sichtbar. Als es Richtung Norden drehte, verschmolzen sie nach kurzer Zeit zu einem einzigen weißen Fleck, bis der Dunst auch dieses letzte Bild löschte.

Im gleichen Moment explodierte das Leben rundherum. Die Stadt war lärmig und umtriebig. Die Arbeiter machten sich etwas später als sonst zu ihren Fabriken, Schlachthöfen, Brauereien und Werften auf, die das Flussufer säumten. Die Geschäfte öffneten, Waren wurden entladen, Pferde rutschten auf der Eisdecke aus und brachten die Fuhrwerke mit ihren Ladungen zum Kippen. Der East River verlor seine Geduld mit dem Menschen und wurde wieder zu jenem launigen, wirbelreichen Wasserlauf, als der er gefürchtet war.

Großvater, der wusste, dass trauernde Eltern die besten Kunden eines kleinen Bettlers waren, streckte seine Hand aus. Er sollte auch diesmal Recht behalten. Als er die Münzen zählte, rief ihm ein Fuhrmann, für den er oft gearbeitet hatte, zu:

«Was suchst du hier?»

«Ich verdiene Geld.»

«Dann schau, dass du zum Hudson gehst. In einer Stunde legt die *Patria* an. Dort wirst du noch mehr Geld verdienen als hier.»

Natürlich würde er das, dachte Großvater. Er musste bloß die Passagiere der ersten Klasse abfangen, wenn sie die Piers verließen. Sie gaben immer etwas, da sie glücklich darüber waren, die Reise gut überstanden zu haben und Festland unter den Füßen zu spüren. In der Stadt angekommen zu sein, die nach London zum zweiten Nabel der Welt geworden war. Die anderen Passagiere hingegen, die kranken und erschöpften Emigranten, interessierten ihn nicht. Man würde ihnen eine Zigarette, ein Sandwich, eine Süßigkeit geben und sie zur Ellis Island abtransportieren. Wenn sie Glück hatten, würden sie bleiben dürfen. Wenn nicht, waren sie in wenigen Tagen wieder fort.

Auf der einen Seite, am Hudson River, kamen die Lebenden an; auf der anderen, am East River, verließen die Toten die Stadt. Die Toten und die Lebenden bekamen einander niemals zu Gesicht. Sie wussten nichts voneinander, sie trafen sich nie, aber sie nährten den ewigen Kreislauf des Lebens. New York nahm die Menschen im Westen auf und schied sie im Osten aus. Dazwischen schenkte es wenigen ein gutes, sattes, bequemes Leben und quetschte die anderen aus wie eine Zitrone.

Großvater setzte sich in Bewegung, er hatte nun ein Ziel.

Vom Dach der Mietskaserne an der Orchard Street aus konnte Großvater sein ganzes Territorium überblicken und weit darüber hinaus. Man konnte sich an so viel Weite berauschen. Man hatte nur ein paar Stockwerke hochzusteigen, einige schmale, rutschige Treppen und dunkle Gänge, musste über einige schlafende Säufer hinwegsteigen, faulige, abgestandene Luft atmen, aber wenn man oben war, öffnete sich vor einem der Himmel. Ein Himmel, an dem man zweifelte und den man vergaß, wenn man sich in den Straßen, Schächten und Innenhöfen der East Side bewegte. Dann stand man plötzlich oben, und es verschlug einem die Sprache, sogar wenn man ein ungewaschener, verwilderter, ans Sprechen nicht gewohnter Junge wie Großvater war.

Er war hochgestiegen, weil Hosenboden ihm das Gebäude empfohlen hatte, um sein Geld zu verstecken. Er traute Hosenboden nicht, aber noch weniger traute er den Straßen des Ghettos. Er brauchte ein halbwegs sicheres Versteck und hatte es hinter einem aufgegebenen Taubenschlag gefunden, wo man einen Backstein leicht – aber nicht zu leicht – herausziehen konnte.

Überwältigt von der Aussicht, stand Großvater breitbeinig am Dachrand, die Hände tief in den Taschen des ergatterten Mantels. Seine neuen Schuhe versanken im Schnee, sie waren nicht dicht, seine Socken und Füße waren feucht.

Richtung Osten wurde das Raster gedrungener Häuser immer dichter, und in den Innenhöfen der einzelnen Blocks standen schäbige Gebäude, zu denen das Licht kaum durchdrang. Sie waren in Eile gebaut worden, um die Flut der Emigranten unterzubringen. Hier und dort erhob sich ein einzelnes sechs- oder siebenstöckiges Backsteinhaus, das wie ein Riese unter Zwergen wirkte. Zum East River hin wurden die Häuser von Möbelfabriken abgelöst, hinter denen die Schiffswerften lagen, von denen Großvater nur die Mastspitzen sehen konnte.

Nach Norden wurde das Häusermeer breiter und weiter, die Gebäude waren höher und neuer. Man konnte sogar Tompkins Square sehen, den einzigen offenen Platz im Osten der Stadt. Dort standen Schlachthöfe, Brauereien und Holzlager am Flussufer. Richtung Süden, an der Südspitze Manhattans, sah man die Kuppel des Rathauses und einige Kirchtürme. Rundherum entstand auf den Ruinen des verrufenen Five Points ein neues Verwaltungsviertel, gesäubert von der Sünde und dem Dreck der früheren Jahrzehnte.

Nach Westen hin folgten die Salons, Restaurants, Theater und Bierhallen der Bowery. Einige davon waren so groß, dass sie einige Tausend Menschen aufnehmen konnten. Weiter hinten konnte Großvater den Broadway erahnen, die breiteste Straße der Stadt, und die ewige Rivalin der Bowery, an der sich aber die besseren Geschäfte und die besseren Theater befanden.

Er war so sehr ins Sehen vertieft, dass er die leise weibliche Stimme zuerst gar nicht vernahm. Doch dann fuhr er zusammen und drehte sich um. Er hatte Zelte nur an der Battery gesehen, wenn die Armee neue Rekruten aushob. Oder in den kurzen Filmen, die man in den Varietétheatern von den Siedlern in der Wildnis zeigte. Aber ein Zelt auf dem Dach eines Hauses mitten in Manhattan hatte er noch nie gesehen. Davor saß eine abgemagerte, entkräftete Frau auf einer Liege, gehüllt in mehrere Kleiderschichten, und musterte ihn ganz genau.

«Genießt du die Aussicht?», fragte sie. «Oder bist du ein kleiner Dieb, der hier seine Beute versteckt?» Er schwieg beharrlich. «Hast du keine Zunge?»

«Ich bin kein Dieb!», brach es aus ihm heraus. «Ich habe mir mein Geld verdient. Sie haben Glück, dass Sie eine Dame sind, sonst …»

Sie begann zu lachen, aber sie hustete so heftig, dass sie wieder aufhören musste. «Ich bin alles andere als eine Dame. Du wolltest also dein Geld verstecken.»

«Man hat mir gesagt, dass hier keine Kinder wohnen, nur alte, schwache Leute, die nie aufs Dach steigen.»

«Wie du siehst, war das nicht ganz falsch. Alt bin ich nicht, aber schwach. Was wäre, wenn ich dein Versteck ausplünderte?»

Roh und glasklar war seine Antwort: «Dann würde ich Sie umbringen!»

Sie sah ihn genau an, als wollte sie prüfen, ob er wirklich so abgebrüht war, wie er es zu sein vorgab. Immer wieder hustete sie, ihr ganzer magerer Körper wurde durchgeschüttelt, und schleimiger Auswurf tropfte in den Schnee. Großvater hatte zu viele Leute gesehen, die ähnlich bleich und gespenstisch wirkten, um nicht zu wissen, worunter sie litt.

«Hast du heute schon gegessen?», fragte sie.

«Heute nicht, dafür gestern zweimal.»

«Dann komm mal mit.»

Die Frau war mühsam aufgestanden und hatte ebenso mühsam das Dach überquert, dann waren sie in den vierten Stock herabgestiegen. Von Stufe zu Stufe wurde es dunkler, bis von oben nur noch ein Lichtschimmer fiel – von unten nicht einmal das –, und die Gestalt der Frau wurde immer schemenhafter. Er orientierte sich nur noch an ihrem schweren Tritt und ihrem Keuchen. Dann geschahen einige Dinge, die jenen Tag zu einem der bemerkenswertesten im noch kurzen Leben meines Großvaters machen sollten.

Auf jedem Stockwerk lagen vier Wohnungen. Die Frau öffnete die Tür rechts, ging hinein, ohne sich umzusehen, und zündete die Petroleumlampe an. Im Flur zeichnete sich am Boden ein helles Viereck ab. Sie rief nach ihm, und erst jetzt trat Großvater über die Türschwelle. Die ganze Wohnung war, soweit er das sehen konnte, leer, das einzige Mobiliar bestand aus einem breiten Bett, einem Schrank und einem Tisch mit Stühlen. Das war für Großvater ein Wunder, denn er hatte noch nie so viel leeren Raum gesehen.

Er hatte erwartet, dass dort zehn, fünfzehn Leute zusammengepfercht lebten und arbeiteten; dass sie Zigarren drehten, Hosen nähten oder Kunstblumen für die Hüte der Frauen im Norden der Stadt anfertigten. Aber er hätte es besser wissen müssen: Es fehlten sowohl das Surren von Nähmaschinen wie auch der Geruch nach Tabak.

«Das leiste ich mir», sagte sie, als ob sie seine Gedanken gelesen hätte. «Ich habe lange genug in einem verdreckten Kellerloch gelebt. Hast du einen Vornamen, Junge?»

«Junge genügt.»

«Wo kommst du her?»

Sie hustete wieder fürchterlich.

«Vom Mond», antwortete er trotzig.

«Gut, dann kommst du eben vom Mond. Ich werde ehrlich zu dir sein. Die Ärzte geben mir noch ein paar Monate, maximal ein halbes Jahr. Das Einzige, was mir noch hilft, sagen sie, ist die frische kalte Luft. Ich sitze dort oben tage- und nächtelang, bei jedem Wetter. Aufs Dach komme ich gerade noch, aber kaum noch vier Stockwerke hinunter. Auch meine Mädchen schaffen das nicht. Ich habe hier ein gut gehendes Geschäft, aber brauche jemanden, der uns hilft.»

«Wo sind diese Mädchen?», fragte Großvater und schaute sich unschlüssig um.

«Sie sind nicht hier, sondern in der Wohnung nebenan. Jedenfalls schafft das keine von uns, denn die Treppen sind zu steil und rutschig. Trotzdem brauchen wir Lebensmittel, Kleider, Besorgungen aller Art. Meine Mädchen essen viel, sie verschlingen alles. Dann müssen wir uns und unsere Kleider waschen, wir sind schließlich Frauen. Aber die Pumpe ist im Hof. Wir brauchen Petroleum für die Lampen, manchmal eine Zeitung. Der Abfall muss weggebracht werden, wir brauchen Holz und Kohle.

Kurzum, wir brauchen einen flinken Jungen wie dich. Bist du gesund?»

«Ich bin oft hungrig, aber gesund bin ich», sagte Großvater eingeschüchtert. Er begriff immer noch nicht, um was für ein Geschäft es sich handelte.

«Ich habe nichts mehr im Haus. Hier hast du einen halben Dollar. Damit kannst du Schweinsfüße, Kartoffeln, Sauerkraut, Makkaroni und Gin für neun Personen kaufen.»

«Wie viele Mädchen haben Sie denn?»

«Manchmal fünf, manchmal zehn. Nicht selten auch mehr. Momentan nur Irinnen und Italienerinnen. Sie sind nicht wählerisch. Die Jüdinnen sind heikler, sie essen nur koscher.»

«Und sie sind alle so krank wie Sie?»

Sie riss die Augen auf und lachte. «Nein, sie sind nicht so krank wie ich, sie sind anders krank. Die Krankheit, die sie haben, geht nach neun Monaten wieder vorbei. Komm, ich stelle dich ihnen vor. Ich kann aber nur bis zur Türschwelle gehen, damit ich sie nicht anstecke. Du darfst mich übrigens gerne ‹Ma'am› nennen.»

Acht schwangere junge Frauen unterbrachen ihre Gespräche, als die Ma'am zur Seite trat und ihn nach vorne schob. Acht runde oder spitze Bäuche schienen ihn zu mustern. Es kam ihm vor, als würden sie das ganze Zimmer ausfüllen und ihn zerdrücken, wenn er auch nur einen weiteren Schritt in den Raum machte. Er erschrak.

Schwangere hatte er jede Menge gesehen, Italienerinnen, Jüdinnen, Irinnen, Schwarze. Das Ghetto war voll von ihnen, viele wurden schon mit vierzehn oder fünfzehn Jahren schwanger. Aber acht Schwangere auf einmal waren ein Anblick, den er den anderen Jungen im Kohlenkeller unbedingt beschreiben musste.

Drei oder vier der Schwangeren hatten nur ihre Unterwäsche an und wuschen sich frierend über einer Blechwanne. Er konnte nicht nur ihre Fußknöchel, sondern auch die Waden, die Arme, den Hals, fast alles sehen. Er sah ihre Haut und ihre Hüften so deutlich, dass ihm schwindelig wurde. Er erblickte durch den leicht geöffneten Morgenmantel die zusammengepressten mageren Schenkel einer der Frauen, die im Schaukelstuhl saß, und die üppigen einer anderen, die sich, als er auf die Türschwelle trat, in eine Decke einhüllte. Er starrte auf makellose Schultern, über die rotes, blondes oder dunkles Haar fiel. Er sah Achselhöhlen, in denen gekräuseltes Haar spross.

Erst als er das alles gesehen, aber noch nicht begriffen hatte, schaute er in ihre Gesichter. Sie hatten sein Staunen und seine Verlegenheit bemerkt und konnten gar nicht mehr aufhören zu lachen. Alle waren sie ausnahmslos jung, kaum eine über zwanzig Jahre alt. «Er ist hübsch, der Junge, Ma'am. Schade, dass er so jung ist», bemerkte eine.

Großvater erkannte, dass nicht alle Mädchen so heiter waren. Eines lag bleich im Bett, und seine Augen waren in den Schädel eingesunken. Ein anderes blickte abwesend aus dem Fenster und hatte große, dunkle Tränensäcke. Und ein drittes war so entkräftet, dass es sich auf seiner Matratze am Boden nur kurz aufstützen konnte, um ihn anzuschauen.

«Was kannst du noch, außer zu starren?», fragte eine kleine, stämmige Frau.

«Ich verkaufe Zeitungen.»

«Das kann jeder.»

«Ich bringe im Nu Stiefel zum Glänzen.»

«Auch das ist nichts Besonderes.»

«Ich kann singen!»

Das fanden alle wunderbar, und sie drängten ihn dazu, gleich an Ort und Stelle etwas vorzusingen. Sie zogen ihn ins Zimmer und zeigten ihm, wo er sich hinstellen sollte, dann nahmen sie erwartungsvoll Platz. Er aber ließ sich lange bitten, denn er hatte noch nie vor so vielen Frauen gesungen. Für sie wiederum war es eine schöne Abwechslung, an einem kalten, beengten Ort, der sie gefangen hielt. Wo sie sich immer wieder ihre Lebensgeschichten erzählt hatten, bis nichts mehr zu sagen übrig war. Endlich nahm er seine Mütze ab, baute sich vor ihnen auf und begann zu singen:

I have come to say goodbye, Dolly Gray
It's no use to ask me why, Dolly Gray
There's a murmur in the air, you can hear it everywhere
It is the time to do and dare, Dolly Gray

Don't you hear the tramp of feet, Dolly Gray
Sounding through the village street, Dolly Gray
Tis the tramp of soldier true in their uniforms so blue
I must say goodbye to you, Dolly Gray ...

Hear the rolling of the drums, Dolly Gray
Back from war the regiment comes, Dolly Gray
On your lovely face so fair, I can see a look of fear
For your soldier boy's not there, Dolly Gray

For the one you love so well, Dolly Gray
In the midst of battle fell, Dolly Gray
With his face toward the foe, as he died he murmured low
«I must say goodbye and go, Dolly Gray»

Er hielt inne, überzeugt, dass diese kurze Kostprobe genug gewesen war, und schaute sich um. Die Gesichter der Mädchen aber sprachen Bände. So schnell würden sie nicht von ihm und seiner Stimme lassen, die sie in einen Zustand versetzte, den sie lange nicht mehr gekannt hatten. Nach einem Augenblick der Stille begannen sie, stürmisch auf ihn einzureden, damit er weitermachte. Er fasste Mut, räusperte sich ein paarmal und legte mit dem nächsten Lied los.

O Father dear, I often hear you speak of Erin's Isle
Her lofty scenes, her valleys green, her mountains rude and wild
They say it is a lovely land where a saint might dwell
Oh why did you abandon it? The reason to me tell.

O son, I loved my native land with energy and pride
Til a blight came over my crops, my sheep and cattle died
My rent and taxes were too high, I could not them redeem
And that's the cruel reason that I left old Skibbereen.

O well do I remember the bleak December day
The landlord and the sheriff came to drive us all away
They set my roof on fire with cursed English spleen
And that's another reason that I left old Skibbereen …

Großvater musste immer wieder aufhören, weil manche der Frauen leise weinten oder laut schluchzten und er unschlüssig war, was er tun sollte. Aber keine von ihnen hätte ihn deshalb unterbrochen. Ganz im Gegenteil, sie ermutigten ihn mit ihren Blicken, auf keinen Fall aufzuhören. Er schielte immer wieder zu Ma'am hinüber, die am Türrahmen lehnte, aber auch sie blickte verträumt in eine Welt, die für ihn unsichtbar war. Eines der Mädchen fragte: «Kennst du auch Lieder über Liebe?», und strich ihm durch die Haare.

«Natürlich kenne ich die! Zum Beispiel *Daisy Bell*. Jeder kennt es. Wenn Sie wollen, können sie mitsingen.»

There is a flower
Within my heart,
Daisy, Daisy!
Planted one day
By a glancing dart,
Planted by Daisy Bell!

Whether she loves me
Or loves me not,
Sometimes it's hard to tell;
Yet I am longing to share the lot –
Of beautiful Daisy Bell!

Jetzt erhoben sich die Stimmen der jungen Frauen – zuerst schüchtern, dann immer kräftiger und vergnügter –, und sie sangen alle zusammen den Refrain.

Daisy, Daisy,
Give me your answer do!
I'm half crazy,
All for the love of you!
It won't be a stylish marriage,
I can't afford a carriage
But you'll look sweet upon the seat
Of a bicycle made for two.

Gerade als er zu einer neuen Melodie ansetzte, wurde er abrupt vom Schreien einer Frau unterbrochen, die wie von Sinnen war. Bevor die Tür hinter ihm geschlossen wurde, sah er noch, wie die anderen versuchten, sie festzuhalten.

Die Ma'am nahm ihn beiseite: «Lauf schnell zur Essex Street 90, such den Arzt Will Maloy und sag ihm, dass es soweit ist. Er soll sich beeilen. Daneben findest du einen Laden, der auch Kohle verkauft. Kauf von dem Geld, das ich dir gegeben habe, soviel, wie du tragen kannst. Wir müssen viel Wasser aufwärmen. Geh schon!»

Großvater aber machte seine eigene Rechnung. Das Mädchen und sein Schmerz gingen ihn nichts an. Diese Welt, an deren Schwelle er gestanden hatte, war nicht die seine. Die Ma'am war selber schuld, wenn sie einem wie ihm soviel Geld mitgab. Außerdem war sie sterbenskrank. Er hatte viele Menschen an der Schwindsucht sterben sehen, und er wollte nicht der Nächste sein. Das Totenschiff sollte noch eine Weile auf ihn warten.

Er stieg erneut aufs Dach, um den halben Dollar zu den anderen Münzen im Beutel zu legen. Der Durchgang hinter dem Taubenschlag war so schmal – kaum eine Handbreit –, dass die Ma'am bestimmt nicht an sein Geld kommen würde. Vorausgesetzt, sie schaffte es überhaupt jemals wieder nach oben.

Ein unbestimmtes, warmes Gefühl kam in ihm auf. Er fühlte sich wie ein Magier. Er stieg auf die Brüstung, spreizte die Beine, hob die Arme, und aus seiner Kehle bahnte sich ein einziges Wort den Weg nach außen. Seine Stimme flog über die Dächer und durch die Straßen des Ghettos, drang in die Wohnungen der Kleidernäher und Zigarrenroller, in die Läden der Schuster und Bäcker und in die Absteigen und Bordelle an der Allen Street. Das Echo franste zur Bowery hin aus und wurde vom metallischen Lärm der Hochbahn überdeckt. «Houdini!»

«Erzähl mir dein Leben, Berl!», bat ihn Großvater.

«Aber ich habe es dir doch schon hundertmal erzählt. Außerdem kann ich das nicht so gut wie Einauge», flüsterte Berl.

«Erzähl es mir trotzdem. Das Bett ist zu weich, ich kann nicht einschlafen.»

«Zurück in den Kohlenkeller würde ich heute Nacht trotzdem nicht wollen.»

Sie hatten Schlafplätze im Heim für Zeitungsjungen an der Duane Street bekommen. Großvater hatte für beide bezahlt, er mochte Berl, den einzigen Jungen, auf den wirklich Verlass war. Jeder hatte ein Stück Seife und ein Handtuch gekriegt, und sie hatten sich Gesichter, Achseln und Füße gewaschen. Dann hatte Großvater noch mal bezahlt, und sie hatten sogar ein anständiges Abendessen bekommen.

Der Januar war kein ergiebiger Monat gewesen. Keine Kriege, keine Katastrophen, bloß ein Mord am Chatham Square, hinter dem man Monk Estermanns Gang vermutete. Auch Einauge war nicht mehr auffindbar. Man erfuhr, wenn man etwas erfahren wollte, dass er eines Tages einen Brief von seinem Vater bekommen hatte und ihm in den Westen gefolgt war. Zum ersten Mal seit Langem war er aus dem Kohlenkeller gekrochen. Andere waren der Meinung, er sei tatsächlich aus dem Keller herausgekommen, aber nur, um zur Five-Points-Mission zu gehen, die regelmäßig Kinder bei Paaren im Mittleren Westen platzierte. Man habe ihn lange gemustert und für ungeeignet gefunden: zu alt, zu grob, zu gerissen. Aber der schlaue Paddy habe doch noch einen Weg gefunden. Er habe sich als fromm ausgegeben, sei auf die Knie gefallen, habe frei aus der Bibel zitiert, das Bein des Beamten gepackt und gebettelt, bis dieser nachgeben musste. Schließlich habe man ihn mit Sieben- und Achtjährigen zusammengetan, und die Gruppe, begleitet von einem Erzieher, habe den Zug nach Kansas City genommen.

An jedem Bahnhof hätten sie sich auf dem Bahnsteig in einer Reihe aufgestellt und Kirchenlieder gesungen. Paare aus der jeweiligen Stadt hätten sich passende Kinder ausgesucht. Von Mal zu Mal sei die Gruppe kleiner geworden, bis zuletzt nur noch er übrig geblieben sei. Niemand hatte ihn gewollt. In Kansas City habe er sich schließlich abgesetzt, und seine Spur habe sich verloren. Es gab auch welche, die meinten, dass er unter der Erde sei, aber diesmal für immer.

Großvater und Berl hatten jedenfalls keinen Arbeitgeber mehr. Großvater half an der South Street beim Löschen der Schiffe aus und verteilte auf der Hudson-Seite Visitenkarten und Prospekte von Hotels und Gasthäusern, wenn ein Dampfer aus Europa anlegte. Er putzte die Stiefel gutsituierter Männer, die am Union Square warteten, dass ihre Ehefrauen oder Geliebten vom Einkauf in den Modeläden der Umgebung zurückkehrten. Er putzte auch die Schuhe der Schauspieler von den Theatern, die dort angesiedelt waren. So konnte er fast täglich den Betrag zusammenbringen, der ihm – und manchmal auch Berl – ein Bett und einen vollen Teller garantierte.

Sie hatten die Betten aneinandergerückt und lagen dicht beieinander, so, wie sie es aus dem Kohlenkeller gewohnt waren.

«Was ist das Erste, woran du dich erinnerst, Berl?»

«Dass meine Mutter meine entzündeten Augen leckt, die geschwollen und verklebt waren. Sie hatte Angst, dass ich erblinde.»

«Hat sie das wirklich getan? Und das Zweite?»

«Lisko, in Galizien.»

«Ga-li-zien», flüsterte mein Großvater und schmatzte, als ob er gerade ein feines Gericht kostete.

«Wir haben nur ein paar Kilometer außerhalb gewohnt. Ach ja, und an die Karpaten erinnere ich mich auch. Das ist ein Gebirge ganz nah bei Lisko. Hast du schon mal einen Berg gesehen?»

«Noch nie. Hosenboden hat einmal erzählt, dass es früher in Manhattan Hügel und Flüsse und Seen, umgeben von dichten Wäldern, gegeben haben soll. Er hat einen Indianerjungen gekannt, dessen Großvater so etwas wusste. Von Bergen aber hat er nie was gesagt. Kannst du dir hier bei uns solche Wälder vorstellen, die so groß sind, dass man sich darin verliert? Ich nicht.»

«Ich auch nicht», entgegnete Berl. «Aber genauso hat es um Lisko ausgesehen. Ich erinnere mich, dass ein paar Jahre vor meiner Geburt angeblich die ganze Stadt abgebrannt ist, weil es nur Häuser aus Holz gegeben hat. Auch unser Haus war aus Holz und stand an einer Straße, die von Lisko zu den Karpaten führte. In einem Zimmer haben wir gewohnt, in einem anderen hat Vater im Winter die Schafe eingesperrt, damit sie nicht erfrieren. Ich erinnere mich, wie es nach ihnen gerochen hat.»

«Du kannst dich an ihren Geruch erinnern?»

«Ich kann mich an viel mehr erinnern. Wir hatten eine Kneipe direkt neben unserem Haus. Alle aus der Gegend sind zu uns zum Trinken gekommen. Im Winter sind sie eng zusammengerückt und haben Karten gespielt, geraucht und getrunken. Im Sommer standen die Fenster und Türen weit offen, und ich habe die Gäste sogar von meinem Bett aus noch lachen und singen gehört. Vater hat Kartoffelschnaps und ungarischen Wein ausgeschenkt. Sogar Vishniak hat es gegeben. An Rosch ha-Schana hat er ihn zusammen mit Honigkuchen serviert. Ich erinnere mich an die koscheren Würste, die über der Theke hingen.»

«Jetzt kann auch ich sie riechen … Erzähl mehr!»

«Eines Tages ist ein Mann in einem prächtigen Anzug hereingekommen. Er hat sich an die Theke gesetzt, was getrunken und aus der Tasche eine Goldmünze geholt. Er hat behauptet, so etwas würde man in Amerika an jeder Straßenecke finden. Er hat ein paar Fotografien von einer Statue herumgezeigt, die er ‹Freiheitsstatue› nannte. Er hat gesagt, dass Amerika für die Juden das beste Land der Welt ist, weil man dort nicht arm sein oder Angst haben muss. Man soll nicht dumm sein und sein ganzes Leben in einem gottvergessenen Tal verbringen. Weil die Leute misstrauisch waren, hat er aus zwei Briefen vorgelesen, von Leuten, die ihm dankbar waren, dass er sie dazu gebracht hat, auszuwandern. Und er hat die Umschläge herumgereicht, und auf ihnen waren fremde Briefmarken und Stempel. Und Fotos, auf denen sich Leute in einem Biergarten zugeprostet haben, oder von hübschen Vorstadthäusern mit schmalen Vorgärten. Alles schien in Ordnung zu sein, also hat man ihm endlich geglaubt. Wer nach Amerika will, soll sich bei seiner Schiffsagentur in Lisko die Fahrkarten kaufen, hat er gesagt.»

«Und dann ist dein Vater zur Agentur gefahren?»

«Noch nicht. Zunächst haben die Zeitungen angefangen, schlimme Dinge über die Juden zu schreiben. Dann hat ein Priester behauptet, dass Juden Christen mit Alkohol vergiften, und hat eine Prozession mit Kreuzen und Heiligenbildern angeführt. Vor unserer Kneipe haben sie ein Kreuz aufgestellt und alle Fenster eingeschlagen. Dann erst hat Vater gewusst, dass wir nach Amerika müssen.»

Er machte eine Pause.

«Er ist aus Lisko mit den Fahrkarten bis Oświęcim zurückgekommen, denn das Geld hat nicht für die ganze Reise gereicht. Also hat er unsere drei Ziegen und die Kuh verkauft und ist wieder in die Stadt gefahren, aber auch diesmal hat das Geld nur für drei Fahrkarten bis Hamburg gereicht. Nach und nach hat Vater alles verkauft: das Haus, das Land, die Kneipe, das Pferd, den Karren, das zweite Paar Schuhe, seinen besten Anzug. So hat er unsere Reise nach Amerika Stück für Stück zusammengesetzt.»

«Du kannst jetzt aufhören. Mir fallen gleich die Augen zu.»

«Ausgerechnet jetzt willst du, dass ich aufhöre? Willst du nichts mehr darüber hören, wie wir nach Oświęcim gekommen und die Fahrkarten gar nicht gültig gewesen sind?»

«Später.»

«Wie bei der Ankunft in New York ein Einwanderungsbeamter auf Vaters Mantel mit Kreide ein ‹H› gezeichnet und er anschließend keinen Mut gehabt hat, den Mantel umzudrehen? Dass man ihn dann für herzkrank gehalten und zurückgeschickt hat? Dass Mutter und ich ihn nie wiedergesehen haben?»

«Das erzählst du mir lieber morgen. Aber sag mal:

Was würdest du tun, wenn du soviel Geld hättest wie die Vanderbilts oder die Astors?»

«Ich? Soviel Geld?», sagte er erschrocken und dachte nach. «Ich würde nach Lisko fahren und alles zurückkaufen, was Vater verkauft hat. Und du?»

«Ich will gar nicht soviel Geld. Ich will nur ein großer Sänger werden.»

Es dauerte nicht lange, und der ganze Saal schlief. Hundert Jungen lagen unter warmen Decken und waren für die Dauer einer Nacht in Sicherheit. Für einige Stunden waren sie weit weg von allem, was ihr Leben gefährdete und aushöhlte. Was er nicht wissen konnte, war, dass er Berl das letzte Mal lebend gesehen hatte.

Er konnte dann doch nicht einschlafen, der Rücken war soviel Komfort nicht gewohnt. Er versuchte, sich den dreckigen, stinkigen, lärmigen Ort, an dem sie lebten, als unberührte Insel vorzustellen. Wo Bäume so dicht wie die Backsteinhäuser im Ghetto beieinandergestanden hatten. Er hatte noch nie viel Grün gesehen, bis zum Central Park war er gar nicht gekommen. Am Hafen, wo er sich meistens herumtrieb, stiegen nur Schiffsmasten in den Himmel.

Er konnte sich mitten in Manhattan keine Wölfe und Bären und Seen mit frischem Trinkwasser vorstellen. Und Marschland anstelle des Ghettos, das ständig vom East River überflutet wurde. Und kniehohes Gras, das einen an den Füßen kitzelte. Auf dem Longacre-Platz, den man später Times Square nennen sollte, waren einst drei Bäche zusammengeflossen. Viel Raum soll es gegeben haben, und er versuchte, sich diesen Raum vorzustellen. In Gedanken legte er sich ins Gras, hatte aber keine Vorstellung davon, wie sich das anfühlte.

Am meisten Schwierigkeiten hatte er, sich Stille vorzustellen. Die Ruhe, als noch nichts von alldem existierte, was sein Leben ausmachte, und nur der Wind die Blätter an den Bäumen bewegte. Als es auch den Fotoladen von Charles Eisenmann an der Bowery noch nicht gab, wo er seine Nase am Schaufenster platt drückte, um die Fotos der Albinofrau Emma Norris, des Muskelmannes Peter Samson, der siamesischen Zwillinge Millie und Christine, der Brüder Robinson, die zwei Meter dreißig groß waren, der Frau mit der Pythonschlange auf den Schultern oder des Mannes mit dem vollständig behaarten Gesicht zu sehen.

Eisenmanns Fotos hatten seinen Appetit geweckt, ebenfalls zu jener Welt der Theaterbühnen und des frenetischen Applauses zu gehören. Es wäre wirklich schade gewesen, wenn die Bowery oder der Union Square nur ein Haufen Bäume geblieben wären. Mit solchen Gedanken im Kopf schlief er endlich ein.

Der Union Square war ein besonderer Platz für Großvater. Es gab keinen geeigneteren, um Schuhe zu putzen. Die unendliche Reihe von Kutschen, Straßen- und Hochbahnen spuckte Leute im Minutentakt aus. Männer, die vom Broadway zum Madison Square gehen wollten, um ihren Frauen die neueste Mode zu kaufen. Und Männer – oft genug dieselben –, die dann zurückkehrten, um sich an der Bowery mit Frauen zu vergnügen, die nicht ihre Frauen waren.

Obwohl 1899 die glorreiche Zeit des Platzes vorüber war, gab es immer noch genügend Theater, Restaurants und Geschäfte in der Gegend, um einen tüchtigen Schuhputzer mit mehr Arbeit zu versorgen, als er erledigen konnte. Da war das Restaurant Lüchow's, zu dem er oft geholt wurde, um die Stiefel der Besucher zu wichsen. Da war Tony Pastor's 14th Street Theater, das für einen oder zwei Dollar pro Sitz Vaudeville vom Feinsten zeigte.

Großvater las die Namen der Berühmtheiten auf den Plakatsäulen vor dem Theatereingang. Er sah sogar die Stars ein und aus gehen. Ein- oder zweimal war Lottie Gilson drunter, die «Der kleine Magnet» genannt wurde und deren Lieder er bei Gelegenheit auch sang. Und Lottie Collins, die man ihm früher im Findelhaus als Mutter hatte andrehen wollen. Nur ein einziges Mal hatte er sich bis in die Lobby des Theaters vorgewagt und sich nach einer Vorstellung in die Reihe wartender Menschen gestellt. Denn dem Theaterbesitzer eilte der Ruf voraus, ein großzügiger Mensch zu sein.

Tony Pastor, der sich wie ein Zirkusdirektor anzog, verteilte Nähmaschinen, Kohlensäcke, Geschirr, Seidenkleider und Damenhüte an sein Publikum. Großvater hatte eine Flasche Makassar-Öl erwischt und galt eine Zeit lang als der bestfrisierte Schuhputzer am Union Square, weil er damit seine Haare wie ein Star einschmierte.

Großvater hatte nur ein einziges Mal auf einer Bühne gestanden. Es war die Nacht der Amateure im Miner's Bowery Theater gewesen, und er hatte sich «Der kleine Caruso» genannt, weil er gehört hatte, dass einer, der Caruso hieß, in Europa die Herzen der Frauen zum Schmelzen brachte. Aber im Miner's hatte er von Anfang an schlechte Karten gehabt, denn im Publikum saßen nur Männer. Er wurde gegen Mitternacht nach vorne geholt, doch nach anderthalb Liedern wollte man ihn nicht mehr hören. Er stand unentschlossen da, die Hände zu Fäusten geballt, während die Pfiffe lauter wurden.

Er machte seinem Spitznamen alle Ehre, denn er suchte

sich einen Mann in der ersten Reihe aus, der ihn besonders fleißig ausbuhte, und stürzte sich auf ihn. Erst als Berl, der ihn begleitet hatte, heftig an ihm zerrte, ließ er von seinem Opfer ab. Man warf beide hinaus, denn das Publikum durfte sich an einem Artisten vergreifen, aber nicht umgekehrt. Auf dem Weg zum Kohlenkeller hatte Berl gesagt: «Du brauchst einen guten Anzug. Wenn du in solchen Lumpen auftrittst, respektiert dich keiner. Du musst respektabel aussehen. Res-pek-ta-bel», wiederholte er, der das Wort irgendwo aufgeschnappt hatte.

Am Union Square gab es auch das Huber's Museum. Was es von anderen billigen Varietétheatern unterschied, war Professor Hutchinson. Er hätte eine Attraktion für sich sein können, denn solch einen alten Mann hatte Großvater noch nie gesehen. Er war der Zeremonienmeister und betrat vor jeder Aufführung majestätisch und unter tosendem Beifall die Kuriositätenhalle.

Dort setzte er sich vor die Bühne, dann platzten jedes Mal wie zufällig zwei Knöpfe an seiner Weste, und sein enormer Bauch quoll heraus. Und ebenfalls wie zufällig fragte ihn ein Kind aus dem Zuschauerraum, wieso er solch einen großen Bauch habe. «Weil ich alle schlechten Artisten verspeise», antwortete er. «Sie sitzen alle in meinem Bauch und rumoren. Aber keine Angst: Die, die Sie gleich sehen werden, sind allererste Sahne.»

Für jeden Zwerg, Wilden, Tierdompteur oder Bauchredner fand der Professor ein gutes Wort, oft auch zwei oder drei. Er hatte vor wenigen Jahren auch «Little Egypt» vorgestellt, die Frau, die in Amerika den Bauchtanz eingeführt hatte, und Frederick Cook, den Mann, über den sogar Großvater gerufen hatte: «Cook aus der Arktis zurück! Er hat Eskimos mitgebracht!» Um aber vor Professor

Hutchinson aufzutreten, brauchte Großvater nun wirklich einen Anzug.

An einem milden Februartag im Jahr 1899 kam der Kleinwüchsige, den Großvater zwei Monate früher am Hafen gesehen hatte, aus Huber's Museum heraus, überquerte die Straße und rief ihn zu sich, damit er seine Schuhe putzte. Der Mann hatte nur ein Hemd an, während Großvater seinen Mantel abgelegt hatte. Die Menschen genossen die Sonnenstrahlen, ohne zu wissen, dass sich der Eissturm schon an die Stadt heranpirschte und sie nur eine Woche später unter einer dicken Schneeschicht begraben und Dutzende töten würde. Dass er das Leben in der Metropolis für Wochen lahmlegen würde.

«Ich kenne Sie, Sir.»

«Gehst du oft ins Varieté?»

«Ziemlich jeder, den ich kenne, tut das. Ich habe gesehen, wie Sie ihre tote Frau aufs Schiff gebracht haben. Ich habe früher Ihre Frau auf der Bühne gesehen und gedacht: Das ist die schönste kleine Frau, die ich kenne. Fertig, Sir, es macht zwei Pennies.»

«Du bist nicht billig.»

«Das Leben auch nicht, Sir. Aber für Sie geht ein Penny auch in Ordnung.»

«Hier hast du trotzdem zwei dafür, dass du meine Frau für die schönste Zwergin gehalten hast. In Wahrheit war sie ziemlich hässlich. Deshalb hat die Nummer auch zwanzig Jahre funktioniert. Sie war so hässlich, dass man sich unweigerlich fragen musste, ob sie nicht gerade deshalb so schön war. Weißt du, es kommt nicht darauf an, wer du bist, sondern nur, wer du vorgibst zu sein. Wenn du ganz davon überzeugt bist, sind es die anderen bald auch.»

«Sir, ich gebe nicht nur vor, gut zu singen. Ich tue es auch. Die Frauen weinen, wenn sie mich hören. Es wäre keine Zeitverschwendung, wenn Professor Hutchinson mich kennenlernen würde.»

Der Zwerg sah ihn prüfend an. «Gut, ich werde dich dem Professor vorstellen, aber du brauchst dafür einen guten Anzug. Wenn er dich nimmt, kriege ich ein halbes Jahr lang die Hälfte deiner Gage.»

Großvater schien es, als ob nun alles ins Lot käme. Er würde Professor Hutchinson treffen, und seine Karriere würde beginnen. Und er wusste auch, wo er sich einen Anzug leihen konnte: bei «Misfit – Anzüge, die sitzen» an der Delancey Street, gleich neben dem Tabakladen mit der Holzstatue eines Indianers vor dem Eingang. Nur die Fotos bei Eisenmann zogen mehr Jungen an als jene Statue. Der dicke, untersetzte Ladenbesitzer empfing Großvater misstrauisch:

«Willst du hier klauen?»

«Was denken Sie, Sir? Ich brauche einen Anzug.»

«Der kostet fünf Dollar. Hast du überhaupt soviel Geld?»

«Ich will ihn nicht kaufen, sondern nur ausleihen.»

«Dich sehe ich doch nie wieder, also entweder kaufen oder sein lassen.»

«Ihr letztes Wort?»

«Ja.»

Großvater besorgte sich Kautabak und zog sich in den hinteren Raum eines Cheap-Charlie-Ladens zurück. An der Theke übten ein paar Jungs eine Nummer, mit der sie bald bei Miner's auftreten wollten. Viele Kinder im Ghetto hatten denselben Traum wie Großvater. Einer, der Berls Stimme besaß, sang vor dem Eingang, aber Großvater schaute nicht nach. Er hatte Wichtigeres zu tun, er musste

115

nachdenken. Es musste einen Weg geben, um sein neues Leben sauber beginnen zu können. Ohne stehlen zu müssen, vielleicht höchstens mit einer kleinen Drohung. In jener Nacht ging das Schaufenster des Herrenmodengeschäfts zu Bruch. Am nächsten Morgen stand Großvater wieder im Laden und grinste den Besitzer an.

«Und wenn ich die Polizei hole?»

«Die Polizei kann Ihre Schaufenster nicht jede Nacht beschützen.»

«Was willst du diesmal?»

«Was ich schon gestern wollte. Aber heute leihe ich den Anzug für einen halben Dollar aus.»

Der Eissturm war nur noch wenige Tage von New York entfernt. Es hatte schon während der Nacht geschneit, aber die Sonne hatte alles wieder geschmolzen. Etwas Schnee war nichts, was die Metropolis beeindrucken konnte, und niemand ahnte, was der Stadt bevorstand. Sie überließ sich weiter ihrem Hang zur Schnelligkeit, zum Genuss, zur Sünde. Tag und Nacht verkehrten Omnibusse, Kutschen und Straßenbahnen, unaufhörlich drängte alles vorwärts, in das nächste Glück, die nächste Betäubung. Millionen Füße trabten optimistisch durch Schlamm und Matsch einer hellen Zukunft entgegen.

Am nächsten Samstagvormittag holte er den Anzug aus dem gemieteten Schrank im Heim für Zeitungsjungen. Die Jungen, die im Flur «Pennywerfen» spielten, lachten ihn aus und dichteten ihm eine Romanze an. Er wünschte sich, Berl wäre bei ihm, um sein Aussehen zu begutachten und ihn zu beraten. Aber Berl hatte er seit Tagen nicht mehr gesehen. Er wickelte sich einen Schal um, zog die Mütze fest ins Gesicht und trat ins Freie.

Eine kühle Brise wehte durch die Straßen Manhattans,

aber das konnte einen Jungen wie ihn nicht beeindrucken, der Zeitungen auch bei minus zehn Grad verkaufte und Stiefel noch mit gefrorenen Händen blitzblank sauber kriegte. Auf dem Weg ins Huber's kam ihm ein Zeitungsjunge entgegen, der schrie, dass der Mittlere Westen unter einer dicken Schneeschicht lag. Dass sich sogar im Hafen von New Orleans und im Mississippi-Delta Eis gebildet hatte.

In Großvaters Herz jedoch war es warm. Dort saß ein alter Professor im Frack, lauschte seinem Gesang und wippte mit der Schuhspitze im Rhythmus der Melodie. Pfeifend ging Großvater seinem Glück entgegen.

Als er nach dem Kleinwüchsigen fragte, schickte ihn der Türsteher die Treppe hoch. Nichts regte sich im Haus, kein Geräusch war zu hören, der große Ansturm von Seeleuten, Zeitungsjungen, Verkäuferinnen, Arbeitern, respektablen und weniger respektablen Männern und leichten Mädchen stand noch aus. Im ersten Stock, in der Kuriositätenhalle, stand Professor Hutchinsons Lehnstuhl neben der Bühne, auf der sich bald vor den staunenden Augen der Zuschauer die unglaublichsten Dinge ereignen sollten.

Menschen ohne Füße würden springen, Menschen ohne Hände schießen. Andere würden sich so sehr verrenken, dass sie in einer Schachtel Platz haben würden. Einer würde als halb Mann, halb Frau auftreten, und wer die Frau mit versteinertem Gesicht zum Lachen bringen könnte, hätte das nächste Mal freien Eintritt. In einem weiteren abgedunkelten Raum würde hinter einem Vorhang ein weiblicher Fußknöchel erscheinen und ein paar anerkennende Pfiffe ernten. Spätestens bei der Wade würde ein Raunen durch die Zuschauerreihen gehen.

Im zweiten Stock standen in jeder Ecke ausgestopfte exotische Tiere, und hinter Glasvitrinen waren Schlangen und Eidechsen ausgestellt. Es gab Fotografien von Pygmäen und Indianern, Fonografen, die für einen Penny ein kaum hörbares Lied abspielten, und Kinetoskope, die durch ein Guckloch Ansichten der pulsierenden Großstadt zeigten: große Menschenmengen in ständiger Bewegung oder Straßenbahnen, die unaufhaltsam auf einen zu rasten.

In einer Vitrine lag ein Brief, den angeblich Lincoln einer Frau geschrieben hatte, die im Bürgerkrieg alle vier Söhne verloren hatte. Dann gab es dort noch Sand aus Afrika und Straußenfedern, Wachsfiguren berühmter Mörder und Selbstmörder. Das wertvollste Objekt aber war ein Holzspan vom Kreuz Jesu', der von grimmigen Männern bewacht wurde.

Das Huber's war ein Pilgerort, in den das Tageslicht weich in die Räume fiel wie durch Kirchenfenster. Es leuchtete sogar das Gesicht der Wachsfigur eines Giftmischers so subtil aus, dass man es für schön und erhaben halten musste.

Am Ende der schmalen Treppe hörte Großvater Stimmen und Gelächter. Er wagte nicht weiterzugehen, bis ihn jemand, der sich an ihn herangepirscht hatte, im Nacken packte und gegen die Tür stieß. Hinter Bettlaken und Decken, die als Vorhänge dienten und den Raum in Wohnnischen teilten, kamen die Bewohner des Dachbodens hervor. Menschen, die bucklig oder blind waren, Gedankenleser, Imitatoren, Akrobaten. Für sie alle fand sich immer ein Platz im Varieté. Doch wenn sie verschwinden würden, würde sie niemand vermissen. Es gab so viele andere Bucklige, Blinde, Verrückte, die die Reihen füllen würden. Es würde immer einen bewunderten Mörder geben, dessen Figur in Auftrag gegeben werden würde.

Wenn er Augen dafür gehabt hätte, hätte Großvater die armseligen Pritschen und Habseligkeiten bemerkt, die Lumpen, die auf Seilen zum Trocknen hingen. Er aber steckte bloß instinktiv die Hand in die Tasche, wo er sein Klappmesser aufbewahrte. «Nimm die Pfote raus», befahl der Mann hinter ihm. «Ich habe ihn draußen erwischt. Er wollte sicher stehlen.» «Bei uns etwas stehlen? Du musst verzweifelt sein, wenn du so etwas vorhast», erwiderte ein anderer. «Für einen Dieb trägt er einen viel zu schicken Anzug», meinte ein Dritter. «Ich will nichts stehlen, ich will zum Zwerg!», rief Großvater.

In jenem Augenblick wurde ein Laken beiseitegeschoben, und der Kleinwüchsige trat hervor. Er hielt seine Uniformjacke in der Hand, die er gerade flickte.

«Ich habe vor einigen Tagen Ihre Stiefel geputzt!», rief Großvater.

«Kann sein», erwiderte der Mann gleichgültig.

«Sie haben versprochen, mich Professor Hutchinson vorzustellen, wenn ich einen guten Anzug trage.»

«Ich erinnere mich.»

«Ich habe ihn sogar an. Ich könnte dem Professor gleich etwas vorsingen.»

«Gut. Unsere Vereinbarung gilt.»

Zwei Stockwerke tiefer bedeutete ihm der Kleinwüchsige, der Paul hieß, stehen zu bleiben, dann lauschte er an einer Tür. Er klopfte, und als sich dahinter nichts tat, öffnete er sie, und sie traten ein. Der Professor schien aus dem Schlaf gerissen worden zu sein, seine Füße waren geschwollen, seine Hosenträger hingen herunter, und über dem Hosenbund wölbte sich sein Bauch. Er versuchte mehrmals aufzustehen und trat gegen eine leere Flasche am Boden. Als er mit dem Fluchen fertig war, richtete er seine Blicke auf Großvater.

«Schau nicht so dumm, Junge», fuhr er Großvater an. «Glaubst du, ich könnte das alles ohne ein wenig Brandy aushalten? Wer ist er überhaupt?», fragte er Paul.

«Er behauptet, er kann so singen, dass die Frauen weinen. Sie sollten ihn sich vielleicht anhören. Wie nennst du dich eigentlich?»

«‹Der kleine Caruso›, Sir. Es gibt den großen Caruso drüben in Europa und den kleinen hier. Das bin ich. Ich kenne Kriegslieder, Trennungslieder, romantische Lieder, alles, was sie hören wollen.»

«Sing einfach irgendetwas», sagte der Alte.

Großvater sang lange, ohne dass sie ihn unterbrachen. Er legte viel Gefühl in seinen Auftritt, es war seine erste, einzige, größte Chance. Er sang mit der Hingabe, die auch ein zum Tode Verurteilter verspürte, wenn ihm das letzte Mahl serviert wurde. Er umgarnte den Professor wie eine Geliebte. Der Alte musterte ihn lange wortlos und ließ ihn näher treten. Er befahl ihm, sich umzudrehen, sich zu bücken und zu strecken, er schien etwas Bestimmtes zu suchen. Unzufrieden wandte er sich von ihm ab und zog seine Socken hoch.

«Du hast eine vielversprechende Stimme, Junge. Immerhin hast du den Stimmbruch hinter dir. Das Letzte, was ich hier gebrauchen kann, ist ein Sänger im Stimmbruch.» Er zwinkerte Paul zu, und sie brachen beide in lautes Gelächter aus. «Trotzdem habe ich hier keine Verwendung für dich. Du bist viel zu gerade gewachsen. Du hast keine Krankheit, keinen Buckel, keine Missbildung. Du bist zu normal, und Sänger habe ich genug. Ich habe einen Blinden, der wie ein Engel singt, einen Lahmen, den wir zum Singen extra hineintragen, und einen Tauben, der sich ‹Der Beethoven der Gesangskunst› nennt. Manchmal singt sogar Paul. Geh nach Hause und komm nicht wieder, bevor dir nicht ein Buckel gewachsen ist.»

Damit wandte er sich von Großvater ab, der dort noch lange wie angewurzelt stehen geblieben wäre, wenn Paul ihn nicht am Arm genommen und weggezogen hätte.

«Aber ich will nicht bucklig sein, ich will singen», protestierte er auf dem Weg nach unten.

«Dann musst du ins Vaudeville gehen. Dort kannst du sein, wer du willst.»

Am nächsten Tag zog Großvater seine alten Lumpen wieder an, brachte den Anzug zurück und holte sich ein Bündel Zeitungen aus dem Lieferwagen von The World, um das er sich mit einem schwarzen Jungen prügeln musste. Er begann, nach Extras zu suchen, und merkte bald, dass es an jenem Tag nur eine einzige wichtige Schlagzeile gab: In ganz Nordamerika war es so kalt, dass in Texas sogar Menschen gestorben und in Ohio die Tiere auf den Feldern verendet waren. In Washington lag der Schnee so hoch, dass man Kinder anseilte, um sie nicht zu verlieren.

Großvater war wütend, weil man ihm keine Chance gegeben hatte, und er schrie aus vollem Halse in den eisigen Wind: «Wer nicht aufpasst, wird erfrieren! Lest, was ihr dagegen tun könnt! Lest The World!» Die Wut hielt ihn warm, für Stunden spürte er die Kälte nicht. Außerdem war er auf der Suche nach Berl, der sich wie in Luft aufgelöst hatte.

Wenn man ihn gefragt hätte, wieso er sich soviel aus diesem bleichen, kränklichen Jungen machte, so hätte er sofort die Antwort gewusst. Jeder Straßenjunge brauchte einen guten Freund, der ihm aushalf, wenn er Ärger kriegte. Berl hatte noch mehr als das getan: Er hatte Großvater ein wenig Lesen und Schreiben gelehrt und half ihm immer aus, wenn er die Texte der Lieder nicht verstand, die er singen wollte.

Er suchte in allen Absteigen an der Bowery, wo man Jungen wie Berl oder Großvater auf einem Stuhl sitzen ließ, ohne dass sie allerdings einschlafen durften. Man musste ständig einen Arm oder ein Bein bewegen, um zu beweisen, dass man wach war. Die Münzen, die einem von Zeit zu Zeit zugesteckt wurden, landeten in den Taschen des Wirtes. Dafür bekam man ein Sandwich und den letzten Schluck aus einem Bierfass. Berl behauptete sogar, gleichzeitig schlafen und den Fuß bewegen zu können.

Es war schon dunkel, als er die restlichen Exemplare ablieferte und sich seinen Anteil holte. Berl hatte er nirgends gefunden, und es war inzwischen so kalt, dass er sich dringend einen Unterschlupf suchen musste. Sogar die Wut wirkte nicht mehr gegen das eisige Wetter. Wo auch immer er anklopfte, schickte man ihn wieder weg. Alle billigen Hotels und Gasthäuser, alle Spelunken waren überfüllt mit Leuten, die Zuflucht vor dem Eissturm gesucht hatten, und bis zur Duane Street würde er es nicht mehr schaffen. Spät suchte er in einem Hinterhof nach einem offenen Kellerzugang und stand plötzlich vor einem Schuppen, der still und unbewohnt schien.

Drinnen war es wärmer, und der Boden war mit Heu bedeckt. Die beiden Pferde wandten die Köpfe nach ihm, aber sie ließen ihn gewähren. Im spärlichen Licht erkannte Großvater die Körper der Tiere, die wie ein unzertrennliches Paar dastanden und dem Sturm zuhörten. Er erkannte auch die Konturen von etwas, was ihm sehr vertraut war: das Pferdekarussell eines Italieners. Wie oft war Großvater darauf gestiegen und hatte für einen Penny einige Runden gedreht!

Er hüllte sich in zwei Decken, die er dort fand, und grub sich zwischen den Tieren ins Heu ein. Die Tiere ließen ihn gewähren, denn sie waren gewöhnt, dass Menschen in ihrem Unterschlupf Schutz suchten. Nun spitzten sie zu dritt die Ohren und lauschten der entfesselten Natur.

Er konnte nicht sagen, wie lange er geschlummert hatte, als jemand an seinen Decken zog, sodass er aufsprang, um sich zu verteidigen. Es war eine alte Frau – bestimmt schon über dreißig, fand er –, die dort Obdach suchte. Nachdem sie ihm etwas von ihrem Gin überlassen hatte, war er bereit, die Decken mit ihr zu teilen. Vor Kälte konnten sie immer nur kurz einnicken, also begann sie, ihm ihre Geschichte zu erzählen.

Sie war aus Irland gekommen, und ihr irischer Hunger hatte sich an der East Side fortgesetzt. Man hatte in der Nacht vor ihrer Abreise Wache gehalten, als ob sie eine lebende Tote wäre. Man hatte getanzt, getrunken und geschwiegen. Man hatte geweint und sich ein Wiedersehen versprochen. Das war vor fünfzehn Jahren gewesen.

Er kannte die Fortsetzung, als ob er sie selbst erlebt hätte. Man nahm ein Schiff und kämpfte um einen guten Schlafplatz im Zwischendeck, bei den Bullaugen oder nahe der Stelle, wo der Koch täglich den Kessel voller Brei abstellte. Manche Männer und Frauen kamen sich während der Fahrt so nah, dass kein Blatt Papier zwischen ihnen Platz gehabt hätte. Die Warnung an der Wand «Geschlechtsverkehr an Bord verboten. Verstöße führen zum Verlust der Essensration» verstanden sie nicht, denn die meisten konnten nicht lesen. Sich lieben hingegen konnten sie gut, nicht einmal die Aussicht aufs Hungern hätte sie davon abgehalten. Eine ganze Reihe von Straßenjungen meinte, so gezeugt worden zu sein.

Wenn die Einwanderer während der Überfahrt krank wurden und starben, wurden sie ins Meer geworfen. Es gab eine kleine irische Totenarmee, die im Ozean versunken war. Wenn man dann doch ankam, begann der amerikanische Hunger, der ebenso mörderisch wie der irische war.

Die Pferde hörten zu, aber sie würden sich darüber ausschweigen. Sie waren diskret. Ihr Besitzer war Italiener, sein Hungerland war steinig, wasserarm und Malariaanfällig. Aus einer gälischen, grünen Insel wie Irland machte der sich gar nichts. Nach und nach waren Großvater und die Frau näher gerückt, bis sie sich aneinandergeschmiegt hatten. Sie legte von hinten die Arme um ihn und drückte sich an ihn. Eine unbekannte, erregende Wärme breitete sich in ihm aus wie ein gutes, reinigendes Feuer. Sein ganzes Leben lang würde sich Großvater an ihre Stimme erinnern, aber nicht an ihr Gesicht.

Am nächsten Tag fühlte sich der Frost wie Messerstiche auf der Haut an. Es war kaum möglich, zu atmen und vorwärtszukommen, der Wind war entfesselt, und die Kälte zwang die Menschen, sich in die hintersten, wärmsten Winkel ihrer Häuser zurückzuziehen, die Öfen und Kamine ständig anzulassen und besorgt die Holzvorräte zu überprüfen. Telegrafenmasten kippten um, die Holzdächer bogen sich unter der Last des Schnees, die Straßen waren mit einer dicken Eisschicht überzogen. Im Hafen hingen mächtige Eiszapfen an den Relingen der Schiffe. New York hatte sich in eine bizarre, stille, menschenleere Welt verwandelt.

Nachdem Großvater einen Platz am Ofen in einigen

Spelunken und Absteigen gesucht hatte, aber jedes Mal weggeschickt worden war, erinnerte er sich an den Hof, in dem sich der Kohlenkeller der Post befand. Zu Zeiten von Paddy hatten die Kohlenträger die Klappe immer offen gelassen, vielleicht würde er diesmal Glück haben. Er spürte schon seit einer Weile seine Finger und Zehen nicht mehr und hatte seit Längerem nichts mehr gegessen. Er sprang ein paarmal auf und ab und schlug sich die Arme um den Leib. Er fand die Rampe zum Keller zugesperrt und wollte sich wieder entfernen, als ihm ein kleiner, von Schnee überdeckter Hügel auffiel.

Er grub den zusammengekauerten Körper mit den bloßen Händen aus, er hatte es wie vor wenigen Wochen auf die Kleidung des Toten abgesehen. Es war ein Kind, das sich mit mehreren Schichten Zeitungspapier zugedeckt hatte. Ein letzter, nutzloser Versuch, sich zu schützen. Langsam öffnete Großvater das Grab aus gefrorenem Zeitungspapier, und je mehr Verdacht er schöpfte, desto hektischer wühlten seine Hände. Im Dämmerlicht des anbrechenden Abends blickte er in Berls wächsernes Gesicht.

Er starrte ihn lange an, bis ihm sein eigener Körper meldete, dass er in Gefahr war. Er hatte seinen Mantel auf Berl abgelegt, als ob er dessen Leiche wärmen wollte. Da er nicht wusste, wie Juden beteten, murmelte er in Eile ein Vaterunser, bekreuzigte sich verlegen und entfernte sich. Er war schon an der Straße, als er sich an den Mantel erinnerte. Er kehrte zurück, zog ihn wieder an und überließ Berls Leichnam unbeschützt der Witterung, der Ewigkeit, Gott.

Er lief nun blind und ziellos umher. Wenn schon er der Sohn von niemandem war, so war Berl doch sein einziger Freund gewesen. Dieser schmalbrüstige Kerl, den er so oft vor anderen Jungen beschützt hatte. Der zusammen mit ihm gesungen, gebettelt und gehungert hatte, der ihm nächtelang von Galizien, den Karpaten und einer Familie erzählt hatte, die er nie gehabt hatte.

Plötzlich stand Großvater am Union Square und hielt Ausschau nach Gustav. Er hoffte, dass der alte Kutscher sich noch an sein Versprechen erinnern würde. Aber so gut wie kein Mensch, keine Kutsche, keine Straßenbahn waren unterwegs. Er lehnte sich an eine Straßenlampe, um sich auszuruhen, und versank knietief im Schnee, doch die Erinnerung an das Totenschiff gab ihm erneut Kraft.

Schließlich trugen ihn seine Füße wieder ostwärts, entlang der 14th Street, die an anderen Tagen sehr belebt war, jetzt aber vollkommen verlassen wirkte. Dann wählten die Füße eine andere Richtung und brachten ihn zur Delancey Street. Nach wenigen Schritten fand er sich in der Orchard Street wieder, er erkannte das Haus der schwangeren Frauen, schob die Eingangstür auf und nahm so viele Stufen, wie er konnte, bevor er erschöpft niedersank.

Viertes Kapitel

In Sulina begann die warme Saison mit dem Selbstmord der Vögel. Die Wachteln versammelten sich jeden Frühling an der Mündung des Flusses und zogen in der Dämmerung weite Kreise über das Wasser und den Strand. Einzelne Vögel lösten sich heraus und steuerten direkt auf den grünen Leuchtturm zu. Er stand am Ende eines der beiden Deiche, die den Fluss noch einige Hundert Meter ins Schwarze Meer hinein säumten. Die alte, inkontinente Donau sollte ihr Innerstes nicht direkt am Ufer ausscheiden und die Mündung verstopfen.

Es gab eigentlich zwei Leuchttürme, aber nur der rechte wurde den Vögeln zur Falle. Sie stießen mit voller Wucht gegen das Glas und fielen bewusstlos ins Wasser oder sie schafften es noch bis zum Strand. Das Meer, das von Grün zu Schwarz wechselte, war ruhig und spiegelglatt.

Die Menschen kamen immer zur selben Tageszeit aus der Stadt, um sich das makabre Spektakel anzuschauen. Die Frauen wandten die Köpfe ab, hielten die Hände vor die Augen, aber im Grunde genommen wollten auch sie bloß zuschauen. Nur die Kinder waren ehrlich. Sie fischten die Vögel aus dem Wasser oder sammelten sie im Sand ein und zertrümmerten ihnen die Schädel oder brachen ihnen das Genick. Sie steckten sie in Säcke und rechneten sich gegenseitig vor, wie viel sie mit ihnen verdienen würden.

Gleichgültig schickte der Leuchtturm seinen Strahl aufs Meer hinaus. Fern erblickte man die Schiffe, die bis am nächsten Morgen warten mussten, um in den Hafen einzufahren. Das Geräusch einer riesigen Schaufel, die von einer Schute aus im Fluss wühlte, überdeckte die Stimmen der Flaneure, die Sirenen der Schiffe, das Krächzen der Möwen, die den Kindern die toten Wachteln streitig machten, und Mutters Gedanken.

Tag für Tag vertiefte dort der Mensch das Flussbett. Er durfte in seinem Eifer und seiner Anstrengung nicht nachlassen, den Durchfluss frei zu halten. Würde er nachgeben, würden seine Maschinen versagen, dann würde sich der Flussmund schließen. Der Mensch wusste das, und der Fluss ebenfalls. Es war ein Wettlauf und ein Ringen darum, wer schneller war. Wer den anderen geschickter hinterging. Es war die erste und letzte Verteidigungslinie des Menschen gegen die übermächtige Natur.

Die Bewohner Sulinas wurden geboren und starben mit dem kalten, schrillen Geräusch in den Ohren. Wenn ihre Stadt jemals wieder aufblühen oder endgültig untergehen sollte, würde eines immer gleich bleiben: die metallische Melodie auf den letzten Metern des müden Stroms, bevor er im Meer ertrank.

Was man an einem Ort wie Sulina liebte, waren Nachrichten. Die Leute waren süchtig nach ihnen. Je weniger man zur Welt gehörte, desto mehr wollte man von ihr wissen. Ungeduldig erwartete man die Schiffe und die Seeleute, die von der weiten Welt erzählten. Und obwohl die Geschichten der Matrosen sich ähnelten und oft nur eine Aneinanderreihung der Namen von Häfen waren, in denen sie gesoffen und gehurt hatten, zog auch das die neugierigen Zuhörer der Stadt an.

Sie versammelten sich in den Kaffeehäusern am Kai, sobald das Leuchtturmlicht auf Grün wechselte, was soviel wie «Freie Einfahrt» bedeutete. Kurz nach der Inspektion würden Offiziere und Matrosen sich unter sie mischen. Sie würden sich nach verfügbaren Frauen umschauen und nebenbei auch den Durst nach Nachrichten stillen. Je mehr sie erfanden, je sensationeller ihre Erzählungen schienen, desto häufiger bekamen sie etwas zu trinken.

Die wenigen Begabten unter ihnen konnten gut davon leben. Sie schmückten ihre Schilderungen aus, strebten gekonnt auf den Höhepunkt zu, ohne diesen vor dem neunten oder zehnten Glas zu erreichen. Die anderen, Ungeübteren, Voreiligen, mussten sich auf eigene Kosten betrinken.

Der andere Weg, an Nachrichten zu gelangen, waren die Zeitungen, die zweimal die Woche die Stadt erreichten. Viele der Stadtbewohner waren ungeübte Leser oder konnten sich keine Zeitung leisten, also wurde an den Tischen der Kaffeehäuser eifrig vorgelesen. Der Ort aber, wo das am leidenschaftlichsten praktiziert wurde, war Ahiles Friseursalon.

Dort waren die Zeitungsmeldungen wichtiger als der schlechte Haarschnitt, den einem Ahile verpasste. «Wenn ihr nicht zahlt, strenge ich mich auch nicht an», rechtfertigte er sich immer. Aber die wenigsten beklagten sich, denn einen anderen Friseur gab es nicht. Am liebsten aber klagten seine Kunden über den Lauf der Welt. Und 1937 war für viele Weltgegenden kein Jahr, das an Klagen und Schmerz arm sein würde.

Als Mutter Anfang Mai ihre Arbeit aufnahm, lebten die Besucher des Friseurladens noch mit der Erinnerung an die jüngsten Nachrichten aus Spanien. Das Massaker von Malaga mit zehntausend Toten, die Schlacht von Guadalajara. Die Bombardierung Durangos, der Luftangriff auf Guernica. Das alles hatte allein zwischen Februar und April stattgefunden, so viele Ereignisse, dass einem schwindelig werden konnte. Sie wiederholten die Namen, Durango, Guernica, Guadalajara, und jeder von ihnen sprach sie anders aus. Nur die Anzahl der Toten blieb immer gleich.

Sie hatten eine große Spanienkarte an die Wand des Salons geheftet und trugen darauf den Verlauf des Krieges ein. Es gab unter ihnen auch zwei Lager: die überzeugten Republikaner oder die Franquisten. Während Ahile die Köpfe der Frauen und Männer aus einem entlegenen Nest an diesem Ende Europas wusch, frisierte und parfümierte, verfolgte man hinter ihm den Lauf der Dinge am anderen Ende. An Orten, die genauso unbekannt wie Sulina geblieben wären, wenn man ihnen nicht den tausendfachen Tod aufgezwungen hätte. Ahile aber war immer verschwiegen und blieb ein überzeugter Demokrat: Er schnitt die Haare aller, auch derjenigen ohne persönliche Meinung.

Es gab auch politisch neutrale Nachrichten, die alle durch das Staunen einten, das sie auslösten. Das grobkörnige Bild der brennenden Hindenburg, die in New Jersey ein Hochhaus gestreift hatte. Der Versuch einer Pilotin im März 1937, die Welt mit einer Lockheed Electra zu umrunden. Howard Hughes hatte die Strecke von Los Angeles nach New York im Flugzeug in nur siebeneinhalb Stunden geschafft. Nachrichten vom Fliegen waren für sie, die sich nur mit Schiffen und Booten auskannten, besonders aufregend. In den sieben Stunden, die ein reicher Exzentriker für einen Kontinent gebraucht hatte, hätten sie im Boot kaum mehr als ein Viertel des Deltas bewältigt.

Die Nachricht aber, die sie am meisten beschäftigt hatte, war die von der Erfindung des Nylons. Nicht wegen der Angelrouten und Zahnbürsten, die man ihnen in Aussicht stellte, sondern weil sie sich die Frauenbeine in Nylon vorstellten.

Mutter – es fällt mir immer noch schwer, sie so zu nennen – war still und lernte schnell. Ahile hatte allen Grund, zufrieden zu sein, denn er meinte, dass er mehr männliche Kundschaft hatte, seitdem sie da war. Sie war nicht schön, aber blond, groß und drahtig, und schon das machte sie zu einer Attraktion. Sie ließen sich gern von ihr die Haare waschen und die Wangen einseifen. Sie war geduldig und genügsam, brauchte nicht viel und hatte für jeden ein gutes Wort, während Ahile bloß knurrte und brummte.

Man sah dem Salon an, dass er bessere Zeiten gekannt hatte. Es gab Waschbecken aus Fayence und Sessel, die man heben und senken konnte, und breite, aufgerissene Ledersofas für die wartende Kundschaft. Dutzende von leeren Parfüms und Haarwasserflaschen, die der Vorgänger zurückgelassen hatte. Wenn in Sulina die Zeit schon langsamer verlief, kam sie bei Ahile fast zum Stehen.

Jeden Monat lieferte Vanea drei Eimer Fisch ab. Man sah ihn nie, er stellte alles noch vor Sonnenaufgang vor die Tür. Das erste halbe Jahr hatte Mutter ihn – wie versprochen – regelmäßig in Uzlina besucht. Im Haus von Großmutter zog sie sich um, aber als sie mit ihr sprechen wollte, antwortete sie erst, wenn Mutter Geld aus der Tasche holte und es ihr aufs Bett legte.

«Das kannst du sicher gut gebrauchen.»

«Wie viel?»

«Genug für ein paar Flaschen Schnaps. Einige liegen

schon wieder herum.» Dann sammelte sie sie ein und machte in Haus und Hof sauber. Am Schluss setzte sie sich auf die Bettkante und betrachtete meine hässliche, aufgedunsene Großmutter.

«Wie lange trinkst du schon?»

«Das geht dich nichts an. Willst du mir Vorwürfe machen?»

«Du hast Recht, es geht mich nichts an. Wo ist mein Vater?»

«Auf dem Friedhof.»

«Nicht der. Wo ist Vanea?»

«Der ist nicht dein Vater. Er ist nur ein armer, blöder Kerl.»

«Ich kenne seit Langem die Wahrheit. Ich muss mich nur im Spiegel anschauen. Also, wo ist er?»

«Er taucht hier nicht mehr auf.»

Vom Jungen, der inzwischen sein eigenes Boot, ein Haus und mehrere Kinder hatte, erfuhr sie eines Tages, dass man Vanea schon lange nicht mehr im Dorf gesehen hatte. Er lebte wohl draußen auf den Plauri, den wandernden Schilfinseln. Man konnte nie wissen, wo er wieder auftauchte, denn der Wind hatte keinen Fahrplan.

Es hieß, er wandere durch das Delta und teile seinen Platz mit Fischottern, Nerzen, Füchsen, Wildschweinen, Bisamratten und Marderhunden, die ebenfalls die kleinen, schwimmenden Inseln vorzogen. Wie ein Geist erschien er mal hier, mal dort, kaum erblickte man ihn im Schilf, war er schon wieder weg. Man fragte sich jedes Mal, ob man überhaupt etwas gesehen hatte. Das Schlimme aber sei, hatte der Junge hinzugefügt, dass er tatsächlich mehr und mehr wie ein Gespenst aussähe.

Der Junge ruderte mit ihr über die Kanäle, und sie ließen das Boot am Eingang der Teiche und Seen treiben, um nach Vanea zu rufen. Einmal wollten sie schon zurückkehren, als aus dem Dickicht am Flussufer plötzlich Vaneas schwache Stimme zu vernehmen gewesen war. Ihr Begleiter, der sich ihm nicht nähern wollte, setzte sich ab und ruderte auf den See hinaus, um dort zu fischen und auf sie zu warten.

«Bleib da, wo du bist. Vanea ist krank.»

«Zeig dich doch! Was fehlt dir denn? Ich fahre dich nach Sulina. Im Krankenhaus kann man dir bestimmt helfen.»

«Kein Arzt kann helfen.»

Sie redete weiter auf ihn ein, machte sogar einige Schritte auf die Stelle zu, wo er sich versteckt hielt, aber seine Warnungen wurden dringlicher. Sie hockte sich erschrocken hin, auf den einzigen Fleck, den sie im Dickicht fand. Sie wusste nicht, was zu tun war. Vanea war der einzige Mensch, für den sie so etwas wie Liebe empfand. Der immer für sie da gewesen war. Noch nie hatte sie den Verlust von jemand Wichtigem erlebt, noch nie Abschied nehmen müssen. Sich von ihrer Mutter zu trennen, als sie nach Sulina ausgezogen war, war einfach gewesen.

Viel Zeit verging, ohne dass einer von ihnen ein Wort gesagt hätte. Der Junge hatte sich mehrmals genähert, um nach ihr zu schauen. «Vanea?», flüsterte sie. «Vater?» Aber nur die Vögel antworteten. Der Junge drängte zum Aufbruch, und so sprang sie zurück ins Boot und starrte, als sie sich langsam entfernten, bis zuletzt die Stelle im Schilf an, in der Hoffnung, ihn noch einmal zu sehen.

Von Vanea kamen noch ein halbes Jahr weitere Lebenszeichen. Die Eimer standen pünktlich zum Monatsende vor dem Haus ihrer Hauswirte, aber nicht mehr so voll wie früher. Anstatt dreier Eimer wurden es mit der Zeit zwei, dann einer und auch jener nur zur Hälfte voll.

Daran merkte sie, dass er schwächer wurde. Sie hatte ihn mehrmals zusammen mit dem Jungen gesucht, aber nicht mehr gefunden. Manchmal hatten sie das Gefühl gehabt, beobachtet zu werden, aber sosehr sie auch nach ihm spähten, sie konnten niemanden entdecken. Dann nahm sie sich vor, die ganze Nacht wach zu bleiben, um ihn abzupassen, wenn er die Eimer brachte, aber sie schlief immer vorher ein.

Ihre Vermieter waren unzufrieden, verlangten mehr Geld, sie zahlte und hungerte. Als dann gegen Mitte 1938 Vaneas Lieferungen ganz ausblieben, wusste sie, dass er tot war. Oder so krank, dass er hilflos geworden war. Sie suchte wieder mehrere Tage lang im Schilfdickicht herum, ohne aber eine Spur von ihm zu finden.

«Vielleicht hat ihn die Donau fortgetragen», sagte der Junge.

«Nein, hat sie nicht!», schrie sie und verstärkte ihre Suche.

«Es ist besser so. Er war sehr krank», meinte Großmutter.

«Vanea stirbt nicht!»

Als sie einsehen musste, dass er wahrscheinlich doch tot war, wäre sie am liebsten fortgelaufen. Aber aus Sulina gab es kein Entrinnen. Hinter dem Haus, in dem sie wohnte, begannen schon die Sanddünen, und von allen anderen Seiten hielten der Fluss und das Meer die Menschen gefangen. In dieser Sache arbeiteten sie gut zusammen. Sie hatten sich ihren Einflussbereich aufgeteilt und formten, jeder auf seine Art, das Delta.

Das sichtbarste Zeichen ihrer Vereinigung war bei den Leuchttürmen am Ende der Deiche zu sehen. Dort floss das trübe, braune Donauwasser in das klarere des Schwarzen Meeres. Dorthin floh Mutter, und ihr Weinen wurde übertönt vom Lärm der Schute.

Durch die Zeitungsschlagzeilen hatte Mutter entdeckt, dass es ein Spanien gab. Als das Töten dort nachgelassen hatte, brach es in China aus. Neue Namen tauchten auf: Tianjin, Pingxingguan, Nanking. Neue Schlachtfelder, neue Tote, es wollte nicht mehr aufhören. Um das Vorrücken der Japaner zu stoppen, hatten die Chinesen Deiche gesprengt. Bei Ahile hatten alle tagelang die Zahl der Toten wiederholt: eine Million.

Auch in Europa sah die Lage nicht gut aus. Österreich gehörte plötzlich zu Deutschland, demselben Deutschland, das in die Tschechoslowakei einmarschiert war und zwölftausend Polen nach Hause geschickt hatte. Aber Polen wollte sie nicht haben, und so lebten sie im Niemandsland zwischen beiden Ländern. «Was ist das Niemandsland?», hatte Mutter gefragt. «Das Niemandsland ist wie hier bei uns», wurde ihr geantwortet, gefolgt von bitterem Gelächter.

In Rumänien waren die Faschisten erstarkt, und das hatte nicht wenige erfreut. Dann hatte der König sich absolute Macht verliehen, und das lobten die anderen. Die Nachrichten trafen mit tage- oder wochenlanger Verspätung ein, wie ein Nachhall ferner Ereignisse. Wie eine Welle, die weit draußen im Meer entstanden war und erst nach Stunden an die Küste brandete. Während diese Nachrichten die Gefangenen des Deltas in Aufruhr versetzten, war die Geschichte längst weitergezogen.

Nach Vaneas Verschwinden jedoch begann Mutter,

immer mehr über Amerika zu erfahren. Es war das Einzige, worauf noch Verlass zu sein schien. Roosevelt hatte erklärt, sein Land würde sich nicht in einen eventuellen Krieg einmischen. In Amerika wäre man sicher, dort würde niemand wegen des Herrn Hitler sterben, der Ende 1938 von *The Times* zum Mann des Jahres gewählt wurde. Und Amerika brachte etwas Leichtigkeit in die Welt. Nur dort waren Menschen so verrückt, die Erde umrunden zu wollen. Sogar die Frauen waren tollkühn genug, um es zu versuchen.

Die Amerikaner bauten Tunnel unter ihren Flüssen und Brücken darüber, wie man sie bisher nicht gesehen hatte. Sie meißelten die Köpfe ihrer Präsidenten in die Felsen. Sie schlugen, auch wenn sie schwarz waren, deutsche Boxer schon in der ersten Runde k.o. Oder sie erklärten im Radio, dass Marsmenschen die Erde erobern wollten. Als ob Hitler allein nicht genügte, um ihnen Angst zu machen. Sie waren verschroben, leichtsinnig, verrückt, aber wenn ihnen soviel Zeit für solchen Unsinn blieb, konnte es ihnen nicht ganz schlecht gehen. Und die Amerikaner hatten Irving Berlin.

Ein alter Mann, täglicher Gast bei Ahile, hatte eines Morgens das Schiff nach Tulcea genommen. Niemand wusste, weshalb. Vielleicht, weil die Bordelle dort besser waren. Vielleicht, weil er einmal der Enge von Sulina entkommen wollte. Zwei Tage später stieg er wieder vom Postschiff, und hinter ihm schleppten zwei Gepäckträger etwas, das wie ein Möbelstück aussah. Sie marschierten durch die Stadt bis zum Friseurladen, und dort stellten sie ihre Last ab. Die Kunden, Ahile und Mutter kamen heraus, dankbar für die kleine Abwechslung.

«Was willst du damit?», fragte einer.

«Was ich damit will? Wartet noch ein wenig. Ich bin gleich zurück», sagte der alte Mann und ging die Straße hoch zu seinem Haus.

Die anderen blickten sich ratlos an. Wenige Minuten später tauchte der Mann wieder auf, die Hülle einer Schallplatte an die Brust gedrückt. Aus einem Fach auf der Rückseite des Möbels holte er eine Kabelschnur und steckte sie in die Steckdose im Laden. Jetzt ahnten die Leute, was folgen würde. Aufgeregt, als würde er in der Hochzeitsnacht seine Braut ausziehen, holte er die Platte heraus, dann öffnete er das Fach, in dem sich der Plattenspieler befand.

«Das ist ein Braun-Gerät. Deutsche Technologie. Die neueste Version oder jedenfalls die neueste, die man in Tulcea finden kann. Und das ist eine Platte, die mir mein Sohn aus New York geschickt hat. Ihr kennt doch alle Petru, meinen Jungen. Er hat sicher vergessen, dass ich keinen Plattenspieler habe. Er hat dazu geschrieben: ‹Hör dir das an. Das ist Amerika.› Also hören wir uns das doch mal an.»

Irving Berlins Musik, der Rhythmus Amerikas, brach so unvermittelt, so mächtig in ihr Leben ein, dass er ihnen den Atem raubte. *Cheek to Cheek, Let's Face the Music and Dance, Puttin' on The Ritz, Blue Skies* und noch so viel mehr, was sie noch nie gehört hatten. Ahile vergaß, Haare zu schneiden, und Mutter, den Boden zu fegen. Die Unzufriedenen vergaßen, zu klagen, und die Alten, über ihre Gebrechen zu jammern. Die Gesunden, mit ihrer Gesundheit zu prahlen, und die Männer, den Frauen hinterherzuschauen.

Die Melodien brandeten durch die Straßen und Höfe. Sie überraschten die alten Griechinnen, die gerade aus ihrer Kirche kamen, zwei, drei Lipowanerjungen, die am Kai ein Ruderboot flickten, und Mutters Hauswirt, der schwarz vom Motorenöl von einem Einsatz auf einem türkischen Schiff nach Hause ging. Die Schachspieler im kleinen Kaffeehaus neben dem *Hotel International* oder einen Todkranken, der bei offenem Fenster Berlins Lieder hörte und mit seiner Musik in den Ohren lächelnd verstarb.

Einen strammen, vergnügten Hochseekapitän, der von seiner neuesten weiblichen Eroberung wieder aufs Schiff zurückkehrte. Einige lärmende Schulkinder und laut ihre Waren preisende Marktfrauen, die sofort schwiegen und lauschten. Und ein streitendes Paar, bei dem bislang noch nie etwas geholfen hatte, verstummte. Ahiles Kunden hörten sich den ganzen Tag die Platte an, und jedes Mal fand sich jemand, der seufzte und murmelte: «Das ist Amerika.»

Immer wieder erklärte der Alte glücklich: «Ich werde Amerika nicht mehr sehen, aber mein Sohn ist ein richtiger Amerikaner geworden. Was für eine Karriere! Vom Fischer am Ende der Welt bis zum ersten Kellner im berühmten Moskovitz & Lupovitz in New York! Er serviert die Gerichte mit Silberbesteck und weißen Handschuhen. Wenn ich nur wüsste, dass auch er glücklich ist, bevor ich sterbe.»

«Ist er das nicht?»

«Ihm fehlt eine Frau. Er schreibt, dass die Amerikanerinnen nichts taugen. Zu unabhängig. Sie wollen heiraten, aber nicht kochen. Sie wollen Kinder, aber sich nur vergnügen.»

Amerika war mehr als Musik. Das Land nahm nur noch wenige Emigranten auf, doch konnte man wenigstens anständig verdienen, wenn man es bis dorthin schaffte. Die Zeitungen schrieben, dass Roosevelt einen allgemeinen Stundenlohn von fünfundzwanzig Cent und eine Arbeitswoche von vierundvierzig Stunden durchgesetzt hatte. Die Zahlen sagten Mutter nichts, aber die anderen kommentierten sie mit solch einer Genugtuung, dass sie es für eine gute Sache halten musste. Es gab zwar viele Arbeitslose, aber wer eine Arbeit hatte und sich anstrengte, konnte sich nach wenigen Jahren schon ein Auto kaufen. Und noch schneller einen Plattenspieler wie den des Alten.

Ohne Vanea in der Nähe hielt Mutter nichts mehr in Sulina. Es war ein verfluchter Ort für junge Menschen wie sie, an dem es nur Myriaden von Stechmücken, die Hitze im Sommer und die eisigen Winde im Winter gab. Die Stadt war ausgestorben, weil es zu heiß war oder zu kalt. Die Uhrzeiger klebten am Zifferblatt. Man wurde älter, ohne dass die Zeit verstrich. Die vielen Berichte, die Fotos aus New York, die der Alte herumreichte, hatten ihre Lust geweckt.

Der Alte schleppte immer ein Fotoalbum mit sich, worin er die allerneuesten Fotos aus New York klebte, die ihm sein Sohn schickte. Er fand immer Leute, die sie sich anschauen wollten, denn alle träumten gerne. So hatte Mutter die Freiheitsstatue gesehen, die Lagerhallen und Piers am East River, gut betuchte Spaziergänger an der Fifth Avenue, den Fischmarkt an der Fulton Street, wo Petru dank seiner Herkunft zuerst Arbeit gefunden hatte. Den Broadway mit seinen Theatern und Neonreklamen, mit der Werbung für Zahnpasta, Haarwasser, Automarken und Filme. Die Südspitze der Insel von Brooklyn aus gesehen. Coney Island und die Strandpromenade mit einem Riesenrad und einer Achterbahn im Hintergrund, die Petru «Cyclone» nannte. Und auf fast allen Fotos war ein junger, unscheinbarer Mann zu sehen, der mit ernsthafter Miene ins Objektiv des Straßenfotografen blickte.

Mutter dachte nächtelang nach, bis sie sich Aura anvertraute. Aura wollte nicht weg, sie hatte das Versprechen eines zweiten Offiziers, mit dem sie oft ins Schilf fuhr, dass er sie bald heiraten und nach Tulcea mitnehmen würde. Sie brauchte nur noch ein, zwei Jahre zu warten. Sie liebte ihn nicht, und wenn sie sich ihm im Ruderboot hingab, roch sie seinen Tabakatem und stellte sich vor, wie sie ihr Haus einrichten würde, um sich abzulenken. Oder sie schaute aufs Wasser, und die Fische schauten erstaunt zurück.

Dieser oder ein anderer Mann würden sie eines Tages von hier fortbringen, da war sie sich sicher. Es musste nicht gleich Amerika sein. Wenn aber Mutter ihr Glück versuchen wollte und wenn sie bis dorthin kommen würde und wenn sie dann dort einen anständigen, gutaussehenden Amerikaner kennenlernen würde, der auf eine beachtliche Oberweite, breite Hüften und einen fleischigen Hintern Wert legte, würde es sich Aura noch mal überlegen.

Mutter nahm ihren ganzen Mut zusammen und sprach den Alten an einem ruhigen Nachmittag an, als Ahile im Friseurstuhl eingeschlafen war. Der Alte hielt wie immer das Album auf den Knien und klatschte sich wegen der Mücken hin und wieder ins Gesicht und auf den Nacken. Dann wischte er sich den Schweiß mit einem gebügelten Taschentuch ab. Sie setzte sich schüchtern neben ihn hin.

«Habe ich dir die letzten Fotos schon gezeigt?»

«Das haben Sie, Herr Grozavescu. Sie haben einen tüchtigen Sohn.»

«Zuletzt hat er geschrieben, dass er ein Zimmer in Queens sucht. Nur Gott weiß, wo das liegt, aber ich wünsche ihm, dass er eins findet. Er ist fleißig, aber so unglücklich.»

«Darf ich ihn noch mal sehen?» Herr Grozavescu überreichte ihr das Album.

«Und gutaussehend ist er. Findet er wirklich niemanden dort drüben?»

«Keine, die was taugen würde.»

«Was müsste so eine Frau denn können, damit sie ihm gefällt? Wie sollte sie denn sein?»

Der Mann blickte sie unschlüssig an.

«Wie eine Frau eben. Sie soll den Haushalt führen und etwas fülliger sein … So in etwa wie deine Freundin Aura. Und gottesfürchtig sollte sie auch sein.»

Mutter ging zum Angriff über.

«Wie alt ist er denn?»

«Fünfundzwanzig. Ich hatte in seinem Alter schon drei Kinder.»

«Herr Grozavescu», sagte sie zögerlich, «wieso nimmt sich ihr Sohn nicht eine Frau von hier? Eine, die dieselbe Sprache wie er spricht, die tüchtig, häuslich und gläubig ist.»

Er wandte ihr den Kopf zu und sah sie durchdringend an.

«Hast du jemanden Bestimmtes im Sinn?»

«Mich, Herr Grozavescu! Mich! Ich will weg von hier, er sucht eine Frau. Das passt doch.»

«Dich? Wie alt bist du denn?»

«Bald zwanzig. Aber Sie wissen ja: Frauen sind immer etwas weiter als die Männer.»

«Und was kannst du so?»

«Bald kann ich allein rasieren und modische Frisuren schneiden. Das wird dort drüben bestimmt gesucht.»

«Niemand sucht so etwas da drüben.»

«Und Kinder kriegen, Herr Grozavescu. Kinder kriegen kann ich auch. Das will er doch. Ich bin schnell und fleißig. Ich lerne gern, was gebraucht wird. Und ziemlich lustig bin ich auch.»

«Lustig? Du? Man hört dich ja kaum reden.»

«Dann fange ich damit an.»

«Er will eine häusliche Frau.»

«Dann werde ich häuslich sein.»

«Eine, die an Gott glaubt.»

«Dann werde ich an Gott glauben und in die Kirche gehen.»

«Das geht doch nicht einfach so. Das muss von Herzen kommen.»

«Ich habe ein großes Herz, Herr Grozavescu. Da ist genug Platz für Gott, für ein paar Kinder und für ihren Sohn. Bitte, schreiben Sie ihm … Sagen Sie ihm, dass hier eine junge Frau ist, die …»

«Steh mal auf, Mädchen. Hm, du bist doch viel zu dünn. Eine wie Aura …»

«Aber Aura will nicht weg, ich schon. Schreiben Sie ihm. Er kriegt alles, was er will. Will er mich dick haben, dann werde ich soviel essen, bis ich dick bin.»

«Und wenn er eine dunkle und nicht eine blonde will?»

«Dann lasse ich mir die Haare färben.»

Der Alte begann zu lachen, dann wurde er wieder ernst.

«Er wird bestimmt eine, die so schmal ist wie du, nicht lieben können. Da ist er ganz nach mir geraten.»

«Er muss mich nicht lieben, er muss nur wollen.»

Der Alte war zunächst unschlüssig, aber schon wenige Tage später stand Herr Grozavescu in Ahiles Laden und wedelte mit einem Briefumschlag.

«Ich habe ihm von dir geschrieben und bringe jetzt den Brief zur Post. Dann können wir nur noch warten. Ich habe ihm geschrieben, dass du zwar keine Schönheit, aber anständig bist. Dass du nichts kannst und dünn wie ein Besen bist. Wenn ihn das nicht abschreckt, gehört er dir.»

«Darf ich ein Bild von ihm haben, damit ich ihn immer anschauen kann, wenn ich will?»

Ohne auf die Antwort aus New York zu warten, ging sie dazu über, alles zu essen, was sie in die Hände bekam. Sie stopfte es mit großer Leidenschaft in sich hinein. Sie ging in die Kirche, setzte sich hin und beobachtete die anderen. Sie konnte nicht zu Gott sprechen – weder ihre Mutter noch Vanea hatten es ihr beigebracht –, aber sie konnte das tun, was alle taten. Sie kniete vor dem Altar nieder, bekreuzigte sich, küsste die Ikonen und zündete Kerzen an.

Sie nahm das Schiff nach Crişan und suchte die Baba auf, die inzwischen uralt war. Sie saß neben ihrem warmen Ofen und streichelte ihre Katze, die sie im Schoß hielt. Die dreckigen, vergilbten Finger verschwanden im Fell des Tieres ab. Die Baba griff nach Mutters Handgelenk und zog sie an sich.

«Ich habe deine Mutter gekannt. Wie geht es ihr?»

«Ich weiß schon lange nichts mehr von ihr.»

«Und deinem Vater?»

«Der eine ist gleich nach meiner Geburt gestorben.»

«Ich meine, den richtigen. Du siehst aus, wie ihm aus dem Gesicht geschnitten.»

«Er ist vor Kurzem gestorben … glaube ich.»

«Was hat er gehabt?»

«Ich weiß es nicht. Er hat sich immer mehr ins Schilf zurückgezogen, bis er eines Tages ganz verschwunden ist. Er wollte nicht, dass ich ihn sehe.»

«Ach, solch eine Krankheit», seufzte die Baba und zog schlagartig ihre Hand zurück. «Und hast du ihn berührt?»

«Ich konnte nicht verstehen, wieso er das nicht mehr wollte, von einem Tag auf den anderen. Dabei haben wir oft aus demselben Teller gegessen. Ich habe sehr früh gewusst, dass er mein Vater war. Er ist wie ein Kind gewesen, aber er war mein Vater. Egal, was er gehabt hat, es hätte mir nichts ausgemacht.»

«Glaube mir, Mädchen, es hätte dir was ausgemacht. Pass auf, dass du hier nichts berührst. Und wieso bist du gekommen?»

«Ich habe es satt, im Delta gefangen zu sein. Ich will hier weg. Ich habe einen Mann gefunden, der in Amerika lebt. Einen von hier. Er ist nicht schön, aber Mutter hat immer gesagt, dass ein Mann nur ein wenig schöner als der Teufel sein muss. Und das ist er ganz bestimmt. Ich habe ein Foto von ihm dabei. Hier ist es. Jetzt soll er auch so wollen, wie ich es will.»

«Stell es auf den Tisch.»

«Vanea hat immer gesagt, dass Sie Beschwörungen für alle Lebenslagen kennen. Haben Sie auch etwas für so einen Fall?»

Die Alte lachte.

«Zu mir kommen Frauen, die ihre Männer satthaben, oder welche, die überhaupt einen wollen. Und manchmal habe ich Frauen da, die zuerst einen finden und dann möglichst schnell wieder loswerden wollen. Lass das

Foto da, geh nach Hause und warte. Die Baba ist alt, aber meine Zaubersprüche reichen bis nach Amerika. Wie willst du mich bezahlen?»

Mutter kehrte heiter nach Sulina zurück und begann zu warten. Sie aß weiterhin so viel, als ob ihr Mund der Eingang zu einem bodenlosen Sack wäre. Sie ging in die Kirche und betete, hörte Berlins Musik, schaute sich unzählige Male die Fotos des Alten an, lobte ebenso oft seinen Sohn, spürte jedes Mal, wie ihr Herz klamm vor Angst wurde, wenn der Mann vormittags am Ende der Straße auftauchte. Sie half ihrer Vermieterin, die Kleider ihres Mannes zu waschen oder zu verbrennen, schaute ihr beim Kochen zu und lernte all das, was ihre eigene Mutter ihr nicht beigebracht hatte. Sie machte bei Ahile Fortschritte, zeigte sich fleißig und wissbegierig.

Als sie sich eines Tages im Friseurladen die rechte Hand in einer Schublade einklemmte, entdeckte sie, dass sie dort keinen Schmerz mehr spürte. Zu Hause stieß sie eine Schranktüre mit Schwung gegen die Hand, aber sie war unempfindlich. Mit dem gleichen Resultat hielt sie auch Finger und Arm über eine brennende Kerze.

Einen Monat später, Ende 1938, kam die ersehnte Antwort. Petru kündigte sich für den Sommer an. Er hatte für sie in der holprigen, kindlichen Schrift aller Fischer, die nicht länger als nötig eine Schule besucht hatten, ein Zusatzblatt verfasst. Er erzählte Mutter, dass er inzwischen in Queens wohnte, in einer Gegend voller Reihenhäuser mit etwas Rasen und manchmal auch einem Auto davor. Einem Auto, wie bestimmt auch er bald eins haben würde.

Wenn er nur endlich genug Geld hätte, um seine eigenen vier Wände zu besitzen! So aber musste er zur Untermiete bei einer alten Polin wohnen, die ihm manchmal einen deftigen Borschtsch kochte und ihm ganze Abende lang von ihrem Sohn erzählte, den sie bei einem Grubenunglück in Pennsylvania verloren hatte. Er schrieb auch, dass er über eine Stunde nach Manhattan fahren musste, mit einer U-Bahn, deren Station nur einige Blocks entfernt war. Mutter konnte sich unter einer «U-Bahn» und «einige Blocks» nichts vorstellen. Sie wusste nicht, wie viel Weg man in New York in einer Stunde hinter sich bringen konnte. Im Delta maß man die Zeit immer in halben Tagen.

Petru versprach, für sie, wenn sie wirklich zusammenpassten, eine Stelle bei Moskovitz & Lupovitz zu finden. Zuerst vielleicht als Abwäscherin in der Küche, später, wenn sie ein wenig Englisch gelernt hätte, an der Kasse. Wenn sie aber Kinder bekämen, würde sie natürlich zu Hause bleiben müssen. Sie durfte also hoffen, und das war für Mutter das Wichtigste.

Anfang 1939 verschlechterte sich ihr Zustand. Ihre Hand war nicht nur taub, sondern sie konnte sie auch kaum noch bewegen, als ob sie gelähmt wäre. Mutter wurde immer müder, fühlte sich erschöpft und kraftlos, und wenn Ahile ihr etwas auftrug, vergaß sie es gleich wieder. Manchmal glühte sie so sehr vor Fieber, dass der Grieche sie wieder nach Hause schickte. Starke Kopfschmerzen stellten sich ein und machten es ihr unmöglich, aufzustehen.

An guten Tagen aber war sie fast wie früher, eilte zwischen den Kunden hin und her, um ihre Arbeit zu erledigen, und spazierte abends mit Aura bis zum Leuchtturm und schwärmte von Petru und New York. Bald würden die Wachteln wieder ins Delta kommen und in der Dämmerung den Turm anpeilen. Viele von ihnen würden sterben, aber ein Jahr später würden sie sich wieder dort einfinden.

Im Frühsommer tauchten die ersten bräunlich-violetten Flecken auf ihren Armen und am Hals auf, die sie versteckte, so gut es ging. Sie war immer seltener fähig, den ganzen Tag zu arbeiten und einen Besen oder ein Rasiermesser in der Hand zu halten. Ahile, der ihr immer noch den ganzen Lohn zahlte, forderte sie auf, zum Arzt zu gehen, aber sie schob es auf. Auch ihre Vermieter schauten sie misstrauisch an und erlaubten ihr nicht mehr, das Haus zu betreten, bis auf ihr Zimmer, das direkt über die Veranda zu erreichen war.

Es dauerte noch eine Weile, bis sie sich eingestehen musste, dass sie Hilfe brauchte. Auf jeden Brief, den Petru schickte, antwortete sie gewissenhaft, auch wenn ihr das immer schwerer fiel. Sie erzählte ihm von ihrer Mutter und von Vanea, aber viel hatte es in ihrem Leben nicht gegeben, was er wissen sollte. Und was er, als Kind des Deltas, nicht ohnehin schon kannte.

Also erzählte sie ihm darüber, wie sie sich ihre gemeinsame Wohnung vorstellte, was für Möbel sie haben wollte, wie sie ihre freie Zeit verbringen würden. Und natürlich vergaß sie nie zu erwähnen, um wie viele Kilos sie seit dem letzten Brief zugenommen hatte und dass sie regelmäßig und aus tiefstem Herzen für ihn und sie beide betete. Was für wunderbare Gerichte sie für ihn kochen würde. Sie war sich sicher, dass ihm drüben, im geheimnisvollen Queens, das Wasser im Munde zusammenlief. Dabei stützte sie die kranke rechte Hand mit der linken.

Am Tag, als sie endlich ins Krankenhaus ging, wusste sie nicht, dass sie nur noch Augenblicke entfernt von ihrem zweiten Leben war. Ein Leben, das so absonderlich und schmerzvoll sein würde, wie es sich kaum jemand vorstellen konnte.

Man führte sie in ein spärlich eingerichtetes Untersuchungszimmer im Erdgeschoss des Krankenhauses, wo sie zu warten hatte, bis der unfreundliche, bucklige Mann eintrat, den alle in Sulina gut kannten, weil er – bis auf den Hafenarzt – der Einzige weit und breit war, den man überhaupt «Arzt» nennen konnte. Die zwei oder drei anderen, die es einmal gegeben hatte, hatten die Stadt längst verlassen. Er war sozusagen ohne Konkurrenz. Das wusste er und gab sich gar keine Mühe, die Menschen, die er behandelte, auch zu lieben.

Er brachte die Kinder der Stadt auf die Welt und verabreichte denen Morphium, die unter Schmerzen litten. Er hatte Totgeburten erlebt und ein paar Selbstmorde. Ertrunkene und Erschossene. Arbeitsunfälle, die Menschen verstümmelt hatten. Krebs, der sich durch den ganzen Körper hindurchgefressen hatte. Als er aber zuhörte, wie ihm Mutter ihre Symptome beschrieb, wurde er immer ernster. Als sie ihm die Flecken auf den Armen und Schultern zeigte, sprang er auf und ging auf sie zu, blieb aber in sicherer Entfernung stehen.

Er legte eine Nadel auf seinen Schreibtisch, und sie musste sie nehmen und sich damit über ihren Arm fahren. Er fragte sie über ihre Finger aus, die krumm und steif wie Krallen waren. Dann musste sie ans Fenster gehen, damit er die Hautverfärbungen besser studieren konnte. «Sie bleiben hier stehen, rühren aber nichts an!», befahl er und ging hinaus, wo bald auf dem Korridor ein aufgeregtes Murmeln einsetzte.

Mutter hörte den Arzt leise – aber nicht leise genug –

den anderen seinen Verdacht verkünden: Morbus Hansen. Jemand wurde fortgeschickt, um die Gendarmen zu holen, falls sie sich widersetzen würde. Jemand anders meinte, dass man sie isolieren müsse, bis man endgültige Sicherheit habe.

«Was stimmt mit mir nicht?», fragte sie erschrocken, als er das Untersuchungszimmer wieder betrat und sich nachdenklich an seinen Schreibtisch setzte. «Was ist Morbus Hansen?»

«Bleiben Sie ganz ruhig. Noch ist gar nichts sicher, wir müssen noch ein paar Tests machen», sagte er ungerührt.

Sie machte einen Schritt auf ihn zu.

«Kommen Sie nicht näher!»

«Was ist Morbus Hansen? Sagen Sie es mir! Ich muss es wissen.»

«Das ist Lepra. Hier in Sulina hat es seit Jahren keinen Fall mehr gegeben. Aber im Deltainnern taucht die Seuche immer wieder auf. Man bringt alle Infizierten auf eine Isolierstation in der Nähe von Tulcea. Wenn Sie das haben, was ich vermute, werden Sie Ihr ganzes restliches Leben dort verbringen müssen.»

Sie wankte.

«Aber in zwei Wochen kommt Petru, um mich nach Amerika mitzunehmen. Ich muss für ihn da sein.»

«Wenn Sie wirklich Lepra haben, dann werden Sie niemanden mehr treffen können. Es tut mir leid.»

«Es tut Ihnen leid? Ich muss nach Amerika, Herr Doktor. Petru kommt, damit wir uns kennenlernen. Wir werden uns sympathisch sein, da bin ich mir sicher. Wir wissen schon soviel voneinander. Herr Doktor, ich muss hin. Ich bleibe nicht mein ganzes Leben hier. Geben Sie mir Medikamente, ich nehme alles, was Sie wollen.»

«Ich fürchte, mit Amerika wird es nichts. Wir müssen Ihnen Blut abnehmen und dann noch ein wenig abwarten. Aber die Symptome sind klar. Sie werden nicht einmal in Sulina bleiben können. Die Isolierstation ist der einzige Ort auf der Welt, der Sie dann noch aufnimmt.» Er räusperte sich. «Wissen Sie vielleicht, wie Sie sich angesteckt haben? Wir müssen diesen Menschen finden. Jemanden, der ähnliche Symptome hatte?»

Sie riss die Augen auf. Sie konnte nicht antworten, sie war damit beschäftigt, ihre Lage zu verstehen. Der Arzt redete eine Weile auf sie ein, bis er seine Geduld verlor:

«Wenn Sie es mir nicht sagen wollen, müssen Sie es den Gendarmen sagen.»

Sie schaute sich um, sah das offene Fenster und stand mit einem einzigen Sprung davor.

«Tun Sie das nicht! Hierbleiben!»

«Wie wollen Sie mich daran hindern?»

Seit zwei Monaten lebte Mutter auf einer riesigen, mehrere Kilometer langen Sandbank, die am Zusammenfluss der Donau und des Schwarzen Meeres entstanden war. Darauf stand ein Dorf, und wenn sich Menschen näherten, zog sie sich tiefer in den Eichen- und Eschenwald zurück. Sonst schnitt sie am Ufer eines Kanals die langen Blattstiele der weißen Seerose und sammelte sie ein. Zurück im sicheren Wald aß sie die Früchte, die man im Delta «Wasserfeigen» nannte. Versteckt im hohen Ufergras, fischte sie Makrelen und Heringe.

Sie war noch nie in diesem Teil des Deltas gewesen, und die von Lianen umschlungenen Bäume waren ihr fremd. Einmal war sie in der Nacht aufgewacht und hatte sich erschreckt, weil die hohlen, verfaulten Weiden gelb phosphoreszierten. Sie wuchsen am Rand der Sandbank, wo das Land oft überschwemmt wurde. Ihre Wurzeln waren breit wie ein Mensch und schufen seltsame Muster auf dem Boden.

Ein anderes Mal war sie auf hohe Sanddünen gestoßen, dann wieder verwandelte sich die Landschaft in eine Art Steppe. Darauf weideten wilde Pferde, die sie von weit her rochen und unruhig wurden. Ein dunkler Hengst war bis auf zwanzig oder dreißig Meter an sie herangekommen, hatte mit den Hufen gestampft und sie gewarnt.

Eines Tages hatte sich die ganze Herde in Bewegung gesetzt und war auf sie zu galoppiert, ohne dass sie sich von der Stelle hätte rühren können. Sie hatte die Augen geschlossen und gebetet, so gut sie konnte: «Oh, Vater im Himmel, mach, dass es schnell geht und ich nicht leide!» Als sie die Augen wieder öffnete, hatte sich die Herde vor ihr geteilt und war an ihr vorbeigezogen.

Auf der weiten kargen Ebene, auf der meist nur Sandkorn, Sandschwingel und Meerträubel wuchsen, grasten die mageren Rinder der Dorfbewohner. Wenn sie sehr hungrig war, traute sie sich abends aus ihrem Versteck heraus, legte sich unter eine Kuh und trank gierig die dünne Milch. Oder sie schlich sich vorsichtig ins Dorf hinein. Es war vor allem von Lipowanern bewohnt, und die blau gestrichenen Häuser standen mit der Schmalseite zur Straße. Die Höfe waren mit Weinreben überwachsen, und zuhinterst gab es meist einen Gemüsegarten.

Sie fand oft schon bei den ersten Höfen am Dorfrand, was sie brauchte: ein Messer, eine Angelrute, Stiefel, Zündhölzer. Sie stahl auch Fische aus der Räucherkammer, Gemüse, Äpfel. Die Hunde rochen sie und bellten wie von Sinnen, aber kein Mensch ging mehr, wenn es dunkel war, hinaus. Zu groß war an diesem einsamen Ort die Angst vor dem Teufel oder den bösen Geistern.

Einmal war sie einem Fischer und seinem Jungen so nah gekommen, dass sie ihrem Gespräch lauschen konnte. Der Vater erzählte dem Kleinen vom riesigen Wels, der in den Kanälen lebte, und wenn wie aus dem Nichts große Wellen auftauchten, wusste man, dass er ganz nah war. Fielen Fischer oder Kinder aus dem Boot, so verschlang er sie, ebenso ganze Schwäne, Pelikane und sogar Kälber, die im seichten Wasser tranken. Als man einmal ein solches Exemplar gefunden und ans Ufer gezogen hatte, hatte man in seinem Bauch einen ganzen Karren samt Pferden und Kutscher gefunden.

Sie hockte hinter dem Geräteschuppen und weinte leise, weil Vanea ihr, als sie klein war, dieselben Geschichten erzählt hatte, damit sie nicht zu weit ins Wasser ging. Der Junge jedoch antwortete furchtlos: «Wenn mich solch ein Ungeheuer verschlucken wollte, würde er erleben, was du alles kannst, nicht wahr?» Sein Vater lachte und führte ihn wieder ins Haus.

Sie hatte in Eile einen leeren Kartoffelsack mit ein wenig Brot, Äpfeln und Käse gefüllt, hatte sogar eine Weinflasche reingesteckt und alles mühsam über die Ebene zurück in den Wald geschleift. Sie hatte gierig gegessen, so, wie die Tiere, die immer damit rechnen müssen, dass man ihnen die Beute streitig machen wird. Mit der Weinflasche unterm Arm schleppte sie sich zurück zum Waldrand. Am Himmel sah man den Lichtstreifen eines der Leuchttürme von Sulina. Als sie die Flasche geleert hatte, ließ sie sich nach hinten fallen und blieb liegen.

Etwas weiter entfernt begannen die Weiden zu leuchten, wie eine Erscheinung. Sie hatte sich nicht daran gewöhnen können, die Furcht war immer größer geblieben. Sie hatte sich eingeredet, dass es nur Bäume seien. Aber sie war zu sehr ein Kind des Deltas, um nicht auch an etwas anderes zu glauben.

Sie wachte auf, weil sich etwas in ihrer Nähe bewegt hatte. Sie hatte Angst vor Wildschweinen und Schlangen, aber diesmal war es nur eine gewöhnliche Sau mit ihren Jungen. Die Hausschweine, die wie die Rinder frei herumliefen, besuchten sie manchmal. Sie ernährten sich von Jungvögeln, Schnecken, angeschwemmten toten Fischen, Binsenwurzeln oder Wassernüssen. Erst vor dem Schlachten oder spätestens im Herbst wurden sie heimgeholt und mit Mais und Kartoffeln gefüttert, damit ihr Fleisch nicht allzu sehr nach Fisch schmeckte. Für die Schweine war Mutter inzwischen eine Altbekannte, sie suchten weiter unaufgeregt nach Eichen und Wurzeln.

Sie hatte versucht, eines von ihnen zu fangen, aber die Tiere waren schneller gewesen. Inzwischen fürchteten sie sich nicht mehr vor ihr, sie hatten begriffen, dass von diesem Menschen keine Gefahr ausging. Wenn sie wieder einmal versuchte, aufzustehen und über eins der Ferkel den Mantel zu werfen, bewegten sie sich, ohne aufzublicken, nur ein wenig weiter. Sie humpelte hinter ihnen her, aber sie zog immer den Kürzeren.

Erfolgreicher war sie mit dem Fangen von Rotkappenlerchen und Trielen, die auf dem Boden nisteten. Sie pirschte sich langsam und mit unendlicher Geduld heran, und manchmal erwischte sie einen der Vögel. Wenn nicht, plünderte sie das Nest. Selten hatte sie genug, um satt zu werden. Das Fieber und die Auszehrung zwangen sie oft dazu, liegen zu bleiben, irgendwo zwischen den Wurzeln einer Eiche, zugedeckt mit vielen Kleiderschichten. Sie dachte immer wieder an Vanea, der zuletzt genauso abgeschieden wie sie gelebt hatte.

An besseren Tagen schleppte sie sich ins Dorf, aber sie konnte immer weniger tragen. An schlechten Tagen saß sie in ihrem Versteck, von wo sie alles sehen, aber nicht entdeckt werden konnte. Während ihr Blick über die eintönige Landschaft schweifte, wuchs immer stärker in ihr der Gedanke, dass es niemanden gab, der ihr Schutz geben könnte. Sie war allein.

Als sie durch das Fenster des Krankenhauses auf die Straße gesprungen war, war sie zum Strand gelaufen, um sich zu beruhigen und nachzudenken. Erst am Nachmittag hatte sie sich wieder in die Stadt zurückgewagt und war zum Haus ihrer Hauswirte gelaufen. Der Mann hatte im Hof an der Wasserpumpe seinen Oberkörper gewaschen. In der Luft schwebte dunkler Rauch, und in einer Ecke konnte sie auf einer improvisierten Feuerstelle einen riesigen Haufen Asche und Möbel- und Stoffteile sehen, die noch nicht verbrannt waren.

Die Erste, die Mutter bemerkte, war die Frau. Aus dem Hausinneren schrie sie dem Mann etwas zu, und dieser schaute sich um. Er griff nach einer Holzlatte und stellte sich direkt hinter das Tor. Sein sonst schlaffer Körper, der überall von feuchten Haaren bedeckt war, als wäre er ein nasser Hund, spannte sich.

«Bleib, wo du bist! Wenn du näher kommst, muss ich dich erschlagen! Die Gendarmen sind hier gewesen und haben uns alles erzählt. Man hat uns befohlen, alles zu verbrennen, was in deinem Zimmer war. Das Bett, die Matratze, die Bettwäsche haben wir beinahe schon geschafft. Jetzt kommen deine Kleider dran …»

«Das könnt ihr nicht tun! Das ist alles, was ich habe!»

«Du schuldest uns noch jede Menge Geld, Mädchen. Außerdem stehen wir jetzt unter Quarantäne. Meinst du, es interessiert mich, ob du noch etwas hast?»

Sie griff nach dem Tor, öffnete es und trat ein.

«Ich nehme mir, was mir gehört.»

Der Mann hatte Anlauf genommen, der Hofhund hatte zu bellen und an der Kette zu ziehen begonnen. Sogar er, den sie oft gefüttert hatte, hatte sie verraten. Der Mann schwang die Latte über seinen Kopf, als plötzlich seine Frau mit einem Koffer in der Hand aus dem Haus trat. Sie warf das Gepäckstück weit von sich, streifte ihre Handschuhe über, überquerte den Hof und warf sie ins Feuer.

«Nimm alles und verschwinde, Unglückliche. Wir waren bisher arm, aber immerhin sauber. Jetzt verliert er deinetwegen vielleicht seine Arbeit.» Sie deutete mit dem Kopf auf ihren Mann.

«Meine Arbeit ist sicher. Sie werden keinen finden, der sie machen will», murmelte er.

«Sei still. Man hat uns bislang geduldet, aber jetzt wird man uns aus der Stadt jagen. Die Menschen reden, in wenigen Stunden wissen es alle. Und du hau ab, sonst hetze ich den Hund auf dich!»

Mutter suchte Schutz bei Ahile, aber der schickte sie fort, ohne sie einmal in den Laden zu lassen. Sie klopfte an die Tür von Herrn Grozavescu, aber niemand machte auf. Von der Straße her sah sie, wie der Vorhang ein wenig zur Seite geschoben wurde. Sie suchte Trost beim Popen, der gleich neben der orthodoxen Kirche wohnte, aber sobald er hörte, worum es sich handelte, schlug er ihr die Tür vor der Nase zu.

Sie trommelte mit den Fäusten dagegen, doch die Tür ging nicht wieder auf. Sie solle beten und vertrauen, dass

Gott ihr eine solch schlimme Krankheit nicht ohne Grund geschickt habe, rief der Pope ängstlich. Sie solle Gott nicht hinterfragen, sondern sich selbst. Sie solle nicht begreifen wollen, sondern glauben. Dann wurde es still.

Sie hatte die Wahl zwischen den Sümpfen hinter den Sanddünen und dem alten Friedhof. Sie wählte den Friedhof, der sich außerhalb von Sulina, auf halbem Weg zum Strand, befand. Auch der Friedhof hatte glanzvollere Zeiten gesehen, als dort Italiener, Griechen, Engländer, Deutsche oder Russen begraben wurden. Ladenbesitzer, Händler aus der Blütezeit der Stadt, Besucher, die plötzlich erkrankt und gestorben waren, Konsuln und Handelsvertreter. Matrosen von den Schiffen, die vor der Küste gesunken waren. Kapitäne, erste und zweite Offiziere. Feine Damen und ihre Hausmädchen, edle Männer und Taugenichtse. Anständige, brave Leute, die ihr Leben lang nur Sulina gekannt hatten. Sie waren, als ihre Zeit gekommen war, aus der Stadt gelaufen, um sich in Sichtweite der kleinen Welt, die sie bewohnt hatten, in die ausgehobene Grube zu legen.

Nach einem provinziellen, langsamen Leben, in dem sich oft kaum etwas ereignet hatte, waren sie ermüdet und hatten zuletzt nur noch eine kurze Strecke zu gehen gehabt. Ein paar Meter zwischen der Ewigkeit ständigen Wartens darauf, dass etwas geschah, und der unumstößlichen Ewigkeit.

Zwischen den Grabsteinen, die oft verwittert und mit Moos bedeckt waren, stand eine ausrangierte Bestattungskutsche, die sie schon auf ihren früheren Spaziergängen entdeckt hatte. Darin verbrachte Mutter viele Stunden, und wenn jemand zu seinen Toten kam, legte sie sich auf den Boden der Kutsche. Ansonsten wanderte sie am

Strand umher und war immer bereit, sich hinter einer Düne zu verstecken.

Sie hatte ständig Durst, aber das Wasser des Friedhofsbrunnens war zu salzig. Oft war sie nicht fähig aufzustehen. Ihre Hände waren geschwollen. Auf ihnen und auf ihren Füßen hatten sich die violetten Flecken vermehrt und einige der Stellen sich entzündet. Zwei Tage später trieben sie der Hunger, der Durst und die Sehnsucht nach Nachrichten wieder in die Stadt zurück. Sie wartete im Dunkeln, bis Aura nach Hause kam, und klopfte dann an ihr Fenster.

«Du siehst furchtbar aus», flüsterte Aura.

«Ich habe mich seit Tagen nicht mehr gewaschen.»

«Nicht deshalb. Die Flecken. Ich denke immer daran, ob ich jetzt Angst um mich haben muss.»

«Hast du etwas für mich zu essen und zu trinken?»

Aura kehrte kurz darauf mit einer vollen Tasche zurück.

«Nimm das und sag mir, wo du bist, dann bringe ich dir noch mehr.»

«Such mich auf dem Friedhof. Noch eine Frage ...»

«Aber schnell, sonst schöpft meine Hauswirtin Verdacht.»

«Was weißt du von Petru? Kommt er noch? Das Schiff sollte bald einlaufen.»

«Du hoffst immer noch. Nein, Petru kommt nicht mehr. Sein Vater hat ihm ein Telegramm geschickt. Und jetzt mach, dass du wegkommst, sonst sieht dich jemand, und dann bin auch ich dran.»

In ihrer staubigen Kutsche voller Sand weinte Mutter die ganze Nacht. Sogar sie selbst hatte ihren Wunsch für unmöglich gehalten, aber dann doch noch gehofft, dass

Petru sie mitnehmen würde und dass man in Amerika ein Heilmittel kennen würde. In Amerika schien alles möglich, sogar, dass man die Lepra besiegte.

Aura kam nicht auf den Friedhof, doch die Gendarmen kamen. Mutter hatte sich ein wenig entfernt, um sich zu erleichtern, als sie die Männer in Uniform die schmale Landstraße entlangkommen sah. Sie konnte gerade noch ihren Koffer holen und durch das hintere Tor verschwinden. Gut versteckt in den Dünen, sah sie den Männern von Weitem zu, wie sie hinter jedem Busch und Baum, in der Kutsche und der Kapelle nach ihr suchten.

Das hohe, ausgebleichte Gras, auf dem die Uniformierten umherirrten, wuchs aus dem Brustkorb der Toten empor, die in der sandigen Erde beigesetzt worden waren. Der Wind wehte die Flüche der Männer bis zu ihr hinüber, aber er trug noch etwas mit sich: ihren Namen. «Elena, wir wissen, dass Sie sich hier verstecken! Sie haben sicher Hunger und Durst, wir haben Wasser bei uns. Sie können hier draußen nicht allein überleben. Ihre Krankheit wird immer schlimmer. Seien Sie vernünftig!»

«Elena», rief ein anderer, «wir haben Befehl, Sie zu erschießen, wenn wir Sie finden und Sie sich wehren! Wenn Sie aber von sich aus mitkommen, passiert Ihnen nichts.»

Dann wechselte der Wind wieder, und sie hörte nur noch das Kreischen der Möwen. Sie dachte an Auras Verrat.

Wenn Petru nicht kommen würde, hatte es keinen Sinn mehr, in Sulina zu warten. Sie versteckte, so gut es ging, ihre Flecken unter der Kleidung und machte sich noch vor Sonnenaufgang auf zur Anlegestelle. Zu ihrer Überraschung schaffte sie es ohne Schwierigkeiten an Bord des Postschiffes. Als das Schiff an den Häusern am Kai vor-

beifuhr und die aufgehende Sonne den Wasserstrom röt-
lich färbte, ahnte sie noch nicht, dass sie nie wieder nach
Sulina zurückkommen würde.

In Crişan suchte sie nach der Baba, aber diese hielt sich
nun die meiste Zeit in der Hütte auf dem Bogdaprostei-
See auf. Mutter kaufte zwei Flaschen Schnaps und schenkte die eine einem Fischer, damit er sie dorthin brachte. Sie
stieg direkt vor der kümmerlichen Behausung aus, der
Fischer aber weigerte sich, an Land zu gehen, und versprach, draußen auf dem See auf sie zu warten. Als sie die
dunkle Hütte betrat und den zusammengefallenen, vom
Alkohol betäubten Körper der Alten sah, dachte Mutter
etwas, was sie in den folgenden Jahrzehnten unzählige
Male denken sollte: Ich darf sie nicht berühren.

In einer Ecke fand sie Zeitungspapier und wickelte es
sich um die Hand, dann rüttelte sie lange am mageren
Körper. Die Baba stützte sich auf einen Arm, während sie
die andere Hand über die Augen hielt, damit sie im
Gegenlicht besser sehen konnte.

«Heilige Mutter Gottes, wo bin ich hier? Bin ich in der
Hölle?»

«Sie nicht», erwiderte Mutter. «Ich habe Ihnen Schnaps
mitgebracht. Ich warte draußen. Ich brauche Ihre Hilfe.»

Als die Alte endlich torkelnd herauskam, deutete sie
auf den Fischer auf dem See.

«Hat er dich hierhergebracht? Sie lieben mich nicht.
Sie fürchten mich nur. Sie kommen zu mir, wenn sie mich
brauchen, und hinter meinem Rücken bekreuzigen sie
sich, als ob ich der Teufel wäre.» Sie richtete den Blick auf
Mutter und musterte sie genau. Sie strengte sich an, sich
zu erinnern, dann leuchtete ihr Gesicht auf: «Ich kenne
dich doch. Du bist das Mädchen, das nach Amerika wollte.

Hat es nicht geklappt? Willst du jetzt dein Geld zurück? Du hast Pech, es ist nichts mehr da.»

«Nein, ich bin nicht deshalb gekommen.»

«Wo ist der Schnaps?»

«Ich habe die Flasche dort auf der Erde abgestellt.»

«Wieso denn dort?»

«Ich darf nichts mehr anfassen.»

«Aber du hast die Flasche doch angefasst.»

«Ich darf niemanden mehr berühren.»

«Aber du hast mich doch berührt.»

«Ich bin durcheinander.»

Der Blick der alten Frau wurde schärfer. Sie machte einige Schritte auf die Schnapsflasche zu und schmatzte, als ob sie in Gedanken bereits die Qualität ihres Inhalts prüfen würde. Aber sie blieb unschlüssig davor stehen.

«Wer hat dir das erzählt?»

«Der Arzt. Er sagt, man kann nichts dagegen tun.» Mutters Kinn zitterte, dann brach sie in Weinen aus. «Sie haben für alles ein Mittel. Sie sind meine letzte Hoffnung. Helfen Sie mir!»

«Das kann ich nicht. Das kann kein Mensch. Für das, was du hast, sind nur Gott oder der Teufel zuständig. Die Mutter hat mich zu spät holen lassen, oder der Idiot war zu langsam. Jedenfalls haben meine Formeln dich nicht mehr schützen können. Du bist ungeschützt geboren. So ist das. Da kann die Baba auch nichts mehr tun.»

«Aber irgendetwas muss man doch tun können!», sagte Mutter verzweifelt.

«Du hast nur drei Möglichkeiten. Entweder du gehst bald ins Wasser und ertrinkst. Oder du lieferst dich selbst aus, und sie bringen dich in die Leprakolonie, von wo du nicht mehr rauskommst. Oder du suchst dir im Delta einen einsamen Ort, so, wie ich hier, wo du zu überleben versuchst. Du bist jung, das Leben ist noch nicht zu Ende, auch wenn es jetzt so aussieht.»

Die Baba wartete, bis Mutter und der Fischer wieder verschwunden waren. Sie näherte sich der Flasche mit dem verführerischen Inhalt bis auf wenige Zentimeter. Mehrmals bückte sie sich und griff dann doch nicht nach ihr. Aber der Durst war größer. Sie murmelte: «Zum Teufel damit!», schnappte sich die Flasche, zog den Korken mit den Zähnen heraus und trank gierig, bis sie wieder besinnungslos umfiel.

Auf der ausgedehnten Sandbank gestrandet, hatte Mutter in der Anfangszeit sterben wollen. Sie hatte sich den Pferden in den Weg gestellt, aber die Pferde hatten sie verschont. Sie war in den Fluss gestiegen, aber auch der Fluss hatte sie nicht gewollt. Sie hatte das Bein nicht zurückgezogen, als eine Viper darübergekrochen war. Aber auch die Viper hatte sie am Leben gelassen. Bis sie dann beschlossen hatte, nicht mehr sterben zu wollen.

Irgendwann im August wurde es schlimmer. Sie konnte vor Schwäche kaum noch aufstehen und Nahrung suchen. Auf der Haut hatten sich Entzündungen gebildet, die bluteten und schmerzten. Sie spürte kaum noch ihre Arme und Hände und konnte mit den klammen Fingern nur noch mit Mühe nach etwas greifen.

Es war ihr, als ob sie doch sterben müsste, und sie fühlte sich beinahe erleichtert, als sie eines Morgens aus ihren Fieberträumen erwachte und zwei Gendarmen sah, die sich über sie beugten. Sie hatte sich schon lange nicht mehr in einem Spiegel betrachtet, aber die Gesichter der beiden Männer waren ihr Spiegel genug.

Man brachte Mutter zuerst mit dem Boot der Gendarmerie nach Tulcea, und dann – streng abgeschirmt von den Neugierigen, die sich am Kai versammelt hatten – steckte man sie in eine Ambulanz. Man hatte ihr befohlen, ihre Hände immer unter den Achseln zu halten. Die kurvenreiche Straße zog sich entlang großer Schilfflächen, die von der Donau regelmäßig überflutet wurden. Auf der anderen Straßenseite folgten dicht aufeinander Mais- und Sonnenblumenfelder, und hinter ihnen wand sich sanft eine Hügelkette hinauf. Staubige Feldwege führten in deren Falten und Furchen hinein wie in eine geheime Welt. Mutter konnte das alles nur schemenhaft sehen, durch die kleine, verdreckte Fensterscheibe.

Nach mehr als einer halben Stunde Fahrt wurden sie langsamer. Sie sah rechts ein letztes Mal die Weite der Flusslandschaft, dann folgte links ein weißes Kreuz, das Zeichen für eine Siedlung von Aussätzigen. Der Wagen bog ab, von demjenigen der Gendarmerie gefolgt. Sie fuhren weitere zwei Kilometer auf einer Schotterpiste, bis sie stehenblieben. Sie hörte den Fahrer mit jemandem draußen reden, dann quietschte ein rostiges Tor, sie fuhren hindurch, und hinter ihnen quietschte es wieder.

Sie wurde sich selbst überlassen, mit dem Koffer, einer Matratze, einer Decke und einem Paket mit Lebensmitteln. Die Gendarmen hatten sich geweigert auszusteigen, und der Ambulanzfahrer hatte ihr erklärt, dass sie sich nun einen Platz in der Kolonie suchen müsste. Dass ab und zu ein Arzt kommen würde, um die Wunden zu untersuchen und zu säubern. Um Finger, Zehen, Nasen, Hände und Füße zu amputieren, wenn nötig. Um Verbandsmaterial und Medikamente vorbeizubringen. Manchmal würde sogar ein Pope kommen, um zu trösten. Für alles Weitere müsste sie sich mit den Bewohnern der Kolonie absprechen.

«Viel Glück!», hatte der Mann gewünscht und automatisch die Hand ausgestreckt. Sie behielt aber ihre Hände unter den Achseln. Nicht lange, und sie blieb allein auf dem Kiesplatz inmitten einer Barackensiedlung zurück, die auf dem Grund eines engen, bewaldeten Tals gebaut worden war. Links und rechts stiegen steil die Hügelflanken hoch, und am Ende des Platzes, der gleichzeitig auch das Talende war, stand eine noch unfertige Kirche. Auf der anderen Seite, dort, wo sie gerade hergekommen war, war ein Stacheldrahtzaun hochgezogen worden. Im Dämmerlicht sah sie den Wächter, der sich gerade eine Zigarette anzündete.

So still und leer war alles, dass sie dachte, keiner außer ihr sei da. Doch sie täuschte sich. Als ob sie nur gewartet hätten, bis sie wieder unter sich waren, begannen sich die Bewohner, die Kreaturen des Tals, zu zeigen. Mutter war umzingelt. Es schien, als ob die Hügel lebendig geworden wären, so sehr wimmelte es jetzt von Menschen, die weiter oben im Wald lebten und nun aus ihrer Lethargie geweckt worden waren.

Von überallher drängten sie nach vorn, um trotz des abnehmenden Lichts einen Blick auf die Neue zu werfen. Manche waren scheu und zögerlich, andere forsch, es mussten an die zweihundert Menschen sein. Die Kolonie geriet in Aufregung, selten bekam man Besuch, noch seltener von jemandem, der für immer bleiben musste. Ein paarmal im Jahr brachte man Frischlinge, darunter waren auch eingeschüchterte Kinder oder Greise. Manchen sah man noch keine allzu deutlichen Krankheitssymptome an, andere waren schon davon gezeichnet. Eine junge Frau wie sie hingegen bekam man selten zu Gesicht.

In der anbrechenden Dunkelheit war es schwer zu unterscheiden, wer auf sie zukam und was all diese Leute von ihr wollten. Sie sah gekrümmte, hinkende Gestalten, die sich auf Stöcke oder Krücken stützten. Einige rutschten auf den Knien, denn ihnen fehlten die Füße, andere wurden geführt, weil sie blind waren, und wiederum andere wurden von solchen getragen, die noch genügend Kraft hatten. Die meisten aber waren ausgemergelt und schwach.

Der Kreis um sie wurde immer enger, aber die Kranken schienen nicht gefährlich zu sein, nur neugierig. Erst als sie nur noch einige Meter entfernt waren, konnte sie die Leute besser erkennen. Ihre Nasen und Ohren waren manchmal zu Stummeln reduziert, Augenbrauen und Lippen fehlten, die Augenhöhlen waren leer. Sie begann im selben Augenblick furchtbar zu weinen, als eine Frau sich aus der Mitte der anderen herauslöste und die Neugierigen zurückdrängte.

«Lasst das arme Mädchen doch in Ruhe. Ihr macht ihr Angst!», rief sie. Die Frau täuschte sich, denn es war nicht Angst, die Mutter in jenen Zustand versetzte. Sie hatte plötzlich und unauslöschlich erkannt, dass sie ihre eigene Zukunft vor Augen hatte.

«Komm mit. In meinem Zimmer ist noch ein Schlafplatz frei», fuhr die Frau fort.

Mutter weinte die ganze Nacht und die Tage, die folgten. Sie verkroch sich in ihrer Ecke und ließ sich von Tanti Maria nicht trösten. Sie starrte auf deren Körper voller blutiger Stellen, die diese mit Schafswolle reinigte. Auf die fast fingerlosen Hände, die nichts halten konnten und die trotzdem versuchten, einen Rock zuzuknöpfen, das

Geschirr abzuwaschen und den engen, dunklen Raum, den sie bewohnten, ordentlich und sauber zu halten.

«Schau nur hin, mir macht es nichts aus. In ein paar Wochen wirst du dich daran gewöhnt haben. So ist es uns allen anfangs ergangen. Du wirst sehen, hier wirst du dich irgendwann frei fühlen, denn du bist wie alle anderen.»

«Ich bin nicht wie ihr», murmelte Mutter.

«Oh doch, das bist du. Du denkst, dass es dir schlecht geht, aber es wird dir noch viel schlechter gehen. Dir werden vielleicht Finger und Zehen abfallen. Du wirst vielleicht erblinden. Mit uns hat Gott kein Erbarmen. Die Einzigen, die dann für dich da sein werden, sind wir. Also gewöhnst du dich besser an die Idee, dass du hier zu Hause bist.»

Tanti Maria brachte ihr täglich zu essen. Von der Küche, die sich auf der anderen Seite des Platzes befand, trug sie mit ihren Handstummeln vorsichtig einen Blechnapf herüber. Ein bisschen Brei und zwei harte Brotscheiben obendrauf. Alle paar Schritte blieb sie stehen, damit sie nichts ausschüttete. Jedes Mal musste sie diejenigen verscheuchen, die sich vor dem Eingang versammelt hatten, um die Neue zu mustern oder um die ewig gleichen Fragen zu stellen: «Hast du Zigaretten mitgebracht? Haben sie dir gesagt, wann sie uns entlassen werden? Hat man ein Mittel dagegen gefunden? Wann bringen sie uns endlich etwas Fleisch zum Essen? Weiß man draußen, dass es uns gibt? Was geschieht gerade in der Welt?»

Tanti Marias Bemühungen, sie abzuschirmen, waren umsonst, denn die Menschen standen wenige Minuten später wieder im Türrahmen. Die endlose, monotone Reihe von Fragen, auf die es keine Antworten gab, ging von

Neuem los. Im Gegenlicht konnte Mutter sie nicht immer gut sehen, aber was sie erahnte, war schrecklich genug. Die meisten waren zahnlos, die wenigsten hatten noch intakte Beine und Hände.

Es schien ihr, als ob sich das ganze Elend der Welt, ihre ganze Hässlichkeit an diesem Ort zeigte. Die Weiten des Deltas, das gleißende Licht waren verschwunden. Fische, die sich im trüben Fluss vor der List des Menschen versteckten. Vögel, die ihr Leben lang auf einem Bein verbrachten. Wilde, nervöse Pferde und riesige Nachtschmetterlinge. Ebenso die Farben: die blauen Häuser der Lipowaner, die gelben und weißen Seerosen, die grünen Teiche und der bräunlich schimmernde Fluss. Der unaufhörliche Lärm des pulsierenden, kämpfenden, hungrigen, sich paarenden und sich ängstigenden Lebens.

Die Frau, die ein paar Jahre älter als Mutter war, hatte versucht, dem Raum etwas Wärme zu geben, mit Wandteppichen und bestickten Tischtüchern, mit Töpferwaren und Bildern. Während Tanti Maria auf der Bettkante saß, Mutters unberührten Napf leerte und sich dann den Mund mit dem Ärmel abwischte, verfolgten ihre wachen Augen jede Regung der jungen Frau.

«Du schaust den Wandteppich an? Er wurde mir 1935 von meiner Schwester gebracht. Und das Besteck von meinem Mann. Ich habe seitdem nichts mehr von ihnen gehört. Sie haben mich vergessen, aber das macht mir nichts mehr aus. Ich kann mich auch kaum noch an sie erinnern. Es wäre mir gar nicht recht, wenn sie mich so sehen würden. Die Lebenden sollen besser mit den Lebenden leben und die Toten mit den Toten.»

Tagelang erzählte die Frau, während Mutter sich nicht hinaustraute. Sie erfuhr, dass es in der Kolonie an allem

166

mangelte und dass sich die Leute ihre tiefen Wunden und das verfaulte Fleisch mit Schafwolle verbinden mussten, weil ihnen das Verbandszeug fehlte.

Dass sie Schafe, Katzen, Vögel und Hunde hatten und jeder sich ein Tier im Haus hielt, das er pflegte und mit dem er redete, um sich zu trösten. Keiner brachte es übers Herz, es zu töten oder gar zu essen, obwohl es immer an Fleisch fehlte. Ihre Krankheit erforderte viel und gute Nahrung, aber gerade das war immer Mangelware.

Manche hatten damit begonnen, Gemüsegärten anzulegen, aber es war schwierig, den Wald zu roden, ohne Hände, die zupacken konnten. Die Kirche würde bald fertig sein. Wenn die Arbeiter in die Kolonie kamen, mussten sie tagelang in ihren Zimmern bleiben. Der Pope hatte sich schon angemeldet, um die Kirche zu weihen. Danach wollte er monatlich zurückkommen, um die Liturgie zu halten. Tanti Maria hatte sich vorgenommen, nicht hinzugehen. Gott hatte so etwas zugelassen, dann sollte er auch allein bleiben.

Manche bekamen hin und wieder Besuch, andere seit Jahrzehnten nicht mehr. Es gab kein Radio in der Kolonie, alles, was sie über den Gang der Welt wussten, waren die Erinnerungsfetzen der seltenen Besucher. Oder das, was ihnen die Wache erzählte. Sie hatten gehört, dass es Hitler und Mussolini gab und dass im eigenen Land die Faschisten aufbegehrten. Sie wussten, dass sich ein Krieg anbahnte, aber den wenigsten machte das etwas aus.

Sie würden hier sein und der Krieg dort draußen, auf der anderen Seite des Stacheldrahts. Wenn es um den Krieg ging, waren sie am sichersten und friedlichsten Ort der Welt. Keine Armee – nicht die eigene und nicht die feindliche – würde sich dorthin wagen. «Die Armeen nicht, aber der Hunger», hatte Tanti Maria kommentiert. «Wenn sie im Land kaum noch etwas zu essen haben werden, werden wir hier drinnen verhungern.»

Sie wussten, dass man in Amerika Häuser bis in die Wolken baute und Brücken aus Stahl; dass mittlerweile Flugzeuge dorthin flogen und riesige Passagierschiffe dahin fuhren. Manch einer träumte sich dorthin, doch er wurde ausgelacht. «Hör auf damit, sonst machst du uns auch Appetit. Solche Träume bringen nichts», wurde ihm dann gesagt. Nach dem großen Lachen kam immer das große Schweigen, denn jeder hoffte. Jeder befand sich unterwegs zu irgendeinem Amerika.

«Werden wir jemals geheilt werden, Tanti Maria?», fragte Mutter eines Abends, als beide im Bett lagen.

«Ich glaube nicht. Hier leben wir, hier bleiben wir. Hier wird uns die Erde aufnehmen. Aber es ist nicht mehr so schlimm, da wir beide uns gefunden haben.»

Zwei Wochen nach Mutters Ankunft gab es am Stacheldrahtzaun eine lebhafte Diskussion. Tanti Maria und Mutter, die zum ersten Mal das Gelände erkundete, sahen, wie die Wache Zigaretten durch die Zaunmaschen schob. Aber das war nichts Besonderes, es war nicht der Grund für die Aufregung. Am Vortag hatte der Krieg mit einem Donnerschlag in Polen begonnen.

Tanti Maria wich Mutter nicht von der Seite. Sie zeigte ihr, wo der Hühnerstall stand und wo die Küche war, sie erklärte ihr die Koordinaten ihres künftigen Lebens. Sie vertrieb die aufdringlichen Männer, denn trotz allem waren sie Männer geblieben. Sie stellte ihr nach und nach die Bewohner der Leprakolonie vor. Mutter wurde ebenso allmählich aufgenommen.

Eines Abends nahm sie Mutter mit, um ihr den Essssaal zu zeigen, wo jene aßen, die sich noch dorthin schleppen konnten. Auch sie, fand Tanti Maria, sollte lieber dort essen als im engen Zimmer. Eine einzelne Glühbirne beleuchtete matt den schmalen Platz, als sie ihn durchquerten. Mutter stützte die Frau, aber sie kamen nur langsam vom Fleck. Es hatte eine Ewigkeit gedauert, bis Tanti Maria ihre Füße bandagiert hatte und in die Schuhe stecken konnte. Mutter hatte zugeschaut, dann hatte sie wortlos zugegriffen. Ebenso wortlos hatte die Frau die Hilfe angenommen.

Auf der anderen Seite des Platzes leuchteten im Fenster neben der Küche einige Kerzen. Sie gingen durch den schmalen Flur, immer dem Licht nach. Es war ein warmes, gelbliches Licht, aber zu schwach, um den Raum ganz auszuleuchten. Unruhige Schatten flimmerten auf den Wänden. Zehn, zwölf Leute hatten sich dort versammelt und warteten auf den dampfenden Kessel. Jeder hatte seinen Blechnapf vor sich, aber es fehlte das Besteck.

Als zwei Köchinnen, die weniger versehrt waren, den Kessel hineintrugen, rief einer: «Gibt es endlich Fleisch?» «Heute gibt es sogar Knochen», entgegnete ihm eine der Frauen und lachte. Sie waren hungrig und gierig, aber sie konnten sich beherrschen, bis auch der letzte seinen Napf mit Bohnen und Knochen gefüllt bekommen hatte. Dann aber legten sie ihre Zurückhaltung ab. Während die einen den Napf auf die Unterarme stützten und zum Mund führten, steckten die anderen kurzerhand ihre Gesichter in die Brühe. Einer hatte sich beigebracht, den Löffel mit den Zehen zu halten.

Das Schmatzen und das Grunzen nahmen kein Ende. Mutter wollte fliehen, aber Tanti Maria hielt sie zurück:

«Schau lieber hin. Bald wirst auch du es so tun müssen.»
Sie schaute hin und auch – zusammen mit ihr – die Schatten an den Wänden. Aber die Schatten waren verschwiegen, sie würden die Menschen nie verraten.

Ein Jahr später unterbrachen zwei Ereignisse Mutters gleichmäßig langsames Leben. Die Kolonie beschloss, ihr ein Stück Land für einen Gemüsegarten zu überlassen und ihr ein Schaf zu schenken. Am nächsten Tag kam der Pope aus Crişan, um die fertiggestellte Kirche zu weihen. Zur Überraschung aller, die sich schon vor der Kirche versammelt hatten, ließ er sich zuerst zu Mutters und Tanti Marias Unterkunft führen. Er war inzwischen sehr alt geworden, noch ungepflegter und dicker, noch unzufriedener und knauseriger.

Er zögerte, trat dann aber doch ein und schickte Tanti Maria hinaus. Schwer atmend ließ er sich mit dem ganzen Gewicht seines Leibes und seines Glaubens auf einem Stuhl nieder. Mutter und er schauten sich zunächst nur an, ohne ein Wort zu sagen.

«Wieso verkriechst du dich hier drinnen? Die Kirche wird eingeweiht. Willst du nicht beten?»

«Wozu soll das gut sein?»

«Was sagst du?», rief er aus.

«Sagen Sie mir, Herr Pfarrer, mit welcher Hand soll ich mich bekreuzigen, wenn ich keine Finger mehr haben werde?»

Der Mann strich sich über seinen Bart.

«Du wirst mich nicht kennen, ich dich aber schon. Ich habe deine Mutter und das Haus nach deiner Geburt gesegnet. Ich habe dich getauft. Die Mutter wollte nichts von Gott wissen, und das ist die Strafe dafür. Aber deshalb bin ich nicht hier. Deine Mutter ist tot. Sie hat sich in eurem Haus erhängt.»

Sie schwiegen beide, und der Pope prüfte mit seinen kleinen, boshaften Augen die Wirkung seiner Worte.

«Hast du nichts dazu zu sagen? Sie war eine Sünderin, aber sie war auch deine Mutter.»

«Ich habe die Frau kaum gekannt. Von mir aus hätte sie sich auch schon früher erhängen können.»

Als ob der Pope nur auf einen guten Grund gewartet hatte, sprang er auf und begann, wütend zu schreien.

«Was seid ihr für Menschen? Wie Tiere seid ihr. Dieses Delta macht euch kaputt! Der Aberglaube macht euch kaputt! Ihr beschmutzt dauernd Gottes Taten mit eurem Unwissen, eurer Faulheit, eurer Hartherzigkeit!»

Er lief zur Tür, wo er über die Köpfe der Wartenden hinweg schrie: «Ihr liebt Gott nicht! Ihr seht nur euch selbst und euer Leid. Aber damit Gott euch davon erlöst, müsst ihr ihm von ganzem Herzen dienen. Ihr hurt und sauft herum, ihr lebt im Dreck. Ihr wollt immer, dass Gott etwas für euch tut, aber was tut ihr für ihn? Ihr seid Barbaren. Ihr undankbarer Pöbel. Ihr haltet Gott für schuld an eurem Zustand. Ja, Gott kann euch bestrafen, er kann euch sogar die Lepra schicken. Er kann euch verstümmeln, kann euch Stück für Stück Teile des Körpers verlieren lassen. Aber nicht er trägt die Schuld, sondern ihr mit euren Taten. Mit eurer Weigerung, ihn in euer Herz aufzunehmen. Denn Gott kann euch bestrafen, aber er kann euch auch retten. Seit fünfzig Jahren verkünde ich das, aber meine Botschaft trifft nur auf die tauben Ohren dummer Fischer.»

Er wandte sich an Mutter und trat einige Schritte auf sie zu: «Und du? Wer weiß, mit wem du herumgehurt hast, um dir solch eine Krankheit einzufangen. Deine Mutter hat jedenfalls herumgehurt und dein Vater gesoffen. Was sage ich, ‹dein Vater›? Dein richtiger Vater war ein Idiot. Jetzt hat sich deine Mutter erhängt. Besser so. Dadurch trifft sie den Teufel schneller. Die Kirche kann für Selbstmörder sowieso nichts tun. Ich hasse euch! Ich hasse euch!»

Danach war der Pope nicht mehr fähig zu reden. Er stützte sich auf die Stuhllehne und rang nach Luft. Draußen wagte niemand, die Stille zu unterbrechen. Nur Mutter hatte dem Mann mit einem immer größeren Staunen zugehört und hielt ihn für einen Menschen, der versuchte, den Frieden zu stören, den sie seit Kurzem verspürte. Der sich in ihrer Welt ausbreiten wollte, ohne dass man ihn darum gebeten hätte.

Der Pope machte Anstalten, hinauszugehen, aber dann erinnerte er sich an etwas, steckte seine Hand in die Tasche seines Gewands und holte einen Umschlag heraus. Er warf ihn auf ihre Pritsche. «Das schickt dir ein gewisser Herr Grozavescu aus Sulina. Der Pope von dort hat ihn mir mitgegeben.»

«Wenn Sie das nächste Mal kommen», sagte sie ruhig und gefasst, «werde ich Sie gerne mit meinen Lepra-Händen berühren. Dann können Sie gleich bei uns bleiben und jeden Tag die Liturgie feiern.»

Aus dem Umschlag fielen einige Geldscheine heraus. Mutter erfuhr, dass es dem Alten gut ging und auch Ahile und allen anderen, die sie vom Friseursalon her kannte. Dass große Angst geherrscht hatte, sich bei ihr infiziert zu haben. Aber inzwischen würde man sie mehr bemitleiden als verurteilen. Gottes Entscheidungen dürfe der Mensch nicht hinterfragen. Auch Petru, sein Sohn, sei glücklich, fuhr der Alte fort. Er sei nach Sulina gekommen und habe doch noch eine Braut gefunden. An Mutters Stelle habe Aura am Kai auf ihn gewartet. Sie passe wirklich besser zu ihm, sie hätten sich sofort gefallen. Sie seien schon drüben, in Queens, New York. Sie würden bald im jüdischen Restaurant die Hochzeit feiern, obwohl sie gar keine Juden seien. Sie schickten ihr Grüße. Sie solle Gott vertrauen.

Mutter zerriss mechanisch den Brief in ganz kleine Stücke.

«Was stand drin?», fragte Tanti Maria.

«Nichts, was jetzt noch wichtig wäre. Weißt du, ich glaube, ich habe einen guten Namen für mein Schaf gefunden.»

«Welchen?»

«Aura.»

Sie begann zu lachen und wollte gar nicht mehr damit aufhören. Tanti Maria lachte mit, erleichtert darüber, dass es ihrem Schützling so gut ging. Aus ihrer dunklen, winzigen Höhle strömte ein vergnügliches Lachen über den Platz, das einen mageren Hund weckte, der dort schlief. Er hatte sich schon als Welpe entschieden, unter den Aussätzigen zu leben.

Mutter sollte zweimal in ihrem Leben Glück haben. Als sie Tanti Maria traf, die ihre unzertrennliche Begleiterin wurde. Man nannte sie nur noch «die Schwestern». Dann 1960, als sie sich verliebte und eine Tochter bekam.

Mich, die dritte Elena.

Fünftes Kapitel

Großvater erwachte nicht in der Wohnung der Schwangeren oder der schwindsüchtigen Frau. Er erwachte im Bett eines alten freundlichen Juden, der ihn über Tage aufgepäppelt hatte. Sein runzliges Gesicht war über ihm erschienen, seine Hand hatte den Löffel mit der warmen Krupnik-Suppe zu Großvaters Lippen geführt. Schon für den Geschmack von Fleisch und Pilzen, von Petersilie und Zwiebeln lohnte es sich, zu überleben.

Wenn er manchmal aus seinen fiebrigen Träumen auftauchte, war der Mann immer zur Stelle. Oft genug drehte ihm dieser den Rücken zu und schien zu beten, gebeugt über dem Brot und dem Glas Wein auf dem Tisch. Er trug so etwas wie einen Schal über seinem Kopf, an dessen vier Enden Fransen hingen, und um seinen linken Arm war mehrfach ein Lederriemen gewickelt. Um ihn herum schwebte grauer und weißer Federflaum wie Staubkörner.

Großvater war zu schwach, um sich zu fragen, ob das alles real war. Er stemmte sich auf die Arme, ließ sich dann aber wieder zurück ins Kissen fallen. Einmal kam es ihm sogar vor, als ob die hustende Ma'am da wäre. Sie war noch dünner geworden, fast schon skelettartig und schaute ihn vorwurfsvoll an.

«Wo bin ich?», fragte er am ersten Abend, als er sich wieder aufsetzen konnte.

«Beim Juden Herschel bist du. Ich habe dich halb tot auf den Stufen gefunden.»

«An der Orchard Street?»

«Direkt gegenüber der Wohnung der runden Frauen, die du schon kennengelernt hast. Du hast ihnen damals mit deinem Gesang das Herz gebrochen. Sie leben dort zusammengepfercht wie die Gänse in meinem Keller.»

«Ihre Gänse?»

«Ich habe unten eine Gänsefarm. Ich füttere sie und ziehe sie auf, als ob sie meine eigenen Kinder wären. Jeden Donnerstag- und Freitagmorgen und immer vor Hanukkah kommt der koschere Metzger vorbei, nachdem meine Kundinnen die Tiere ausgesucht haben. Ich liebe meine Gänse, aber was soll man machen? Von irgendetwas muss jeder leben. Ich verkaufe an polnische, russische, deutsche Juden, sogar aus Yorktown kommen sie extra ins Ghetto. Das bringt genug ein, damit ich nicht fünf Untermieter aufnehmen muss. So, wie meine Nachbarin, deren Geschäft ebenfalls sehr einträglich ist.»

«Was genau ist ihr Geschäft?»

«Ich fürchte, dass du das früh genug erfahren wirst. Obwohl ich es vorziehen würde, wenn du nicht rübergehen würdest. Dem alten Herschel zuliebe.»

«War ich schlimm krank?»

«Ich dachte, dass ich für dich das Totengebet sprechen müsste, obwohl ich gar nicht weiß, ob du Jude bist. Und nachgeschaut habe ich auch nicht. Schlaf jetzt und komme wieder zu Kräften.»

Das nächste Mal, als er die Augen wieder öffnete, kriegte er einen heißen Cholent, den er gierig aß. «Das ist gut so. Wer so essen kann, stirbt nicht mehr.» Herschel wartete einen Augenblick, bevor er fragte: «Hast du auch einen Namen?» Großvater hörte auf zu kauen. Sogar in seinem Zustand war ihm klar, dass viel von der Antwort abhing. Möglicherweise entschied sein Name darüber, ob er den Rest des Winters an einem warmen Ort verbringen und solche Speisen essen konnte wie zuletzt oder ob er herausgeschickt werden würde.

«Streichholz», antwortete er.

«Kein Mensch heißt so. Hast du auch einen normalen Namen?»

Diesmal kam ohne Zögern und aus tiefster Überzeugung aus Großvaters Mund «Berl!».

«Ach, dann bist du doch Jude. Wo kommst du her?»

«Aus der Gegend um Lisko. Mein Vater hatte eine Kneipe auf halbem Weg zu den Karpaten. Das ist ein Gebirge.»

«Ich weiß, was die Karpaten sind. Wo ist dein Vater?»

«Er wurde wegen seines Herzens zurückgeschickt, und wir haben nie wieder was von ihm gehört.»

«Das wäre beinahe auch mir wegen meiner entzündeten Augen passiert. Hast du auch eine Mutter?»

«Es heißt, dass sie verrückt geworden ist und sich unter einen Pferdewagen geworfen hat. Ich war damals erst fünf.»

«Du Ärmster, dann bist du ja ganz auf dich alleine gestellt.»

«Jawohl, Sir, das können Sie laut sagen. Ganz allein.»

Herschel schien gar nicht unglücklich über solche Nachrichten zu sein. Er schenkte sich Vishniak ein und murmelte: «Jetzt hast du ja mich. Leg dich noch ein wenig hin.»

Als er das dritte Mal erwachte, war es draußen dunkel, und er war allein in der Wohnung. In der Luft schwebte noch mehr Gänseflaum herum, als ob es in Herschels

Wohnung schneite. Im zweiten Raum, wo der Alte schlief, standen mehrere mit Federn gefüllte Säcke und einige unfertige Kissen, ebenso eine Nähmaschine, Leuchter mit sieben und acht Armen, außerdem lag dort ein seltsamer Schal mit Fransen an allen vier Ecken. In einem Regal standen zerlesene Bücher, wie er sie oft in den Händen frommer Juden vor den Synagogen gesehen hatte, und in einem Schrank hingen mehrere Anzüge, Hemden und ein zweites Paar Schuhe. Während die Bücher ihn nicht interessierten, erzählten ihm die Kleider das, was er wissen musste. Seinem Wirt ging es alles andere als schlecht.

Aus Langeweile setzte er sich auf den Bettrand und begann, Federn in die Kissen zu stopfen. Er war so konzentriert, dass er nicht bemerkte, wie Herschel eingetreten war und ihn musterte. Er sprang auf und ließ alles auf den Boden fallen.

«Weiter so, Berl. Es ist gut, wenn du dich nützlich machst. Gott gibt nur dem Fleißigen. Kannst du überhaupt Jiddisch? Ich spreche zwar Englisch, aber Jiddisch ist mir lieber.»

«Was ich auf der Straße aufschnappen konnte, Sir: Trombenik, Ljubtsche, Nafke, Schmegegge, Ganef, Schlimasl.»

Der Alte lachte. «Na, immerhin das Wesentliche, nicht wahr? Aber ein Schlimasl bist du nicht, sonst wärst du jetzt unter der Erde. Und nenn mich nicht ‹Sir›, nenn mich ‹Herschel›.» Dann ging er ins vordere Zimmer und begann, den Tisch zu decken.

«Haben Sie keine Frau, Sir Herschel, die das für Sie machen könnte?»

Sein Gastgeber überhörte die Frage.

«Die Gans ist die beste Freundin des Ostjuden, so, wie der Hund der beste Freund des *Goi* ist. Mit ihren Federn schlafen wir gut. Ich kenne Leute im Ghetto, die kaum etwas zu essen haben, aber sie schlafen auf Gänsefedern. Manche haben ihre Kissen aus Galizien mitgebracht. Und die Gänseleber ist eine Delikatesse. Die kaufen mir alle Restaurants ab, deutsche, jüdische, irische. Etwas aber schmeckt nur uns Juden: Gänseschmalz. Wir können kein Schweinefett gebrauchen. Das Gänseschmalz verkaufe ich auf dem Hester-Markt.»

Herschel packte das Essen aus, das er mitgebracht hatte, und verteilte alles auf Teller, dann rief er Berl zu sich. «Hör dir die Lobsprüche der Juden vor dem Abendessen an, Junge. Vielleicht wirst auch du sie einmal aufsagen wollen: ‹Gepriesen seist Du, Ewiger, unser Gott, Du regierst die Welt. Du lässt die Erde Brot hervorbringen. Du hast die Frucht des Weinstocks und die Früchte des Erdbodens geschaffen. Gepriesen seist Du, denn alles entsteht durch Dein Wort!›»

Dann nahmen sie Platz.

«Das Beste über den Nutzen der Gans habe ich dir aber noch gar nicht erzählt. In Winter, am Hanukkah-Fest, essen Ostjuden gerne Gans. Hast du schon mal gerechnet, wie viele Ostjuden in New York leben? Uns wird die Arbeit nie ausgehen, eher die Gänse», sagte Herschel. «Ich meine, wenn du das Geschäft einmal übernehmen willst. Iss alles auf, Berl! Die Frau, die für uns kocht, ist nicht billig.»

Berl ließ sich nicht zweimal bitten.

Später holte ihn Herschel wieder zu sich. «Hör dir jetzt die Gebete für die Nacht an, Junge. Vielleicht wirst auch du sie einmal sprechen wollen: ‹Gepriesen seist Du, Ha-Schem, unser Gott, König der Welt, der die Bande des Schlafes auf meine Augen herniedersinken lässt und den Schlummer auf meine Augenlider. Möge es Dir wohlgefällig sein, dass Du mich ruhen lässt in Frieden und wieder aufstehen zum Frieden, dass mich nicht ängstigen Gedankenbilder, böse Träume und schlimme Regungen der Seele, erleuchte mein Auge, dass es nicht zum Tode entschlafe.› Nicht wahr, Berl, so schöne Gebete wie die Juden hat keiner.»

Berl bestätigte das von ganzem Herzen.

Herschel war ein viel beschäftigter Mann. Er stopfte mithilfe einiger Frauen die Gänse, er brachte die toten Tiere zu seinen Kunden und die lebenden zum koscheren Metzger, wenn dieser nicht vorbeikommen konnte. Er häutete die Gänse und erhitzte ihre Haut auf dem Ofen, stopfte das Schmalz in Büchsen und verkaufte es auf dem Markt. Er suchte ständig Kunden für die Kissen, die Berl mit Federn füllte und er an der Nähmaschine zunähte. Doch trotz oder gerade wegen seiner Unermüdlichkeit wirkte Herschel immer zerbrechlicher, und Berl musste ihm helfen, die Besorgungen, das Essen, die Federsäcke hochzutragen.

Wenn er abends in die Wohnung kam, wenn er sich mit dem Wasser gewaschen hatte, das Berl hochgeschleppt hatte, wenn er die Speisen gesegnet hatte, die Berl oder er bei einer Nachbarin abholen mussten, wenn sie gegessen hatten und er sich noch ein Glas koscheren Vishniak genehmigt hatte, begann Herschel einen langen Monolog. Er erzählte dem Jungen über die sechshundertdreizehn Gebote und Verbote der Juden, und Berl wurde schwindelig. Für einen Straßenjungen wie ihn war schon ein einziges Gebot zu viel.

Er erzählte davon, dass sie bald Neujahr feiern würden, Juden genau genommen zweimal das Neujahr feierten, im Frühling am Pessach-Fest und im Herbst. Sie würden im April ungesäuertes Brot essen, das Juden mitgenommen hatten, als sie aus einem Land geflüchtet waren, von dem Großvater noch nie etwas gehört hatte. Berl erfuhr lauter wunderliche Dinge: Das Meer hatte sich für Herschels Vorfahren geöffnet und sich über den Köpfen der Verfolger wieder geschlossen. Er versuchte, sich das vor Coney Island vorzustellen, als er vom Mond auf die Erde gefallen war. Ganz schön weh hätte das getan, dachte er, während der alte Jude ihn weiter fleißig aufklärte.

Er hörte auch etwas über einen sehr wichtigen Mann, der Moses hieß, und über die vielen Plagen, mit denen Gott die Feinde der Juden bestraft hatte. Er erfuhr, dass sie vor dem Fest alle Brotreste im Haus verbrennen würden. Er hatte etwas gegen die Verschwendung und ließ nicht locker, bis Herschel ihm versichert hatte, dass es immer noch genug zu essen geben würde, denn die Juden schätzten das Essen sehr. Erst das stimmte Berl wieder milde und versöhnte ihn mit dem Glauben seines Retters, der von ihm verlangte, ungesäuertes Brot zu essen und ununterbrochen Segenssprüche aufzusagen, anstatt einfach über die Speisen herzufallen.

Am meisten machte Berl Sorgen, was im September auf ihn zukommen würde. Dass Herschel zweimal im Jahr Neujahr feierte, ging in Ordnung, wenn er auch den Sinn nicht verstand. Dass man dann aber nicht bloß Brot verbrennen, sondern Gott aus tiefstem Herzen für seine Verfehlungen um Verzeihung bitten sollte, beunruhigte ihn. Denn schon in seinem jungen Leben hatte sich ziemlich viel angehäuft, was er bereuen konnte. Nur, wie ging das: aus tiefstem Herzen zu bereuen?

Er mochte Herschel inzwischen sehr, der ihn nicht verprügelte, ihm nichts wegnahm, sondern ihm ständig etwas gab: gefilte Fisch am Sabbat, warme Unterwäsche, Ratschläge. Er hatte noch keine Gelegenheit gehabt, jemanden wirklich zu mögen, außer vielleicht den kleinen Berl. Auf seine Art mochte er auch jenen seltsamen Glauben, aber nicht aus Gründen, die Herschel gefallen hätten. Nicht weil er aus tiefstem Herzen bereuen wollte, nicht weil er ehrfürchtig vor Gott sein wollte, sondern weil das Essen lecker war.

Alle paar Wochen gab es ein religiöses Fest, man schnitt sich die Haare ab oder ließ sie wieder wachsen. Man zog sein Totenhemd an und wieder aus. Man fürchtete sich, dann freute man sich wieder und tanzte in der Synagoge wie ein Verrückter. All diese Feiern waren kompliziert, während seine Feste sehr einfach gewesen waren: Bier, Kautabak, Würfeln und Singen. Trotzdem war die Aussicht auf köstliche Apfelscheiben mit Honig im Herbst und eine zarte Gänsebrust und Latkes im Winter mehr als angenehm.

Obwohl das alles eine gute Zukunft versprach, nahm sich Berl vor, bei Herschel höchstens noch bis zum Spätsommer zu bleiben und sich dann, wenn sich das Bereuen aus tiefstem Herzen näherte, davonzuschleichen. Berl ahnte nicht, was Gott noch mit ihm vorhatte und dass seine Sündenliste bis September bedeutend länger werden würde. Dass Gott Herschel bald zu sich holen würde.

Es war eine gute Zeit für Berl. So gut, dass er sich daran hätte gewöhnen können. Er brauchte sich nicht anzustrengen, um seinen Magen ruhigzustellen. Er brauchte nicht mehr ständig auf der Lauer zu sein. Das Leben auf der Straße war fern. Nur wenn er manchmal Herschel auf den Markt an der Hester Street begleitete, wenn er mit der Schubkarre, auf der sich die Käfige mit den Gänsen türmten, in das Gewimmel des Ghettos eintauchte, war die Welt von früher wieder da.

Die Gänse schnatterten verzweifelt, als ob sie um ihr Schicksal wussten. Oder er trug die Säcke voller toter Tiere und die Büchsen mit Schmalz, während Herschel mit den Händlern den Preis ausmachte. Morgens kriegte er ein Glas Buttermilch und ein Stück Brot zum Essen, und abends eine deftige Borschtsch. Zwischendurch durfte er so viel Schmalzbrot essen, wie er wollte. Er verstand nicht, wieso Herschel sich so sehr um ihn kümmerte, aber es war ihm mehr als recht.

Doch gab es etwas, was Berl noch mehr an das Haus an der Orchard Street band als Herschels Güte. Das war die Wohnung der runden Frauen. Von den ersten Tagen seiner Genesung an war er durchs Haus gewandert, manchmal aus Langeweile, manchmal, weil er im Keller Nachschub für die Kissen holen musste. Zwei dicke Frauen stopften die Gänse.

Vom Treppenabsatz aus konnte er gut auf ihre mächtigen Schenkel schauen, zwischen denen die Tiere eingeklemmt waren. Sie waren zu jeder Tageszeit da, als ob sie mit den Tieren zusammenlebten. Durch die schmalen Fenster drang nur wenig Licht, im Haus breitete sich der üble Geruch aus und war das empörte Schnattern zu hören.

Er spielte hin und wieder Ball im Hof, würfelte vor dem Hauseingang und stieg aufs Dach, um nach seinem Versteck zu schauen. Herschel hatte ihm erzählt, dass die Ma'am inzwischen viel zu schwach war, um den Weg nach oben zu bewältigen. Er drehte Runden vor der Tür zur Wohnung, hinter der die schwangeren Frauen ver-

schwanden, nachdem sie schwer und erschöpft die Treppen hochgestiegen waren. Sie alle hielten einen Zettel mit
dem Namen und der Adresse der Madame in der Hand.

Es gab auch eine vierte Tür auf dem Flur. Hinter ihr
wurde fleißig Tag und Nacht geboren, die Schmerzens-
schreie waren oft so laut, dass Herschel und Berl nicht
schlafen konnten. Durchdringendere Schreie als die einer
gebärenden Frau hatte Berl bisher nicht gehört. Etwas
jedoch fehlte bei dieser ganzen Sache: die Kinder. Noch
nie hatte Berl welche gesehen, sie nur kurz einmal weinen
gehört. Wenn die Frauen wieder weggingen, manche erleichtert, andere niedergeschlagen, hielten sie keine Säuglinge in den Armen. «Wo sind die Kinder?», flüsterte Berl
einmal Herschel zu, als sie im Bett lagen und lauschten.

«Ein Junge kommt und bringt sie gleich nach der Geburt weg. Mehr will ich nicht wissen.»

So geschah es, dass er eines Tages die Ma'am auf dem
Flur antraf. Um zur Tür gegenüber zu gelangen, musste
sie sich an Wänden und am Treppengeländer festhalten.
«Du schuldest mir Geld, Junge.» Sie hustete schwer und
hielt sich den Mund mit einem Handtuch zu. «Kannst du
immer noch singen, oder hat deine Lungenentzündung
deiner Stimme geschadet?»

«Ich glaube, es geht immer noch gut.»

«Bist du gesund?»

«Bin ich.»

«Dann komm mal mit nach nebenan. Du kannst weiterhin gutes Geld mit uns verdienen.»

Berl begann wieder zu singen. Er sang aus voller Kehle
für die neuen Frauen, denn von denen, die er früher dort
gesehen hatte, war keine mehr da. Aber auch diese
empfingen ihn enthusiastisch. Sie weinten, stimmten in

sein Lied ein, drückten ihn an sich und küssten ihn nach jeder Strophe. Es gab unter ihnen wie zuvor schon kranke und ausgelaugte, aber auch viele lebhafte, üppige, mit rosig-weißer Haut, die vor Gesundheit strotzten.

Von nun an verbrachte Berl die Abende mit Herschel, die Tage aber bei den Frauen. Der Alte erzählte ihm noch mehr über die Gebote und Verbote, die traurigen und heiteren Feste der Juden, über das nicht enden wollende Bemühen seiner Leute, sich sündenfrei zu halten. Eine große, unnötige und aussichtslose Anstrengung, wie es Berl schien. Denn sein Tag gehörte der Sünde. Nachdem Herschel das Haus verlassen hatte und bei der Delancey Street um die Ecke abgebogen war, lief er jedes Mal zur Wohnung der Schwangeren hinüber, wo er mit kleinen Seufzern und Ausrufen empfangen wurde.

«Da ist er ja, unser kleiner Caruso!», riefen die einen. «Da ist er, der Mann, der das Glück bringt!», die anderen. So hatte ihn Betsy getauft, eine kleine, rothaarige Irin, die von ihrem Zuhause an der Elisabeth Street aus nur wenige Straßen hatte überqueren müssen, um ihre Schande wegmachen zu lassen. «Der Mann, der das Glück bringt»: Das klang für ihn sogar besser als jede Krupnik oder jeder Cholent, mit denen Herschel ihn aufgepäppelt hatte.

Obwohl er nicht verstand, wieso die Frauen, die bei seinem Gesang oft weinten, sich dabei glücklich fühlten. Aber er erinnerte sich an Einauges Worte, der auch in dieser Sache einen großen Vorsprung gehabt hatte: «Frauen sind seltsame Wesen. Du kannst dich nie auf ihre Tränen verlassen. Einmal weinen sie, weil sie traurig sind, ein anderes Mal, weil sie Schmerzen haben, und dann wieder vor Glück.»

Der Duft der Frauen verfolgte ihn durch die Geschäfte,

in denen er Seife, Strümpfe, Kaffee, Tee, Honig, Kerzen, Zigaretten, Gin und noch tausend andere Dinge kaufte, die von ihnen gewünscht wurden. Sie waren verrückt nach Essen: Hackfleischpasteten, Austern – die damals eine Allerweltsnahrung waren –, Blinies mit Hering, Quark, Sardinen oder saurer Sahne gefüllt, Schweinsfüße, Kohl.

Wenn er mit seinen Besorgungen fertig war, sang er. Hätte ihn Professor Hutchinson inmitten der Frauen gesehen, so hätte er bestimmt bereut, ihm keine Chance gegeben zu haben. Sie liebten traurige Lieder, um endlich weinen zu können. Lieder über den Abschied von Irland, über tote Mütter in Irland, Lieder über Iren, die nach Amerika gekommen waren, nur um weiter unglücklich zu sein:

I'm a decent boy just landed
From the town of Ballyfad
I want a situation, yes,
And want it very bad.
I have seen employment advertised,
«It's just the thing», says I,
But the dirty spalpeen ended with
‹No Irish Need Apply›.

Aber die Frauen wünschten sich auch freudige Lieder, bei denen sie mitklatschen und mitsingen konnten. Großvater, der inzwischen seine Scheu abgelegt hatte, ließ sich nie lange bitten.

Oh! The night that I struck New York,
I went out for a quiet walk;
Folks who are «on to» the city say,

Better by far that I took Broadway;
But I was out to enjoy the sights,
There was the Bowery ablaze with lights;
I had one of the devil's own nights!

An dieser Stelle begannen alle, den Refrain mitzusingen, so, wie sie es aus den Kneipen kannten, wo der Song sehr populär war:

The Bowery, the Bowery!
They say such things,
And they do strange things
On the Bowery! The Bowery!

In solchen Augenblicken lachten sie und küssten und umarmten ihn, er war ein wenig das Kind von ihnen allen; der Sänger, der sie traurig und glücklich – manchmal beides zugleich – machen konnte. Der Junge, vor dem sie sich nicht scheuten, wie von Sinnen zu weinen oder zu lachen. Der sie durch seinen Gesang daran erinnerte, dass sie am Leben waren. Und wenn er ihnen auch noch von der Liebe sang, wurden ihre Gesichter weich und träumerisch, und auch wenn sie die Verse nicht kannten, summten sie mit.

When first I saw the love light in your eye
I dreamt the world held nothing but joy for me
And even though we drifted far apart
I never dream, but what I dream of you ...

Wenn ihn Betsy an sich zog und fragte, was sein richtiger Name war, antwortete er ohne zu zögern «Paddy», und wenn es eine Italienerin wissen wollte, war er für sie «Pasquale» und für eine Jüdin «Berl». Es war ihm egal, ob die Mädchen ahnten, dass er sie anschwindelte, und den Mädchen schien seine Schwindelei gleichgültig zu sein. Schwindeln war dort die geringste Sünde.

Für die Italienerinnen unter ihnen sang er Bruchstücke eines neapolitanischen Liedes, das er irgendwo aufgeschnappt hatte. Er erzählte ihnen, wie der Großgrundbesitzer in Pietramelara einmal im Jahr, an Weihnachten, hoch zu Ross ins Dorf kam und Fleischstücke für die Bauern abwarf. Wie ihn der Vater einem Mann verkauft hatte, der ihn von Hafen zu Hafen geschleppt hatte, von Neapel nach Genua, von Genua nach Marseille, und ihn gezwungen hatte, auf der Straße zu singen. Er hatte sich den Weg nach Amerika buchstäblich ersungen.

Weil ihre angeschwollenen Brüste schmerzten, begannen die Frauen, ihm Milch zu geben. Die Milch bildete Rinnsale auf ihrer Haut, doch sie hatten niemanden, der sie erlösen konnte. Der Körper erfüllte zuverlässig seine Bestimmung, aber sein Funktionieren war sinnlos. Betsy war die Erste gewesen. Es hatte sich einfach und natürlich ergeben. Sie brauchte einen saugenden Mund, und der erstbeste war derjenige Paddys gewesen. Ein Mund, der so gut singen konnte, konnte bestimmt ebenso gut saugen.

Abends lebte er das Leben des Juden Berl, aber am Tag trank er irische, italienische, jüdische und manchmal auch deutsche Milch. Er wurde gesäugt mit der Milch jüdischer Mädchen, die mit großartigen Versprechungen nach Amerika geholt worden waren, nur um dort als Nafkes zu landen, als Huren. Die Milch schwarzer Frauen, die am Washington Square in den Häusern von Reichen arbeiteten, und vom Hausherrn geschwängert worden waren. Die Milch von Frauen, die schon zwei oder drei Kinder hatten und sich kein weiteres mehr leisten konnten.

Er war Berl, Paddy oder Pasquale, ganz, wie man ihn sich wünschte. Die Milch der kinderlosen Mütter floss in ihn hinein. Sie sprudelte aus vielen Quellen und nährte ihn, oft wurde er dabei schläfrig wie ein Neugeborenes und nickte ein. Manche drückten ihn sanft an ihre Brust, andere wütend und voller Schuldgefühle. Sie stritten um ihn und um die Zeit, die ihnen mit ihm vergönnt war. Zu lange war das sowieso nicht, denn drei, vier Tage nach der Geburt mussten sie wieder die Wohnung verlassen. Davor aber säugten sie ihn, und ihre Milch vermengte sich in ihm zu einer einzigen süßen, lebensspendenden Flüssigkeit.

Herschel wiederum nahm ihn in die Synagoge mit, damit er sich für später daran gewöhnte. Dort hörte Berl, wie der alte Mann mit Inbrunst das «Gebet um Tau» sprach. Zu Hause aßen sie die Mazze, das jüdische Brot der Freiheit, und sie verbrannten sogar einige Brocken alten Brotes. Weil in uralter Zeit vierundzwanzigtausend Schüler eines gewissen Rabbi Akiba gestorben waren, durfte Berl sich einen Monat lang weder die spärlichen Bart- noch die Haupthaare schneiden lassen. Er schaute in der Tikkun-Nacht staunend den betenden Juden in der Norfolk-Synagoge zu, wie sie in der Thora lasen und leidenschaftlich debattierten. Erst im Morgengrauen – müde, aber zufrieden – umarmten sie sich und gingen wieder nach Hause.

Er hörte, dass jeder Jude am Berg Sinai gestanden hatte, als Gott diesem sonderbaren Volk die Thora geschenkt hatte. Er hatte längst aufgehört, sich zu wundern. Für Herschel schien es normal zu sein, dass er zwar jetzt lebte, aber damals am Berg gestanden hatte. «Gott hat den Bund mit uns allen geschlossen. Mit jedem Einzelnen», belehrte ihn Herschel. Berl glaubte und glaubte doch nicht.

Herschel schaute ihn inzwischen misstrauisch und unzufrieden an. Er roch Berls Doppelleben von Weitem, denn das billige Parfüm der Frauen setzte sich in den Kleidern und Haaren des Jungen fest. Er beäugte ihn bei jedem Abendessen und schien mit sich selbst zu kämpfen, bis er eines Tages damit herausplatzte: «Glaub nicht, dass ich nicht weiß, wo du dich herumtreibst! Man riecht es von der Delancey Street her!»

«Soll ich jetzt wieder gehen?»

«Nein, sollst du nicht. Du sollst ein guter Jude werden. Deine Eltern hätten das bestimmt gewollt.» Er zögerte eine Weile. «Berl, Junge, hör mir zu. Willst du nicht mein Sohn werden? Ich bin überzeugt, dass Gott dich zu mir geführt hat.» Erst nach einiger Zeit fasste er sich ein Herz und fuhr fort: «Meine Frau konnte keine Kinder kriegen, aber ich bin trotzdem bei ihr geblieben, obwohl ein Jude immer versuchen sollte, Kinder zu haben. Sie ist vor zehn Jahren auf der Überfahrt gestorben, und ich habe mir seither keine neue Frau mehr gesucht. Bis ich dich halb tot auf der Treppe gefunden habe, habe ich gedacht, dass ich mich gar nicht mehr an jemanden gewöhnen will.»

Er stockte.

«Berl, das ist ein tolles Geschäft für dich. Ich werde nicht mehr lange leben, das spüre ich deutlich. Als Rifke damals gestorben ist, habe ich gedacht, ich würde an gebrochenem Herzen sterben, aber es hält nach zehn Jahren immer noch. Berl, ich brauche einen Sohn, der nach meinem Ableben Schiwa sitzt und elf Monate lang das Totengebet spricht. Du musst Gott milde stimmen, denn auch ich habe gesündigt. Dafür kannst du das Gänsegeschäft übernehmen, und etwas Geld auf der Bank habe ich auch. Junge, was sagst du?» Herschel schaute Berl erwartungsvoll an, aber Berl antwortete nicht, nicht in diesem Moment und nicht später.

Die Aussicht auf einen jüdischen Vater und auf ein Dutzend wechselnde Mütter war verlockend, aber er zog es lieber vor, zu schweigen. In der Nacht hörten sie weiter dem Jammern, Stöhnen und Schreien zu. Da sie sowieso wach lagen, erzählte ihm Herschel das erste Mal über sein Leben als Wanderschuster und -schneider bei Horodenka in Galizien.

Im Sommer flickte Herschel die dicken zotteligen Schaffellmäntel der Bauern und ihre Stiefel, und im Winter stopfte er die Löcher in deren Sommerkleidung. Er hatte auch immer Waren bei sich, die für die Bauern wichtig waren: Scheren, Messer, Nähnadeln, Knöpfe, Salben für leichte Verletzungen.

Er brachte Nachrichten über Kriege mit, die begonnen oder beendet worden waren. Über Friedensverträge und Waffenruhen, die gebrochen worden waren. Über Könige, die geheiratet hatten oder gestorben waren, über Attentate, Missernten und viele andere Katastrophen. Davon konnten die Bauern nicht genug kriegen, wie um sich zu bestätigen, dass ihre Welt nicht die einzig schlechte war.

Er erzählte ihnen auch etwas über Amerika, alles, was er auf seinen langen Wanderungen aufgeschnappt hatte. Man müsse sein Leben in Gottes Hände legen, ermahnten sie die Priester und Rabbiner, aber sie sagten nie, für wie lange. Also nahmen viele von ihnen ihr Leben wieder in die eigenen Hände und machten sich auf den Weg. Irgendwann glaubte sogar er selbst dran.

Wochenlang sah er Rifke nicht. Wenn er Pech hatte,

kriegte er nur etwas Grütze zu essen. Wenn er etwas Glück hatte, auch ein Stück Käse oder Honig, den er auf einem Markt verkaufen konnte. Wenn er sehr viel Glück hatte, bekam er auch ein paar Münzen als Lohn. Wenn er wieder zu Hause war, musste er seine eigenen Schuhe flicken. Nach und nach begann er, auch seiner Frau von Amerika vorzuschwärmen. Lange stellte sie sich taub, dann nur noch schwerhörig. Herschel konnte es sich nie verzeihen, eine so zerbrechliche, kränkliche Kreatur wie sie zur Auswanderung überredet zu haben.

Der Weg nach Amerika war lang und mit Kadavern gepflastert. Zuerst waren sie bei Wierzbowce auf ganze Haufen von erschossenen, erstochenen Pferden gestoßen, die nach der großen Dürre von 1889 von den Bauern nicht mehr hatten gefüttert werden können. Abgehäutete Pferdekadaver, die wildernde Hunde, Schweine, Krähen und Geier anzogen. Die Tiere machten sich das Aas gegenseitig streitig, sie kämpften miteinander um das verweste Fleisch. Weil Herschel und Rifke wussten, dass der Geruch auch Wölfe anziehen würde, versuchten sie, schnell wieder aus dem Tal zu kommen.

Sie waren noch nicht allzu weit von zu Hause entfernt und trugen nur wenig bei sich: den siebenarmigen Leuchter, den Gebetsmantel, ein paar Fotos, seine Schneiderschere, Wechselwäsche. Sie kamen schnell voran, zwei Wochen später standen sie schon an der deutschen Küste. Das nächste Mal sah Herschel Leichen in Hamburg, wo die Cholera unter den Auswanderern wütete. Das dritte Mal war es die Leiche seiner Frau. Mit zittriger Stimme beendete der Alte an dieser Stelle seine Erzählung.

Am nächsten Morgen prüfte Herschel die Kleider und die Schuhe von Berl. Mit dem Rücken zu ihm murmelte er:

«Ich muss heute deine Hosen und deine Schuhe flicken.»
Er hielt inne. «Gib mir bald Bescheid, was du von meinem
Vorschlag hältst. Wenn du ihn annimmst, kannst du hier-
bleiben. Du musst dich schnell entscheiden, damit ich dich
gleich mit zum Rabbiner nehme und du schon in diesem
Herbst an Rosch ha-Schana deine Sünden bereuen kannst.
Wenn du aber nicht willst, musst du wieder gehen. Ich
muss dann einen anderen finden, der für mich betet.»

Es war inzwischen Mitte Juli, und die Hitze drückte auf
die Stadt und die Menschen. Man konnte ihr nicht entkommen, erst recht nicht im Ghetto, wo alles eng und sti-
ckig war. Für Tage gab es keine einzige Windböe, und die
Menschen fielen auf der Straße ohnmächtig um. In der
Nacht waren die Plattformen der Feuerleitern mit Schla-
fenden überfüllt, die vor der Hitze in den engen Wohnungen fliehen wollten.

Berl musste öfter als sonst Wasser für die durstigen
Frauen und die fiebrige Ma'am hochschleppen. Sie verließ kaum noch ihr Zimmer, wenn sie etwas brauchte, rief
sie nach Berl. Manchmal steckte sie ihm einen Nickel zu
und schaute ihn mit ihren erloschenen Augen an. Wenn er
sang, drang seine Stimme durch die Wände, überquerte
den Flur und erfüllte auch ihre Wohnung mit Musik.

Für Berl war es das beste Leben, das er jemals gehabt
hatte, im vierten Stock eines unscheinbaren Backsteinhau-
ses, wie es tausend andere in der Stadt gab. Sogar das Neu-
jahrsfest würde er auf sich nehmen und demütig Tschuwa
leisten. Er würde aus ganzem Herzen bereuen, wie auch
immer es ging, und danach Taschlich machen, zum East
River gehen, seine Taschen leeren und so die Sünden loswerden. Er war sich inzwischen sicher, dass Gott vor den
paar Kindersünden beide Augen verschließen würde.

Denn Gott war nicht Einauge, er war barmherzig. Zum Schluss würde Berl Honigbrote essen, so viele er wollte, und sich an Herschels Freude freuen. Doch es kam anders.

Eines Tages rief die Ma'am ihn zu sich. Sie war nicht allein im Zimmer. Ein kleiner, aber robuster Mann mit grauem Bart stand in sicherer Entfernung vom Bett da. Als Berl eintrat, verstummten sie und er versuchte, sie im Dämmerlicht besser zu erkennen. Als der Besucher die Petroleumlampe andrehte, erkannte Berl den Kapitän, der die Toten des Ghettos zweimal in der Woche zur Hart-Insel brachte. Der Mann holte einen Kamm hervor und fuhr sich damit durch seinen Bart, wobei er Berl nicht aus den Augen ließ. Dann schob er sich die Mütze in den Nacken.

«Junge, das ist ein Freund von mir. Er hat dir etwas vorzuschlagen, also hör ihm gut zu», sagte Ma'am.

Der Mann hatte keine Falten und kein Alter, es war unmöglich zu sagen, ob er jung oder alt war. Er ließ sich Zeit, schaute auf seine Taschenuhr und stopfte sich eine Pfeife. Erst dann stellte er sich direkt vor Großvater hin und hielt ihm eine Tabakdose hin.

«Rauchst du? Natürlich tust du das. Alle Straßenjungen tun das. Oder du kaust Tabak. Ich habe etwas für dich, ein kleines Geschenk sozusagen», sagte er und kramte aus seiner Hosentasche eine kleine Tabakdose hervor.

«Danke, Sir.»

«Ich komme direkt zur Sache, das spart uns Zeit. Ich brauche einen neuen Boten. Der alte hat sich davongemacht, und die junge Irin kann jederzeit gebären.»

«Einen Briefboten?», fragte Großvater.

Der Mann stockte, dann lachte er laut. «Nein, keine Briefe. Was du zu liefern hättest, wären die Neugeborenen dieser unglückseligen Mädchen. Du musst nur das Kind an der Tür in Empfang nehmen und es zu einer Adresse bringen, die ich dir geben werde. Alles andere erledige ich.»

«Kommen die Kinder in gute Familien, Sir?»

Der Mann grinste. «In sehr gute Familien. Wir geben uns immer Mühe.»

«Sir, das ist nichts für mich. Es geht mir gut hier …»

Der Mann kam nun bedrohlich nah, Großvater konnte seinen rauchgeschwängerten Atem spüren.

«Du wohnst doch bei dem Juden Herschel, nicht wahr? Ein frommer Mann, der liebe Herschel. Hält eine ganze Menge auf Gott und den ganzen Unsinn. Glaubst du, es würde ihm gefallen zu erfahren, wo du dich am Tag herumtreibst? Glaubst du, er würde dich noch länger ernähren?»

«Das weiß er schon, Sir.» Diesmal grinste Großvater.

«Du denkst, du bist schlau. Wie heißt du?»

«Berl, Sir.»

«Berl, so. Ich habe aber gehört, dass du Pasquale oder Paddy heißt. Bist du wirklich Jude?»

Im gleichen Augenblick drückte ihn der Arm des Kapitäns gegen die Tür. Großvater versuchte, sich zu wehren, aber es war zwecklos. Mit der anderen Hand knöpfte der Mann Großvaters Hose auf, die hinunterrutschte. Jetzt zog er ihm die Unterhose herab, dann machte er zwei Schritte rückwärts, packte die Lampe und leuchtete Großvaters Geschlecht an.

«Wie ich es mir gedacht habe. Ein Hochstapler. Das wird Herschel das Herz brechen. Was wird er wohl tun, wenn er das erfährt? Vielleicht aber sage ich ihm auch, dass du schon einiges für mich erledigt hast. Ich bin ein guter Geschichtenerzähler, weißt du? Jetzt ist noch Sommer, aber bald ist wieder Winter. Du wirst frieren und hungern, und wenn du Pech hast, bist du bald in einem Sarg unterwegs zur Hart-Insel.»

Plötzlich wurde seine Stimme wärmer und vertraulicher. Er nahm Großvater am Arm und beugte sich sanft zu ihm. «Berl, ich bin kein schlechter Mensch. Du wirst es gut haben bei mir. Du kriegst immer ein paar Cent, manchmal lasse ich sogar einen halben Dollar springen. Ich denke, wir verstehen uns. Du übernimmst den Tagesdienst, wenn Herschel weg ist, ich den Nachtdienst.»

Großvater begann im Spätsommer 1899, Kinder zu töten. Zuerst wurden sie ihm nur vor der Tür zur vierten Wohnung übergeben. Das Erste war Betsys Kind. Er brachte es in Eile zu der Adresse, die ihm gesagt worden war, aber er machte den Fehler, den winzigen, schrumpeligen, roten Kopf aus dem Tuch freizulegen. Er sollte jene Augen nie wieder vergessen. Danach hielt er sich an die Empfehlung, immer die Hand fest auf den Mund des Säuglings zu pressen und ihm niemals in die Augen zu schauen. «Wenn du ihnen in die Augen schaust, wirst du zweifeln, und Zweifel ist das Letzte, was wir brauchen», hatte der Kapitän gesagt.

Die Tür öffnete sich immer nur einen spaltbreit, manchmal konnte er dahinter die verschwitzten, erschöpften Frauen erkennen, die hilflos die Hände nach ihren Kindern ausstreckten. Mit dem Bündel in den Armen lief er dann los, so schnell er konnte, immer von der Angst verfolgt, Herschel könnte früher nach Hause kommen. Er hatte ihm bislang keine Antwort gegeben, und der Alte hatte keine mehr verlangt. Zu sehr hatten sie sich aneinander gewöhnt, als dass Herschel eine endgültige Entscheidung hatte treffen wollen.

Großvater brachte die Säuglinge in eine Mietskaserne, die noch schäbiger war als die, in der er wohnte. Oft schliefen Bettler und Trinker in den Fluren, und er musste aufpassen, nicht über sie zu stolpern. Hinter den Türen hörte man Menschen streiten und sich lieben, es roch nach Kohl, Fisch und gebratenen Zwiebeln. Im zweiten Stock klopfte er leise an eine Tür, die einen Spalt weit aufging, und zwei weibliche Arme streckten sich nach dem Kind. Die Tür ging wieder zu, und er blieb allein zurück. Er vertrieb sich die düstere Stimmung mit dem Gedanken, dass es im Mittleren Westen bestimmt viele Familien gab, die sich sehnlich Kinder wünschten.

In jenem ersten Monat lieferte er die Kinder vieler Mädchen ab. Er spürte die kleinen, ungewaschenen Körper, die unterm Tuch steckten. Er merkte, wie sie strampelten, und drückte sie noch fester an sich. Manchmal tauchte eine winzige geballte Hand aus dem Bündel auf, manchmal ein Fuß. Falls er gefragt wurde, hatte man ihn instruiert, zu behaupten, dass er das kranke Kind zum Arzt bringe. Aber er wurde nie aufgehalten. Nie kümmerte sich irgendjemand um einen Jungen mit einem Neugeborenen in den Armen.

Das Ghetto war voll von kleinen Kindern. Manche Frauen bettelten schon Stunden nach der Niederkunft wieder mit ihrem Säugling in den Armen. Viele Neugeborene wurden in Treppenhäusern, Läden oder Hinterhöfe abgelegt, nur mit einem Zettel, auf dem stand: «Kümmern Sie sich bitte um mein Kind. Ich kann das nicht.» Die meisten Findlinge des Ghettos waren namenlos.

Gegen Ende August starben kurz nacheinander die Ma'am und Herschel. Großvater fand ihn zusammengesunken über dem Tisch, den Kopf auf einem seiner heiligen Bücher. Er schaute ihn lange an, dann richtete er den Toten wieder auf. Er blieb still bei ihm, bis es dunkel war, und auch die ganze Nacht hindurch. Herschel hatte nicht lange genug gelebt, um einen Sohn zu haben, der für ihn das Totengebet sprechen konnte, der Fürsprecher seines Vaters vor Gott werden konnte. Gott war anderer Meinung gewesen.

Aber Berl konnte Schiwa sitzen. Mit der Schere, die der Alte aus Galizien mitgebracht hatte, zerschnitt er ein Stück seiner Kleidung, so, wie er es von Herschel gelernt hatte. Eine Nacht, einen Tag und wieder eine Nacht sollte Berl sitzen und um einen Mann trauern, dessen Herz in der unendlichen, drückenden Hitze eines amerikanischen Sommers aufgegeben hatte. Sogar er mit seinen fünfzehn Jahren verstand, dass er ihm das schuldete, aber eine ganze Woche lang Schiwa zu sitzen, das schaffte er nicht.

Herschel hatte seine Sünden nicht bereuen können, denn er war vor Rosch ha-Schana gestorben. Gott musste nachsichtig sein. Die Gänse, die Herschel im dunklen Keller eingesperrt, gequält, gestopft und getötet hatte, hätten sicher weniger Verständnis gehabt. Auch Großvaters Reue fiel mit Herschels Ableben ins Wasser.

Nach dem Tod von Ma'am verschlechterte sich das Geschäft des Kapitäns. Immer weniger Mädchen kamen vorbei, einige, die schon da waren, packten und gingen wieder weg. Nach und nach leerte sich der vierte Stock, und der Hausbesitzer tauchte auf und ermahnte Berl und die letzten beiden schwangeren Frauen, von dort zu verschwinden. Er habe neue Mieter. Ein letztes Mal nahm Berl ein Neugeborenes an sich, ein letztes Mal zog er Herschels Wohnungstür hinter sich zu und lief die morschen Stufen hinunter.

Vor dem Hauseingang bahnte er sich seinen Weg durch die Menge neuer Emigranten, die wie eine Tierherde auf Einlass wartete. Sie würden bald in ihren Räumen Nähmaschinen aufstellen, Stoffballen besorgen, und der vierte Stock würde wie alle anderen von morgens bis abends vom emsigen Treiben und vom Surren der Maschinen erfüllt sein. Die Rücken der Arbeiter würden schmerzen, ihr Augenlicht würde nachlassen, sie würden wenig und in Eile essen. Eines Tages würde sie die Tuberkulose hinwegraffen, doch die nächsten Mieter würden schon wieder vor der Eingangstür stehen.

Der Straßenmarkt war in vollem Gange. Hunderte von Verkäufern boten auf Schubkarren und an improvisierten Ständen, in Körben und auf dem Boden alles an, was im Ghetto gebraucht wurde. Brillen, Hosenträger, drittklassige Kleider, Filz- und Damenhüte, Schuhe. Das welke Gemüse wurde mit Wasser besprenkelt, damit es frischer aussah. Die fauligen Fleischstücke mit Farbe nachgebessert. Die alten Kartoffeln unter einer dünnen Schicht guter Ware versteckt. Im Ghetto kaufte man auch nur einzelne aufgeschlagene Eier oder einen Hühnerschenkel.

Sogar ein Orgelspieler war unterwegs, der auf seinem Instrument Walzer, irische Balladen oder süditalienische Tarantellas spielte. Sein dressiertes Äffchen kletterte für jede kleine Münze, die ihm die Hausfrauen geben wollten, die Fassaden hoch. Das Tier war das Kapital des Mannes, wenn es krank war, päppelte er es fürsorglicher wieder auf als seine Kinder.

Berl kam überall ungehindert durch, stieg mit seiner letzten Lieferung die Treppen hoch und klopfte an die ihm bekannte Tür. Anstelle der Frau öffnete ihm diesmal der Kapitän persönlich. Er zog ihn schweigend hinein, nahm ihm das Kind ab und übergab es der Frau, einer ausgemergelten Person mit Kopftuch und leerem Blick. Ihr vom Wetter gegerbtes Gesicht und die groben Hände verrieten, dass sie einmal Bäuerin gewesen war. Sie legte das Bündel auf den Tisch und öffnete es auf Höhe des winzigen Kopfes.

Der Kapitän führte Großvater zum Tisch. «Du musst immer schnell handeln, mein Sohn. Nicht nachdenken und ihnen nicht in die Augen schauen. Nimm das Kissen, ich führe dann deine Hände. So ist es gut.» Die mächtigen Pranken des Kapitäns legten sich auf Großvaters ungeübte Hände.

Nach getaner Arbeit nahm der Kapitän Großvater in eine Kneipe mit, wo er alles bestellen durfte, was er wollte. Großvater hatte willenlos gehorcht und sich mechanisch dorthin führen lassen. Er erinnerte sich nicht, wie sie dorthin gekommen waren, und auch nicht an die schwere Hand des Kapitäns auf seinem Rücken. Er kam erst wieder zu sich, als der Mann ihn kräftig schüttelte und lauter dampfende Speisen vor ihnen abgestellt wurden.

«Du wirst dich noch daran gewöhnen», murmelte der Kapitän zwischen zwei Bissen. «Und jetzt iss!» Als beide satt waren, der Kapitän sich eine Pfeife gestopft hatte und zufrieden daran zog, als der blaue Dunst sich in ihrer Nische verteilte, begann der Mann zu sprechen:

«Ich trauere meiner Stelle als Schiffskapitän nicht nach. Man konnte damit nichts mehr verdienen, denn es gibt immer weniger Tote im Ghetto. Auch das Geschäft mit den schwangeren Frauen hat kaum noch etwas abgeworfen. Sie wollten immer weniger zahlen. Die denken jetzt alle, dass ihre Kinder irgendwo in Oklahoma City sind. Aber wir beide, mein Sohn, haben etwas Neues vor. Der

Tod ist unzuverlässig geworden. Die Milch ist weniger kontaminiert, das Fleisch nicht mehr so vergammelt wie früher und das Wasser sauberer. Immer weniger Tote müssen auf immer mehr Bestatter verteilt werden.»

Er nahm einen kräftigen Schluck Bier und ermutigte Großvater, vor dem ebenfalls ein großer Krug stand, dasselbe zu tun. Genüsslich wischte er sich den Schaum ab, während Großvater still dasaß, auf seine Hände starrte und ihm mit gesenktem Kopf zuhörte.

«Ich kenne einige Bestattungsunternehmer, die viel bezahlen würden, wenn sie mehr Kundschaft hätten. Sie erinnern sich mit Wehmut an die letzte Cholera- oder Grippeepidemie. Wir beide, Berl-Paddy-Pasquale, wissen aber, dass wir die Uhr nicht zurückdrehen können. Aber mit ein bisschen Geschick können wir trotzdem Profit machen. Nicht wahr?»

Großvater reagierte erst, als der Kapitän ihm eine Kopfnuss verpasste.

«Jawohl, Sir.»

«Na also!» Der Mann strich ihm jetzt fast zärtlich über die Haare. «Die Armen geben schon für ein gutes Begräbnis viel aus, aber für das ihrer Kinder geben sie alles. Wir holen uns also die Kinder.» Er schwieg, riss ein Stück Brot ab und tunkte es in die kalte Bratensoße, dann stopfte er sich den Mund voll.

«Weißt du, was für diese Menschen das Wichtigste nach den Kindern ist? Rate mal», sagte er mit vollem Mund.

«Weiß nicht, Sir.»

«Briefe aus der alten Heimat. Briefe von der Familie zu Hause. Wenn ich recht damit habe, so haben wir auch schon unser neues Geschäft, Junge. Wir gehen planvoll vor, nie am gleichen Tag zwei Häuser in der gleichen Nachbarschaft. Ich bleibe unten an der Straße, und du steigst hoch. Je höher, desto besser. Die Ärmsten unter ihnen haben die kränklichsten Kinder und wohnen zuoberst, unterm Dach. Außerdem brauchen sie länger, um hinunterzukommen und dann wieder hochzugehen. Du hast alle Zeit der Welt. Ich kenne Ärzte, die mir sagen werden, wo kranke Kinder wohnen. Verstehst du, was ich sage?»

«Ja, Sir.»

«Ach, nenn mich nicht dauernd ‹Sir›. Nenn mich ‹Kapitän›, das gefällt mir besser.» Er stopfte sich eine zweite Pfeife. «Wenn sie dann die Tür öffnen, reißt du dir die Mütze vom Kopf und machst ein mitleidiges Gesicht. Daran müssen wir arbeiten. Du fragst, ob das die Familie mit dem kranken Kind ist. Wenn nicht, entschuldigst du dich und kommst hinunter. Du versuchst es nicht ein zweites Mal im selben Haus. Wenn du aber einen Volltreffer landest, sagst du ihnen, dass unten dein Vater mit einem Brief von zu Hause wartet. Dass er leider ein schlechtes Bein hat und nicht hochkommen kann, dass er ihnen aber gern den Brief persönlich aushändigen will. Wenn sie dich fragen, woher du vom kranken Kind weißt, sagst du, dass man es dir im Haus erzählt hat, als du dich nach ihnen erkundigt hast. Kannst du mir folgen?» Er stieß Großvater den Ellbogen in die Rippen.

«Wir drehen unsere Runden am Tag, damit die Chancen größer sind, dass nur die Mutter zu Hause ist. Leider haben hier nur wenige eine richtige Arbeit. Wenn aber nur ein Elternteil allein mit dem Kind ist, hast du Glück. Du sagst, dass er ruhig zu deinem Vater auf die Straße gehen kann, aber dass du gern am Bett der armen Seele beten möchtest. Dass dein Vater und du sehr fromm seid. Wenn sie dich zum Kranken führen, fällst du auf die Knie und betest den Rosenkranz. Du betest von ganzem Herzen. Kannst du das?»

«Ich habe noch nie von ganzem Herzen gebetet.»

«Ich werde dir beibringen, wie man das tut. Du sprichst das Vaterunser oder einen anderen Unsinn. Wenn dann die Leute hinuntereilen, nimmst du ein Kissen, so, wie wir es vorhin getan haben. Oder du drückst auf den Mund und die Nase. Die Kinder sind so geschwächt, sie werden sich kaum wehren können, vielleicht merken sie es nicht einmal. Wenn doch, drückst du fester. Was tust du?»

«Ich drücke fester.»

Der Kapitän griff in seine Tasche und holte einige zerknüllte Umschläge heraus.

«Ich habe gefälschte Briefe aus Italien, Irland und Galizien. Diese Leute können kaum lesen, also werde ich sie ihnen vorlesen müssen. Und das wird dauern. Ich werde ihnen erzählen, was sie hören wollen, denn vorher werde ich sie ein wenig ausfragen. Sie sind in solchen Momenten so aufgeregt, dass sie es nicht merken werden. Warten sie auf Nachrichten von einer kranken Mutter, so werde ich ihnen sagen, dass die Mutter wieder gesund ist. Geht es um die Geburt eines Kindes, so wird das Kind gesund zur Welt gekommen sein. Geht es darum, ob die Leute zu Hause noch hungern, ob die Ernte wieder schlecht ausgefallen ist, so werden sie erfahren, dass endlich alle satt und zufrieden sind und die Felder das Doppelte abgeworfen haben. Ich habe Briefe für jede Lebenslage, für Tod und Geburt, für Hochzeit und Scheidung. Ich bin der Meistererzähler, Junge, mich übertrifft nicht einmal Shakespeare. Du aber kommst, wenn du alles erledigt hast, die Treppe herunter und schreist, dass die arme Seele tot sei. Dann beginne ich, zu jammern und die Eltern zu trösten. Und weil ich so ein guter Christ bin, möchte ich sie im schwierigsten Moment ihres Lebens nicht allein lassen. Ich werde sie keine Sekunde alleine lassen, bis du zurückkommst. Denn währenddessen informierst du unsere Geschäftspartner. Das wird entweder der irische, der italienische oder der jüdische Bestatter sein. Wobei ich kein Jiddisch kann, und auch Briefe auf Jiddisch habe ich nur wenige. Da müsste ich improvisieren, also konzentrieren wir uns lieber auf italienische und irische Tote.»

«Können Sie Italienisch, Kapitän?»

«Ich kann genug. Ich habe viel Zeit mit einem Dago in einer Zelle verbracht.»

«Und wenn es einen zweiten Erwachsenen oder sonst Geschwister gibt?»

«Dann bittest du um etwas zu essen und zu trinken. Sie werden einem hungrigen Jungen nicht ein Stück Brot verwehren, wenn ihr eigenes Kind stirbt. Wenn die Geschwister sehr klein sind, tötest du es trotzdem. Du beugst dich leicht über das Bett, sodass sie es nicht sehen können. Und auch wenn sie es sehen, werden sie nicht verstehen, was du tust. Wenn sie größer sind, schickst du sie raus, damit du allein beten kannst. Wenn gar nichts geht, lässt du es sein.»

«Und was, wenn sie lesen können und sehen, dass der Brief nicht für sie ist?»

«Dann entschuldige ich mich höflichst. Aber unser Theater ziehen wir trotzdem durch, schließlich ist das Kind tot, und wir wollen daran verdienen. Es ist gut, dass du mitdenkst, Junge. Im Allgemeinen aber überlass das mir.»

«Kapitän, wieso verteilen wir nicht einfach Visitenkarten der Bestattungsunternehmen?»

Der Mann haute mit der Faust auf den Tisch.

«Sehe ich so aus, als ob ich in diesem Leben Visitenkarten verteilen will? Bin ich deshalb nach Amerika gekommen? Ich will es weit bringen. Ich will Unternehmer werden, von mir aus auch Bestattungsunternehmer. In ein paar Jahren habe ich das Geld dafür, und wenn du fleißig bist, mache ich dich zum Partner. Was hältst du davon: ‹Der Kapitän und sein Junge. Für die besondere Bestattung›?»

Er lehnte sich zurück und lachte.

«Hast du eine Ahnung, wie viele Bestatter es in New York gibt? Hunderte. Alle kämpfen um dieselben Toten, aber wir kämpfen geschickter. Wir kämpfen zielgerichtet. Das ist Kapitalismus: Fleiß und eine zündende Idee. Visitenkarten bringen da gar nichts, die Leute heben sich solche Visitenkarten nicht im Haus auf wie die von guten Restaurants. Niemand will dauernd an sein Begräbnis erinnert werden. Wir aber kriegen Provision für jeden Toten, den wir vermitteln können. Wir werden von den Toten leben, und wir werden gut von ihnen leben. Du kannst alles kriegen, was du willst, wenn du dir nur Mühe gibst. Wenn nicht, breche ich dir alle Knochen.»

Als sie später im Zimmer waren, das der Kapitän bei einer alten Witwe gemietet hatte, und als jeder auf seiner Pritsche lag, konnte Großvater nicht einschlafen. Er wälzte sich dauernd herum und fand keine Ruhe. Irgendwann richtete er sich auf und schaute auf die Gestalt des Kapitäns, die sich im Dämmerlicht schwach abzeichnete.

«Ich muss also Kinder töten?», flüsterte er.

«Wieso töten, Junge? Du tötest gar niemanden. Du hilfst ihm, zu sterben. Ein paar Stunden später wäre er sowieso tot, aber weiß Gott unter welchen Schmerzen und Qualen. Du erlöst ihn. Ja, so ist es. Du bist der Erlöser!»

An dieser Stelle schwieg Großvater immer, wenn er mir viele Jahrzehnte später seine Geschichte erzählte. Er begann 1964 damit, als ich fast so alt war wie er damals, als er Herschel, die Ma'am und die schwangeren Frauen kennengelernt hatte. Es kümmerte ihn nicht, dass ich Dinge hörte, die nicht einmal Erwachsene hören sollten. Manchmal war ich mir nicht sicher, ob es ihn überhaupt kümmerte, ob ihm jemand zuhörte oder nicht. Seine Lippen hatten begonnen, sich zu bewegen, und wollten mit der Erzählung zu Ende sein, bevor sie für immer verstummen würden.

Wir lagen Nacht für Nacht im dunklen Zimmer unserer schäbigen Wohnung an der Manhattan Bridge, während Mutter in ihrem Zimmer Gäste empfing. Vielleicht erzählte er auch, um mich von den Stimmen nebenan abzulenken. Sein Leben schrumpfte im Wesentlichen auf dieses eine Jahr 1899 zusammen. 1967 war er tot, und ich hatte alles verloren, was ich je geliebt hatte.

Doch wenn man nachfragte, konnte es sein, dass er noch mehr preisgab. Als er vom Kapitän das erste Mal losgeschickt worden war, war er gleich durch den Hinterausgang geflüchtet. Kaum hatte er im Hinterhof gestanden, als ihn schon eine kräftige Hand gepackt hatte, ihn auf den Boden gedrückt und mit schweren Schlägen auf ihn eingedroschen hatte. Vom Lärm aufgeschreckt, waren einige Frauen an den Fenstern aufgetaucht.

«Er wollte einbrechen, aber ich habe ihn rechtzeitig erwischt», hatte ihnen der Kapitän zugerufen, und eine weitere Serie von Faustschlägen war auf Großvater niedergeprasselt.

«Sollen wir die Polizei holen?»

«Nicht nötig. Er ist mein Sohn, ich kümmere mich um ihn. Wenn Sie wüssten, was ich seinetwegen schon durchgemacht habe.»

«Wem sagen Sie das?», erwiderte jemand.

«Ich werde ihn windelweich prügeln. Das soll ihm eine Lektion sein.»

«Hören Sie nur nicht zu früh damit auf!»

Ein paarmal versuchte Großvater, Gustav am Union Square zu finden, aber es gelang ihm nicht. Wenn Gustav ihn zu sich genommen hätte, hätte er sich ihm sofort angeschlossen. Irgendwann aber erzählte ihm ein Kutscher, dass Gustav schon fast ein Dreivierteljahr tot war. Er hatte sich am letzten Silvesterabend so schlimm erkältet, dass er nicht wieder auf die Beine gekommen war. Seine Kutsche war längst verkauft, sein Pferd hatte der Metzger gekriegt. Jedes Mal kehrte Großvater in die Wohnung der Witwe und damit zum Kapitän zurück.

Eines Tages im verregneten Sommer des Jahres 1902 reiste Großvater zum Mond. Er aß gerade im Dolan's, als ein Zeitungsjunge hineinkam und rief: «Extra! Extra! Auf Coney Island können Sie jetzt zum Mond fliegen! Verpassen Sie nicht die Geschichte dazu in dieser Zeitung!»

Coney Island war ein Ort voller Widersprüche. Im Osten, im Manhattan Beach Hotel, konnte man für vier oder fünf Dollar von Porzellangeschirr aus China und mit Silberbesteck essen. Man ruhte auf langen, schattigen Holzveranden und spazierte am frühen Abend an prächtigen Blumenbeeten entlang, bevor man im großen Ballsaal tanzte.

In der abendlichen Kühle flanierten nach feinen Parfüms duftende Frauen, die elegante Kostümjacken und prächtige Hüte trugen, am Arm von Stahlbaronen, Eisenbahnmagnaten und Börsenspekulanten über die Promenade. Ihre taillierten Blusen und eng anliegenden Röcke, die Schleifen, Mäntel und Handschuhe waren aus Stoffen gefertigt, von denen Großvater nie etwas gehört hatte. Er konnte so viele töten, wie er wollte, er würde sich so etwas nie leisten können.

Als der Ozean sich bis auf wenige Meter ans Hotel herangearbeitet hatte, wurde dieses Stück für Stück in hundertzwanzig Eisenbahnwaggons verpackt und landeinwärts versetzt. Keine einzige Glasscheibe war dabei zersprungen. Die Schlagzeile hatte in New York die Runde gemacht.

Coney Island war auch der Ort für Pferderennen. Am Wochenende besetzten Buchhalter, Spieler und Jockeys alle besseren Hotels im Osten. Es war die Zeit, als Diamond Joe's Pferd «Golden Heels» fast jedes Rennen gewann. Sein Besitzer, der sein Geld mit zweifelhaften Geschäften machte, war ebenso häufig in den Schlagzeilen wie sein Pferd.

Wenn Pferderennen, Wetten und Völlerei für viele schon Sünde genug waren, war das, was sich im Westen der Insel abspielte, unvorstellbare Sünde. Hier standen die schäbigsten Buden und Spelunken, die niemand vermisst hätte, wenn der Ozean sie zu sich genommen hätte. Es wucherten die Trunksucht, die Fleischeslust und die Spielsucht. Es gab Spieler- und Morphiumhöhlen, Stundenhotels und Cabarets. Die Tänzerinnen tanzten, und die Kellnerinnen bedienten die Kundschaft, aber die wahre Arbeit begann danach, hinter den Vorhängen der Separees oder in einem Zimmer über dem Lokal.

Um einen Mann, der sich dort amüsieren wollte, auszunehmen, gab es die einfache und die heikle Methode. Die einfache war, dass die Kellner das Wechselgeld nicht mehr zurückbrachten. Wenn man protestierte, wurde man verprügelt und an die frische Luft gesetzt. Die heikle Methode war, die richtige Dosis Chlorhydrat zu finden, um einen Kunden zu betäuben, ohne ihn gleich umzubringen. Wenn man auch nur ein bisschen zu viel in sein Getränk hineinschüttete, hatte man eine Leiche im Haus.

Diese Welten vermischten sich nur, wenn die reichen Männer im Osten der Insel – gelangweilt vom Luxus, ihren Frauen und den endlosen Bällen – in den Westen gingen. An der Grenze zwischen diesen Welten stand auch der Steeplechase-Unterhaltungspark, und dorthin wollte Großvater, seitdem er die Nachricht von der Mondfahrt gehört hatte.

Er stieg in Brooklyn am Prospect Park aus der Pferdebahn und nahm den Ocean Parkway. Er wollte das Fahrgeld sparen, außerdem war es ein prächtiger Tag, einer der wenigen ohne Regen. Es war ein hübscher, breiter, von Bäumen gesäumter Weg mit vielen Vorgärten, Sonnenblumenfeldern und zwitschernden Vögeln. Und es gab viel Raum. So etwas konnte er in Manhattan nicht sehen, und dafür wollte er sich Zeit nehmen.

Er verließ den Parkway und drang tiefer ins Viertel ein. In den Gärten pflegten die Menschen ihre Blumen und Gemüsebeete, sie standen am Zaun und schwatzten mit ihren Nachbarn. Alles strahlte einen Frieden aus, wie ihn Großvater nicht für möglich gehalten hätte. Er schaute nach links, nach rechts, pfiff immer wieder voller Bewunderung und wäre beinahe von einer Kutsche überfahren worden, weil er in der Straßenmitte stehen geblieben war.

Er hätte gerne noch weiter darüber gestaunt, wenn er nicht Angst bekommen hätte, dass er zu spät sein könnte. Er begann, zu laufen und nach dem Ozean und den ersten Möwen zu spähen. Für das letzte Stück sprang er auf die Plattform eines Waggons der Culver Line, die ihn direkt nach Coney Island brachte.

Er hatte so viele Geschichten über Coney Island gehört, dass seine Füße von allein den Weg zum Ozean fanden. Er überquerte die Surf Avenue, ging am Eisenturm vorbei, von dessen oberster Plattform man bis nach Manhattan sehen konnte, kam bei der Promenade an und lief auf dem breiten, langen Steg, an dem normalerweise die Ausflugsschiffe andockten, weit hinaus. Erst kurz vor dem Ende des Steges blieb er stehen. So viel Leere hatte er noch nie gesehen. Einen Raum, in dem sich bis auf das Wasser nichts befand.

Als er sich sattgesehen hatte, führte ihn sein knurrender Magen zu Feltman's, wo er vergnügt im Biergarten saß und sich von singenden Kellnern bedienen ließ. Sie umschwirrten ihn, der sich gewaschen hatte, besser gekleidet war als früher und reichlich Trinkgeld gab. Sie sangen dieselben Lieder wie er, und Großvater merkte schnell, dass es sogar für einen mittelmäßigen Sänger leicht verdientes Geld war. Erst recht für einen, der sich «Der kleine Caruso» nennen durfte. Man musste nur widerstehen, die Betrunkenen auszunehmen. Er wollte sich daran erinnern, wenn er wieder Arbeit brauchen sollte, und zog weiter.

Auf Coney Island war für einen Jungen wie ihn soviel zu tun und zu sehen, so viele Wunder und Sensationen, dass er den Grund für seinen Ausflug für eine Weile vergaß. Er gab viel Geld für Süßigkeiten und an Schießbuden aus, für Karussells und Achterbahnen, ein kleines Vermögen für den Zeitungsjungen, der er einmal gewesen war. Erst mit der Abenddämmerung erinnerte er sich an sein Vorhaben und lief zum Eingang des Steeplechase Parks. Man wollte zwanzig Cent von ihm haben und versicherte ihm, dass er dafür alle Attraktionen besuchen konnte. Aber sein Sinn stand ihm nur nach einer einzigen Attraktion, einer der Extraklasse.

Der Park leerte sich langsam, und die elektrischen Lampen waren angegangen. Von weit her hörte man Tanzmusik. Das mechanische Pferderennen interessierte ihn ebenso wenig wie die venezianischen Kanäle, der Luftschiffturm oder der Pavillon, in dem sich solch sonderbare Dinge wie das menschliche Roulette, die Erdbebentreppe, der Liebestunnel oder das Razzle Dazzle befanden, bei dem einem mit ein wenig Glück ein Mädchen in die Arme fiel.

Er aber hatte nur Augen für jenen riesigen runden Bau, vor dem sich die letzten Kunden des Tages auf einer Plattform versammelten, um den Flug zum Mond zu wagen. Sie waren aufgeregt, denn sie hatten bisher den Boden unter den Füßen nur verlassen, um in ihre Wohnungen hochzusteigen. Oder um ein-, zweimal im Jahr den East River zu überqueren.

Sie gingen an Bord eines Zweimasters, der neben Segeln auch Flügel hatte wie die einer Fledermaus. Ich weiß nicht, ob Sie sich so etwas vorstellen können, aber es muss sogar schon damals veraltet gewirkt haben. Und mindestens genauso absurd wie Jules Vernes Kanonenkugel, die er zum Mond fliegen ließ. Aber die Menschen waren in dieser Hinsicht noch unschuldig wie Kinder, sie ließen sich gerne verführen, verblüffen und erschrecken.

Der Kapitän begrüßte sie aus seiner Kabine: «Willkommen auf der *Luna,* meine Damen und Herren! Unsere Reise dauert zwanzig Minuten. Halten Sie sich fest, Ihnen könnte schwindelig werden, wenn wir abheben. Außerdem werden wir auf unserem Weg durch heftige Stürme fliegen, die im Weltall toben. Wenn wir dann auf dem Mond gelandet sind, bleiben sie beieinander. Die Mondwesen sind freundlich, aber ganz sicher kann man sich nie sein. Sind Sie immer noch bereit mitzureisen?», rief er.

Ein Chor von siebzig Stimmen bestätigte lauthals und vergnügt, Großvater schrie ebenfalls voller Überzeugung «Ja!», denn das war seine Chance, um endlich herauszufinden, wie es dort oben aussah, wo er vielleicht hergekommen war.

«Halten Sie Ihre Hüte fest, meine Damen und Herren, sonst stürzen sie auf die Erde und erschlagen einen Bauerntölpel in Ohio oder Ihre Schwiegermutter in Brooklyn», sprach der Kapitän weiter. Die Menge lachte erregt, und während die Frauen und Kinder sich hinsetzten, blieben die Männer an der Reling stehen. Die Segel wurden ausgebreitet, und die roten Flügel begannen, immer kräftiger zu schlagen. Als ein Ruck durch den Schiffsrumpf ging, schrien einige Passagiere auf.

«Nur keine Angst. Jedenfalls noch nicht. Wir haben die Anker gelöst und steigen langsam auf. Schauen Sie sich die Erde unter Ihren Füßen an.»

Erst jetzt merkten die Leute, dass der Schiffsboden gläsern war und dass unter ihnen Coney Island zu schrumpfen begann, ebenso auch Brooklyn, Manhattan und die ganze Ostküste. Es tauchten die Appalachen und riesige Wälder auf, ein großer Wasserfall, den der Kapitän «die Niagarafälle» nannte, Flüsse und Seen, Farmen und Städte, die allesamt immer kleiner wurden, während das Schiff an Höhe gewann. Immer schneller rollten die auf großen Leinenbögen gemalten und ausgeleuchteten Bilder unter ihnen hindurch. Einige Passagiere schwankten und wären beinahe gestürzt, wenn man sie nicht festgehalten hätte.

Ein kräftiger Wind, der sich verstärkte, als sie durch die Wolkendecke flogen, ließ die Segel anschwellen. Blitz und Donner setzten ein, ein Gewitter aus Licht, ein «elektrischer Sturm», erklärte der Kapitän. Jetzt wurden seitlich und über ihnen Bilder hin und her geschoben. Der Sturm schüttelte das Schiff so kräftig, dass manche Frauen und Kinder zu weinen begannen. Als sie die Wolken hinter sich gelassen hatten, flogen sie durch einen Sternenhaufen hindurch, und alle staunten über soviel Schönheit.

Es wurde still und friedlich, als das Schiff auf den Mond zusegelte, der vor ihnen immer größer wurde. Sie erkannten erloschene Vulkane, Täler und Flussläufe. Der Kapitän erklärte, dass er die Landung vorbereitete, der Anker wurde ausgeworfen und verkeilte sich im Mondgestein. Mit einem erneuten Ruck blieben sie neben einem Krater stehen und stiegen begleitet von zwei Matrosen mit Pistolen aus.

«Meine Damen und Herren, Sie werden gleich von den Mondmenschen empfangen. Es sind Liliputaner und nennen sich ‹Seleniten›. Sie werden Sie zu ihrer Stadt bringen, wo Sie das Schloss des Mannes im Mond besuchen können. Lassen Sie sich Zeit, schauen Sie sich genau um, vor Ihnen haben nur wenige Menschen diesen Ort betreten. Am Ende werden Sie von Mondfrauen in einen Saal geführt, wie Sie noch nie einen gesehen haben. Seine Wände sind aus köstlichem, grünem Käse. Lassen Sie sich etwas einpacken für zu Hause. Sie brauchen sich nicht zu fürchten, unsere Matrosen sind gute Schützen.»

Eine lange Reihe von Lampen ging an. Sie leuchteten einen Pfad aus, der sich am Horizont verlor, wo die Lichter einer kleinen Stadt schimmerten. Plötzlich tauchten aus der Dunkelheit Zwerge in einer seltsamen grünen Kleidung auf. Grün war auf dem Mond sehr beliebt. Einige Frauen drückten sich fester an ihre Begleiter, während die beiden Matrosen ihre Pistolen entsicherten. Aber die Mondbewohner waren friedlich, der Kapitän hatte sich nicht getäuscht. Jeder von ihnen nahm einen Menschen bei der Hand und schritt der Siedlung entgegen.

Großvater war überrascht, dass eines der fremden Wesen ihn fixierte und ihn, als er in seiner Nähe war, sogar begrüßte. Als er sich genauer umschaute, erkannte er Paul, den Zwerg aus Huber's Museum, der ihm ein Zeichen machte, langsamer zu gehen. So kamen sie ins Gespräch.

«Du bist doch der kleine Caruso. Singst du noch?»

«Ich bin im Bestattungsgeschäft tätig.»

«Das scheint sich zu lohnen», bemerkte Paul und zeigte auf Großvaters Kleidung.

«So ist es. Und du?»

«Mich hat Professor Hutchinson entlassen. Auf einmal hatte er zu viele Zwerge. Ich verdiene hier ganz ordentlich, und ein Zimmer habe ich auch. Einige der Mondfrauen leisten mir immer wieder Gesellschaft. Man kann sagen, dass ich mein Glück auf dem Mond gefunden habe.»

Es war einer der schönsten Tage im Leben von Großvater gewesen, aber er ging nicht schön zu Ende. Nach der Schließung des Parks führte Paul Großvater in eine Spelunke, wo er immer wieder Gin und Brandy bestellte und hübsche Frauen an den Tisch holte. Von dort zogen sie

weiter, und jedes Mal, wenn Großvater sich verabschie-
den wollte, überredete ihn Paul dazu, noch zu bleiben. Im
Silver Dollar Saloon schauten sie bei Milwaukee-Bier halb-
nackten Tänzerinnen zu und bei Perry's Frauen, die sich
in einem Separee bis auf die Strumpfhalter auszogen. Sie
versuchten sich sogar im Faro-Kartenspiel. Gemeinsam
sangen sie auf der Straße die Songs, die gerade populär
waren.

Am nächsten Morgen erwachte Großvater in einem
Graben an einer Seitenstraße der Surf Avenue. Sein Kopf
brummte, und er brauchte einige Zeit, um zu begreifen,
dass man ihn ausgeraubt hatte. Er lief bis zum Ende des
Piers, setzte sich hin, ließ die Beine baumeln und dachte
den ganzen Tag nach. Am Abend passte er Paul ab, folgte
ihm bis zu seiner Wohnung, drückte seine Tür ein, hob
ihn hoch und warf ihn aufs Bett, ohne auf die Erklärun-
gen des Liliputaners zu achten.

Er beugte sich über ihn, und während er ihn mit der
einen Hand festhielt, suchte er mit der anderen Hand
nach etwas Bestimmtem. Er nahm das Kissen und hielt es
einen Moment lang hoch. Er schaute tief in Pauls verängstigte Augen und hielt eine Spur zu lang inne. Da
warf er das Kissen weg, steckte seinen Geldbeutel in die
Tasche und machte sich davon.

Die Geschäfte des Kapitäns liefen seit einiger Zeit
schlecht. Sie sollten 1903 noch schlechter laufen, denn die
Grippeepidemie leistete ganze Arbeit. Es gab wieder Tote
im Überfluss und glückliche Bestatter, die reichlich Kunden hatten. Tag und Nacht ratterten ihre Kutschen durch
das Ghetto, ununterbrochen hörte man das Rumpeln der
Räder auf den Pflastersteinen. Man konnte das Geräusch
nicht einmal dann eindämmen, wenn man sich die Ohren

zuhielt. Und eines Tages, ebenso plötzlich, wie er aufgetaucht war, verschwand auch der Kapitän aus dem Leben von Streichholz.

Lange Zeit hielt ich diese Geschichte für die letzte, die in Großvaters Leben noch von Bedeutung war, obwohl ich schon in meiner Kindheit ahnte, dass da noch mehr sein musste. Doch er weigerte sich beharrlich weiterzuerzählen. Erst 1967, kurz nach seinem Tod, erfuhr ich von Mutter, dass es etwas gegeben hatte, was vielleicht noch größer und vernichtender als alles Bisherige gewesen war. Und dass das, was ich bislang wusste, nur eine Vorstufe, eine lange Ouvertüre für jenes Ereignis war, das ihn 1911 zum Verstummen bringen und sein Leben für immer verändern sollte.

Sechstes Kapitel

Mutter schaffte es 2001 doch noch nach New York, in einem Einmachglas. Ich hatte es gut ausgewaschen, doch der Geruch von eingelegten Gurken war haften geblieben. In Tulcea, auf dem Weg zum Bahnhof, dann im Zug nach Bukarest und von dort im Taxi zum Flughafen hatte ich das Glas aus dem Koffer genommen, zurück in die Handtasche gesteckt und wieder hervorgeholt. Ich hatte versucht, mir überzeugende Antworten auf die Frage zu überlegen, warum ich ein Einmachglas voll mit menschlicher Asche bei mir hatte. Ich hatte keinen gefunden, aber es fragte auch niemand.

Vor der Landung drehte das Flugzeug einige Runden über der Stadt. Wenn Mutter und ich uns ausgekannt hätten, so hätten wir aus der Luft die Narrows erkannt, die Landenge, die zum New Yorker Hafen führte. Das Nadelöhr, durch das alle hindurchmussten, die mit dem Schiff ankamen, egal ob sie arm oder reich waren. Den Gebärmutterhals.

Alle Passagiere erblickten immer als Erstes Coney Island und das große Wonder-Wheel-Rad. Zu Zeiten von deinem Großvater, sagtest du, sei es mit Glühbirnen ausgekleidet gewesen und habe weit ins Meer hinausgeleuchtet. Es trug die Botschaft eines besseren Lebens dort hinaus, noch bevor man das Land sehen konnte. Außerdem gab es die Cyclone-Achterbahn, die in den Zwanziger- und Dreißigerjahren die größte Attraktion am Platz war. Als Mutter und ich darüber hinwegflogen, wurde sie kaum noch benutzt, ein Relikt aus einer vergessenen Zeit.

«Kennen Sie den Friedhof von Brooklyn?», fragte ich, als ich am Kennedy Airport ins Taxi gestiegen war.

«Lady, das hier ist nicht irgendein Dorf in Virginia. Es gibt hier viele Friedhöfe, auch in Brooklyn», erwiderte der Fahrer.

«Kennen Sie einen?»

«Ich bin Hindu. Wieso sollte ich Friedhöfe kennen? Dort sind nur Juden und Christen begraben.» Er schaute sich im Rückspiegel mein ratloses Gesicht an. «Ich habe eine Zeit lang eine alte Dame auf den Calvary gebracht. Der liegt aber an der Grenze zu Brooklyn, in Queens. Soll ich Sie dorthin fahren?»

«Calvary klingt gut.»

Wir fuhren lange durch die unendliche, asphaltierte Trostlosigkeit von Südbrooklyn. Ich hatte das Glas freigelegt und strich mit der Hand gedankenverloren über den Deckel wie über den Kopf eines Kindes. Ob der Eintönigkeit der Landschaft wäre ich beinahe eingenickt. Vor etwas mehr als vierundzwanzig Stunden war ich noch am Rande des Deltas gewesen, und die Donau war gemütlich vor meinen Fenstern vorbeigeflossen, vor dem schmucklosen, grauen Plattenbau. Einer der unzähligen, die von den Kommunisten für ein anspruchsloses, geducktes Leben gebaut worden waren.

Nachdem ich durch Tanti Maria vom Tod meiner Mutter erfahren hatte, bin ich einen Monat in Tulcea geblieben, um zu entscheiden, was mit der Asche geschehen sollte. In meinem Leben hatte es viele solcher Mietskasernen gegeben. Ich war mit neun Jahren aus dem Kinderheim in Tulcea zu einem Ehepaar nach Bukarest gekommen, einer Schuldirektorin und einem Professor, beide verdiente Genossen. Als sie eigene Kinder kriegten, wurde ich weitervermittelt zu einem Arbeiterpaar nach Brașov, dann zu einer alten Bäuerin nach Bacău.

Schließlich, mit achtzehn Jahren, kam ich nach Timișoara, wo ich meine erste Arbeitsstelle erhielt, in einer Textilfabrik. Ich sollte billige, kommunistische Kleider für den neuen Menschen nähen. Die Leute, bei denen ich meine Kindheit verbracht hatte, waren nicht schlecht: der eine vielleicht unzufrieden und verkrustet, der andere ein Säufer und Schwätzer, der Dritte missgünstig und bitter, der Vierte ein Angeber und Sprücheklopfer. Allesamt der typische Durchschnitt des Volkes.

Bis zu meinem achtzehnten Lebensjahr war ich ziemlich rumgekommen. Hin und wieder schickte ich allen Kleider aus unserer Fabrik. Eine Hose nach Bukarest, ein Hemd nach Brașov, einen Pullover nach Bacău.

Auf beiden Seiten der Hochstraße breitete sich der Calvary-Friedhof aus. Ich konnte ihn mit nichts vergleichen, was ich bisher gesehen hatte. Bei uns zu Hause nennt man Friedhöfe groß, die ein, zwei Straßenzüge breit sind. Sogar ein Dorffriedhof kann groß sein, wenn er unübersichtlich ist und in Acker übergeht, sodass man nicht mehr weiß, wo er beginnt und wo er endet. Aber der Calvary war mehrere Nummern zu groß. Ein Friedhof der Superlative. Wie soll ich hier jemanden finden?, dachte ich.

«Es gibt gleich ums Eck ein Tor und ein Büro. Soll ich Sie dort absetzen?», fragte der Taxifahrer, der mich schnell wieder los sein wollte.

Die Gräber lagen sogar dicht am Zaun, die Toten konnten das Geschehen verfolgen, sie hatten ein wenig Abwechslung. Nur eine mäßig befahrene Straße, die unter dem Queens Midtown Expressway verlief, trennte sie von den einfachen Reihenhäusern der Lebenden. So standen sie sich seit fast zwei Jahrhunderten gegenüber, feindselig, im besten Fall gleichgültig. Nur nach starkem Regen oder einem schneereichen Winter schwemmt das Wasser die Friedhofserde auf die Straße, sagtest du. Du besuchst doch immer noch das Grab deines Großvaters im neuen Teil von Calvary.

Neben einem Blumenladen und dem Geschäft eines Steinmetzes lag das Eingangstor, das weit offen stand, und dahinter lag ein rotes Gebäude. «Fahren Sie nicht weg. Lassen Sie mich hier nicht allein», flehte ich den Fahrer an. Ich ging mehrmals um das Gebäude herum und klopfte an Türen und Fenster, jedoch niemand zeigte sich. Ich drückte die Handtasche mit Mutters Asche darin an die Brust, hatte den Koffer aber im Auto gelassen. Er konnte mir ruhig verloren gehen, aber Mutter nicht wieder.

«Niemand da?», fragte der Inder durch das offene Seitenfenster. «Wenn Sie mich jetzt bezahlen wollen, dann kann ich weiterfahren.»

«Warten Sie!» Ich überlegte. «Kann man hier mit dem Auto über den Friedhof fahren? In amerikanischen Filmen tun sie das andauernd.»

«Wenn Sie mich bezahlen können, geht alles.»

«Ich habe Geld.»

«Wen suchen Sie überhaupt?»

«Einen Mann und eine Frau.»

«Dann können Sie die nächsten Jahre gleich hierbleiben.»
Wir lachten.

Viele Gräber duckten sich, niedrig und unscheinbar, oft gab es nur einen Stein, flach auf der Erde liegend. Andere waren massiv, nahmen breiten Raum ein, strebten empor. Säulen mit Kreuzen, Obelisken und Engeln: die Wolkenkratzer der Toten.

Wir fuhren durch die Sektionen sieben, acht und neun, an den Grabstellen der Palmieris, La Rosas und Mazzarellas, der Walshs, Savages und O'Neills vorbei. Der irische und der italienische Tod vermischten sich. Es waren alte Grabstellen, die meisten aus dem 19. Jahrhundert, die jüngsten aus den Zwanzigerjahren. Emigranten der ersten Stunde. Sie hatten Seite an Seite gehungert, und jetzt lagen sie ebenso Seite an Seite.

Coleman, McCollum, Petrocelli, Ruggieri, Coppola, Fitzpatrick, Keegan, Grosso, Syracuse, selten mischte sich ein Dombrowski darunter, ein Homeniuk oder Teubner. Aber ich entdeckte keinen Namen, der mir vertraut gewesen wäre. Immer wieder ließ ich den Fahrer anhalten und lief zu einem der Grabsteine, doch jedes Mal kam ich enttäuscht zurück. Oft ging ich langsam vor dem Wagen her, der mir im Schritttempo folgte.

«Wie heißen die Leute überhaupt, die Sie suchen? Vielleicht kann ich auch helfen.»

«Es ist ein Name, der mit -escu endet, wie viele Namen aus meinem Land. Er müsste unter all diesen italienischen und irischen Namen auffallen.»

«Wie heißt das Land, aus dem Sie kommen?»

«Rumänien. Schon mal davon gehört?»

«Noch nie, aber es gibt jede Menge Dinge, von denen ich noch nie etwas gehört habe. Ich fahre vierzehn Stunden am Tag Taxi. Ich muss meine Taxilizenz abzahlen. Viel Zeit bleibt mir da nicht.»

Das Land stieg an, und die Toten lagen nun mit den Gesichtern Richtung Manhattan, als ob sie sich mit den

Lebenden drüben unterhalten wollten. Es gab auch Gräber, die von der Allee wegführten, als ob sie die Sonne suchten, damit ihre Bewohner sich wärmten. Louis Bonsignore, Emma Behrens, Joseph Caruso, Luisa del Mondo, Bridget Hamilton, Ignazio di Raimondo. Die Sektion achtundvierzig bot eine gute Aussicht auf Midtown. Unter den Toten waren sie dort die Privilegierten.

Ich verlor immer mehr die Hoffnung, ich hatte längst bemerkt, dass dort kaum ein -escu liegen konnte. Kaum jemand, der in den Siebzigern begraben worden war. Am höchsten Punkt angekommen, bat ich den Taxifahrer, unter einem Baum anzuhalten. In der Ferne sahen die Hochhäuser Manhattans wie eine Fortsetzung des Friedhofes aus. Eine Grenze, ein Zwischenland, ein Übergang, der East River waren nicht zu erkennen.

Der Mann stieg aus, holte zwei Wasserflaschen aus dem Kofferraum und hielt mir eine entgegen. Stumm nahm ich sie an. Erst jetzt, als er vor mir stand, merkte ich, wie klein er war. Er brauchte zwei Kissen auf dem Fahrersitz, um gut durch die Windschutzscheibe sehen zu können.

«Haben Sie noch Familie in Indien?»

«Große Familie. Aber ich bin allein hier.»

«Wieso sind Sie hierhergekommen?»

«Alle wollen nach New York. Sie sind doch auch hier. Meine Eltern wollten, dass ich Mönch werde. Sie haben mich in ein Kloster gesteckt, aber dafür hatte ich kein Talent. Zu wenig Disziplin. Ich bin davongelaufen, und irgendwann war ich hier.»

«Und Ihre Eltern? Was haben sie dazu gesagt?»

«Sie haben nur Ausgaben gehabt, damit ich im Tempel bleiben konnte. Jetzt habe ich Ausgaben für sie. Ich muss regelmäßig Geld nach Hause schicken. Ich ernähre das halbe Dorf. Sie haben mir versprochen, eine Frau für mich zu suchen, aber eine Hochzeit kann ich mir nicht leisten. Zuerst kommt die Taxilizenz.»

Wir schwiegen.

«Wo begräbt man in Indien die Toten?»

«Die Hindus verbrennen ihre Toten. Wussten Sie das nicht? Mit Asche kenne ich mich aus. Wen führen Sie da überhaupt im Glas herum?»

«Eine Frau.»

«Was hat sie gehabt?»

In jenem Augenblick tauchte ein Mensch auf, der einzige, den wir bislang auf dem Friedhof entdeckt hatten. Die Toten waren Besuche nicht mehr gewöhnt. Sie leisteten sich gegenseitig Gesellschaft. Es war der Friedhofsgärtner, der einen kleinen Laster fuhr, auf den er einen Rasenmäher gestellt hatte. Als er auf unserer Höhe war, stoppte ihn der Taxifahrer, und ich ging zu ihm hinüber.

«Sie werden keine neuen Gräber finden», sagte er, nachdem er mich angehört hatte. «Das ist der alte Calvary, es gibt einen neuen auf der anderen Seite der Hochstraße. Als ich in den Sechzigern hier angefangen habe, war das letzte Begräbnis schon vierzig Jahre her.»

Als ich wieder in den Wagen steigen wollte, rief er mir hinterher: «Waren die, die Sie suchen, überhaupt katholisch? Sonst brauchen Sie sich gar nicht weiter zu bemühen. Hier gibt es keine einzige nichtkatholische Seele. Die anderen liegen auf dem Greenwood-Friedhof.»

«Fahren wir nach Greenwood?», fragte der Fahrer.

Ich dachte nach.

«Ja, wir fahren.»

«Das wird Sie etwas kosten.»

«Ich weiß. Ich muss.»

Auch auf dem Greenwood-Friedhof fand ich niemanden oder, anders gesagt, niemanden mehr. Ich erfuhr, dass tatsächlich zwei Menschen mit jenem Namen dort bestattet worden waren, beide gleichzeitig, im Jahre 1978. Die Todesursache war nicht vermerkt. Das Grab war seitdem ein weiteres Mal benutzt worden.

«Es sieht nicht so aus, als ob ich heute meine Asche verstreuen kann», sagte ich, als ich zum Wagen zurückgekehrt war. «Ich weiß nicht mehr, was ich damit tun soll. Fahren Sie mich bitte zu meinem Hotel am Central Park.»

Als wir von den Friedhofshügeln herabfuhren, als wir ein Wäldchen hinter uns gelassen hatten und in die Allee abgebogen waren, die zum Ausgang führte, zeichneten sich in der Ferne deutlich die Hochhäuser des südlichen Manhattans ab. Wie eine Tierherde, die sich am Fluss tränken wollte.

«Ist die Aussicht nicht schön, Lady?», fragte der Inder.

«Schön», antwortete ich zerstreut.

«Dort sehen Sie die Zwillinge. Die zwei höchsten Gebäude der Stadt.»

«Die Zwillinge», wiederholte ich mechanisch.

«Oben auf dem Südturm gibt es eine Aussichtsterrasse. Der Blick ist fabelhaft. An klaren Tagen sieht man achtzig Kilometer weit.»

«Ich bin hier nicht zum Sightseeing.»

«Sie hören mir nicht genau zu. Es gibt dort oben eine Terrasse. Völlig offen. Sie kriegen unten einen Besucherpass, nehmen den Fahrstuhl, steigen einmal um und sind in wenigen Minuten vierhundert Meter über der Stadt. Was Sie dann dort tun, entscheiden Sie selbst. Sie können die Aussicht genießen oder die Asche der Frau über New

York ausstreuen. Sie wird sicher nichts dagegen haben. Verstehen Sie jetzt?»

Ich wandte langsam den Kopf zu ihm um. Ich hatte verstanden.

Am nächsten Morgen begann meine Wanderung zu den beiden Türmen. Die aufgehende Sonne färbte die Fenster der Hochhäuser am Columbus Circle rot, als ich dort ankam. Verglaste Gebäude standen neben schneeweißen Stein- und Marmortürmen, dürre Bürobauten neben braunen Wohnhäusern. Man hatte mir gesagt: «Wenn Sie am Columbus Circle sind, gehen Sie zur Eighth Avenue und laufen fünfzig Häuserblocks hinunter. Irgendwann sehen Sie die Zwillingstürme vor sich. Oder Sie nehmen die U-Bahn.»

Ich hatte mich entschieden, zu Fuß zu gehen, auch wenn ich keine Vorstellung davon hatte, wie weit «fünfzig Blocks» waren. Insbesondere für eine Frau um die vierzig, die schon etwas in die Jahre gekommen, etwas mollig und schwerfällig war und schnell außer Atem geriet. Ich wollte mich an die Türme heranpirschen, sie die ganze Zeit vor mir haben und zusehen, wie sie immer größer und deutlicher wurden.

Ich wollte Zeit gewinnen, die einzige Zeit, die ich mit Mutter verbringen konnte. Sosehr ich mich am Vortag beeilt hatte, meine Aufgabe zu erledigen, so wenig kam es mir jetzt noch darauf an. Ich hatte meinen Rückflug erst in einigen Tagen gebucht.

Ich drehte mich mehrmals um meine eigene Achse, die Häuser wuchsen mir über den Kopf. Solche Häuser hatte ich noch nie gesehen. Der Central Park, dessen Eingang direkt gegenüber lag, und die Wohnhäuser, die ihn in einer perfekten Linie einrahmten, erinnerten mich an zu Hause. Obwohl es in Tulcea nichts gibt, was New York ähneln könnte.

Die Stadt wächst an ein paar kahlen Hügeln empor, und wenn es stark regnet, fließt das Wasser in Bächen über die schlecht gepflasterten Straßen der Randbezirke. Dort, wo das Stadtzentrum ausfranst, unweit der Kaipromenade an der Donau, wirkt sie bereits schon dörflich. Hunde bellen hinter Holzzäunen, und Weinreben spenden Schatten in den Höfen. Nur einige Straßenzüge weit ist Tulcea städtisch, herrschen am Tag Lärm und Gewimmel, aber nach Sonnenuntergang kehrt auch dort eine Stille ein, als wäre man am Ende der Welt. Immer ist die Donau da, auch im Dunkeln. Sie zieht leise vorbei, um die Bewohner nicht zu stören.

In dem Monat, den ich dort verbracht habe, konnte ich hinter der Uferstraße – der Strada Isaccei –, hinter den Kaianlagen, den Ausflugsschiffen und den wenigen Betonkästen, die an der Promenade gebaut worden waren, den Fluss sehen. Jenseits des dunklen Bandes des Stroms lag das grüne Dickicht, in dem das Dorf Tudor Vladimirescu fast ganz verschwand. Ein Dorf, das sich vor der Stadt in Acht nimmt und in Deckung geht. Es wird oft überflutet. Man kommt nur mit dem Ruderboot oder der Fähre dorthin, die vorher noch die starke Strömung bezwingen muss. Nur eine Kirche steht trotzig an der Stelle, wo der mächtige Strom eine Linksschleife macht.

Es war töricht, im Central Park das Gegenstück zu jenem wilden, geheimnisvollen Wald am Donauufer aus Pappeln und Weiden zu sehen. Als Kind – auf dem Weg von der Schule ins Heim – zögerte ich immer meine Ankunft hinaus. Ich blickte hinüber und stellte mir vor, dass meine Eltern dort lebten. Auf einer Landzunge, die nicht mehr zur Stadt, aber auch noch nicht zum Delta gehörte. Eine Art Reservat für verlorene Eltern. Sie waren unsichtbar, doch nie weit weg. Wie viele andere Kinder im Heim hatte auch ich nicht die leiseste Ahnung, wer mich gezeugt hatte.

Es war ebenfalls absurd, die perfekte Linie, welche die Plattenbauten an der Strada Isaccei bildeten, mit jener der Häuser entlang des Central Parks zu vergleichen, die bestimmt alle Architekturwunder waren; lichtdurchflutet, elegant bis in die hinterste Rohrabdeckung. Sie gaben ihren Bewohnern das Gefühl, ein Leben voller Grazie und Bedeutung zu führen, während man sich in einer Mietskaserne in Tulcea höchstens ins Abseits gedrängt fühlte. Abseits von allem, was man in einem kurzen Leben gesehen und erlebt haben sollte.

Es war vielleicht lächerlich, aber wer konnte schon wissen, ob nicht hinter der breiten, luxuriösen Fensterfront ein Kind herüberschaute und sich vorstellte, dass irgendwo im Park versteckt seine Eltern lebten.

Ich befühlte das Einmachglas durch das Leder meiner Handtasche hindurch, dann machte ich endlich einige Schritte auf die Eighth Avenue. Schon an der nächsten Ecke empfing mich ein sonderbares Hochhaus – seine Fassade war schief und mehrmals verbogen –, das auf einem anderen Gebäude aus Stein errichtet worden war. Ich konnte es mit nichts vergleichen, was ich kannte. An jeder Ecke der Kreuzung schnellten dünne Türme hoch, wie um den Himmel zu stützen. Oder um ihn fernzuhalten.

Ich erinnerte mich an ein Märchen, in dem man auf dem Stiel einer Riesenpflanze in den Himmel kletterte und fremde Wesen darauf herabstiegen. Genau dafür eigneten sich die Bauten um mich herum. Vor lauter Staunen wäre ich beinahe von einem Laster überfahren worden, auf dem stand: «Make the better move.» In einem Schaufenster wurden Schönheit und Wohlgefühl rund um die Uhr angeboten. Ich las Namen wie Wendy's, Starbucks und City Bank, Duane Reade, Gotham Pizza, HSBC, von denen ich noch nie etwas gehört hatte; ich entdeckte ein Parkhaus mit mehreren Stockwerken, ein Matt's Grill auf der linken Seite und rechts ein breites und hohes Wohnhaus ohne Balkone.

Mir fielen die kolossalen Fassaden der Plattenbauten an den Kreuzungen von Bukarest ein. Sie wirkten wie in Zement gegossene Felsen einer Küste, an die das Leben der Stadt brandete. Die nur für eine Sache taugten: große Plakate aufzuhängen, die Schönheit, Autos, Whiskey und Zigaretten priesen. Sie raubten den Bewohnern dahinter das Licht, die Sicht, den Verstand.

Was aber den New Yorker Wohntürmen fehlte, waren Balkone. Hinter den Bullaugen wohnten die Menschen wie Passagiere eines Schiffes, das sie fortbringen sollte und sich doch nicht von der Stelle rührte.

Es gab auch ein Cosmic Diner und eine Worldwide Plaza, ein Express-Wash-and-Blow mit Wachsbehandlung und Wimpernverlängerung, dann ein Bikram Yoga, Vishara Video, ein Bar and Grill direkt neben New York Sightseeing: Hop-On and Hop-Off – The only way to see Big Apple. Es war ein Babel von Namen, die mir alle nichts sagten.

Dazwischen tauchten immer wieder die Relikte einer früheren Zeit auf: rote Backsteinhäuser, in denen sich all jene Geschäfte eingemietet hatten, die dem einsamen, hungrigen, durstigen, kranken, müden, zerstreuungswilligen Menschen etwas anbieten wollten: Apotheken, Delis, Steakhäuser, Bars, Spirituosenläden.

Sosehr ich auch zum Horizont, zum Fluchtpunkt der Eighth Avenue geschielt hatte, hatte ich doch die beiden Türme, die allein für mich zählten, noch nicht entdecken können. Auf der 44th Street lief ich ein Stück auf die Seventh Avenue zu, weil ich dort Theaternamen in großen Lettern entdeckt hatte: Schubert, Majestic, Helen Haynes, und ich vermutete, dass ich nur einen Straßenzug von jenem Nabel der Welt entfernt war, den alle «Times Square» nennen. Ich kehrte zur Eighth Avenue zurück.

Ich wünschte mir eine Sitzgelegenheit – zum Beispiel eine offene Kirche – und spielte mit dem Gedanken, das Glas mit der Asche auf den Altar zu stellen und mich davonzuschleichen. Aber an der Eighth Avenue waren die Kirchen, so schien es mir, dünn gesät. Ich fand nur eine in einer Seitenstraße zum Hudson River, die sich zwischen Burger King und Donkin Donut auf der einen und einem Parkplatz auf der anderen Seite erhob. Die Kirche des Heiligen Kreuzes war geschlossen.

Ein Bus fuhr an mir vorbei, auf dem zu lesen war: «You can win the biggest prize in game show history». Auf einem anderen: «We'll take you anywhere». Ab der 30th Street ließ ich nach und nach die Häuserschlucht hinter mir, und die Avenue verwandelte sich, wurde offener und breiter.

Links befand sich eine durchgehende Fassade von gusseisernen Gebäuden und Backsteinhäusern, rechts standen anspruchslose braune Mietskasernen. Natürlich wäre mir nie eingefallen, sie so zu nennen, denn sie schienen in ihrer Aufgeräumtheit und Sauberkeit so viel besser zu sein als das, was ich von zu Hause kannte. Erst von dort konnte ich in der Ferne, sich weit über alles andere erhebend, einen Turm erkennen, und jemand bestätigte mir, dass es einer der Zwillingstürme war.

Meine Beine waren geschwollen, ich war verschwitzt und fühlte mich schwer. Eine seltsame Müdigkeit befiel mich, die mich daran hinderte, voranzukommen, und ich beschloss, mich bald auf den Rückweg zu machen. Ich würde mich den Türmen Stück für Stück nähern wie ein Raubtier, das sich an seine Beute heranpirscht. Doch für die Länge einiger Häuserblocks strengte ich mich noch an. An einer Straßenecke warb eine Reklame über einer Konditorei für den besten Cheesecake der Welt, und gegenüber, im ersten Stock eines Hauses, war der New York Sports Club untergebracht. Mit Blick auf die Reklame brachten sich Menschen wieder in Form. Alles war ein ewiger, unüberwindbarer Kreislauf.

Als die Eighth Avenue endete, folgte ich noch eine Weile der Hudson Street, die von zehnstöckigen Lagerhäusern, niedrigen Wohnhäusern und Bäumen gesäumt war. Von den Türmen sah ich immer wieder eine Spitze, dann verschwanden sie wieder, nur um ein wenig später wieder aufzutauchen. Als ob sie mit mir spielten und mich verhöhnen wollten. Dort brach ich endgültig meine Pilgerreise ab und kehrte mit der U-Bahn zurück in meine Unterkunft. Ich legte mich auf die schmale, dünne Matratze und – bevor ich einschlief – dachte ich an meine erste Begegnung mit Tanti Maria.

Einige Wochen früher hatte ich noch gar nicht gewusst, dass Mutter noch am Leben war. Irgendwann hatte ich aufgehört, mir Gedanken darüber zu machen. Ich führte ein ruhiges, voraussehbares Leben als Textilarbeiterin, die Unterwäsche, Röcke, Blusen, Jacken, Hosen, Mäntel, eigentlich alles nähen konnte. Ich war seit dreiundzwanzig Jahren im Betrieb und hatte das halbe Land angekleidet.

Sonntags war ich immer durch die ausgestorbene Stadt mit der Gewissheit gewandert, dass mir das monotone Leben behagte. Wer sollte schon eine wie mich wollen, die niemandem was ersparte, am wenigsten sich selbst. Die so streng mit allem war, zuallererst mit der Wahrheit. Die Angeberei, Geschwätz, leere Behauptungen mied, sodass sie mit den Jahren stiller, eigenwilliger und unbeliebter wurde. Das, was für andere Menschen so lebensnotwendig war – die Täuschung über die eigene Lage und die eigene Leistung –, war mir immer schon verhasst. Ich wusste, dass diese Strenge, diese Unerbittlichkeit auch meine Gesichtszüge geformt hatten.

Als mich dann der Brief aus der Kolonie erreichte, brachte er mit einem Schlag Unruhe, Zweifel und sehr viele Fragen in mein Leben. Ich habe immer noch keine Ahnung, wie Tanti Maria mich gefunden hatte. Ich habe eine gewisse Zeit lang gebraucht, bis ich den Zug nach Tulcea genommen habe. Ich habe dort übernachtet und am nächsten Morgen ein Taxi zur Kolonie genommen.

Das Tor stand offen, einladend, aber ich fürchtete mich und gab niemandem die Hand, obwohl der Taxifahrer mir erklärt hatte, dass die Kranken nicht mehr ansteckend sind, seitdem man ihnen die passenden Medikamente gab. Ich wartete auf sie im abgedunkelten Aufenthaltsraum, und die Krankenschwester erklärte mir, dass die Bücher in den Regalen und das Mobiliar vor langer Zeit gespendet worden waren.

Ich stellte fest, dass auch hier der Fernseher, vor dem sich am späten Vormittag einige Koloniebewohner versammelt hatten, die große Attraktion war. Ich sah nur ihre Umrisse, konnte ihre Wunden und Deformationen nicht genau erkennen, aber sie mir umso genauer vorstellen. Und dann, als ich gerade dabei war, in einem der Bücher zu blättern, ist sie in einem Rollstuhl hereingebracht worden. Ich weiß es noch genau. Es ist nicht so lange her.

«Bücher hat hier schon lange keiner mehr gelesen. Uns fehlen die Finger, um sie aufzuschlagen und umzublättern», sagte sie. «Ich bin Tanti Maria. Du musst Elenas Tochter sein.»

«Das haben Sie mir geschrieben.»

«Komm bitte mit, hier stören wir die anderen nur.» Als wir dann im Hof waren, sagte sie: «Ich habe dich früher erwartet. Deine Mutter ist schon vor einer Woche gestorben.»

«Ich konnte nicht eher kommen.»

«Aber wenn ich dir doch geschrieben habe, dass sie stirbt?»

«Ich habe doch gesagt, dass ich nicht eher konnte. Woher weiß ich denn überhaupt, dass sie tatsächlich meine Mutter war?»

«Du bist Elena, geboren am 26. August 1960. Du bist im Kinderheim in Tulcea aufgewachsen und später bei einer strammen Kommunistenfamilie in Bukarest.»

«Und noch später bei willfährigen Arbeitern und dann bei einem stumpfen Bauernpaar. Ich habe sie alle erlebt. Seit zwei Jahrzehnten kleide ich die Leute an, Kommunisten und Nichtkommunisten, Denunzianten und Denunzierte. Leute, deren Leben ein reines Geschwätz ist. Dieses Land ist voll von ihnen. Seitdem man die Kommunisten gestürzt hat, hat sich das ein wenig gebessert, aber das Geschwätz und die Falschheit sind genauso unerträglich geblieben. Wenn ich manchmal daran denke, wer in meinen Kleidern steckt, wird mir übel. Ja, das bin ich. Das beweist aber noch gar nichts.»

Sie war über meine Härte erstaunt und verwirrt, das konnte ich deutlich erkennen, und sie zögerte fortzufahren.

«Du gleichst ihr.»

«Bevor oder nachdem sie zum Monster geworden ist?»

Ich wollte sie provozieren, sie beleidigen, aber sie hat so getan, als habe sie es nicht gehört.

«Möchtest du etwas über deine Mutter wissen?»

«Ich bin vierzig. Wieso sollte ich das noch wollen? Sie war einfach nicht da. Das ist mehr als genug.»

«Du brauchst sie nicht zu verurteilen. Die Kommunisten haben nicht zugelassen, dass wir unsere Kinder hierbehalten. Sie haben dich ihr an einem schönen, kühlen Sonntagmorgen entrissen, ich erinnere mich genau. Sie trugen Schutzkleidung und Handschuhe. Du warst erst ein Jahr alt. Sie hat sich an dich geklammert, so gut sie konnte, aber schon damals haben ihr die Finger gefehlt. Sie ist dem Auto bis zum Zaun nachgehumpelt. Später hat sie einen, der noch schreiben konnte, Briefe an die Behörden verfassen lassen, aber nie eine Antwort gekriegt. Sie hat alles versucht, glaube mir.»

Ich schaute weg.

«Meinetwegen.»

Danach haben wir lange geschwiegen.

«Deine Mutter hatte zwei große Wünsche. Dich wiederzusehen und nach Amerika zu kommen.»

«Und keiner ist in Erfüllung gegangen. Wieso haben Sie mich überhaupt hergeholt?»

«Seit dem Sturz der Kommunisten habe ich sie bedrängt, mit dir in Kontakt zu treten ...»

«Erzählen Sie mir das nicht! Ich will es nicht wissen!»

«Aber sie hatte Angst. Sie wollte nicht, dass du sie so siehst.»

«Hören Sie auf!»

Sie senkte ihren Kopf und schaute ihre Handstümpfe an, die auf einer Schachtel in ihrem Schoß lagen. Ich hätte am liebsten geweint, aber ich habe mich schon immer gut beherrschen können.

«Sagen Sie mir nur, wieso Sie mich hergeholt haben. Nur damit sie mich sieht, bevor sie stirbt?»

«Nein, nicht nur deshalb. Du sollst ihr ihren letzten Wunsch erfüllen. Ich kann das offensichtlich nicht.»

«Und was ist ihr letzter Wunsch gewesen?»

«Nach Amerika zu kommen.»

«Amerika? Ich? Mit ihr?»

«Keine Sorge, ich habe sie, wie sie es wollte, einäschern lassen. Sie hat die Kirche und den Popen gehasst, der uns immer nur erzählt hat, dass es Gottes Wille ist, wenn wir so sind, wie wir sind. Dass wir Sünder sind und es hinzunehmen haben. Er hat uns nicht gemocht, und wir ihn auch nicht. Als der alte Pope gestorben ist, hat ihn ein junger ersetzt, aber er redete genauso wie der alte. In unserem Glauben ist es verboten, Tote einzuäschern, aber die Vorstellung, dass die Kirche sie auch nach ihrem Tod nicht kriegt, hat ihr gefallen. Du müsstest also nur die Asche deiner Mutter mitnehmen. Und etwas Geld gespart habe ich auch.»

Dann hob sie eine Schachtel auf und streckte sie mir entgegen.

«Ich habe leider nichts Besseres gefunden.»

«Ich fahre nirgendwohin und berühre so etwas nicht!»,

schrie ich. «Wie kommen Sie überhaupt dazu, dass ich das tun soll? Nach all dieser Zeit?»

Ich erinnere mich gut, wie ich mit dem Fuß aufgestampft habe und bis zum niedrigen Holzzaun vor der Kirche gelaufen bin. Ich habe das Tor geöffnet, bin hineingegangen und habe mich ins Gras gesetzt. Was für eine Art Hölle ist das?, dachte ich. So, wie ich die paar Dutzend Bewohner bestaunte, so wurde auch ich bestaunt. Die Leute schauten sich alle nach mir um.

«Bist du Elenas Tochter?», fragte mich einer.

«Nein, ich bin die Tochter von niemandem!»

«Ach, das dachte ich mir schon, denn Elena wäre nie in den Garten der Kirche gegangen», erwiderte der Mann.

Das Taxi setzte mich vor dem Bahnhof ab, ich war fest entschlossen, abzureisen, aber stattdessen bin ich im Wartesaal sitzen geblieben. Lange dachte ich dort nach, dann später im Hotelzimmer gleich an der Promenade. Ich starrte auf die Donau und auf das im Dickicht versunkene Land am anderen Ufer, bis es dunkel wurde.

Am nächsten Morgen marschierte ich ohne zu zögern durch das Tor der Kolonie hindurch, fragte, wo ich Tanti Maria finden könnte, und machte erst vor ihrem Haus halt. Ich weiß noch, dass sie sich mit einem Mann mit eitrigen und blutigen Beinen unterhalten hat, der versuchte, sie mit etwas Watte und alten Bandagen zu reinigen und zu verbinden.

«Es fehlt uns an allem», sagte sie beiläufig, ohne zu klagen, als ob sie gerade festgestellt hätte, dass sich die Erde immer noch dreht. «Wir haben wenige Medikamente, kein Verbandszeug und vor allem keine Hoffnung. Wir leben von dem, was man uns schenkt, und von einer kleinen Rente.»

«Wo ist mein Vater?», fragte ich.

«Er liegt auf unserem Friedhof, gleich am Hang, in der dritten Reihe. Er muss irgendwann Anfang der Siebziger gestorben sein.»

«Wie hat er geheißen?»

«Gheorghe. Wie der Flussarm, an dem das Dorf deiner Mutter steht.»

«Was wissen Sie über ihn?»

«Er war ein guter Mann, ein Fischer aus der Gegend. Er hat sie sehr geliebt.»

«War er auch … Ich meine, hatte er auch …»

«Du meinst, ob er auch Lepra hatte? Aber natürlich, wer hätte damals sonst deine Mutter berührt, wenn nicht einer, der wie sie war?»

Sie erzählte mir, dass er etwa siebzehn Jahre nach Mutter eingeliefert worden war. Sie waren in ein Häuschen weiter oben gezogen, und solange sie noch arbeiten konnten, hatten sie ihren eigenen Gemüsegarten. Tanti Maria sagte, dass sie zusammen glücklich gewesen sind.

«Und wieso ausgerechnet Amerika?», fragte ich.

«Deine Mutter hat die Kirche gehasst, aber noch mehr hat sie dieses Land gehasst. Man hat uns hierhin abgeschoben und vergessen, kein Mensch hat sich um uns gekümmert, bis auf einen Arzt, der hin und wieder vorbeigeschaut hat. Sie hat immer gesagt: ‹Wenn ich sterbe, will ich nicht in dieser Erde liegen.› Sie wollte bis zum Schluss weg, tot oder lebendig, wie man so sagt.»

«Wieso Amerika?».

«Setz dich zu mir, Mädchen.»

«Nicht nötig. Ich kann sehr gut stehen.»

«Wie du willst. Als deine Mutter jung war, wollte sie weg aus dem Delta. Sie wollte in die Welt hinaus. Man hat sich damals viel über Amerika erzählt, und das klang in ihren Ohren alles sehr verführerisch. Sie hat auch einen anständigen jungen Mann gefunden, einen aus dem Delta, so, wie sie, der in New York lebte. Sie haben sich mehrere Briefe geschrieben, und sie hat sich sogar ein wenig in ihn verliebt. Wie junge Leute nun mal sind. Dann ist bei ihr die Lepra ausgebrochen, und ihre Freundin hat sich den guten Mann geschnappt. Sie hat ihr Schaf nach dieser Frau genannt. Als das Schaf alt wurde, haben wir es geschlachtet und gegessen. Es hat köstlich geschmeckt.»

Dann musste sie mit ihrem zahnlosen Mund so lachen, dass sie kaum noch weiterreden konnte.

«Lange hat sie die beiden gehasst, aber mit der Zeit wurde sie milder. Vor allem, als sie begonnen haben, ihr zu schreiben und Pakete mit Konserven, Zigaretten und Schokolade zu schicken. Die Zigaretten haben wir immer dem Wächter gegeben, damit er für uns warme Kleider kauft. Wir haben immer gefroren, musst du wissen. Dank ihnen ist es uns beiden hier nicht allzu schlecht ergangen. Sie haben aus der Ferne für uns gesorgt, und das ist manchmal mehr, als jemand tut, der im eigenen Bett schläft. Als es im Land immer weniger gegeben hat und alles nur noch mit Lebensmittelmarken zu kaufen war, haben wir immer noch genug gehabt. Irgendwann hat sich Mutters Hass erschöpft. Ganz am Anfang hatte sie gesagt: ‹Wenn ich vor dir sterbe, sorge dafür, dass meine Asche nach New York kommt, damit die zwei nicht das letzte Wort haben.› Später, als sie erfahren hat, dass beide tot waren, hat sie gewünscht, dass man ihre Asche über ihr Grab streut. ‹So bin ich bei ihnen und gebe ihnen keine Ruhe.› Dabei hat sie gelacht.»

«Wie haben sie geheißen?»

Sie holte mühevoll einen Zettel aus der Tasche ihres Pullovers.

«Hier steht der Name. Sie liegen auf einem Friedhof in Brooklyn, dort wo sie zuletzt gewohnt haben. Ich weiß nicht, wie groß die amerikanischen Friedhöfe sind, aber du wirst sie bestimmt finden.»

Im Taxi nach Tulcea stellte ich die Schuhschachtel neben mich. Während der Fahrt schob ich sie immer wieder ein paar Zentimeter von mir weg, dann zog ich sie wieder näher an mich heran. Wenn die Straße holprig war, legte ich meine Hand auf den Deckel.

In Tulcea mietete ich eine kleine möblierte Wohnung und rief in der Fabrik an, um unbezahlten Urlaub zu nehmen. Die Schachtel habe ich auf den Tisch gestellt, später in einen Schrank, noch später auf den Balkon.

In den Wochen, die ich gebraucht habe, um eine Entscheidung zu fällen, wechselte die Schachtel täglich den Platz. Manchmal hat mich die Wut gepackt, und ich habe mit ihr unterm Arm die Strada Isaccei überquert und die Asche zum Fluss gebracht. Aber weiter ging ich nie. Ich kehrte nach Hause zurück, und die Wanderung der Schachtel durch die kleine Wohnung begann von Neuem. Nach drei Wochen habe ich ein Einmachglas voller Gurken gekauft und kurz darauf die Flugkarte nach New York.

Am nächsten Tag wurde ich mutiger und unternehmungslustiger. Ich wechselte zur Tenth Avenue und stieß gleich auf einen Mann, der neben einem alten Cadillac stand und Rundreisen durch die Stadt auf den Spuren der Stars anbot. Er hatte tote und lebende Stars im Angebot, aus der Film-, der Sport- und der Musikwelt.

Ein Stück weiter auf der Avenue erklärte mir eine Monroe-Doppelgängerin, dass genau an dieser Stelle der Madison Square Garden gestanden hatte, wo Marilyn dem amerikanischen Präsidenten ein Happy-Birthday-Ständchen gesungen und damit nicht nur ihm, sondern einem Haufen Männern den Schlaf geraubt hat. Davon hatte ich noch nie etwas gehört. Sie bot mir eine Fahrt zu den Orten der berühmtesten Seitensprünge in der Stadt an. Ein anderer wollte mir bekannte Verbrechen verkaufen. Die Handtasche an den Körper gepresst, floh ich vor ihnen, als ob es sich um lauter unmoralische Vorschläge gehandelt hätte.

Weiter südlich stieß ich wieder auf niedrige, alte Wohnhäuser, in denen, wenn ich mich recht erinnere, Läden mit seltsamen Namen untergebracht waren: ein Happy Joy – Chinese Food, ein Happy Pet und ein Happy Lamb – Prime Choice Meat. Ich erinnere mich, gelacht zu haben, so viel Glück sieht man selten. Über dem Fenster eines Deli konnte man noch das halbe Wort «Fact» entziffern. Es stammte aus einer Zeit, als in Hell's Kitchen – dem Viertel, durch das ich, ohne es zu wissen, wanderte – Fabriken standen, in denen billige Kleider hergestellt wurden. Von Arbeitern, die mit vierzig verbraucht, alt und bald schon tot waren, wie ich es von dir erfahren habe.

An der 50th Street stieß ich auf eine bulgarische Kirche, die wie unsere Kirchen aussah; das Erste, was mir seit Stunden vertraut war. Doch während sich bei uns die Kirchen am Nachmittag beleben und von einem ständigen Strom von Betenden aufgesucht werden, stand diese verwaist da. Sie wurde links und rechts von zwei schmalen Backsteinhäusern gerahmt, die sie stützten wie einen Alten. Oder wie einen schwankenden Säufer.

Ich ging weiter die Tenth Avenue hinunter, und noch

immer waren die Türme nicht zu sehen. Je näher ich ihnen kam, desto mehr wichen sie zurück. Auch marschierte ich jetzt nicht mehr direkt auf sie zu, sondern schlenderte umher, als ob ich bloß einer der Spaziergänger wäre, die sich im Westen der Stadt verirrten. In Hell's Kitchen baute niemand Wolkenkratzer, es gab nur einzelne Wohntürme, sonst aber nur verbarrikadierte und verfallene Backsteinhäuser aus dem vorletzten Jahrhundert.

Ich hatte Zeit. Es war der erste und letzte Spaziergang meines Lebens zusammen mit Mutter. Als ob wir eine gemeinsame Reise an einen unbekannten Ort unternahmen. Ich ging auch in die Querstraßen und folgte ihnen bis zum Hudson River, um dort ein wenig auszuruhen und nachzudenken.

An der 43rd Street lag das Market Diner in einem kleinen Anbau neben einem Lagerhaus. Über der alten Theke, deren Oberfläche von den vielen Gläsern, Flaschen und Ellbogen glatt poliert war, leuchteten orange Glaskugeln. Die Polstersitze in den Nischen waren aus falscher, schwarzweißer Schlangenhaut. Hast du in den Siebzigern nicht ganze Nächte dort verbracht und für ein paar Pennys für die Nachtschwärmer der Stadt gesungen, für Polizisten auf Streife, Ganoven aus New Jersey und müde Taxifahrer?

«Lady, was suchen Sie hier?», fragte mich der alte, verschrumpelte Kellner. «Zu uns verirren sich nur selten Touristen.»

«Ich bin keine Touristin. Ich habe hier etwas zu erledigen.»

«Glauben Sie mir, mit Ihrer großen Damenhandtasche und Ihrem verlorenen Blick sehen Sie aus wie das perfekte Opfer. Haben Sie in Ihrem Reisebuch nicht gelesen, dass man sich in Hell's Kitchen nicht allein herumtreiben soll?» Ohne auf eine Antwort zu warten, fuhr er fort:

«Allerdings ist es nicht mehr so schlimm wie früher, in den Siebzigern und Achtzigern. Für uns war das die beste Zeit. Tag und Nacht haben hier Francis Featherstone und seine Bande gesessen. Die Gangster gaben prima Trinkgeld, und wenn sie unter sich eine Rechnung zu begleichen hatten, gingen sie auf den Parkplatz, um uns keinen Ärger zu machen. Polizisten, Mörder, Politiker, Huren, sie waren alle hier, und ich habe sie alle bedient. Man kann über uns sagen, was man will, aber es gab eine Zeit, da waren wir nach Mitternacht der Mittelpunkt der Stadt. Nicht so, wie jetzt, wo ich pro Tag nur noch drei Kunden bediene», sagte der Mann mit verlorenem Blick. «Hier hat Featherstone immer seinen Gin getrunken, nachdem er diejenigen, die ihre Schulden nicht zurückgezahlt hatten, zerteilt hatte.»

Er begann zu lachen, als er mein Gesicht sah.

«Wie gesagt, heute ist es etwas ruhiger. Sehen Sie das Foto an der Wand? Erkennen Sie ihn? Jawohl, ich habe Sinatra bedient, in unserem Hinterzimmer, das immer für ihn reserviert war. Das kann nicht jeder von sich behaupten. Und unser Bürgermeister Giuliani war bei uns, schauen Sie doch. Und jede Menge Transvestiten. Aber heute stehe ich stundenlang da und starre durchs Fenster.» Er schien zu zögern, ob er weiterreden sollte. Er hatte sich gar nicht darum geschert, ob ich ihn überhaupt verstand.

«Sie sehen auch so aus, als ob Sie etwas Begleitung vertragen könnten. Ich mag stille Frauen, von den anderen kriege ich nur Kopfschmerzen. Sie trinken ein Glas Gin, und schon reden sie unentwegt auf mich ein. Dabei gibt es zwischen Männern und Frauen gar nicht so viel zu sagen. Alles Geschwätz ist ein Umweg, der sowieso zum Beischlaf führt oder in die Langeweile. Sie aber scheinen anders zu sein.»

«Warten Sie mal ab, bis ich das erste Glas getrunken habe.»

«Wenn Sie noch ein wenig Zeit haben … Ich habe bald frei und wohne nicht weit von hier.»

Ich ließ mein Essen stehen, stand auf und zahlte. Bevor ich die Tür hinter mir schloss, hörte ich noch einmal die Stimme des Kellners: «Vertrauen Sie mir, das ist kein Ort für eine Dame wie Sie. Man riecht auf eine Meile Entfernung, dass Sie Angst haben. Das zieht die Hunde aus der Gegend magisch an. Kehren Sie zur Tenth Avenue zurück, oder gehen Sie noch weiter weg. Dort, wo Sie hingehören.»

Ich trat wieder auf die Türschwelle.

«Nennen Sie das ‹Essen›, was Sie da servieren? Kein Wunder, dass Ihre Bude leer steht. Der Gangster, von dem Sie sprachen, hätte ebenso gut damit seine Opfer vergiften können.» Ich zog die Tür kräftig hinter mir zu und beeilte mich wegzukommen.

Trotz seiner Warnung nahm ich diesmal die Eleventh Avenue, ging vorbei an leeren Parkplätzen, Eisenbahnschienen, Lagerhäusern und ehemaligen Fabriken. Es war eine Welt fern der Unruhe und des Gewimmels der Metropole weiter östlich. Ich fühlte mich nicht bedroht, sondern kam zur Ruhe. Ich erinnerte mich an mein Vorhaben, zum Hudson zu gehen, und lief durch eine Querstraße dorthin, vorbei an Waggondepots, Garagen, Parkhäusern und kaputten Lieferrampen.

Als ich endlich am Flussufer stand, beugte ich mich über das Geländer und schaute auf den müden, alten Hudson hinunter, der nur noch wenige Meilen bis zum Meer hatte. Ich nahm das Einmachglas aus der Tasche heraus, drehte gedankenverloren den Deckel auf und wieder zu. Aber der dunkle, fremde Fluss, über den ich gar nichts wusste, wollte meine Asche nicht. Der Donau hingegen hätte ich Mutter sofort anvertraut, doch sie hatte es anders gewollt.

Ich kehrte zurück zur Tenth Avenue, wo ich auf eine andere geschlossene Kirche stieß, die sich an die Wohnhäuser an ihrer Seite schmiegte. Der Glaube reichte gerade noch bis zu ihren Mauern, danach folgten Läden, Abfallsäcke, der ganze Basar des Lebens. Die Kirche wurde dicht flankiert und bewacht von den Nachbargebäuden. Noch gewährte man ihr Gastrecht.

Auf meiner Wanderung Richtung Süden passierte ich ein Zugdepot, das zwei Blöcke lang war, und das Teilstück einer früheren Brücke oder Hochstraße, das über der Avenue hing. Dort, wo sich das schwarze Gerüst in der Tiefe einer Seitenstraße verlor, bewachten zwei schwarze Männer einen Haufen ausrangierter Bürostühle. Sie saßen auf zweien davon und drehten sich damit unentwegt um ihre Achse. Es folgten brachliegende Flächen, eingezäunte Abfallmulden, Lagerhallen mit Lieferwagen an ihren Rampen, verwahrloste Backsteinhäuser mit zugenagelten Türen und Fenstern aus einer längst vergangenen Zeit.

Über einem Deli stand: «Open soon». Man spürte jedoch, dass das Viertel in einer Niemandszeit ausharrte. Baufällige, schmale Häuser wechselten sich mit massiven, vielstöckigen Lagergebäuden ab. Ein Mann mit geschwollenen Händen schob tief gebückt einen Einkaufswagen mit seinen Habseligkeiten vor sich her. Eine Frau mit schlohweißen Haaren und breitkrempigem Hut starrte auf die Industrieruinen.

Als würde ich von einer geheimnisvollen Kraft am Ort festgehalten, kam ich nur langsam voran. Ich suchte Gründe, um meine Reise zu verzögern. Es war warm, zu warm für die Jahreszeit, und die Stadt verharrte unter einer Kuppel aus gleißendem Licht. Jede Bank, jede Bar, jeder grüne Fleck waren eine gute Ausrede, um haltzumachen und den Augenblick noch einmal aufzuschieben, in dem ich mich von Mutter trennen würde.

Ich kaufte ein Stück Pizza für neunundneunzig Cent und kaute so langsam wie möglich. Ich streckte die Zeit, so, wie andere es mit der schmelzenden Schokolade im Mund tun. Als ich die Geldbörse einstecken wollte, fiel sie auf den Boden und einige Münzen rollten auf den Asphalt. Ein Mann mit verfilztem Haar und schlechtem Geruch hob alles auf. Wie eine Schnecke trug er alles bei sich: Über ein Hemd hatte er einen Pullover gezogen, darüber eine dünne Jacke und noch einen Wintermantel. Er war für jede Jahreszeit gewappnet.

Unsere Blicke kreuzten sich. Ich hielt die Tasche fest, denn viel lieber hätte ich das Geld hergegeben als Mutters Asche. Er steckte die Münzen in die eigene Tasche, die Geldbörse aber überreichte er mir.

«Wie weit ist es noch bis zu den Türmen?», fragte ich ihn, um meine Aufregung zu verbergen.

«Türme gibt es hier jede Menge.»

«Ich meine die Zwillingstürme.»

«Ach, die! … Was lassen Sie dafür springen?»

Sein zahnloser Mund grinste mich an.

«Das haben Sie sich schon genommen», erwiderte ich.

«Das war nur für einen Turm. Für zwei reicht das nicht.»

Ich lachte.

«Wo der eine ist, ist auch der andere.»

«Glauben Sie? Nun gut, ich kann Ihnen sowieso nicht weiterhelfen. Ich treibe mich nur hier herum. Ich habe die Türme seit vielen Jahren nicht mehr gesehen. Vielleicht sind sie bloß ein Gerücht.»

Ich wechselte die Avenues, irrte durch ein Viertel, dessen Straßen nicht asphaltiert waren. Auf dessen Pflastersteinen die Kutschen des neunzehnten und die ersten Lieferwagen des zwanzigsten Jahrhunderts gerade erst vorbeigefahren zu sein schienen. Kühlwagen parkten vor den großen, schwarzen Mäulern der niedrigen, heruntergekommenen Hallen. Immer wieder wurden die schweren Plastikplanen beiseitegeschoben und Ladungen voller sauber abgetrennter und gut verpackter Fleischstücke auf die Rampe gebracht. Aus den Lastwagen wurden halbe Schweine und Rinder herausgetragen und durch die dunklen Löcher hineingestoßen. Wie um ein unsichtbares Monster zu füttern.

An einer Wand hing ein Plakat, auf dem alle Rinderprodukte, die die Firma Zucker liefern konnte, aufgeführt waren. Manchmal kam ein Arbeiter heraus, dick vermummt mit Mütze, Handschuhen, Pullover, Bergschuhen und einem weißen Kittel und rauchte. Luis Zucker war spezialisiert auf Schweine- und Rindfleisch, John Williams auf Lamm und London Meat auf Geflügel. Von dort wurde die Stadt ernährt. Jeder kannte genau die Art von Fleisch, durch das er sein Messer trieb.

An jenem Tag kam ich nur bis zur Ecke der Sixth Avenue und der 13th Street. Dort blieb ich stehen, verzaubert von den riesigen, mächtigen Türmen, die ich endlich in der Ferne erblickte. Ich schaute nach links, in die 13th Street hinein, und entdeckte dort einige schattenspendende Bäume. Aber ich suchte sie noch nicht auf, sonst hätte ich, kaum hundert Meter von der Kreuzung entfernt, das Kellertheater entdeckt, in dem du dich wohl gerade für die Abendvorstellung vorbereitet hast. Es sollten noch anderthalb Tage vergehen, bis wir uns treffen würden.

Als ich in mein Zimmer zurückgekehrt war, stellte ich die Asche auf den Tisch. Ich überprüfte die Verriegelung des Einmachglases, denn sie hatte sich etwas gelockert. Ich schaltete den Fernseher ein, der an der Decke oben angebracht war. Für den nächsten Tag wurden Gewitter vorhergesagt. Ohne es zu merken, begann ich, mit Mutter zu sprechen. Vor dem Einschlafen murmelte ich: «Morgen ist es bestimmt so weit. Morgen erfülle ich dir deinen Wunsch.»

Am dritten Tag blieb ich kurz vor der Mittagszeit bei Rudy's stehen, wo auf einem kleinen Plakat im Schaufenster für jedes Bier ein Hot Dog versprochen wurde. Im abgedunkelten Raum saßen oder standen Schwarze, Weiße, Chinesen, der große Durst brachte sie zusammen, einte sie, einen Haufen durcheinandergewürfelter Menschen. Wenn ein neuer Gast, den sie kannten, auftauchte, wurde er laut begrüßt, mich aber beachtete niemand. Das volle Glas stand auf der Theke, noch bevor sich der Neue hingesetzt hatte. Auch Rudy – oder wer immer das an der Theke war – erzählte, dass Sinatra und noch ein Dutzend anderer Berühmtheiten bei ihm gewesen waren, von denen ich noch nie etwas gehört hatte. Ebenso wenig wusste ich, was die Prohibition war, über die sich der Mann ebenfalls ausließ.

«Zur Zeit der Prohibition haben wir hier den schlechtesten Alkohol, aber die beste Kundschaft gehabt», rief er einigen Frühtrinkern zu.

«Heißt das, dass du schon damals hier warst? Das ist ja

ein Ding», wunderte sich einer der Männer, und die anderen lachten ihn aus.

«Nicht ich, sondern mein Vater. Trink du nur weiter. Wenn du besoffen bist, redest du am vernünftigsten.»

«Sind wir dir nicht vornehm genug, dass du von den alten Zeiten träumst?», fragte ein zweiter. «Müssen wir jetzt auf Rotwein umsteigen und französisch parlieren?»

«Fein oder nicht fein, Hauptsache, ihr sauft.»

«Richtig!»

Sie stießen an.

Ich war endlich entschlossen, mein Vorhaben umzusetzen. Ich suchte die nächste U-Bahn-Station auf und fuhr zur Chambers Street. Anstatt aber direkt auf den Südturm zuzugehen, wanderte ich um die beiden Türme herum. Ich machte ihnen den Hof. Ich wusste, was für eine Art Spiel ich spielte. Dass ich die Asche nicht einfach hergeben wollte.

Ich ging durch die Querstraßen Downtowns und spähte von jeder Ecke aus nach den Türmen. Oft waren sie sehr gut zu sehen, wenn auch nur das oberste Drittel. Manchmal schoben sich andere Bürohäuser davor und versperrten mir die Sicht.

Ich wich zurück auf den West Broadway und die Greenwich Street, ging sogar noch weiter weg, von wo aus sie sich geisterhaft am Himmel abzeichneten. Kurz vor dem Washington Market Park waren sie wieder besser zu sehen. Trotz der vielen Hochhäuser gab es noch Backsteinhäuser, deren Feuerleitern die Verzierungen und Ornamente vornehmerer Häuser ersetzten. Es war die einzige Zierde der Wohnorte der Armen. Die Plattenbauten aus meiner Heimat hingegen standen nackt da, denn weder Verzierung noch Fluchtwege waren vorgesehen.

Ich tauchte von der South Street aus in den Bauch der Stadt ein, in den tiefer gelegenen Teil Downtowns. Durch die Ann Street ging es wieder hinauf und damit ans Licht wie durch einen Geburtskanal. Auch die angrenzenden Straßen waren eng und dunkel, gesäumt von stahlgerippten Glaspalästen, schmucklos und lebensfeindlich. Ich wanderte durch die Eingeweide der Stadt. Auf dem kurzen Weg zum Broadway hinauf, flüsterte ich: «Ich sehe euch nicht. Wo seid ihr bloß?»

Doch auch im Bauch Manhattans wurde gelebt. Es gab einen Spa, 7 Eleven, einen Barbier und einen Rauch-Shop, Maniküre mit Gel für 20 Dollar, Ricky's Halloween: Der größte Kostümladen der Stadt – Holiday with Personality – Shop now. Auch dort, in engen, stickigen Läden, gab es einen Salomon, der Schuhe reparierte und Glanz versprach. Ich entdeckte Daniela's Haarsalon und Alex' Schneiderladen und einen, der Gold und Diamanten ankaufte. Vom Ufer des East River aus sahen die Bürotürme aus, als ob sie hinter anderen Hochhäusern hervorlugten, um einen Blick ins Freie zu erhaschen. Um endlich frei atmen zu können.

Nachdem ich die tiefen Schluchten Downtowns, wo das Sonnenlicht nicht hindrang, hinter mir gelassen hatte, merkte ich, wie sehr sich der Himmel verdüstert hatte. Als ich an der Liberty Street jemanden fragte, wo der Eingang zum Südturm war, donnerte es ein erstes Mal. Als ich den Platz an der südöstlichen Ecke der Zwillinge überquerte, kam ein zweites Grollen, und es begann sofort zu regnen, dicke, schwere und glänzende Tropfen, die wie flüssiges Metall schienen.

Ich suchte Schutz in Charly's Laden, der Burger, Steaks und Burritos anbot. Es war eines der wenigen Häuser, sagtest du, die die Zerstörung des Viertels Ende der Sechzigerjahre überlebt hatten, weil dort etwas Großes, Monumentales gebaut werden sollte. Etwas, was Downtown, aus dem immer mehr Läden und Firmen auszogen, retten sollte: die Zwillinge.

Ich sehe es vor mir, wie du als Sechzehnjähriger täglich den Rollstuhl deines Großvaters in die Radio Row schieben musstest, weil der alte Mann sie noch sehen wollte, bevor sie abgerissen wurde.

Nach einer Weile ließ der Regen nach. Ich ging durch den Eingang an der Liberty Street in die Lobby des Südturms. Diesmal hinderte mich das Gewitter daran, in das hundertzehnte Stockwerk zu fahren, wo sich die Aussichtsplattform befand, und endlich meine Aufgabe zu erfüllen. Die Top of the World-Terrasse war für den Rest des Tages geschlossen worden.

Als Manhattan sich am frühen Abend erneut verdunkelte, war ich bereits auf dem Rückweg. Am nächsten Morgen würde ich meine letzte Chance bekommen, wenn die Aussichtsterrasse offen sein sollte. Sonst müsste vielleicht wirklich einer der beiden Flüsse in die Bresche springen. Aber ich konnte mir keinen von ihnen als letzte Ruhestätte für Mutter vorstellen, die doch zeitlebens an einem so mächtigen Strom wie der Donau gelebt hatte.

Es hätte mich wenig gekostet, einige Sekunden nur, ich hätte bestimmt auch einen passenden Ort an einem der Piers gefunden, wo mich niemand gestört hätte. Aber das war mir dann doch zu wenig, zu banal, zu flüchtig. Die oberste Plattform eines der höchsten Gebäude der Welt, mit nichts als dem nackten Himmel über sich und der menschlichen Unrast unter sich, wäre die Krönung für ein Leben gewesen, in dem sich die Träume nicht erfüllt hatten.

Als ich mich wie am Vorabend an der Ecke der Sixth Avenue und der 13th Street befand, brach ein noch heftigerer Sturm aus. Ich erkannte die Baumreihe wieder, die nur wenige Schritte vom Eingang an der Straße stand, und wollte mich dort in Sicherheit bringen. Die Baumkronen waren dem wütenden Regen nicht gewachsen, also schaute ich mich nach einem besseren Schutz um, entdeckte die schmale Markise eines Theaters und stellte mich darunter. Aber der Regen und die starken Windböen verfolgten mich bis dorthin.

Ich stieg die wenigen Stufen hinab und schaute durch das einzige farbige Fenster in den Kellerraum, der das Foyer des kleinen Theaters war. An dessen anderem Ende wurde gerade eine Tür geschlossen, die wohl zum Zuschauerraum führte. Neben dem Eingang entdeckte ich in einem Schaukasten ein Plakat, auf dem ein Mann mit leicht gebeugtem Kopf einen aus großen, blauen, kindlichen Augen anstrahlte. Er hob einen flachen Strohhut leicht an, als ob er die Fußgänger begrüßte.

«Heute Abend bei uns: *Der Mann, der das Glück bringt.* Verpassen Sie ihn nicht!»

So einen Mann brauche ich heute, dachte ich. Ich trocknete mich im Vorraum ab, öffnete leise die hinterste Tür und setzte mich im abgedunkelten Raum in die letzte Reihe. Vorsichtig stellte ich meine Handtasche auf den Stuhl neben mir. Über mir, auf einer Holzplattform, zu der eine schmale Treppe führte, hörte ich Schritte und ein leises Räuspern. Dann ging ein Scheinwerfer an, und das Nächste, was ich hörte, war deine Stimme.

Siebtes Kapitel

Als ich hörte, dass die Tür leise aufging und jemand eintrat, war ich auf der Plattform mit der Beleuchtung beschäftigt. Ein Zuschauer mehr, dachte ich, kann nicht schaden.

«Meine Damen und Herren», rief ich, «er ist der König der Imitatoren, der Magier unter den Komikern, der Tänzer, den sogar Gene Kelly beneiden würde. Nach vielen ausverkauften Auftritten in Orlando, Atlantic City und Las Vegas ist er nun endlich wieder in der Stadt!»

Die drei Lichtkegel der Scheinwerfer, die ich bediente, bewegten sich auf der Bühne suchend umher.

«Begrüßen Sie den Mann, den ganz Amerika haben will und der an solch einem stürmischen Abend das Lachen auf Ihre Lippen zaubern wird. Männer, haltet eure Frauen fest, denn ihre Herzen werden ihm zufliegen. Spenden Sie jetzt einen kräftigen Applaus dem Mann, der das Glück bringt!»

Ich stellte die Scheinwerfer so ein, dass einer die Mitte des Vorhangs beleuchtete, der den hinteren Teil der Bühne von den Kulissen trennte. Der zweite Lichtstrahl fiel auf ein Kassettengerät und einen Stapel Kassetten, der dritte auf einen Kleiderständer voller Requisiten. Als ich dann die schmale Treppe hinunterstieg, ging ich an dir vorbei – aber ich sah nur undeutlich deine Gestalt in der hintersten Reihe. Ich erinnere mich, gedacht zu haben, dass du mir noch einen Eintritt schuldetest. Meine finanzielle Lage ließ nicht zu, dass ich auch nur einen einzigen Dollar verschmähte.

Durch einen engen versteckten Durchgang gelangte ich hinter die Bühne und begann, von dort mit verschiedenen Stimmen zu sprechen, ganz so, als ob sich hinter dem Vorhang viele Künstler befanden. Zuerst murmelte ich, dann wurde ich lauter, und zum Schluss machte ich höllisch Lärm. Es sollte sich so anhören, als ob sich eitle Künstler darüber stritten, wer zuerst auf die Bühne durfte. Dann setzte ich meinen Hut schräg auf, musterte mich in einem kleinen Spiegel an der Wand, flüsterte mir wie immer zu: «Strahle, junger Mann! Strahle!» und steckte den Kopf durch den Spalt zwischen den Vorhängen.

Am spärlichen Klatschen hatte ich erkannt, dass nicht mehr als sechs oder sieben Zuschauer im Saal waren, aber die letzten Abende waren noch schlechter besucht. Das warme Spätsommerwetter hatte mir einen Strich durch die Rechnung gemacht, so, wie jetzt das Gewitter.

«Da ist mächtig was los hinter der Bühne», begann ich meinen Monolog. «Lauter Stars, und alle wollen den besten Platz im Programm. Seit hundert Jahren hat sich nichts daran geändert. Geben Sie mir noch eine Minute, dann bin ich ganz bei Ihnen!»

Ich zog den Kopf wieder zurück, und in den Kulissen ging erneut der Streit los. Weißt du noch?

«Das Publikum kann euch doch hören!», sagte ich mit meiner gewöhnlichen Stimme. «Ihr seid verwöhnt wie Kinder, eifersüchtig wie Frischverliebte und streitsüchtig wie ein Haufen Schwiegermütter. Jack, lass Al in Ruhe. Du kommst schon noch dran, wenn dich das Publikum sehen will. Und du, Al, ebenfalls. Das Publikum entscheidet immer.»

«Aber das Publikum will mich doch immer sehen!», erwiderte Als Stimme. «Ich bin doch die Show!»

«Ach, halt doch die Klappe!», herrschte ihn Jack an.

Es wurde langsam still in den Kulissen, ich setzte wieder mein schönstes Lachen auf und trat nach vorn. Dabei stolperte ich wie über ein unsichtbares Hindernis. Ich ging bis zum Bühnenrand und begann zu sprechen:

«Meine Damen und Herren, ich weiß, dass es nicht besonders originell ist, seinen Auftritt zu verstolpern. Milton Berle, der auch in den Kulissen ist, hat früher viele seiner Auftritte verstolpert. Seine Mutter hatte ihm das empfohlen, damit das Publikum auf einen Schlag auf ihn aufmerksam wurde. Der Mann, der später ‹Mr. Television› genannt wurde, wurde zunächst für einen Idioten gehalten. Aber seine Mutter und er hatten viel Durchhaltevermögen. In den Fünfzigerjahren kauften Menschen nur deshalb Fernsehgeräte, um ihn zu sehen. Mein Großvater nannte ihn einen ‹Dieb schlechter Witze›, denn er verwendete gerne das Material anderer. Ach, mein Großvater könnte Ihnen Geschichten erzählen!»

Ich drehte dem Saal den Rücken zu.

«Milton, bist du dort? Willst du nicht das Publikum begrüßen?»

«Hallo, Publikum!»

«Publikum, begrüße ganz herzlich Milton!»

«Hallo, Milton!», riefen die Zuschauer.

«Ist es wahr, dass du Witze gestohlen hast?»

«Ich und gestohlen. Ich habe nur gefunden, was sonst verloren gegangen wäre.»

«Ist er nicht unverbesserlich?» Ich wandte mich wieder dem Publikum zu. «Meine Damen und Herren, vor etwas mehr als einem Jahrhundert wurde der Spaß geboren, und zwar hier in Amerika. Oder besser: hier in New York. Man nannte es ‹Vaudeville›. Man baute Theater wie keine zuvor, für Tausende von Zuschauern, und die Show hörte von morgens bis abends nicht auf. Proctor, einer der großen Impresarios seiner Zeit, erfand den Spruch: ‹Nach dem Frühstück geh ins Proctors, nach Proctors geh ins Bett.› Das berühmte Hippodrome Theater an der Sixth Avenue hatte eine versenkbare Bühne und einen Wassertank mit Glaswänden, um den Unterwasserschwimmern zuzuschauen. Dort hat Houdini ein paar Elefanten samt Dompteur zum Verschwinden gebracht. Houdini ließ sich sogar in den East River versenken oder Hals über Kopf an einem Kran aufhängen. Er kam immer mit dem Leben davon. Am Schluss aber ist er an dem Faustschlag eines Bewunderers, der ihn in den Magen traf, gestorben. Er wollte oft beweisen, wie gut trainiert er war, aber letztlich war es einmal zu viel gewesen. Unter Schmerzen ist er ein letztes Mal auf die Bühne gestiegen, um sein Publikum nicht zu enttäuschen. Ein paar Stunden später war er tot. Der große Houdini, den mein Großvater so liebte. Ach, mein Großvater, der könnte Ihnen Geschichten erzählen!»

Ich drehte dem Saal wieder den Rücken zu und ging bis an den Vorhang.

«Jetzt mach mal Schluss, Junge!», sagte ich wieder mit Jacks Stimme. «Wir wollen uns nicht den ganzen Abend mit Houdini verderben. Wir wollen endlich ins Scheinwerferlicht!»

Ich kam wieder nach vorn.

«Hören Sie nicht auf sie, sie sind so launisch. Aber sie haben recht. Wir wollen uns vorerst nicht über den Tod der Stars unterhalten, sondern über ihr strahlendes Leben. Denn eigentlich sterben sie nicht. Sie machen nur eine Pause. Sie haben Generationen zum Lachen gebracht. Sie haben um den besten Platz auf dem Plakat gekämpft, und der war damals immer in der Mitte des Programms. Im Varieté war der erste Platz eine Überbrückung, eine Verlegenheit, bis sich auch die Allerletzten gesetzt hatten. Der letzte Akt musste schlecht sein, damit die Leute wieder gingen. Eigentlich erinnere ich mich nur an einen einzigen schlechten Akt, der zum Erfolg wurde. Die *Cherry Sisters* sangen so schlecht, dass die Impresarios Eier und Tomaten an die Zuhörer verteilten. Die Schwestern wurden sehr reich damit, dass sie sich auspfeifen ließen. Es war immer der mittlere Platz, den sich alle Künstler wünschten. Und was brauchten sie, um die Illusion perfekt zu machen?»

Ich zeigte auf den Kleiderständer.

«Ein bisschen Talent zum Tanzen und Singen. Eine gewinnende Natur. Exzentrik. Enthusiasmus. Denn wenn man gar nichts konnte, aber enthusiastisch auftrat, verzieh einem das Publikum fast alles. Olga Petrova …»

Wieder drehte ich mich um.

«Halt die Klappe und lass uns endlich beginnen», sagte ich, diesmal mit der Stimme von Ed Wynn.

«Das war Ed. Nur noch einen Augenblick Geduld! Gleich geht's los!» Jetzt flüsterte ich: «Olga Petrova, die eigentlich Engländerin war, sich aber als große russische Sängerin ausgab, hat einmal gesagt: ‹Im Varieté hat nur ein lärmender Hochstapler Erfolg.› Und Eddie Cantor meinte: ‹Was man wirklich braucht, ist ein Anzug, Visitenkarten und eine gute Nummer.› In jedem Falle brauchten sie etwas, das sie unverwechselbar machte. Chaplin hatte seinen Schnauzbart und seinen Stock, Groucho Marx seine buschigen Augenbrauen und den gebückten Gang mit den Händen auf dem Rücken, Buster Keaton einen flachen Filzhut und sein versteinertes Gesicht, Ed Wynn einen winzigen Hut und eine runde Brille und Al Jolson seine weißen Handschuhe. Man brauchte ein Detail, und sei es nur ein Stolpern. Aber jetzt genug damit! Ich lasse lieber die Stars für sich sprechen. Sie stehen alle hier hinten und haben Lampenfieber wie ein Haufen Anfänger. Lassen wir sie nicht länger warten. Sir, Sie in der ersten Reihe. Wie heißen Sie?»

«Doug.»

«Wo kommst du her, Doug?»

«Aus Missouri.»

«Und was suchst du in New York?»

«Ich amüsiere mich.»

«Dann bist du hier am richtigen Ort. Doug, du hast auf deinem Stuhl eine Liste mit berühmten Namen vorgefunden. Wirf einen Blick darauf. Wen würdest du als Ersten sehen wollen?»

«Al Jolson natürlich!»

«Das wird Al aber freuen. Bis zu seinem Tod im Jahre 1950 war er der größte amerikanische Unterhalter. Das hat sich bestimmt auch bis Missouri herumgesprochen, nicht wahr, Doug? Meine Damen und Herren, vor etwa hundert Jahren lernten Tausende von Emigranten, die nach Amerika gekommen waren und im Ghetto lebten, wieder zu lachen und zu träumen. Die Artisten, die gleich auftreten werden, haben es ihnen beigebracht. Nicht selten waren auch sie Emigranten oder deren Kinder. Sie haben ihre Namen geändert, damit sie besser zum neuen amerikanischen Leben passten. Al Jolson hieß eigentlich

256

Asa Yoelson. Aber was kümmert uns das schon, wenn sie uns so gut unterhalten können? Jolson war ein Phänomen. Überzeugen Sie sich selbst.»

Ich kehrte zurück hinter den Vorhang, krempelte meine Hosenbeine hoch, damit man die weißen Socken gut sehen konnte. Ich schmierte mir schwarze Farbe ins Gesicht und weiße um den Mund. Ich zog weiße Handschuhe an, dann lief ich zurück auf die Bühne und blieb erst am Bühnenrand mit ausgebreiteten Armen stehen. Mit einem Bein wippte ich wie im Takt zu einem unhörbaren Lied. Für die nächsten zehn Minuten wurde ich zu Al Jolson.

«Sie staunen sicher wegen der Aufmachung, aber um 1900 war das nichts Besonderes. Mich liebten sogar die Schwarzen. Am 20. März 1911 trat ich mit geschwärztem Gesicht im Winter Garden Theater auf. Ich tanzte, stampfte, schrie, weinte und sang. Ein halbes Jahr später war ich ein Star. Ein Weißer, der sich als Schwarzer ausgibt und eigentlich Jude ist, das ist Amerika. Manchmal habe ich dem Publikum zugerufen: ‹Wollt ihr mich sehen oder die restliche Show?› Und alle wollten nur mich sehen. Ich hatte Elektrizität in den Adern, ich rannte unentwegt über die Bühne, fiel auf ein Knie, fasste mich an die Brust und sang *Mammy*. Das Publikum weinte. Die Menschen erhoben sich und riefen meinen Namen: Jolson! Jolson! Einmal, am 59th Street Theater, bekam ich siebenunddreißig Vorhänge. Ich vibrierte, brannte lichterloh. Ich war für den frühen Jazz und die Rag-Musik, was später Elvis für den Rock'n'Roll wurde. 1909 sang ich im Colonial Theater *Hello, my baby*. Sie sagen, es sei die erste heiße Telefonsex-Nummer gewesen. Meinetwegen.»

Al legte die Kassette mit der Instrumentalbegleitung ein und begann zu singen:

Hello, ma baby!
Hello, ma honey!
Hello, ma ragtime gal!
Send me a kiss by wire,
Baby, my heart is on fire
If you refuse me, honey, you'll lose me
Then you'll be left alone
So telephone and tell me, I'm your own.

«Ich verkörperte meine Zeit wie kein anderer: wie im Galopp, ständig in Bewegung, immer auf hundertachtzig. Der Rhythmus der modernen Stadt, der Rhythmus New Yorks. Ohne mich wäre aus Gershwin nichts geworden. Auch ein Jude, der seinen Namen änderte. Eines Tages nahm mich auf einem Fest ein junger Mann beiseite, den noch niemand kannte. Er drückte mir die Noten zu *Swanee* in die Hand. Es hat sich zwei Millionen Mal verkauft, nachdem ich es gesungen habe. Das soll mir mal einer nachmachen.

Mein Vater hat mir Streichhölzer in den Mund gesteckt, damit ich lerne, laut und klar zu singen. Er träumte davon, dass ich Kantor in der Synagoge werde. Und ich wurde auch einer, aber auf meine Art. Wenn ich singe, bete ich. Ich habe immer Angst vor Auftritten gehabt. Damit ich mich notfalls erbrechen konnte, stand immer ein Eimer hinter der Bühne. Damit ich mich entspannte, schickte man mir oft eine Tänzerin in die Kabine. Es gibt Unangenehmeres. Ich bin beim Kartenspielen in San Francisco gestorben. Meine letzten Worte waren: ‹Oh, ich entschwinde.› Sie haben auf dem Broadway die Lichter für zehn Minuten ausgeschaltet, sie wussten, was sie mir schuldig waren. Hoffen Sie nicht allzu sehr, dass ich für immer wegbleibe, denn vielleicht mache ich wirklich nur eine Pause. Die Dame in der letzten Reihe, wen möchten Sie nach mir sehen? Aber erwarten Sie nicht allzu viel, sie sind alle lausig.»

«Ich?», hast du aus der letzten Reihe ungläubig gefragt. «Ich kenne niemanden von dieser Liste.»

«Dann legen Sie einfach irgendwo den Finger drauf.»

An jenem Abend imitierte ich auch Ed Wynn, der sich «The perfect Fool» nannte, weil er immer tollpatschige Charaktere verkörperte. Den winzigen Hut trug er in Erinnerung an seinen Vater, der gewollt hatte, dass er Damenhutmacher werde. Als er das hörte, riss Ed aus. Er sagte einmal: «Ich wollte nie eine reale Person sein.» Schon als Kind war ich derselben Meinung.

Danach verkörperte ich Joe Frisco und tanzte den *Frisco-Shuffle*. Friscos Vater warf die Tanzschuhe seines Sohnes weg, also nahm Joe den erstbesten Zug und sah den alten Mann erst bei dessen Begräbnis wieder. Ich war auch Jack Benny, der berühmt für sein Timing war. Bevor er zu der Pointe eines Witzes kam, wartete er einige Sekunden. «Dein Geld oder dein Leben?», fragte ihn einmal ein Räuber in einer Varieténummer. Jack ließ sich Zeit. «Was ist?» «Ich denke darüber nach.» Jack Benny trat bei NBC auf. Ich kannte sogar die Sponsoren seiner Shows: «Fly Eastern! Number one to the sun. Quiet as a library. Americas favorite way to fly.»

Jimmy Durante wiederum wurde wegen seiner Kartoffelnase «Schnozzola» genannt. Er machte Witze darüber: «Meine Nase ist so kolossal, dass man sie in einem Museum zeigen sollte.» Wenn man ihn fragte, wieso er Entertainer geworden war, antwortete er: «Mit solch einem Gesicht konnte ich nur Verbrecher oder Entertainer werden.» Er war immer samstagabends auf NBC um neun Uhr dreißig zu sehen. Zuerst aber kam die Werbung: «Halo, the Shampoo, that glorifies your hair! / Colgate, it cleans your breath, while it cleans your teeth! / Palmolive, for smoother, comfortable shaves!»

Man wünschte auch Buster Keaton zu sehen. Ich drückte mir Busters flachen Hut ins Gesicht und holte von hinten einige Plakate, die ich der Reihe hochhielt:

«Klatschen bitte! / Ihr Faulpelze! Noch lauter! / Das ist ein Stummfilm, aber ich kann trotzdem hören. Lauter! / Schon besser. / Ich heiße Buster. / Klatschen! / Als Kind bin ich von meinem Vater immer ins Publikum geworfen worden. / Das war unsere Nummer, die Leute haben es geliebt. / Ich war der Katzenmensch, bin immer richtig gefallen. / Außer wenn Vater das Timing verpasst hat. / Das hat er oft getan, er war ein fleißiger irischer Trinker. / Aber es hat mir nichts ausgemacht. / Wir waren ja im Showgeschäft. / Man musste was riskieren. / Klatschen! / Bis ich zum Film ging. / Dann habe ich meine Stunts alleine gemacht. / Ich wurde berühmt, ohne ein Wort zu sagen. / Das macht mir Al Jolson nicht so schnell nach. / Klatschen! / Noch mehr! / Jetzt bin ich glücklich. / Wenn ich Sie umarmen darf, sage ich laut ein Wort.»

Ich stieg von der Bühne herab und umarmte den Mann aus Missouri und zwei, drei andere Zuschauer. Ich hob noch ein Plakat in die Höhe: «Historischer Augenblick. Buster spricht.» Ich öffnete leicht die Lippen. «Haben Sie es gehört? / Nein? / Pech für Sie.»

Ich war alle diese Künstler und noch viele mehr. Sie lebten mit mir und durch mich. Ich hatte einen meiner besten Abende und hielt das Publikum zwei Stunden lang in Atem. Ich erzählte auch etwas vom Tod einiger

Vaudeville-Künstler. Der Fahrradakrobat Joe Jackson starb auf der Bühne, nachdem ihn das Publikum fünf Mal zurückgeholt hatte, damit er seine Nummer wiederholte. Seine letzten Worte waren: «Mein Gott, sie klatschen immer noch.» Muskelmann Eugene Sandow bekam einen Hirnschlag, als er ein Auto aus einem Wassergraben zog. Der Magier Chung Ling Soo, eigentlich W. E. Robinson und ein waschechter Ire, wurde auf der Bühne versehentlich erschossen, als ein Gewehr zu früh losging.

Der Frauenimitator Bert Savoy wurde bei einem Spaziergang am Strand von einem Blitz getroffen, kurz nachdem er die dunkle Wolkenfront bemerkt und gesagt hatte: «Gott hat heute was Übles mit uns vor.» Und die sterbenskranke Nora Bayes, die schon lange vergessen war, bat den Impresario des berühmten «Palace», eine Nacht lang ihre alten Fotos an der Fensterwand des Theaters aufzustellen und die Lichter anzulassen. Man fuhr sie dorthin, sie schaute die alten Werbefotos durch das offene Autofenster an, ein paar Tage später war sie tot.

Ich war so aufgedreht, dass ich die Stimme eines Jungen im Saal beinahe überhört hätte: «Wieso ahmen Sie nur Tote nach?» Ich hielt mir den einen Arm vor die Brust und legte die andere Hand an die Wange, so, wie Jack Benny es getan hätte. Ich wartete die obligaten paar Sekunden. «Weil mich die Toten nicht verklagen können.»

Es wurde an jenem Abend viel gelacht und geklatscht. Kurz vor Schluss bist du aufgestanden und hast dich ebenso leise, wie du hereingekommen bist, wieder herausgeschlichen. Ich erinnere mich, gedacht zu haben: «Und wieder sind zwanzig Dollar weg.» Dass ich dich nur einen Tag später kennenlernen würde, hätte ich niemals erwartet.

Als die letzten Besucher fort waren, sperrte ich die Tür zu, wusch mich in der winzigen Umkleidekabine, aß die Reste im Kühlschrank auf und legte mich auf eine Matratze. Ein weiterer Tag war zu Ende gegangen, ich hatte hundertvierzig Dollar verdient, nach Abzug der Theatermiete würde mir die Hälfte bleiben. Immerhin konnte ich mir in den nächsten Tagen ein paar warme Mahlzeiten und Biere leisten.

Von der Straße her drang kein einziges Geräusch in den Kellerraum. Als ob die Stadt nicht existierte, sondern nur die Bühne, die Stuhlreihen, ich und das Gefühl, eine gute Show geliefert zu haben.

Als deine Show vorbei und ich wieder auf der Straße war, hatte sich der Sturm gelegt, aber meine Beine waren so schwer, mein ganzer Körper verlangte nach Schlaf, sodass ich mir noch einmal ein Taxi leistete. Im kleinen, stickigen Zimmer – eher eine Gefängniszelle – ließ ich mich aufs Bett fallen und schlief ein. Mutters Asche wachte die ganze Nacht über mich.

Als ich am nächsten Morgen am Columbus Circle zur U-Bahn-Station marschierte, war das Licht so rein, dass man es hätte trinken können. Ich würde Mutter an den Wachen vorbeischmuggeln, mit der Asche hundertzehn Stockwerke hochfahren und sie dann endlich verstreuen. Die Flocken würden davonschweben und vom Wind bis zu den beiden Flüssen oder gar bis nach Brooklyn getragen werden. Ein wenig würde auch bis nach New Jersey gelangen.

Mutter würde durch die Straßen Downtowns geweht werden, in den Bauch der Stadt, auf die Piers, auf die Locken der Kinder und auf die kahlen Köpfe der Greise sinken. Ein Hund würde nach ihr schnappen, und Mutter würde in sein Maul fliegen. Ein Touristenpaar würde die Fähre nach Staten Island nehmen und Mutter ihren Weg in die offene Schutzhülle des Fotoapparats finden. Sie käme nach Japan oder bloß bis nach Colorado.

Sie würde durch die kühle Luft des Septembermorgens wirbeln und sich als winziger, grauer Fleck auf das in Eile geschminkte Gesicht einer Frau legen, die auf dem Weg zu ihrem Geliebten war. Sie würde sich auf die Zweireiher der Börsenmakler legen, aber auch auf die Uniformen von Polizisten, Hauswarten und Putzfrauen. Im Innenraum eines Taxis würde sie kreuz und quer durch die Stadt reisen, so würde sie in die kleinen Wohnungen der Armen in der Bronx gelangen, oder an die vornehmen Adressen in Murray Hill.

Sie würde auf die Erde fallen und immer tiefer hineinsinken. Jahrhunderte würde sie für die wenigen Meter bis zu jener Schieferschicht brauchen, aus der die Insel bestand. Dort würde sie sich auf dem grauen Gestein ablagern und sich für die Ewigkeit einrichten. Doch eines Tages würde sie Klopf- und Bohrgeräusche hören. Bald würde Licht zu ihr durchdringen, und man würde kurz danach einen neuen Turm auf ihr errichten, mit einer Spitze obendrauf. Als ob man in den Bauch des Himmels stechen wollte, um die Erde vor ihm zu schützen.

Diese Stadt hat den Wind bezwungen. Sie hat ihn in ihre eigenen Bahnen gelenkt. Sie hat die Flüsse bezwungen, ihnen das Marschland entrissen und die Ufer zugeschüttet, damit sie wachsen konnte. Schließlich bezwingt sie täglich die Erde, in deren Bauch dauernd herumgestochert wird, für einen neuen Tunnel, eine neue Tiefgarage, ein neues Hochhaus. Nur der Himmel entzieht sich noch.

Doch wenn er eines Tages auf die Idee käme, sich zu nähern, so könnte er auf den vielen Rücken ruhen, die ihm entgegengehalten werden.

Der Südturm gab kurz vor zehn Uhr morgens nach. Ich war eben erst aus dem U-Bahn-Schacht gekommen und fand mich in einer Trümmerlandschaft wieder. Der Boden war mit Stahl, Glas, Beton, Gips und Papierfetzen, Plastik und Teppichstücken, Fassadenteilen, Büro- und Computerteilen übersät. Es roch verbrannt, und Kerosin tropfte an den Fassaden hinunter. Autos explodierten. Ich sah Flugzeugreifen und -stühle, ein Triebwerk, einen verdrehten menschlichen Torso, eine verkohlte Hand. Hoch über mir klafften riesige Löcher in den beiden Türmen, und es loderten Flammenwände.

Ich sah, was ich niemals hätte sehen sollen. Ich sah, dass auch andere sahen, was sie niemals hätten sehen sollen: den Sturz von Menschen, der zehn Sekunden dauerte. Zehn Sekunden letzte, endgültige, unumkehrbare Freiheit. Ich hörte den Aufprall der Körper. So etwas kannst du dir nicht vorstellen. Das dumpfe, laute Geräusch.

Mechanisch öffnete ich meine Tasche und berührte das Einmachglas, wie um meine Hände zu beschäftigen. Wie um mich an Mutter festzuhalten. Dann ging ein trockenes Krachen und Knacken durch den Turm, Risse tauchten in den Wänden auf, und jemand rief: «Er stürzt ein! Rennt weg!» Ich nahm ein letztes Bild mit auf die Flucht: das Glas, das wie Wasser in Kaskaden herunterstürzte. Das Einzige, woran ich denken konnte, war, mit dem Leben davonzukommen. Man denkt einfach an nichts anders. Alles andere kommt später. Ich versuchte, so schnell zu laufen wie möglich, aber ich kam nicht weit.

Schon an der nächsten Ecke wurde ich von der Asche eingeholt. Es war eine graue, stumme Wand, die mir auf den Fersen geblieben war. Sie trieb die Menschen vor sich her und pirschte sich von allen Seiten heran. Ich wollte die Treppen einer Kirche hochlaufen, um in ihrem Innern Schutz zu suchen, aber ich war nicht schnell genug. Kurz bevor ich in die Wolke eintauchte, gaben meine Beine nach und ich fiel hin. Ein Mann zog mich hinter ein Löschfahrzeug und legte sich beschützend über mich. Ich habe gebetet. Es war das erste Mal in meinem ganzen Leben.

Auch nachdem der Mann verschwunden war, lag ich eine Weile noch da und konnte kaum atmen. Ich werde mich immer an sein Gewicht erinnern. Ich richtete mich wieder auf, würgte und hätte beinahe erbrochen. Die Asche reichte mir bis zu den Knöcheln. Rote und blaue Lichter blitzten immer wieder auf, und ich hörte schrille Alarmtöne. Ich erinnere mich, dass die Sonne milchig und mager durch den Betonstaub schien.

Ich hob meine Hände und musterte sie. Sie waren hellgrau wie meine übrige Kleidung und meine Beine. Meine Brust verengte sich, und die Augen begannen zu brennen. Ein Mann ging vorbei, der eine erschöpfte Frau stützte. Ein Alter hielt sich einen Kleidungsfetzen vor die Nase und betastete vorsichtig den Boden, als ob er etwas verloren hätte. Das erinnerte mich an meine Handtasche, aber ich konnte sie nicht finden, ging panisch in die Knie und begann, nach ihr zu suchen.

Sie war unter das Löschfahrzeug gerutscht, ich zog sie an mich und merkte, dass das Einmachglas herausgerollt war und der Verschluss sich geöffnet hatte. Mutters Asche war auf die Straße gekippt. Ich starrte auf das halb leere

Glas und wusste nicht, was ich tun sollte. Erst als ein Polizist mir zurief: «Bleiben Sie nicht stehen!», ging ein Ruck durch mich hindurch. Ich rollte das Glas wieder an die Stelle, wo es gelegen hatte, und begann, Asche von der Straße mit der Hand hineinzufegen.

Das Glas an die Brust gepresst, ging ich bis zum Ende der Chambers Street, aber die Polizei schickte mich fort, weil dort alles abgesperrt war. Ich sah schmutzige, müde, schweigende Menschen Richtung Norden ziehen und schloss mich ihnen an, obwohl ich nicht wusste, wohin ich sollte. Ein oranges Glühen, das Sonnenlicht, durchzog den dünner werdenden Rauch.

Weiter nördlich hatten sich Leute um Autos versammelt und hörten Radio. Am Union Square blieben viele stehen und starrten auf die Bildschirme des Virgin Megastore Ladens, offenbar bemerkten sie, woher ich kam, und bildeten eine stumme Gasse, damit ich hindurchging. Ein Taxifahrer reichte mir eine Wasserflasche. Als ich wie am Vortag an der Ecke der Sixth Avenue und der 13th Street stand, blickte ich mechanisch nach rechts und erkannte die Markise des Theaters.

Ich war so müde, wie in meinem ganzen bisherigen Leben noch nicht. Ich musste an einem sicheren Ort ruhen, und ich wollte nicht mehr im Freien sein. Ein letztes Mal schaute ich zurück, wie um mich zu vergewissern, dass die Türme nicht mehr da waren. Sogar für mich, die nicht in ihrem Schatten gelebt hatte, die nicht täglich an ihnen vorbeigegangen war, war jene klaffende Lücke am Himmel bestürzend. Es war nicht mein Land, es war nicht meine Stadt, es war nicht meine Geschichte, und trotzdem war ich ein Teil davon geworden.

Mit dem Einmachglas in den Händen nahm ich wieder

Kurs auf das Theater mit dem kleinen Foyer. Es war der ideale Rückzugsort. Ich würde bestimmt einen guten Grund dafür angeben können, was ich dort suchte.

An jenem Septembertag, als du das zweite Mal ins Theater gekommen bist, um Schutz zu suchen und dich auszuruhen, war ich auf der Bühne und übte für eine Show, die ich seit einiger Zeit nicht mehr gespielt hatte.

Du musst wissen, dass ich viel lieber Imitator als Sänger bin. Ich könnte sogar einen Stein nachahmen, der darauf wartet, von der Zeit zermalmt zu werden. In der Kindheit imitierte ich alles, was ich im Fernsehen sah. Es waren die einzigen Augenblicke, in denen Großvater lachte, und das spornte mich an, bis ich erschöpft umfiel. Das tat ich für ihn bis zu seinem Tod 1967.

Es gefällt mir, mich in die Haut eines anderen zu versetzen, einen neuen Charakter zu verkörpern. Wenn mir das wirklich gelingt, wirkt es wie eine Droge: als wenn ich zwei, drei, viele Leben hätte. Und wenn dieser Andere ein Star ist, dann sind meine vielen Leben von Wunder und Größe erfüllt.

In den Neunzigern stellte ich eine Show zusammen, die ich «Die Predigten des Mannes, der das Glück bringt» genannt hatte. Ein Titel sollte klar, einfach und griffig sein, aber mir war nichts Besseres eingefallen. Ich zog damit an den freien Abenden durch Orlando und später durch ein halbes Dutzend anderer Städte, in denen ich wohnte, bevor ich endgültig nach New York zurückkehrte. Richard Burton war vor Kurzem gestorben, aber Burt Lancaster und Karl Malden lebten noch. Für sie brach ich meine Regel, nur Tote nachzuahmen. Sie hatten die besten Filmpredigten gehalten, die ich kannte.

Ich trat damit in Bars, Cafés und kleinen Theatern auf und ließ das Publikum entscheiden, was es hören wollte. Manchmal stieg ich auf die Theke, andere Male ging ich in die Knie, meine Auftritte waren immer ein Erfolg. Für eine Weile herrschte völlige Stille an diesen sonst so lauten Orten, und jedes Mal erntete ich reichlich Applaus.

Burton hatte mich als saufender Priester in *Die Nacht des Leguans* beeindruckt. Von der Kanzel aus rief er seinen Zuhörern, die nur gekommen waren, um ihn versagen zu sehen, zu:

«Schnürt mich an den Marterpfahl! Schärft eure Skalpiermesser und skalpiert mich. Ich will und kann und werde hier keine Gottesdienste mehr abhalten zur Ehre eines zornigen, pedantischen, alten Mannes, an den ihr so verbissen glaubt. Ihr seid alle abgefallen vom Gott der Liebe und habt an seine Stelle diesen hartherzigen, senilen Delinquenten gesetzt, der den Menschen für seine eigenen Fehler verantwortlich macht. Verschließt eure Fenster, verschließt eure Türen, verschließt eure Herzen vor dem wahren alleinigen Gott!»

Doch meine liebste Predigt war die aus *Elmer Gantry*. Elmer war Burt Lancasters beste Rolle. Er war der charmanteste, unverschämteste Hochstapler, der großartigste Verführer, den ich im Film gesehen habe. Als du zu mir kamst, war ich dabei, genau diese Szene einzuüben. Ich war nicht mehr so schmal und geschmeidig wie früher, hatte auch nicht mehr volles Haar, aber eine Fiebrigkeit, die der seinen glich. Ich konnte ihn immer noch gut verkörpern, wenn ich nur ein wenig probte. Denn die Fähigkeit, nachzuahmen, ist wie ein Muskel, den man dauernd trainieren muss.

«Sie glauben, Religion ist nur etwas für Leichtsinnige,

für Dumme, für Betschwestern? Sie glauben, Jesus war ein Leisetreter? Haben Sie eine Ahnung! Jesus wäre in diese Kneipe hineingelaufen oder in jeden Amüsierladen, um das Evangelium zu predigen. Jesus war nicht feige. Ihr glaubt, dieser Mittelstürmer dort an der Wand ist ein toller Kerl. Ich will euch mal was sagen: Jesus wäre heute mit Abstand der beste Mittelstürmer, den es gibt. Er würde sich heute im Ring ein Vermögen zusammenboxen. Und warum, meine Freunde? Aus Liebe. Jesus hatte Liebe in beiden Fäusten … Hört mir zu, Sünder. Ihr könnt nicht beten ‹Dein Reich komme› und in der Kneipe sitzen und pokern. Und du, Mutter, du kannst nicht deine Psalmen aufsagen und Gott dabei durch den Boden eines Bierglases ansehen. Oder irgendwelche krummen Geschäfte drehen. Wir finden heim zu Dir, Herr! Wir finden wieder heim! Halleluja!»

Als ich die Szene zu Ende gespielt hatte, war ich außer Atem. Ich hatte dich nicht eintreten gehört. Als ich mich im schwach erleuchteten Raum umsah, konnte ich deine Gestalt im Dämmerlicht nur undeutlich sehen, aber erkennen, dass du von Kopf bis Fuß mit einer grauen Schicht überdeckt warst. Du schienst aus einem Albtraum auferstanden zu sein oder dich noch in einem zu befinden. Du hast dich am Glas mit der Asche deiner Mutter festgehalten.

«Das Theater ist geschlossen. Wenn Sie mich sehen wollen, kommen Sie um sieben. Sie werden es nicht bereuen», habe ich dir zugerufen.

Du hast geschwiegen.

«Lady, haben Sie mich nicht gehört?»

Du hast immer noch geschwiegen.

«Gut, wenn Sie sitzen wollen, bleiben Sie sitzen.» Ich

wollte dich nicht weiter beachten, aber plötzlich hatte ich eine Idee: «Sie sehen aus, als ob Sie eine gute Show gebrauchen könnten. Ich werde für Sie ganz allein spielen. Ein Zuschauer ist besser als gar keiner. Ich bin der Mann, der das Glück bringt. Ich kann bestimmt auch auf Ihr Gesicht ein Lächeln zaubern.»

Ich gab mein Bestes, aber du hast dich immer noch nicht gerührt. Ich sang ein Lied nach dem anderen, spielte eine Rolle nach der anderen, aber es war nichts zu machen. Dein Schweigen stachelte meinen Ehrgeiz an, und ich drehte weiter auf. Von Weitem hörte ich Sirenen, aber ich schenkte ihnen keine Aufmerksamkeit. Noch war kein Zuschauer geboren, dessen Schwachpunkt ich nicht hätte finden können.

Als ich schon die Hoffnung aufgeben wollte, dass du jemals reagieren oder reden würdest, hast du begonnen, zu keuchen, dann zu jammern und schließlich zu schreien, ein unerträglicher, fast unmenschlicher Schrei. So müssen Frauen schreien, wenn sie gebären. Wenn sie ihre Kinder im Krieg verlieren. So schreit einer, der merkt, dass er seinen Verstand verliert.

Ich stockte, stieg von der Bühne und ging zu dir. Ich sah dein Entsetzen, deine weit aufgerissenen Augen. Dann holte ich dir ein Glas Wasser.

«Kann ich Ihnen helfen?»

«Mir?»

«Ist Ihnen etwas zugestoßen?»

«Mir? Hören Sie nicht die Sirenen?»

«Doch, aber das ist New York. Hier passiert immer etwas. Deshalb kann doch die Show nicht einfach aufhören.»

«Sie wissen es wirklich nicht?»

Ich zuckte die Achseln.

«Waren Sie heute noch nicht draußen?»

«Ich habe mir ganz früh etwas zu essen gekauft. Jetzt übe ich für heute Abend.»

«Es wird keine Show geben.»

«Ein paar Leute werden bestimmt kommen. So schlimm kann es nicht sein.»

«Sie wollen es nicht verstehen.»

«Was?»

«Dass alles zusammenbricht.»

«Nur weil Sie Schwierigkeiten haben, geht noch nicht die ganze Welt vor die Hunde.»

«Doch, das tut sie.»

Ich war vielleicht eine Stunde weg, vielleicht länger. Ich hatte mich unter die Menschen gemischt, die an der Straßenecke standen und sich ungläubig und staunend unterhielten. Sooft ich die Augen schloss und wieder öffnete, die Türme waren einfach nicht mehr da. Ich war ein paar Häuserblocks Richtung Süden gelaufen und hatte mich doch entschieden, zurückzukehren, als ich mich erinnerte, das Theater unbeaufsichtigt gelassen zu haben. Nur eine Ecke weiter nördlich war die Avenue abgesperrt worden.

Ich kam zurück, überzeugt, dass du weitergezogen warst, aber du saßest immer noch an derselben Stelle und wirktest zu verängstigt und verwirrt, um überhaupt irgendwohin zu gehen. Ich erklärte dir, dass du bleiben könntest, solange du wolltest, und zeigte dir, wo du dich waschen und Kaffee kochen konntest.

Ich hatte das Theater für vier Tage gemietet, und bis – hoffentlich – auf einige Zuschauer am Abend würde niemand vorbeischauen. Die ersten drei Aufführungen waren nicht enttäuschend gewesen. Enttäuschend ist etwas erst, wenn man es so sieht, hat Großvater mir einmal erklärt. Er hatte einmal gesagt: «Junge, ich bin oft vor Leuten aufgetreten, die noch geklatscht haben, als ich längst fertig war, und vor anderen, die nicht einmal bemerkt haben, dass ich sang. Enttäuscht war ich nie, denn ich habe immer geliebt, was ich getan habe.»

Man kann eine gute Off-Off-Broadway-Show auf die Beine stellen, man kann in der Village Voice inserieren, man ist auf die Sekunde bereit, doch dann öffnet sich der Himmel, und es regnet wie aus Kübeln. Man tut dann wieder das Möglichste, wieder ist man bereit, und wieder legt sich jemand quer. Ein paar Verrückte, die in die Zwillingstürme fliegen. Ich hatte zu viel für die Miete bezahlt, um nicht zu hoffen, dass doch noch einige Leute auftauchen würden.

Viele wollten aus dem Süden Manhattans heraus, hatte mir ein Polizist gesagt. Aber wie viele blieben zurück und suchten für den Abend einen Ort, an dem sie lachen konnten? Gerade an solch einem Tag? Wie viele wären froh über die Ablenkung, die ich ihnen bieten konnte? Ich war entschlossen zu bleiben.

Ich stellte dir ein Sandwich hin und kehrte zurück auf die Bühne. Es gab keinen Fernseher im Theater, und wir schienen das Gerät auch beide nicht zu vermissen. Bis zum Abend sprachen wir nicht mehr miteinander, erst dann schaute ich wieder nach dir. Möglicherweise warst du fortgegangen, dachte ich, aber ich hatte mich getäuscht. Du schliefst zusammengekauert auf einem Sofa. Ich kehrte in den Saal zurück, stellte den Kleiderständer und den Kassettenrekorder hin, überprüfte die Scheinwerfer und das Mikrofon, zog meinen Anzug an und setzte meinen Hut auf, hockte mich an den Bühnenrand und spähte durch die offene Tür ins Foyer.

So begann das lange Warten auf mein Publikum. Auf die paar Minuten oder eine halbe Stunde Verspätung kam es nicht mehr an. An jenem Abend war ich bereit, meinem Publikum alles zu verzeihen. Ganz gleich, was geschehen war, wie viele Leute nur einige Meilen südlich gestorben waren, jemand würde sich auch jetzt eine gute Show anschauen wollen. Aber nach einer Stunde war immer noch niemand aufgetaucht.

In eine Decke gehüllt, erschienst du auf der Schwelle zum Zuschauerraum und kamst einige Schritte auf mich zu.

«Niemand?»

«Ich wette, dass heute auch niemand in die Oper gegangen ist.»

«Ich habe mein Flugzeug verpasst.»

«So schnell fliegt kein Flugzeug mehr aus New York raus.»

«Fast mein ganzes Geld ist weg.»

«Sie haben noch Ihr Leben.»

Wir schwiegen.

«Wo wollten Sie hin?», fragte ich.

«Nach Hause.»

«Wo ist das?»

«Rumänien. Kennen Sie das?»

«Nicht so richtig. Ich glaube, Edward G. Robinson stammte von dort. Er hieß eigentlich Emanuel Goldenberg. Er hat gesagt: ‹Als ich in Amerika angekommen bin, bin ich wiedergeboren worden.› Haben Sie ihn schon einmal spielen gesehen? In Two Bridges, wo ich aufgewachsen bin, waren James Cagney und er unsere Helden. Soll ich Ihnen etwas von ihnen vorspielen?»

«Nein, spielen Sie mir bitte nichts vor.»

«Wirklich nicht? Ich könnte etwas für Sie improvisieren. Wir müssen sowieso durch die Nacht kommen. Manhattan ist abgesperrt.»

Ein Ruck ging durch dich, du ließest die Decke fallen und ranntest zurück ins Foyer.

«Meine Asche ist verschwunden!», riefst du.

«Ihre Asche?»

«Das Glas mit der Asche. Was haben Sie damit gemacht?»

«Ich habe es auf den Tisch hinter dem Sofa gestellt, damit es nicht runterfällt. Was haben Sie damit vor?»

Du kamst wieder nach vorn und setztest dich in die erste Reihe, mit dem Glas auf deinem Schoß.

«Ich wollte die Asche vom Südturm aus streuen.»

«Sie fassen das Glas so vorsichtig an, als ob ihre eigene Mutter drinnen wäre.»

«Das ist sie auch.»

Wir schwiegen.

«War sie alt?»

«Sie war krank.»

«Was hat sie gehabt?»

«Sie war krank, das genügt», sagtest du mit Nachdruck.

«Haben Sie sie von drüben mitgebracht?»

«Genau das.»

«Wieso denn so ein langer Weg?»

«Das ist eine lange Geschichte.»

«Wir haben die ganze Nacht Zeit.»

«Eine lange Geschichte, wie ich schon sagte.»

«Sie wiederholen sich gerne.»

«Und Sie sind zu neugierig für jemanden, der nichts von sich preisgibt! Sie erzählen gar nichts über sich selbst, immer nur über irgendwelche Stars, als ob es das Einzige wäre, was für Sie zählt.»

«Aber das zählt doch.»

«Sie wollen, dass ich erzähle? Aber ich weiß gar nicht, wem …» Du hieltest inne. «Es tut mir leid, ich bin manchmal unmöglich. Sie nehmen mich hier auf, und ich führe mich so auf. Ich bin gestern in Ihrer Aufführung gewesen. Ich schulde Ihnen noch den Eintritt. Hier haben Sie fünfzehn Dollar, das ist alles, was ich noch habe. Es sollte für die Zugfahrkarte zum Flughafen reichen.»

«Lassen Sie.»

Wir schwiegen.

«Wo haben Sie Englisch gelernt?»

«In meinem Land wollen viele Frauen im Ausland Geld verdienen, dort werden Pflegerinnen gesucht. Man hat mir gesagt, dass ich Englisch lernen soll, also habe ich das die letzten zehn Jahre getan. Und jedes Jahr pflege ich einen Monat lang eine alte Frau in Sussex, damit ihre Tochter in Urlaub fahren kann.»

«Haben Sie das denn gelernt?»

«Inzwischen schon. Ich weiß, wie man Leute füttert und wäscht, wie man ihre Nägel schneidet, wie man ihnen gut zuredet und sie beruhigt, wenn sie in der Nacht aufwachen und nicht mehr wissen, wo sie sind. Wenn sie überhaupt noch merken, dass sie ihr Gedächtnis verlieren.»

Du blicktest dann auf das Glas in deinem Schoß: «Ich weiß gar nicht mehr, ob Mutter da drinnen ist. Oder wie viel von ihr. Als der Turm eingestürzt ist und ich davongelaufen bin, bin ich hingefallen und der Deckel hat sich geöffnet. Ich habe die Asche wieder eingesammelt, aber die ganze Straße war voll davon.»

«Sie wissen gar nicht mehr, wer in Ihrem Glas steckt?»
Du hast mich verdutzt gemustert.

«Ich weiß gar nicht, wie ich das finden soll.»

«Immerhin ist Ihre Mutter jetzt nicht mehr allein.»

«Sie haben recht. Wer weiß schon, wen ich da mitgenommen habe?»

Dann hat sich dein Gesicht entspannt.

«Erzählen Sie mir etwas über sich selbst.»

«Da gibt es nicht viel zu sagen, aber über meinen Großvater. Was er erlebt hat, würde für mehrere Leben reichen.»

«Erzählen Sie ganz einfach, damit ich auf andere Gedanken komme.»

«Das letzte Jahrhundert begann für ihn nicht im Jahr 1900, sondern am 25. März 1911. Damals geschah etwas in New York, was so ähnlich war wie das, was heute passiert ist. Sind Sie sicher, dass Sie das hören wollen? Ich muss aber weit ausholen. Ich muss Großvaters Geschichte von Anfang an erzählen …»

1902 war Großvater siebzehn oder achtzehn Jahre alt, so genau wusste es auch er nicht. Nachdem er das Leben des Kleinwüchsigen, der sein Geld gestohlen hatte, verschont hatte, war er in seinen Unterschlupf auf der East Side zurückgekehrt. Der Kapitän war nicht zu Hause. Er zitterte noch, es hatte ihm Lust und Angst zugleich bereitet. Er starrte lange auf seine Hände, mit denen er schon unzählige Kinder getötet hatte.

Großvater ging ans Fenster und betrachtete sein Viertel: die Spitzen der Schiffsmasten am Hafen, den Rauch der Schornsteine und der Dampfschiffe, das emsige Treiben in den Straßen, wo ambulante Verkäufer ihre Waren anpriesen, einen alten, gebeugten Mann, der rief: «Ich kaufe Kleider!», und Dutzende von Kindern, die auf den Treppen der Hauseingänge spielten. Er sah in den Himmel, wo sich nichts ereignete, und wieder auf die Erde, wo ein totes Pferd am Straßenrand lag.

Die Hausfrauen liefen mit gut geschärften Messern aus den Häusern, um sich die besten Stücke zu sichern. Sie konkurrierten mit dem Metzger, der seinen Laden nur einige Schritte entfernt hatte. Die Trinker kamen aus den Saloons, um sich das Schauspiel anzuschauen, und auch die Ladenbesitzer, die Rosenkränze, Heiligenbilder oder Menorahs verkauften. Die Kinder lernten von den Müttern. Niemand schien zu wissen, wie das Pferd dorthin gekommen war, aber eine halbe Stunde später war von dem Tier bis auf eine Blutlache, die Haut und einige Knochen nichts mehr übrig.

Großvater traf eine Entscheidung, aber um sie umzusetzen, musste er bis 1903 warten. Erst dann gab es wieder eine Totenschwemme wegen einer Grippeepidemie, und die Dienste des Kapitäns waren nicht mehr gesucht. Dieser blieb immer öfter und immer länger weg, bis er eines Tages gar nicht mehr auftauchte. Großvater fand nur einen Zettel auf dem Tisch vor: «Von jetzt an musst du dich um dich selbst kümmern.» Als ob er das nicht schon sein ganzes Leben lang getan hätte. Er setzte sich hin und wartete zwei, drei Tage lang, dann fasste er sich ein Herz und begann, seinen Plan umzusetzen.

Er wusch sich gründlich und lief zur Orchard Street, wo er sofort das Haus wiederfand, in dem er ein halbes Jahr lang gewohnt hatte. Er musste die Tür nur leicht eindrücken, damit sie nachgab. Zu seiner Überraschung war im Versteck auf dem Dach der kleine Geldbeutel immer noch da. Zusammen mit dem, was er beim Kapitän verdient hatte, ergab das eine hübsche Summe. Damit ging er zur Delancey Street und trat in das Herrenmodengeschäft ein, das er schon früher besucht hatte. Obwohl einige Jahre vergangen waren, erkannte ihn der alte Verkäufer wieder und erschrak.

«Wollen Sie wieder einbrechen?»

«Diesmal habe ich genug Geld. Ich brauche einen guten Anzug. Einen, wie ihn ein aufstrebender junger Mann tragen sollte.»

Er zog sich gleich an Ort und Stelle um und verkaufte einem Händler für einige Cent seine alten Sachen. Dann setzte er sich pfeifend in Bewegung und blieb erst am Eingang der West 28th Street stehen, zwischen der Fifth und der Sixth Avenue. Es war die Straße der Musikverleger. Er fragte einen Jungen, der ebenso gut gekleidet war wie er, ob dort irgendwo ein tüchtiger Sänger gesucht würde.

Der Junge stellte sich breitbeinig vor ihn und stemmte seine Hände in die Hüften.

«Hier wird niemand mehr gesucht. Hier bin jetzt ich. Du kannst dein Glück am anderen Ende der Straße suchen.»

«Muss man Noten lesen können?»

«Nein, du musst sie verkaufen können. Und an Orten singen können, wo die Meute lacht und lärmt und feucht feiert.»

«Ich habe gedacht, dass ein Vorsänger nur der ausgewählten Kundschaft die neuesten Lieder präsentiert.»

·Der Junge begann zu lachen, aber Großvater drückte ihn gleich gegen eine Mauer.

«Reg dich ab! Für wen hältst du dich denn? Die gute Arbeit machen die erfahrenen Sänger. Du machst die dreckige Arbeit. Wenn du Glück und Talent hast, dann kannst du in fünf, sechs Jahren auch den Stars was vorsingen.»

«Das werde ich bestimmt.»

Großvater brauchte nur zwei Jahre, bis er zum Vorsänger der Musikverlagsfirma Fischer & Sons wurde; eine der letzten Firmen, die noch nicht umgezogen waren. Die Gegend um den westlichen Teil der 28th Street hatte schon bessere Zeiten gesehen, als durch Dutzende von offenen Fenstern die Klavierklänge nach außen drangen. Hoffnungsvolle Komponisten suchten nach einem Verleger für ihre neuesten Lieder. Mit dem, was sie damit verdienten, soffen, spielten und hurten sie herum, gleich ums Eck, im Tenderloin.

Unter der Sixth-Avenue-Hochbahn, wo Großvater bald ein Zimmer fand, lagen unzählige Spelunken, Spielhöllen und Etablissements für Männer mit und ohne gut gepolsterte Geldbörsen. Es war das reinste Sündenbabel. Die respektablen Herren brauchten von der Fifth Avenue nur einen Block Richtung Westen zu gehen. Oder für ein paar Stationen die Hochbahn zu nehmen.

Als Großvater dort zu arbeiten begann, war die Gegend schon ruhiger geworden. Man hatte die Schwarzen nach Norden, nach Harlem, vertrieben und auch das Glücksspiel aus dem Viertel verbannt. Die Zeiten, als selbst die Polizisten für die Unterwelt arbeiteten und direkt vor den Spielhöllen nach Kunden suchten, waren fast schon vorbei. Man hatte den Pennsylvania-Bahnhof und die neue Post gebaut und dafür reihenweise Häuserblocks eingeebnet. Man riss dem ungezähmten Viertel das Herz aus, aber es blieb noch genug für Großvater übrig.

Zuerst schickte man ihn auf die Straße, um Käufer anzulocken. Er wetteiferte mit den Jungen der anderen Firmen, er schlug sich mit ihnen, er schüchterte sie ein und wurde eingeschüchtert. Er rief wie alle anderen: «Kommen Sie rein, um sich die neuesten musikalischen Wunder unseres Hauses anzuhören!» Er schaffte es immer wieder, Kunden ins Haus zu bringen, einige Male sogar Berühmtheiten wie Eva Tanguay oder Billy Murray.

Er hatte seine eigene Methode. Er bedrängte die Leute nicht, sondern wartete, bis sie – entnervt durch die Aufdringlichkeit der anderen – das Weite suchten, und schloss sich ihnen an. Er sprach sanft auf sie ein und brauchte meist keine hundert Schritte neben ihnen her zu gehen, bis sie einwilligten, bei Fischer & Sons vorbeizuschauen. Dank ihm verkaufte die Firma so viele Notenhefte und Wachszylinder wie noch nie von Liedern, die nicht nur sonntags im Wohnzimmer braver Bürger gespielt wurden, sondern auch im Victoria-, Olympia- oder Fifth Avenue-Theater.

Dann begleitete er den Hauskomponisten in die Saloons und die Bordelle der Umgebung, um die neuen Lieder zu präsentieren. Man wusste inzwischen: Wenn die Huren zu weinen begannen, war man auf dem besten Weg, einen Hit zu landen. Die einsamen Herzen dieser Frauen waren ein untrügliches Barometer.

So angetan waren die Frauen von Großvaters Gesang, dass sie nicht nur ihre Herzen öffneten, sondern auch ihre Mieder. Großvater ging es wieder so gut wie damals, als die schwangeren Frauen ihn an die Brust genommen hatten. Mit seinen Gaben ließ es sich gut leben.

Jetzt riefen andere Zeitungsjungen auf der Straße die Nachrichten des Tages aus. Der Anfang des 20. Jahrhunderts war ruhig, Großvater aber kümmerte es wenig, denn er hatte nur eines vor Augen: Seine Karriere als Sänger sollte endlich beginnen.

Als ihn der alte Firmenchef Fischer ins Haymarket begleiten wollte, um sich von seinem Talent zu überzeugen, sah es nun endlich nach einem echten Anfang aus. Er ließ sich von der imposanten Erscheinung seines Arbeitgebers nicht einschüchtern, der stets eine teure Melone und feines Tuch trug, dazu einen Spazierstock mit vergoldetem Griff.

Großvater gab die Vorstellung seines Lebens, brachte die käuflichen Damen und ihre Freier zum Schweigen und zum Seufzen. Der Alte gab einen Gin aus und versprach ihm eine große Zukunft, wenn er nur einige Zeit bei ihm als Vorsänger arbeiten würde. Danach würde er dafür sorgen, dass Großvater im Vaudeville groß herauskäme. Nicht wenige Theaterimpresarios waren seine Freunde.

«Hast du überhaupt Papiere, Junge? Als Vorsänger muss ich dich regulär einstellen.»

«Hab ich», antwortete Großvater, ohne zu zögern. Er wusste, wie einfach man im Tenderloin Ausweise fälschen lassen konnte.

«Und wie heißt du eigentlich?», fragte der Mann, der sich bisher nicht um ihn geschert hatte.

«Paddy, Sir! Paddy Fowley heiße ich.»

So wurde Großvater zu dem irischen Großvater, als den ich ihn zeitlebens gekannt habe, der Englisch mit irischem, italienischem oder gar jiddischem Einschlag sprechen konnte. Der Großvater, der auf mich aufpasste, wenn Mutter Kunden empfing, der im selben Zimmer wie ich schlief und mich in den heißen Sommernächten bat, das Fenster zu öffnen, nur um mich kurz darauf aufzufordern, es wieder zu schließen. Der Lärm der U-Bahn, wenn sie über die Manhattan Bridge fuhr, glich dem Brüllen eines stählernen Ungeheuers, das sich über uns bäumte. Großvater, der behauptete, er würde immer mit einem Lächeln auf den Lippen einschlafen, und ich, der mir immer vornahm, wach zu bleiben, um dieses Wunder zu sehen, was mir jedoch nie gelang.

Paddy war zu gut, als dass ihn Fischer wieder hätte ziehen lassen. Die Verkäufe der Firma verdoppelten sich durch seinen Einsatz. Der Mann vertröstete ihn jedes Mal auf das folgende Jahr und dann auf das Jahr darauf. Die Zeiten waren hart, man verkaufte immer weniger Notenhefte und immer mehr Wachszylinder oder gar Schallplatten. In diesem Geschäft aber hatten andere die Nase vorn, Mr. Edison zum Beispiel.

Wenn Paddy seine Kunden verabschiedete und sie um eine Empfehlung bat, bekam er immer dasselbe zu hören: «Bleib bei dem, was du hast. So gut bist du auch wieder nicht.» Oder: «Du bist verdammt gut. Ich hole mir doch nicht den Feind ins Haus.» Paddy blieb bis 1910 das, was er schon eine Weile gewesen war: der talentierte erste Sänger eines untergehenden Musikverlages, dem eine leuchtende Zukunft bevorstand, die aber nicht einsetzen wollte.

Noch einmal, ein letztes Mal, hatte das, was manche «Schicksal» nennen, Großvater aber lieber «gutes Timing», ein Einsehen mit ihm. Er verliebte sich. An einem kalten, feuchten Novemberabend des Jahres 1909 ging er mit hochgekrempeltem Kragen und tief in den Manteltaschen vergrabenen Händen an der Cooper Union Hall vorbei. Er hatte von den jüngsten Unruhen in der Stadt gehört, von der Unzufriedenheit der Textilarbeiter mit ihrem Los. Er war zu jung, um sich an die Brandreden von Emma

Goldman am Union Square zu erinnern. Aber sogar er wusste, dass dort vor einem Jahr während eines Massenstreiks eine Bombe hochgegangen war. Die Nachricht hatte auf der Titelseite aller Zeitungen gestanden.

Immer noch waren die Verhältnisse in den Kleiderfabriken unerträglich, immer noch sahen die jungen, unterbezahlten Italienerinnen und Jüdinnen, die dort arbeiteten, nach wenigen Jahren ausgelaugt und greisenhaft aus. Und immer noch brachen regelmäßig Feuersbrünste aus und fraßen sich durch die Stoffberge, die Kleider der Arbeiterinnen und ihre Körper. Aber das alles ging ihn nichts an, denn er war im Showbusiness tätig. Er war noch nicht dort, wo er sein wollte, aber viel fehlte nicht mehr.

In der Union Cooper Hall hielten einige Tausend Frauen eine Versammlung ab. Nach endlosen Reden, die alle erschöpft hatten, erhob sich eine junge Jüdin, stieg auf die Bühne und sagte mit müder Stimme auf Jiddisch: «Mir iz nimes gevorn fun dem geployder, lomir tsutreten dem shtrayk.» Es dauerte ein paar Sekunden, bis ihre Worte übersetzt worden waren, dann brach unbeschreiblicher Jubel aus. Sie waren alle damit einverstanden, in den Generalstreik zu treten. So jedenfalls erzählte Giuseppina es ihm später.

Unzählige debattierende und hoffnungsvolle Frauen strömten Arm in Arm auf die Straße. Manche waren um die dreißig und schon verblüht, andere erst sechzehn oder siebzehn Jahre alt und von jenem Optimismus erfüllt, der einen glauben lässt, das Leben in den eigenen Händen zu halten. In der allgemeinen Aufbruchsstimmung hatte Giuseppina ihren Hut verloren und brauchte einige Minuten, um ihn wiederzufinden.

Großvater wiederum hatte das Haus des Kunden, bei

dem er die bestellten Notenhefte abgeben sollte, nicht sofort gefunden. Hätte es diese kleinen Verzögerungen nicht gegeben, so hätten sich die Tore der Cooper Union erst geöffnet, als Großvater sie schon passiert hatte. Oder eines der anderen Mädchen hätte ihm zugerufen: «Komm mit, Genosse, wir können jeden gebrauchen!» So aber war es Giuseppina, die auf Großvater stieß, als sie endlich den Fuß auf die Straße setzte.

Die Genossen und der Kommunismus hatten ihn bisher nicht interessiert, aber sogar er wusste, dass es von Vorteil war, nicht zu widersprechen, wenn einen ein Mädchen mit solch lebhaften, großen Augen «Genosse» nannte. Sie hakte sich bei ihm unter und riss ihn mit in ein Leben, das er bisher nicht gekannt hatte. Auf dem Weg zum Union Square, eingetaucht in einem Meer von Körpern, fragte er sie, wofür sie denn demonstrierten.

«Weißt du das denn nicht?», lachte sie ihn aus. «Dafür, dass wir Menschen sind.» Als ihm das nicht genügte, fügte sie hinzu: «Für einen Acht-Stunden-Arbeitstag. Dafür, dass wir Pausen machen dürfen. Und dass die Türen immer offen bleiben, damit wir bei einem Brand flüchten können.»

Am Ende der Versammlung, an der er sich wie sie heiser geschrien hatte, fragte er, ob er sie nach Hause bringen dürfe. «Das darfst du nicht. Aber morgen früh darfst du vor meinem Haus warten und mir helfen, die Nähmaschine in die Fabrik zu tragen. Es ist mein erster Arbeitstag. Man hat mich nur genommen, weil ich schon eine Nähmaschine besitze. Sie zahlen schlecht, aber es ist immerhin Arbeit.»

Zu seiner Überraschung tat er das. Paddy hatte schon die unterschiedlichsten Frauen gehabt: Huren aus der Allen Street oder aus dem Tenderloin und moralisch einwandfreie Gefährtinnen. Kundinnen, die ob seines Gesangs schwach geworden waren. Viele, die nicht einmal wussten, in welche Kategorie sie gehörten. Aber für keine hätte er auch nur ein einziges Blatt Papier getragen, außer um es ihr zu verkaufen.

Jetzt, nachdem er zunächst Jude und dann Ire geworden war, wurde er beinahe auch noch Kommunist. Er trug jedes Mal ihre Nähmaschine durch den Schnee des Winters von 1910, wenn sie wieder einmal entlassen worden war oder eine neue Stelle gefunden hatte. Wenn sie länger nichts fand, wusch sie einem Priester die Kleider: vierzehn Stück für sechzehn Cent. Sogar für Kohle, Seife und Stärke musste sie selbst aufkommen. Der Priester, für den sogar schon ihre Mutter gearbeitet hatte, und seine Kleider hatten ständig zugenommen, nur der Lohn war immer derselbe geblieben. «Das macht nichts», sagte sie, «meine Mutter musste sogar im Abfall nach Haaren suchen, um ihr Geld zu verdienen.»

Sie teilten sich dieselbe dünne Decke in seinem Dachzimmer im Tenderloin. «Weißt du, was meine erste Arbeit gewesen ist?», flüsterte sie, wenn sie enger zusammenrückten und behaupteten, es sei nur wegen der Kälte. «Ich habe bei einer alten Jüdin am Sabbat das Licht ausgeschaltet. Ich war zu klein, um an die Petroleumlampe auf dem Tisch heranzukommen, also bin ich auf einen Stuhl gestiegen. Dafür hat sie mir Süßigkeiten und ein paar Münzen gegeben. Eines Tages habe ich sie tot aufgefunden und bin mächtig erschrocken. Das Licht hat ihren Kopf ganz seltsam ausgeleuchtet. Sie hat nie mit mir gesprochen, also kann ich mich gar nicht an ihre Stimme erinnern. Aber ihr Totengesicht werde ich nie vergessen. Und du? Hast du schon viele Tote gesehen?»

Großvater wich aus: «Im Ghetto müssen sich die Toten fragen, ob sie je einen Lebenden gesehen haben.»

«Siehst du? Dafür müssen wir kämpfen. Damit nicht so viele von uns so früh sterben müssen.»

Giuseppina war eine kleine, stämmige Frau mit einigen Speckpolstern, ganz nach Großvaters Geschmack. Er erfuhr von ihr, dass ihr Vater im Hafen von New York aus Angst vor den Schiffsinspektoren, die an Bord gegangen waren, ins Wasser gesprungen war. Seine Panik war größer als seine Vernunft gewesen, denn er konnte nicht schwimmen und ertrank.

Die Mutter hatte später auf die Frage des Einwanderungsbeamten, ob sie in Amerika schon eine Arbeitsstelle hätte, mit «Ja» geantwortet. Sie dachte, dass ein fleißiger Mensch, der niemandem zur Last fallen würde, durchgelassen werden würde. Es war aber die falsche Antwort, man wollte nicht, dass man amerikanischen Arbeitern die Arbeit wegnahm. Sie und ihre Tochter wurden mit dem nächsten Schiff zurückgeschickt. Ein halbes Jahr später stand sie wieder vor dem Schalter, und diesmal antwortete sie: «Nein, aber ich habe eine Familie, die sich um mich kümmern wird.»

Der Beamte hatte aufgeblickt und ihr tief in die Augen geschaut. «Sie lügen», hatte er dann auf Italienisch gesagt.

«Ich lüge nur, weil ich versuche, für mein Kind zu überleben.» Dabei zeigte sie auf Giuseppina. Sie setzte alles auf eine Karte, und sie kam durch.

Im selben Winter machte Fischer & Sons pleite und Paddy verdiente auf einmal gar nichts mehr. Giuseppina hatte nur dann und wann eine Anstellung, und so verbrachten sie viel Zeit damit, den Kopf auf den Bauch des anderen zu legen und dem inneren Hungersturm zuzuhören.

Oder sie starrten tief in die leeren Töpfe und stellten sich die schmackhaftesten Gerichte vor: eine dampfende Schweinebacke mit Kohl, was die Iren liebten. Die Cholent, Krupnik oder Shav der Juden. Die Gerichte der Süditaliener: Ziti al sugo, braciole, cartocci fritti, arancini di riso. Schinken aus Cincinnati, Austern aus der Chesapeake Bay. Heringssalat mit Schwarzbrot. Kalbsfrikassee mit Knödeln. Der Geruch von Kohl, Zwiebeln und Kartoffeln stieg ihnen in die Nase und verdrehte ihnen den Kopf, bis ihnen schwindelig vor Hunger wurde.

Dann bestrich Giuseppina eine Brotscheibe mit Schmalz und überreichte sie ihm. Oder sie tauchte altes Brot in heiße Milch, schmierte ein wenig Butter darauf und zog es durch Zucker. Weil sie ihn für zu dünn hielt, stopfte sie Paddy mit einer Mischung aus rohen Eiern, Milch, Zucker und Marsala voll, wie ihre Mutter es bei ihr getan hatte. «Mutter hielt jeden Sonntag zwei Hühnerschenkel bereit, falls wir plötzlich Gäste bekommen würden. Wenn man Fleisch im Haus hatte, hatte man es geschafft.»

Wenn er über sich selbst erzählen sollte, improvisierte Paddy und fügte Versatzstücke aus Erzählungen zusammen, die er irgendwo aufgeschnappt hatte. Oft aber ähnelte seine Geschichte der des wahren Paddy Fowley, die Großvater auswendig kannte. Er wollte nicht vor Giuseppina als das Kind von Niemandem dastehen. Die Wahrheit hob er für später auf. Nur dass er Zeitungsjunge und Schuhputzer gewesen war, brauchte er nicht zu verbergen. Das war fast jeder irgendwann einmal gewesen.

Sie ihrerseits versuchte, ihm den Kommunismus beizubringen, aber er war ein schlechter Schüler. Viel lieber als

die Herrschaft der Arbeiterklasse und der Besitz der Pro-
duktionsmittel waren ihm ihre Brüste. Er zog ihr, während sie vom faulen Bürgertum sprach, das Nachthemd
aus: «Das ist mein Privatbesitz», keuchte er. «Das teile ich
mit keiner Arbeiterklasse.»

«Du elender Bourgeois», lachte sie. «Wenn wir so wei-
termachen, kriegen wir bald ein Kind.» Und im April
1910, als er wieder einmal den Kopf auf ihren Bauch legte,
flüsterte sie: «Bald hörst du dort drinnen deinen Sohn
strampeln.» Er hielt den Atem an. Es wurde ein Mädchen.
Meine Mutter.

Einen Monat nach der Geburt meiner Mutter fand Großmutter Giuseppina wieder Arbeit in der Triangle-Shirt-
waist-Fabrik, nur einige Schritte vom Washington Square
entfernt. Nähmaschinen waren diesmal vorhanden, aber
ebenso strenge und gierige Fabrikbesitzer, die alle Türen
versperren ließen, damit die Gewerkschafter nicht rein-
kamen und niemand vor Arbeitsschluss die Werkräume
verlassen konnte.

Großvater begleitete sie oft zur Fabrik, und vor dem
Eingang zum zehnstöckigen Gebäude überreichte sie ihm
dann das Bündel mit dem Neugeborenen. Abends holten
Paddy und seine Tochter Giuseppina wieder ab. Inzwi-
schen fütterte eine Nachbarin, die Milch für mehrere
Säuglinge hatte, die Kleine.

Am späten Nachmittag des 25. März 1911 machte sich
Großvater wieder einmal auf den Weg, um Großmutter
abzuholen. Aber er hatte all sein Glück verbraucht. Er kam
gleichzeitig mit dem ersten Feuerwehrauto an. Dicke,
schwarze Rauchschwaden verhüllten die letzten drei
Stockwerke des Gebäudes, und manchmal rollte durch die
zerborstenen Fenster eine gewaltige Feuerzunge nach

draußen. Diejenigen, die zuoberst gearbeitet hatten, hatten sich über das Dach retten können. Für die anderen bestand keine Hoffnung, denn auch die Feuerleitern waren kaputt. Die Feuerwehrleiter reichte nur bis zum vierten Stock und der Druck in den Wasserschläuchen bis zum sechsten.

Großvater stand da mit seiner Tochter in den Armen, und zum ersten Mal in seinem Leben begann er zu beten: «Lieber Gott, mach, dass sie ganz oben gearbeitet hat. Wenn du dich an mir rächen willst, nimm lieber mein Leben, denn ich habe dutzendfach gesündigt, sie aber noch kein einziges Mal. Mach, dass sie für dieses Mädchen am Leben bleibt, das eine Mutter braucht. Lieber Gott, wenn sie lebt, gehe ich zur Polizei und gestehe alles. Sollen sie mich doch hängen. Sie aber soll leben.»

Aber Gott hörte nicht. Ein blinder, tauber, teuflischer Gott zog seine schützende Hand, die er bisher über die hundertvierzig jungen Frauen gehalten hatte, zurück. Jemand rief entsetzt: «Sie springen!» Die Menge begann hysterisch zu rufen, dass sie noch warten sollten, aber das Feuer ließ den Frauen keine Zeit. Großvater erkannte Gruppen von drei oder vier Arbeiterinnen, manchmal nur zwei, die sich die Hände gaben und sprangen.

Vor seinen Augen traten Mädchen und junge Frauen ans Fenster, ihre Haare brannten lichterloh, sie bekreuzigten sich, dann sprangen sie. Mein Großvater, mein wunderbarer Großvater, der danach verstummte und nicht mehr singen konnte, schaute ihnen den ganzen kurzen, langen Weg nach unten zu. Sie flatterten mit den Armen, als ob sie hofften, Vögel zu werden.

Ein Reporter neben ihm murmelte vor sich hin, während er etwas notierte: «Das klingt gut: ‹Heute habe ich ein neues Geräusch kennengelernt. Das Geräusch von

Körpern, die am Boden zerschellen.›» Er sollte den Mann sein ganzes Leben lang hassen und nie wieder eine Zeitung anrühren.

Zuerst aber weinte er, bis er nicht mehr weinen konnte. Nachdem Mutter mir nach Großvaters Tod diese Geschichte erzählt hatte, stellte ich mir Tränenflüsse vor, die aus Großvaters Augen entsprangen. Während sie durch die Straßen von East Side und Downtown strömten, vorbei an Kirchen und Synagogen, an Hochtürmen und Markthallen, an den bescheidenen Häusern der Armen und den protzigen Palästen der Astors und Vanderbilts an der Fifth Avenue, wurden sie immer breiter und mächtiger. Sie spülten den Dreck, den Tod, die Sünde weg, bevor sie in den East River mündeten.

Die Toten, die Manhattan ausscheidet, landen in Brooklyn. Sie treten aus den schäbigen Mietskasernen an der East Side oder von Hell's Kitchen heraus, oder sie nehmen in den Glas- und Art-Déco-Hochhäusern von Midtown den Fahrstuhl, gehen auf die Straße, überqueren ein letztes Mal den East River, bevor sie sich auf den Calvary-, Greenwood- oder Cyprus-Hill-Friedhof legen. Sie ziehen die Erde über sich, sie atmen ein letztes Mal ein und aus, dann ruhen sie.

Nur sehr alte Tote haben Platz auf der Insel. Einige Juden auf winzigen Parzellen im Süden. Eine davon liegt nur einen Steinwurf vom Viertel zwischen der Brooklyn und der Manhattan Bridge entfernt, wo ich aufgewachsen bin. Man nennt diese Gegend «Two Bridges». Auch Hunderte von Sklaven haben in Manhattan ihre letzte Ruhe gefunden. Auf einem Stück Sumpfland außerhalb der Stadtpalisaden, das man ihnen damals überlassen hat.

Sie waren von allen am müdesten gewesen, denn sie hatten die Kais, Straßen und Fundamente der Stadt gebaut und die Schiffe entladen. Sie hatten ihre Herren gefüttert, umsorgt und reich gemacht. Wenn sie dann starben, brachte man die Toten aus der Stadt heraus. «Ich bin hier!», rief jedes Mal einer der Hinterbliebenen. «Seid ihr auch hier?» «Wir sind hier!», erwiderten die anderen Trauergäste. «Wir haben dich gekannt. Jetzt aber bist du unser Ahne. Wir müssen dich allein lassen und wieder gehen.» Heute stützen die Knochen der Sklaven einen Wolkenkratzer. Sie sind immer noch nützlich.

Die englische Kolonie war schnell gewachsen. Sie hatte sich aufgebläht und alles auf ihrem Weg Richtung Norden vernichtet. Wälder wurden gerodet, Flüsse und Seen trockengelegt, Hügel eingeebnet. Der Mensch verrichtete geduldig sein Werk und bebaute eine leerstehende Parzelle nach der anderen. Er zog Häuser hoch, pflasterte ehemalige Indianerpfade zu und baute neue Straßen, zwang der Landschaft den rechten Winkel auf. Er ließ alles wieder verrotten und baute es ein zweites und ein drittes Mal auf. Nichts durfte stillstehen.

Doch weil er Gott fürchtete, stellte der Mensch alle paar Häuserblocks auch eine Kirche auf. Er legte immer mal eine Pause ein und wartete ab, ob Gott sich bestechen ließ. Gott ließ sich bestechen, also machte der Mensch weiter und hörte erst am oberen Rand Manhattans auf, am Spuyten Duyvil Creek. In Inwood. Er hatte fast zweihundert Jahre dafür gebraucht, aber dann doch noch den ganzen Landstrich nach seinem Antlitz geformt. Er war endlich zu Hause.

Die Tausenden Toten unterm Washington Square wiederum – Opfer des Gelbfiebers – wurden eingemeindet.

Fortan waren auch sie New Yorker. Für alle anderen Toten der Stadt gab es auf der Insel keinen Platz mehr, und sie siedelten nach Brooklyn über. Eine unsichtbare Armee von Kellnern, Salonbesitzern, Schneidern, Köchen, Hafenarbeitern, Arbeitslosen, Ganoven, Huren, von Börsenspekulanten, Politikern und Abenteurern. Emigranten der ersten Stunde, ihre Kinder und Kindeskinder. Für viele hatte sich ein amerikanisches Leben gelohnt. Für viele andere nicht. Amerika nahm ihnen das letzte Geld, die Gesundheit, das Leben.

Am nächsten Tag klopfte ein Polizist bei Großvater und übergab ihm einen Verlobungsring. Giuseppina war erstickt, man hatte sie direkt hinter der versperrten Tür gefunden. «Das ist bestimmt schnell gegangen», sagte der Mann verlegen. «Erstickt», murmelte Großvater wie zu sich selbst.

Einige Tage später brachte er Giuseppina über den Fluss nach Brooklyn. Vor ihrem Grab, mit dem Ring in seiner Hand, den er hilflos drehte, endete Großvaters bisheriges Leben, und es begann ein neues Zeitalter. Für ihn fand der Epochenwechsel an einem sonnigen, strahlenden Samstagnachmittag des Jahres 1911 statt. Bis zu seinem Tod war er überzeugt, dass Gott eine offene Rechnung mit ihm gehabt hatte.

Wir waren längst in das Foyer hinübergewechselt und hatten uns auf alten, abgewetzten Sofas niedergelassen. Bis auf die Tischlampen waren alle Lichter ausgeschaltet. Es ging auf den Morgen zu. Vor dem Fenster war es still, keine Stimmen, keine eiligen Schritte waren mehr zu hören, keine Sirenen. Ich war kurz auf die Straße gegangen. Man konnte glauben, man sei nur in einen bösen, aber flüchtigen Traum eingetaucht, der so bald vorbei sein würde wie die Dunkelheit. Wenn es nicht die vielen erleuchteten Fenster gegeben hätte, hinter denen die Menschen die Nacht durchwacht hatten. Und den beißenden Geruch von verbranntem Kunststoff. Es war für viele die längste Nacht ihres Lebens geworden, das wusste ich.

Als ich zurückkam, hattest du aufgehört zu weinen, um Giuseppina, meinen Großvater, deine Mutter und um die Toten New Yorks.

«Sogar um Sie habe ich geweint», sagtest du.

«Wieso weinen Sie um mich? Mir ist doch nichts zugestoßen.»

«Jemand muss es tun, denn Sie wollen so verzweifelt lustig sein.»

«Sie können denken, was Sie wollen, aber mein Leben ist großartig. Ich wurde in Orlando, Las Vegas und Atlantic City gefeiert, ich hatte ausverkaufte Shows. Mein Agent hat mir gerade vorgestern gesagt, dass es nur ein kleines Tief ist. Wussten Sie, dass auch Sinatra durch ein Tief gehen musste? Bald aber breche ich zu neuen Ufern auf. Um mich muss niemand weinen und um Großvater auch nicht. Sein Leben war wie seine Zeit.»

Wir schwiegen.

«Wann hat er Ihnen erzählt, dass er Kinder umgebracht hat?»

«Er hat sie nicht umgebracht!», rief ich. «Sie waren praktisch tot.»

«Es tut mir leid. Ich wollte nicht ...»

«Er war kein Mörder!»

«Beruhigen Sie sich.»

«Sagen Sie das nie wieder!»

«Werde ich nicht mehr tun.»

Du gucktest verlegen umher, und es wurde wieder still zwischen uns. Ich schenkte uns Kaffee ein und teilte das letzte Sandwich, das ich hatte, in zwei Hälften.

«Ich habe gesehen, wie Menschen gesprungen sind. Ich werde das nie mehr vergessen.»

«Das hat auch Großvater nicht, hat mir Mutter gesagt.»

«Wann hat er Ihnen das alles erzählt, wenn er so schweigsam gewesen ist?»

«Zwischen zwei U-Bahn-Zügen. Das Haus, in dem wir gewohnt haben, wurde nur deshalb nicht abgerissen, weil man so nah an der Manhattan Bridge nichts anderes bauen konnte. Als wir dort eingezogen sind, haben wir sogar jahrzehntealte Zeitungen gefunden, die man als Tapete benutzt hatte. Wir hatten zwei Zimmer. Im hinteren schlief Mutter und empfing ihre Kunden, und im Wohnzimmer schliefen Großvater und ich. Nach der letzten Fernsehsendung habe ich ihm immer geholfen, aus dem Rollstuhl aufzustehen und sich umzuziehen. Er hat große Schmerzen gehabt. Er hat auf einem ausziehbaren Sofa geschlafen, ich auf einer dünnen Matratze auf dem Boden. Anfang der Sechzigerjahre, als ich zwölf oder dreizehn Jahre alt war, hat er plötzlich begonnen zu reden. Wenn die U-Bahn-Züge über uns hinweggerattert sind, hat er eine Pause gemacht. Ich glaube, er wollte das alles jemandem erzählen, bevor er sterben würde.»

«Haben Sie von ihm gelernt, so lebendig zu erzählen?»

Ich zuckte die Achseln.

«Wieso hat er Schmerzen gehabt? Was ist passiert?»

«Auch dazu habe ich eine Geschichte … Nach Großmutters Tod konnte er nicht mehr gut singen. Er hat sich bei Feltman's auf Coney Island als singender Kellner versucht. Es war ein respektables Restaurant mit einem deutschen Biergarten. Er hat Hot Dogs und Schweinebraten und Lagerbier an die Tische gebracht und dabei gesungen. Aber sein Gesang hat die Leute immer nur traurig gemacht, die doch dorthin gefahren waren, um sich zu zerstreuen. Seine Stimme hat mehr und mehr an Kraft verloren, und sie haben ihn zum Schluss nur noch ausgebuht. Dann hat er es in Spelunken probiert, wo ihm aber kaum jemand zuhörte, weil alle mit Trinken und den käuflichen Damen beschäftigt waren. Aber sogar dafür war er nicht mehr gut genug. Die Besitzer der Absteigen riefen ihn schon nach dem ersten Abend zu sich, zahlten ihn aus und kündigten ihm. ‹Entweder machst du die Klienten traurig oder du verscheuchst sie›, sagten sie. Sogar in einem Kramladen am Washington Square hat er es versucht, der «Oasis» hieß. Der Besitzer hat Sänger beschäftigt, damit sie Kunden ins Geschäft lockten, aber Großvater muss seine Sache so schlecht gemacht haben, dass er ihn schon am zweiten Tag am Kragen gepackt und auf die Straße gezerrt hat. ‹Junger Mann, was siehst du dort rechts, am Rande des Platzes?›, hat er ihn gefragt. ‹Bäume, Sir.› ‹Weißt du, dass früher dort die Verbrecher der Stadt gehängt wurden? Der Henker hat genau hier in diesem Haus gelebt. Wenn du noch einmal bei mir auftauchst, hänge ich dich höchstpersönlich an einem der Bäume auf. Und jetzt mach, dass du wegkommst.› Zuletzt hat er gar keine Arbeit mehr als Sänger gefunden. Aber auch er fand Ruhe. Wollen Sie wissen, wo?»

«Man kriegt bei Ihnen immer gleich eine ganze Geschichte, nicht wahr? Eine Geschichte oder gar nichts.»

«Was hätte es sonst für einen Sinn zu antworten?»

«Um etwas über sich selbst zu sagen?»

«Aber das tue ich doch. Verstehen Sie nicht? Er war doch mein Großvater.»

«Dann lassen Sie hören.»

«1930 fuhr Großvater mit seiner Tochter nach Coney Island. Es war ein schöner Sonntag, und meine Mutter, die erst neunzehn oder zwanzig Jahre alt war, wollte endlich auf der Cyclone fahren. Die Cyclone war die Königin unter den Achterbahnen. Sie steht übrigens heute immer noch am selben Ort. Sie ist achthundert Meter lang und sechsundzwanzig Meter hoch, hat eine Neigung von achtundfünfzig Grad und erreicht eine Geschwindigkeit von siebenundneunzig Kilometern. Großvater stand unentschlossen vor der Ticketkasse, denn fünfzig Cent waren in jenen schweren Zeiten sehr viel Geld. Er hatte seit Monaten keine Arbeit mehr und lebte von der Hand in den Mund. Oft genug hatten er und Mutter hungern müssen, aber ihren Nachbarn und allen, die sie kannten, ging es auch nicht besser. Mutter war gerade in ein Tanzlokal gegangen, wo man ‹Taxi Dancers› suchte, Frauen, die für Geld mit Kunden tanzten. Natürlich wussten beide, dass es oft nicht nur beim Tanzen blieb, und Großvater hatte sie davon abhalten wollen, aber sie hatte sich losgerissen und gerufen: ‹Ich habe genug vom Hungern und davon, nicht zu wissen, ob wir nicht schon morgen auf der Straße landen.› Dann ging sie direkt durch den Haupteingang hinein. Erinnern Sie sich noch an Pasquale?»

«Den gescheiterten Boxer? Den Türsteher?»

«Genau den. Großvater steht also unentschlossen da, als sich ihm jemand nähert, den er nicht sofort erkennt. Es war Pasquale, der Großvater in seine kräftigen Arme nahm, als ob der Silvesterabend, an dem sie sich zuletzt gesehen hatten, erst gestern gewesen wäre. Er trat ein paar

Schritte zurück und schaute ihn sich genauer an. ‹Du siehst schlimm aus›, sagte er. ‹Aber wer tut das nicht in solchen Zeiten? Was machst du hier?› ‹Meine Tochter wollte mal aus der Stadt raus.› ‹Du hast eine Tochter? Wo ist sie denn?› ‹Sie war gerade noch da›, antwortete Großvater verlegen. ‹So, wie du aussiehst, hast du keine Arbeit›, meinte Pasquale. ‹Vorläufig nicht, aber ich finde immer etwas.› ‹Ich habe eine für dich, aber du musst schwindelfrei sein.› ‹Ich habe nie etwas anderes festgestellt›, antwortete Großvater vorsichtig. ‹Und du darfst nicht trinken.› ‹Was wäre das für eine Arbeit?› ‹Gestern ist ein Streckenwächter runtergefallen. Er hatte die ganze Nacht gezecht.› ‹Aber ich verstehe nichts davon.› ‹Ich bringe dir alles bei.›

So wurde Großvater Streckenwächter auf der berühmten Cyclone und damit auch eine Art Berühmtheit. Das blieb er für fünfzehn Jahre. Er fand immer ein paar Minuten Zeit, um dort oben zu verweilen, in die Ferne zu schauen, eine Zigarette zu rauchen und als einer der Ersten der Stadt den Sonnenaufgang und die Ankunft der Emigrantenschiffe zu begrüßen.

«Junge, an der höchsten Stelle misst sie sechsundzwanzig Meter», pflegte er mir zu sagen. «Man kann nicht sagen, dass ich musikalisch weit nach oben gekommen wäre, aber zuoberst auf der Cyclone habe ich ganz allein gesessen. Auf meine Art war ich ein Star. Es war das überwältigendste und furchteinflößendste Ding seiner Art.» Großvater liebte die Übertreibung.

Pasquale begleitete ihn am Anfang täglich frühmorgens auf die langen Wanderungen über die gesamte Länge der Achterbahn. Sie sprachen wenig, denn viel ereignete sich auch nicht. Pasquale zeigte ihm, wie man Abnutzungsspuren erkannte und Schäden beseitigte. Danach erledigte Großvater die Arbeit allein und wechselte sich mit Pasquale ab. Erst wenn Großvater die Strecke freigab, wurde die Kasse für die ersten Kunden des Tages geöffnet. Er konnte die Cyclone für Tage schließen lassen, sogar der Besitzer fürchtete ihn.»

«Hat er dann einen Unfall gehabt?»

«Ja. Eines Tages, als er für eine Reparatur oben auf der Achterbahn war, sah er seine Tochter vor aller Augen mit einem Kunden herumknutschen. Was sie im Tanzschuppen machte, konnte er nicht nachprüfen, aber draußen, am helllichten Tag, vor allen, das ging nicht. Das war damals so. Er wurde wütend, wollte herabsteigen und rutschte auf einem Ölfleck aus. Er fiel zehn Meter in die Tiefe und brach sich das Becken. Ich erinnere mich, wie Pasquale ihn in meiner Kindheit immer bei uns abholte und im Rollstuhl zum Fluss schob. Zwei alte Männer, der eine über den anderen gebeugt.»

Wir schwiegen.

«Es wird allmählich Tag», sagtest du. «Und Sie haben noch gar nichts über sich erzählt.»

«Sie auch nicht über sich ... oder über Ihre Mutter.»

«Da gibt es nichts zu erzählen. Ich habe sie nicht gekannt.»

«Aber Sie tragen ihre Asche mit sich herum.»

Du hast die Achseln gezuckt.

«Geben Sie immer so wenig preis von sich?», fragte ich dich.

«Und Sie?»

«Ich? Man bringt mich doch kaum zum Schweigen.»

«Was soll ich schon über mich sagen? Ich habe im Kommunismus gelebt. Da ereignet sich nicht viel. Ein paar Leute kommen auf die Welt, ein paar sterben. Du wirst

298

müde, und irgendwann stirbst auch du. Du bist wie in einer Endlosschleife. Ich habe meine Eltern nicht gekannt, bis ich vor ein paar Monaten erfahren habe, dass meine Mutter im Sterben lag. Sie heißt Elena. Sie hieß Elena. Ich habe keine Erinnerung an sie. Ende der Geschichte. Außerdem kann ich nicht so gut erzählen wie Sie. Dort, wo ich herkomme, war es gefährlich, zu erzählen. Man wusste nie, wer mithörte. Es konnte sein, dass man hinter Gittern landete, wenn man etwas erzählte, was nicht erwünscht war. Hier in Amerika können Sie erfinden, was Sie wollen, denn es spielt sowieso keine Rolle.» Du hieltest inne. «Es tut mir leid, es sieht so aus, als ob ich mich dauernd entschuldigen müsste. Ich bin ganz unmöglich.»

«Haben Sie Familie oder Kinder? Wie alt sind Sie?»

«So etwas dürfen Sie nicht fragen, bevor Sie nicht die richtige Frage stellen.»

«Was ist die richtige Frage?»

«Wir haben eine ganze Nacht zusammen verbracht und Sie kennen noch nicht einmal meinen Vornamen.»

Draußen wurde es hell, und ich knipste die Lampen aus. Ein neuer Tag begann, einer wie kein anderer. Eine neue Zeitrechnung.

«Also gut, wie heißen Sie?»

«Elena, wie meine Mutter. Wie die Frau, die ich mit mir herumtrage.»

«Mich nennt man Ray.»

«Was wirst du jetzt tun, Ray?»

«Ich werde warten, dass der Sturm sich legt. Und du?»

«Ich bringe Mutter wieder nach Hause. In New York kann ich sie nicht mehr begraben. Die Stadt kommt mir wie ein Massengrab vor, und Mutter hat es verdient, einen eigenen Ort zu haben.»

«Du nimmst aber jetzt ein paar Leute mit. Wer weiß, wessen Asche du im Glas hast. Hast du dich gefragt, ob die das auch wollen würden?»

Ein leises, scheues Lächeln tauchte auf deinen Lippen auf.

«Ich will für sie alle trauern.»

«Wir könnten einen anderen Ort hier in Amerika für deine Mutter finden. Wir könnten herumreisen, ich würde spielen ...»

«Sie wollte nicht irgendwo in Amerika landen, sondern in New York.»

«Nimm diese hundertzwanzig Dollar. Es ist alles, was ich bei mir habe. Es wird dauern, bis du die Stadt wieder verlassen kannst. Bis dahin musst du irgendwo unterkommen.»

«Brauchst du das Geld nicht?»

«Ich habe genug Geld unter der Matratze. Und eine schöne, große, helle Wohnung in Brooklyn. Man sieht den Hafen. Auf mich wartet ein weiches Bett. Wenn ich mich beeile, bin ich in zwei Stunden zu Hause. Dort kann ich abwarten, bis sich alles wieder beruhigt hat. So schlecht geht es mir nicht, und bald wird es mir noch besser gehen. Bald gibt es den Durchbruch. Mein Agent versichert mir, dass alles sehr gut aussieht.»

Wir traten zusammen wieder auf die Straße.

«Ich glaube, ich muss nach links», sagtest du.

«Und ich nach rechts. Wenn ich aufwache, hat das alles vielleicht gar nicht stattgefunden.»

«Wie kann ich dir jemals das Geld zurückgeben?»

«Schreib mir deine Adresse auf. Ich komme und hole es mir wieder, sobald ich kann.»

«Du bist seltsam, Ray. Wenn du überhaupt so heißt.»

«Ich würde dich gern ein Stück Weg begleiten.»

«Wenn wir uns wiedersehen. Dein Großvater durfte auch nicht schon am ersten Abend mit Giuseppina mit. Ich habe eine Nähmaschine zu Hause, die du herumtragen könntest. Wenn du mich wirklich in Rumänien besuchst, erzähle ich dir meine Geschichte und die meiner Mutter. Übrigens, die Antwort ist: Nein!»

«Die Antwort worauf?»

«Darauf, ob ich Kinder oder Familie habe. Ich bin allein. Solange ich mich erinnern kann, bin ich allein.»

Achtes Kapitel

Ich werde dir die ganze Geschichte erzählen, Tanti Maria, obwohl ich nicht weiß, wie viel du dir noch merken kannst. Als ich um die nächste Ecke an der Fifth Avenue abgebogen und einen Häuserblock gegangen war, habe ich plötzlich bereut, sein Geld angenommen zu haben. Ich lief, so schnell ich konnte, zur 13th Street zurück, in der Hoffnung, ihn noch einzuholen. Als ich wieder vor dem Theater stand, merkte ich, dass drinnen Licht brannte, und trat ans Fenster.

Da sah ich ihn, wie er aus einigen Möbelstücken im Foyer eine Art Paravant zusammenschob und sich einen Schlafplatz baute. Dann zog er sich aus, legte sich auf eine Matratze und deckte sich mit seiner abgewetzten Jacke zu. Das letzte Bild von ihm, das ich mit nach Tulcea nahm, war das seiner zuckenden Finger.

Immer und immer wieder werde ich dir erzählen, wie ich durch New York wanderte, wie die Welt zusammenbrach und wie ich Ray traf, obwohl du das alles seit meiner Rückkehr schon hundert Mal gehört hast. Ich werde deine blutenden Wunden reinigen und verbinden. Ich werde die Kruste von deinen Fußsohlen abschaben und sie eincremen. Ich werde deine fingerlosen Hände, dein Gesicht, dem die Nase fehlt, waschen. Ich werde dir dabei wehtun, es geht nicht anders. Und ich werde dir erzählen.

Ich werde deine welke Haut massieren und dir, wenn

du wieder einmal frierst, einen zweiten Pullover und dicke Socken überziehen. Ich werde dich ins Esszimmer und dann wieder ins Bett zurückbringen oder dich auf die Bank vor deinem Haus setzen, damit du die Blumenbeete anschauen kannst. Du bist so leicht geworden, dass es mir gar keine Mühe macht, dich zu tragen. Ich werde bis zum letzten Bus warten, um nach Tulcea zurückzukehren. Du hast genug für Mutter getan, jetzt ist es an der Zeit, dass man etwas für dich tut.

Auch wenn du es schon oft gehört hast, sagst du, du kannst dich nicht satthören, wie ich in New York einen Platz für Mutter gesucht habe. Wie ich den Himmel voller Wolkenkratzer gesehen habe. Sie wachsen dort wie mächtige, kalte Eiszapfen in prähistorischen Höhlen. Die Menschen liegen darin übereinandergestapelt und üben für den Tod. Sie sind schon auf halber Strecke nach oben, aber genauso weit ist es bis nach unten. Sie sind effizient, sie wollen keine Zeit verlieren. Von dort aus kann man gleich schnell emporsteigen oder zur Hölle fahren.

Ich werde immer hier sein, wenn du mich brauchst. Du musst dich nicht fürchten. Ich werde dir von Berl-Paddy-Pasquale-Großvater erzählen und von Giuseppina, die du inzwischen so liebst, weil sie daran glaubte, dass etwas getan werden muss. Seit meiner Rückkehr vor zwei Jahren habe ich gelernt zu erzählen, findest du nicht? Du kannst dich sogar in die Figuren meiner Erzählungen verlieben, so, wie ich mich in sie verliebt habe, als Ray geredet hat. Dieser naive Mann voller Einbildungen und mit dem Herz eines Kindes, der sich einfach schadlos halten will.

Ich sitze oft in Tulcea im Internetcafé. Internet ist etwas, was du nicht kennst, aber es erlaubt einem, etwas über die Welt zu erfahren, was sonst nicht möglich wäre, wenn man hier in dieser entlegenen Stadt lebt. Wenn ich nicht bei dir bin, dich nicht wasche, anziehe und füttere, dir nicht aus den Büchern aus der kleinen Bibliothek im Aufenthaltsraum vorlese, wenn ich nicht in der Kleiderboutique arbeite, sitze ich im Internetcafé und lese alles, was ich finden kann, über New York und über all die Stars, von denen ich zum ersten Mal in Rays Erzählungen gehört habe. Es ist, als ob ich ihn suchen würde.

Aber du brauchst keine Angst zu haben, dass ich ihm nach Amerika folgen werde und du wieder allein bleibst. Obwohl er die wärmsten Augen hat, die ich kenne. Wenn er lacht, hat die ganze Welt darin Platz. Er lacht viel, aber er weint zu wenig, deshalb traue ich ihm nicht so ganz. Viele Männer habe ich nicht gehabt, genau genommen gar keinen, aber ihr Lachen habe ich immer studiert. Ihre Münder, die ich küssen wollte und die ich mir dann doch verbot.

Er ist vor zwei Wochen an der Promenade in Tulcea aufgetaucht. Ich habe ihn von Weitem kommen sehen und habe meinen Augen nicht getraut. Ich hängte Wäsche auf den Balkon, denn die Sonne war nach einem heftigen Sturm wieder aufgetaucht. Die Menschen spazierten im milden Abendlicht die Donau entlang. Ich blickte auf und sah eine Erscheinung, wie sie für unsere Stadt nicht seltsamer hätte sein können.

Ray kam in Frack und Zylinder am Ufer entlang, und in der einen Hand hielt er seinen Koffer. Er tänzelte mit solcher Leichtigkeit durch die Menschenmenge, als ob er federleicht wäre. Dabei hat er einige Kilos zu viel, das kann man ihm deutlich ansehen. Manche lachten ihn aus, andere traten verwundert beiseite, die meisten aber beklatschten seine Vorstellung.

Immer wieder blieb er stehen und sang, manchmal trug der Wind auch Fetzen seiner Lieder bis zu mir. Dann warf er den Stock in die Höhe, nahm den Zylinder ab und verbeugte sich, wie wenn er auf der wichtigsten Bühne der Welt gestanden hätte und vor dem auserlesensten Publikum aufgetreten wäre. Zum Schluss hielt er den Hut hin, und die Leute warfen Scheine hinein. Die Menschen mögen ihn, er scheint direkt aus dem Fernsehen gestiegen zu sein.

Er überquerte die Strada Isaccei, blieb direkt unter meinem Balkon stehen und schaute hoch.

«Siehst du? Es funktioniert doch», sagte er schwer atmend.

«Was tust du hier?», fragte ich ihn lachend.

«Ich komme, um mir mein Geld wiederzuholen. Und du schuldest mir noch deine Geschichte. Komm runter, lass uns an der guten, alten Donau spazieren gehen.»

Am Abend wurde in unserem lokalen Fernsehsender ein Bericht über ihn ausgestrahlt. Es geschieht nicht viel in unserer Stadt, man ist immer froh über etwas für die Rubrik «Besondere Ereignisse», zwischen dem Donaupegel und den Autounfällen des Tages. «Ein Amerikaner in Tulcea», kündigte die Moderatorin den Bericht an, so, wie man früher die Ankunft des Zirkus bekannt gab.

«Er bringt den Geist Amerikas zu uns. Er nennt sich ‹Der Mann, der das Glück bringt› und wird täglich bei schönem Wetter an der Promenade auftreten», sagte sie. «Er ist der Imitator großer Stars und deshalb auch selbst ein Star, ein Sänger und Tänzer mit Stil. Eine Kostprobe davon hat er uns heute schon gegeben. Die Zuschauer waren begeistert. Er tanzt wie Fred Astaire, tritt auf wie James Cagney und singt wie Frank Sinatra. Auf die Frage, ob er auch lebende Stars imitiert, die wir vielleicht besser kennen, hat er kurz überlegt und dann keck geantwortet: ‹Die Toten können mich wenigstens nicht verklagen.› In seinem Land ist er immer vor vollen Häusern aufgetreten. Wir haben ihn gefragt, was er denn in Tulcea suche. Seine Antwort:

‹Eine Frau.›

‹Sie werden hier einige Frauen finden, die Ihnen nach Amerika folgen wollen›, erwiderte die Reporterin.

‹Wer sagt, dass ich mit ihr nach Hause will? Ich suche eine ganz bestimmte Frau. Ich bin seit einem Monat in Rumänien. Ich habe mich von Bukarest bis Timişoara durchgetanzt, aber dort war sie nicht mehr. Ihre Nachbarn haben mir gesagt, dass sie vor zwei Jahren nach Tulcea gezogen ist, und mir ihre neue Adresse gegeben. Also habe ich weiter getanzt und gesungen, bis ich hier bei Ihnen angekommen bin.›

Ray riss der Moderatorin das Mikrofon aus der Hand.

‹Elena, siehst du mich? Ich bin hier. Ich bin unterwegs zu dir!›»

Ich war sprachlos. Zwischen New York und Tulcea gibt es viel aufregendere Frauen als mich, aber er hatte diesen Weg nur für mich auf sich genommen. Wer kann schon sagen, was sich im Kopf eines Mannes abspielt? In einem Augenblick denkt man gar nichts, im nächsten lauter Unsinn und dann wieder die schönsten Geschichten.

Als er den Bericht sah, sprang er auf und wollte mit mir durchs Zimmer tanzen. «Ich beginne, dein Land zu mögen. Ich bin einen Monat hier, und schon bin ich im Fernsehen. In New York ist mir das nach so vielen Jahren immer noch nicht gelungen. Aber wer will schon den Broadway, wenn er Tulcea haben kann?»

Ray hielt sein Versprechen. Jeden Nachmittag packte er seine Requisiten, seine Schnauzbärte, Hüte, Stöcke, Handschuhe und Brillen in einen Koffer und ging damit auf die Promenade. Mütter mit ihren Kindern, Liebespaare, Fischer, die auf eine Gelegenheit warteten, um zurück in ihr Deltadorf zu fahren, zwielichtige, bullige Männer in Trainingsanzügen, die in besonderen Geschäften unterwegs waren, Marktfrauen, Werftarbeiter, Bettler, hungrige Zigeunerkinder, herrenlose Hunde und einige Ausflügler, die sich bis ans Ende der Welt gewagt hatten, sie alle waren sein Publikum.

Er schien unter ihnen seinen Ort gefunden zu haben und das Gewimmel, den Rausch, die Möglichkeiten der Großstadt, aus der er stammte, nicht zu vermissen. Sogar die schweren Jungs applaudierten und legten ihm einige Scheine in den Zylinder. Wir sind es nicht gewohnt, dass die Amerikaner zu uns kommen, sondern dass wir uns zu ihnen hinträumen.

Mit dem Geld, das er verdiente, kaufte er Brot, Milch, Eier, einfach das, was ich ihm auftrug. Man begrüßte ihn inzwischen mit Freude, denn die Stadt hatte ihn adoptiert. Das beste Hotel vor Ort bot ihm an, bei Hochzeitsfesten aufzutreten, und eine Taxigesellschaft bat ihn, mit seinem Gesicht werben zu dürfen. Es dauerte nicht lange, und man sah auf den Taxis der Stadt einen Aufkleber mit Rays strahlendem Gesicht, den Zylinder schräg über der Stirn. «Sogar der Mann, der das Glück bringt, fährt mit uns!»

In seiner Nähe fühlte ich mich leicht und befremdet zugleich. Ein rumänischer Mann wäre bestimmt nicht mit mir durch das Zimmer getanzt, aber er hätte meine Ciorba und Sarmale gegessen und Ruhe gegeben. Um wie viel einfacher wäre es gewesen!

Ich führte ihn durch die ganze Stadt, aber das war schnell erledigt. Wir liefen die Strada Gloriei bis zum Heldenmonument hinauf und blickten weit ins Delta hinaus. Über löchrige Schotterstraßen sind wir wieder hinuntergeeilt, verfolgt von einer Hundemeute, die sich von seinen Liedern nicht beruhigen ließ.

Ich habe sogar einen Fischer bezahlt, damit er uns mit dem Motorboot tief ins Delta fährt. Deshalb konnte ich die letzten Tage nicht nach dir schauen, und du hast Angst gekriegt, ich könnte dich aufgegeben haben. Ich werde dich nie aufgeben, darauf kannst du dich schon mal einstellen.

Vor einigen Tagen habe ich ihn verletzt. So sehr habe ich ihn verletzt, dass er wieder weggehen wollte. Er hatte sein Gepäck schon vor die Tür gebracht. Er hat mich bedrängt, eine Umarmung eingefordert und Küsse auch. Andere Frauen wären geschmeichelt gewesen, aber nicht ich. Er wollte wieder in meinem früheren Leben, in meiner Geschichte herumstochern. Er wollte sich Platz machen bei mir, es sich gut einrichten. Er dachte vielleicht, die kleine Rumänin solle doch dankbar sein, dass ein Amerikaner ihretwegen um die halbe Welt reist. Aber du kennst mich inzwischen ganz gut, auf so etwas lasse ich mich nicht ein. Niemand darf mich bedrängen.

«Wieso gibst du keine Ruhe? Ich frage dich auch nicht, wieso du allein bist?», fragte ich ihn. «Was du mit deinem Leben getan hast, dass du im Foyer eines Theaters schläfst und in einem fast leeren Saal diese unmöglichen Shows machst? Leute imitieren; wer kommt schon auf so etwas?»

«Das darfst du nicht sagen. Ich hatte eine Karriere.»

«Du hattest keine Karriere. Du ahmst einfach Leute nach, das ist alles. Aber wer bist du wirklich? Wofür stehst du ein? Ich weiß es nicht. Und es ist nicht wahr, dass es nur eine vorübergehende Flaute ist, wenn niemand dich sehen will. Was du tust, ist liebevoll, aber es interessiert niemanden mehr. Hör auf, das zu tun, was dein Großvater schon nicht tun konnte! Hör auf, sein Leben zu leben! Lass ihn sterben. Geh weiter, Ray. Geh einfach weiter.»

Er lief unruhig in meiner Wohnung umher.

«Red nicht so mit mir! Die Säle waren immer voll, in Las Vegas, in Atlantic City.»

«Was waren das für Auftritte?»

«Ich habe Kongresse eröffnet, von Ärzten und Anwälten oder von Autoverkäufern. Ich habe Konzerte eröffnet, Themenparks, Discotheken, Parkhäuser, Restaurants, Hotels. Ja, das darf nicht jeder tun. Ich habe für Juden in Miami gespielt und für Iren in Chicago. Ich habe Amerika gesehen. Ich habe ein Leben gehabt.»

«Du warst eine kurze Abwechslung vor dem Nachtisch, Ray. Viele sind im Leben anderer eine kurze Abwechslung vor dem Nachtisch.»

«Und was ist schlecht daran?»

Ich atmete aus.

«Nichts. Nichts ist schlecht daran. Es ist nur, dass ich gelernt habe, mir nichts vorzumachen. Es tut mir leid. Ich weiß, dass ich manchmal zu schroff bin.»

«Du hast deine Mutter in die Abstellkammer verbannt. Ich habe das Einmachglas dort gesehen.»

«Ja, ich weiß.»

Ich ging vor die Tür und holte seinen Koffer wieder in die Wohnung. Er legte den Kopf in meinen Schoß. «Wir streiten uns schon wie ein altes Paar», murmelte ich.

«Was willst du von mir?»

«Deine Geschichte, nicht die deines Großvaters. Wer war denn dein Vater?»

«Erst musst du von deiner Mutter erzählen.»

Ich strich ihm durch die Haare und dachte: Ich hatte bisher weder Kind noch Mann. Jetzt habe ich beide in einem.

Ich fühlte mich eingeengt zwischen Mutters Asche in der Abstellkammer und Ray im Wohnzimmer. Es war an der Zeit, Mutter zu ihrem Mann zu bringen, meinem Vater, über den ich fast gar nichts wusste. Sie nach Hause zu tragen und sie endlich zu bestatten; obwohl ich mir nicht so sicher war, wessen Asche im Glas steckte und sich mit der rumänischen Erde vermischen würde.

Vorgestern nahmen wir in aller Frühe das Schiff nach Sulina. Ich dachte, das sei der beste Ort, um ihm von Mutter zu erzählen. Während der ganzen Fahrt sprach er kein Wort, sondern starrte nur auf die endlose Reihe von Pappeln und Weiden am Flussufer.

War Sulina schon zu Mutters Zeiten eine fast vergessene Stadt gewesen, so ist sie jetzt noch tiefer in Vergessenheit geraten. Heutzutage stehen an den Kais rostige Kräne und Schiffe, die seit Jahrzehnten den Anker nicht mehr gelichtet haben. An den Plattenbauten bröckelt der Verputz ab, und die Kirchen müssen abgestützt werden, damit sie nicht einstürzen. Der Glaube steckt in Sulina in einem Korsett aus Holz und Eisen.

Wir suchten gemeinsam das Haus, in dem Mutter gewohnt hat, aber die Sanddünnen haben es unter sich begraben. Wir suchten auch den Platz auf, wo Ahile seinen Friseurladen hatte, aber von ihm war keine Spur mehr zu sehen. Wir gingen auf den Friedhof, wo Mutter sich versteckt hatte. Die Toten waren als Einzige noch da. Auf sie ist immer Verlass. Während der ganzen Zeit war Ray still und aufmerksam und kam kein einziges Mal auf die Idee, irgendwen unterhalten zu wollen. Obwohl die Menschen, die dort leben, es so dringend bräuchten.

Mich hatte der Mut verlassen, ich zögerte den Augenblick, in dem ich mit Mutters Geschichte herausrücken würde, immer weiter hinaus. Zum Schluss spazierten wir über den Damm, von dem aus Mutter die Wachteln beobachtete hatte, wie sie gegen den Leuchtturm flogen. Eine Schute mit einer Schaufel war da, die im Eingeweide des Wasserstroms wühlte. Die den ewigen Kampf zwischen Fluss und Mensch fortsetzte, der niemals aufhören durfte, solange die Menschen an der Mündung des Flusses leben wollten.

Ich erzählte ihm alles, was ich von dir über sie erfahren habe, auch das, was eigentlich nicht zu erzählen ist. Das, was ich seit meiner Jugend sogar vor mir selbst versteckt hatte.

Denn ich habe immer schon gewusst, Tanti Maria, wer meine Mutter war, nicht erst durch deinen Brief davon erfahren. Irgendeiner der Menschen, bei denen ich gewohnt habe, hat es mir erzählt. Vielleicht der Arbeiter, als er betrunken nach Hause gekommen ist. Oder der Professor, weil ich zu widerspenstig war. Ich war nie besonders umgänglich, besonders dankbar, also wurde ich immer weitergereicht. Einer von ihnen nannte mich schließlich «Tochter eines Monsters». Und für das habe ich mich dann auch gehalten.

Ich hätte viel früher kommen können und habe es nicht getan. Ich habe mich meine ganze Jugend über nach ihr gesehnt und mich gleichzeitig vor ihr geekelt. Ich habe sie aus der Ferne geliebt und sie trotzdem bestrafen wollen, weil sie mich weggegeben hat. In meinen Augen war es so: Sie hat mich weggegeben. Kannst du das verstehen?

Ich habe mich gehasst, weil ich glaubte, die Lepra in mir zu haben, obwohl die Ärzte mir versicherten, dass ich gesund bin. Ich ließ keinen Mann an mich ran, ich war so hart zu ihnen, dass sie nach kurzer Zeit wieder aufgaben. Ich wollte nichts riskieren.

Als ich deinen Brief erhielt, wusste ich, dass ich mich beeilen muss, sonst würde ich sie nicht mehr lebend sehen. Sie mich aber auch nicht. Deshalb habe ich meine Abreise hinausgezögert. Ein Teil von mir eilte ihr entgegen, ein anderer wollte sie bestrafen. Ich bin Stunde für Stunde und Tag für Tag wie in einem Käfig in der Wohnung hin und her gelaufen, habe geraucht, ferngesehen, bin zur Arbeit gefahren, habe gegessen und geschlafen. Ich war froh, dass ich mich endlich rächen konnte. Hörst du? Ich war froh. So ist es, und ich kann es nicht mehr ungeschehen machen.

Jetzt hat mir Gott, das Schicksal, oder – wie Rays Großvater sagen würde – «das Timing» einen Mann geschickt, der sich untypisch für seine Gattung verhält. Er lässt sich nicht abschütteln. Ich wollte, dass er das alles weiß, sonst ist kein Anfang möglich. Oder ich wollte ihn verscheuchen. Er sollte endlich händeringend wieder nach Amerika verschwinden.

Er aber hörte sich alles geduldig an und sagte dann, anstatt sich umzudrehen und das Weite zu suchen, wie ich es befürchtet hatte – oder erhofft –, ganz leise: «Und wann schlafen wir miteinander?» So einer ist er. Er bringe das Glück in die Welt, behauptet er, und hat vielleicht sogar recht damit. Um ihn abzulenken und um Zeit für eine gute Antwort zu gewinnen, bat ich ihn, mir von unserer Nacht in Manhattan zu erzählen.

«Ich erinnere mich gut an den Anschlag, aber bin mir

gar nicht mehr sicher, was ich danach erlebt habe. So durcheinander war ich», sagte ich.

«Du warst unter Schock. Es ist ein Wunder, dass du überlebt hast.»

«Fang einfach an.»

«Das trifft sich gut, denn das ist auch der Beginn unserer gemeinsamen Geschichte.»

Auf dem Damm in Sulina tauchten die 13th Street wieder auf, das Theaterfoyer und das Bild von mir, wie ich dort mit Asche bedeckt stand. Er erwähnte, wie ich das Einmachglas an die Brust gedrückt und wie ich plötzlich zu schreien begonnen hatte. Jedes Mal, wenn ich ihn ungeduldig unterbrechen wollte, sagte er: «Gleich bin ich bei dem Augenblick, in dem ich mich in dich verliebt habe. Nur noch ein bisschen Geduld.» So einer ist er.

Während er erzählte, sah ich ihn aufmerksam an und merkte, wie gut er mir gefiel. Wir haben deswegen das Abendschiff zurück nach Tulcea fast verpasst, aber die besagte Stelle kenne ich noch nicht. Er will sie mir das nächste Mal verraten. Das kann bei ihm ein paar Jahrzehnte dauern.

Jetzt bist du bereit fürs Bett, Tanti Maria. Du bist so schön wie die Madonna. Ich kämme dich noch und bringe dir ein Glas Wasser für die Nacht. Später schaut die Krankenschwester vorbei, falls du noch etwas brauchen solltest. Ich muss bald los, um den letzten Bus zurück in die Stadt zu erwischen. In ein paar Tagen besuche ich dich wieder und bringe ihn mit. Das muss er auch noch miterleben.

Gestern Abend habe ich Ray nach allen Regeln der Kunst bekocht. Noch nie ist ein Mann bei mir in den Genuss solcher Speisen gekommen. Noch nie habe ich überhaupt für einen gekocht. Als er satt und zufrieden neben mir über die Promenade lief und wir beide – wie die halbe Stadt – die Kühle des Abends nach einem warmen Sommertag genossen, erzählte ich ihm von meinem Plan, ihn in die Kolonie mitzunehmen. Wieder reagierte er anders, als ich es erwartet hatte.

«Ich dachte, du wirst es gar nicht mehr vorschlagen.»

«Hast du keine Angst? Ekelt es dich nicht an?»

«Ich werde ihnen die beste Show liefern, die sie je gesehen haben.»

«Sie haben noch nie eine Show gesehen.»

«Dann wird meine die erste sein. Sie haben es verdient, ein wenig zu lachen.»

«Es sind einfache Leute, Ray. Es genügt ihnen, wenn du erzählst, wer du bist, wie man in Amerika lebt, wie dein Leben gewesen ist. Sie geben sich mit wenig zufrieden.»

«Wieso wenig, wenn man viel haben kann?»

Ich blickte aufs Wasser. «Du brauchst dich nicht so anzustrengen.»

«Du meinst … gar keine Show?», fragte er enttäuscht.

«Ein wenig Show, wenn du willst.»

«Was kann sie schon an mir interessieren?»

«Alles.»

«Ich wüsste nicht einmal, wo anfangen.»

«Fang bei deinem richtigen Namen an. Ist Ray dein richtiger Name? Wir leben praktisch seit über zwei Wochen zusammen, und ich weiß immer noch nicht, wie du wirklich heißt. Hast du auch zwei, drei Vornamen für jede Lage, so, wie dein Großvater? Hast du einige Leute auf dem Gewissen, wie er? Wartest du nur darauf, um mich zu …»

An seinem Gesichtsausdruck sah ich, dass ich das Falsche gesagt hatte, und bereute es sofort.

«Er war kein Mörder, das habe ich dir schon mal gesagt. Er war vierzehn oder fünfzehn Jahre alt, als der Spuk begann.»

«Und siebzehn oder achtzehn, als der Spuk zu Ende war. Er hätte zur Polizei gehen können... Oder davonlaufen und nicht mehr zurückkehren.»

«Nein, das konnte er nicht! Das verstehst du nicht!» Er schwieg und kämpfte mit sich selbst. «Seit zwei Wochen bin ich hier», fuhr er endlich fort. «Du gefällst mir, so jemanden wie dich habe ich noch nie getroffen. Wir sind nicht mehr jung, deshalb will ich nicht leichtfertig sein und einfach wieder gehen. Ich bin immer noch hier, obwohl du es mir nicht gerade leicht machst. Obwohl du mir deine Geschichte erzählt und dir sicher dabei gedacht hast, dass ich dann davonlaufe. Aber ich bin hier und warte immer noch darauf, dass du in meine Arme kommst.»

Was soll man da noch sagen, Tanti Maria. So ist er eben. Er ging in sein Zimmer und zog kräftig die Tür hinter sich zu. Ich legte meine Hand auf die Türklinke, wartete einen Augenblick, aber ich drückte sie nicht herunter. Bis ich endlich einschlief, hörte ich seine unruhigen Schritte nebenan. Es muss längst nach Mitternacht gewesen sein, als ich plötzlich aufschreckte. Er stand neben meinem Bett mit einem Kissen in den Armen und schaute mich an.

Ich dachte: Wenn ich jetzt sterben muss, habe ich meinen Auftrag nicht erfüllt. Er hielt sich am Kissen fest, als ob er sonst umfallen würde. Im schummrigen Licht der Straßenlampe wirkte er wie eine Figur aus einem seiner Filme. Er muss mein Entsetzen bemerkt haben, denn er flüsterte: «Ich bin es nur.» Aber gerade das war es, was mir Angst machte. Er setzte sich auf die Bettkante.

«Ich habe Großvater oft gefragt, wieso er nicht weggelaufen ist, aber er ist immer ausgewichen. Eines Tages, als er schon sehr schwach war und merkte, dass er bald sterben werde, schickte er Mutter nach mir. Er hob den Kopf ein wenig aus dem Kissen und flüsterte mir leise ins Ohr: ‹Er war mein Vater.›» Ray machte eine Pause.

«Verstehst du jetzt? Der Kapitän war nicht irgendein Lump, sondern sein Vater gewesen. Als er damals am Hafen stand, schaute er nicht einfach irgendeinem Schiff zu, sondern einem, auf dem sein Vater das Kommando hatte. So ist das.»

«Mein Gott, sein eigener Vater? … War alles erlogen?»

«Erlogen? Nein. Für ihn war es wahr. In der Erinnerung ist immer alles richtig. Wer will schon die wahre Geschichte, wenn es doch auch eine spannendere gibt?»

«Ich. Ich will sie.»

«Lass mich neben dich.»

Ich hob die Decke an und machte ihm Platz. Wir flüsterten wie Kinder, die sich nachts, wenn die Welt selbstvergessen schläft, unter der Bettdecke Geheimnisse anvertrauen.

«Was ist deine früheste Erinnerung?», fragte ich ihn.

«Das Fernsehen! Das Fernsehen ist ungefähr zusammen mit mir geboren worden. Wir haben beide dasselbe Alter: fünfzig. Das Fernsehen ist vielleicht ein oder zwei Jahre älter. Die Künstler, die Großvater am Anfang des Jahrhunderts auf den Bühnen der Stadt erlebt hatte, sah ich im Flimmerkasten als alte Männer und Frauen. Kaum war ich geboren, saß ich schon vor dem Kasten und lachte den Bildschirm an. Und der Bildschirm lachte zurück.

Ich muss fünf oder sechs Jahre alt gewesen sein, und obwohl ich nicht viel verstand, was sich da abspielte, war ich in einer Stimmung aus Leichtigkeit und Heiterkeit eingetaucht. Großvater erwachte nur während der Colgate Comedy Hour oder der Ed Sullivan Show aus seiner Lethargie. Laut und vergnügt begrüßte er die Stars, als wären sie alte Bekannte. Davor und danach verfiel er wieder in sein Schweigen.

Jimmy Durante eröffnete seine Show immer mit den gleichen Worten: ‹Good evening, folks!› Großvater aus seinem Rollstuhl und ich antworteten im Chor: ‹Guten Abend, großer Schnozzola!› Die ersten Lieder, die Großvater mir beibrachte, waren Durantes Songs. Heute noch kann ich mich an einige Zeilen erinnern:

Give my regards to Broadway
Remember me to Herald Square
Tell all the gang at Forty-Second Street
That I will soon be there
Whisper of how I'm yearning
To mingle with the old time throng …

Say hello to dear old Coney Island
If there you chance to be
When you're at the Waldorf, charge it up to me
Wish you'd call on my gal
Old pal, when you get back home
Give my regards to Broadway and say that I'll be there ever long. …

Vom Fernsehen gingen Ruhe und Frieden aus, aber auch eine erheiternde Aufregung. Großvater sagte immer: ‹Junge, egal, wie dreckig es dir am Tag ergangen ist, am

Abend kannst du dieses Gerät einschalten, und du hast Durante, Eddie Cantor oder Milton Berle im Haus. Du schläfst immer mit einem Lächeln auf den Lippen ein.›

‹Aber du lächelst doch kaum, Großvater›, sagte ich.

‹Doch, kurz vor dem Einschlafen lächle ich immer. Aber dann schläfst du schon längst.›

Mutter war oft im anderen Zimmer beschäftigt, doch manchmal, wenn sie keinen Besuch hatte, stieß sie zu uns. Wir hatten eine kleine Wohnung in einem Backsteinhaus direkt am Fuß der Manhattan Bridge. Es war eines der wenigen alten Mietshäuser, die aus Großvaters Kindheit noch erhalten waren. Die Straßenzüge waren noch da und trugen dieselben Namen wie früher, aber die meisten Gebäude waren abgerissen worden, wie wenn sie als Filmkulisse gedient hätten. An ihrer Stelle hatte man Two Bridges errichtet, ein Viertel aus braunen, hohen Wohnblöcken, in deren Schatten wir lebten.

Der Unterschied zwischen uns und den anderen war, dass wir es nicht geschafft hatten, in eine der neuen Wohnungen oder in ein schmuckes Haus an der Peripherie zu ziehen, nach Queens oder Long Island. Wir hatten kein Auto, wir fuhren nicht am Wochenende ans Meer. Wir waren mitten in Manhattan stecken geblieben. Aber wir hatten einen Fernseher, den einer von Mutters Kunden ihr geschenkt hatte. Mutter hatte Kunden, die sich so etwas leisten konnten. Wir saßen davor und wippten mit dem Fuß, wie alle anderen. Wir waren ein Volk von Fußwippern geworden.

Ich habe meine Kindheit damit verbracht, mir vorzustellen, wie Großvater im Augenblick des Einschlafens lächelte. Währenddessen ratterte die U-Bahn über uns auf Brooklyn zu, zwischen den einzelnen Zügen lag das Vier-

319

tel still da, und nur wenige Hundert Meter entfernt zog der verschwiegene East River vorbei.

Ich erinnere mich auch, wie ich sieben oder acht Jahre alt bin, und Mutter stellt mich auf einen Tisch in der Küche, weil sie einen ihrer Kunden empfängt. Sie hat herausgefunden, dass ich gut und gerne singe. Sie droht: ‹Du bleibst hier stehen und singst, so laut du kannst. Wenn ich dich nicht mehr höre, komme ich raus und verprügle dich.› Jetzt bist du dran.»

«Ich bin sechs oder sieben und bastle ein Schiff. Ich schreibe an den Bug meinen Namen: Elena. Ich bringe es zur Donau und setze es aufs Wasser. Ich hoffe, dass es auf die andere Seite schwimmt. Dort, wo ich mir einbilde, dass meine Eltern wohnen. Jetzt bist wieder du an der Reihe: Wer ist dein Vater?»

Er schwieg einige Zeit.

«Ein Kunde meiner Mutter. Der mit dem Fernsehgerät. Er ist danach nie wieder aufgetaucht. Aber ich habe ihn auch nie vermisst. Ich hatte Großvater. Und jetzt du: Von all den Orten, an denen du gewesen bist, wo ist es dir am besten ergangen?»

«Bei der Bäuerin. Sie hatte keine Worte. Sie konnte eine Woche, sechs Monate, ein Jahr lang nicht reden. Das hat mir gefallen, denn auch ich konnte gut schweigen. Wie ging dein Leben weiter?»

«Die zweite Hälfte der Sechziger – von meinem fünfzehnten oder sechzehnten Lebensjahr an – und einen großen Teil der Siebziger habe ich am Washington Square verbracht. Großvater sagte immer: ‹When you go to Washington Square, don't forgetta watta mess you walk on›, und hat mich so an die vielen Toten erinnert, die dort begraben liegen. Ich mischte mich unter das Volk und

suchte in der Menge der Banjo-, Gitarren- und Flöten-
spieler, der Folk- und Bluesmusiker mein Glück als Sänger
und Imitator.

Ich stellte den Hippiemädchen nach, aber ich hatte
wenig Erfolg, denn ich trug Anzüge, die auch mein Großvater hätte tragen können, dazu Filzhut und weiße Handschuhe. In meinem Repertoire kamen nicht der Vietnam-
krieg vor, nicht die Bürgerrechte, nicht die Songs von Joan
Baez, Pete Seeger, The Clancy Brothers oder von Bob
Dylan, es waren nicht die Rechte der Schwarzen oder die
Wut auf Nixon, die mich umtrieben, sondern Lieder von
Tony Bennett, Perry Como oder Nat King Cole. Irgendetwas mit viel Herz.

Ich stellte mich vor die Sitzbänke oder vor die im Gras
liegenden Paare und fragte: ‹Wer ist euer Lieblingsschau-
spieler der Fünfziger? Oder euer Lieblingssänger?› Manche lachten mich aus, andere fragten zurück: ‹Bist du nicht
zu jung für die Fünfziger?› ‹Irgendwo muss man ja anfangen›, erwiderte ich. ‹Dann fang doch bei The Kinks oder
bei Jefferson Airplane an!› Ich grinste sie an, denn das war
ihre Welt, nicht meine. Ich wollte genau dort anfangen, wo
mein Großvater aufgehört hatte. Und das war viel, viel
früher. Ich schätze, ich war schon damals aus der Zeit
gefallen.

Die Siebziger waren furchtbar in New York. Jede Nacht
brannten Häuser, und es gab Tote, überall standen Abfall-
berge. East Side wirkte wie verlassen. Man dachte, dass die
Stadt nicht mehr zu retten sei. Wer es sich leisten konnte,
verließ sie. Für manche war es eine aufregende Zeit, aber
ich demonstrierte nicht gegen Vietnam, ich fluchte nicht
über Nixon, mir waren die Frauenrechte egal, ich besetzte
keine Universitäten, ich trieb mich nicht an der Bleecker

oder der Macdougal Street, im Bitter End oder im Wha? herum. Großvater war tot, wir bekamen seine Rente nicht mehr. Mutter war zu alt, um noch allzu viele Kunden zu haben.

Ich hatte mich bei einer Schauspielschule beworben, aber man hatte mir nach einem Jahr gesagt, dass ich nicht interpretieren könnte, sondern nur imitieren. Wir waren arm, ich musste Geld verdienen. Zuerst arbeitete ich im Kühlraum einer Fleischerei im Meatpacking District. Von zwei Uhr nachts bis sieben Uhr morgens zerteilte ich Fleisch. Heute noch könnte ich es mit geschlossenen Augen tun.

Später fand ich Arbeit als singender Kellner am Times Square. Times Square war damals der reinste Abfall, die abgewracktesten Gestalten trieben sich dort herum. Ich machte im Wesentlichen das, was ich auch jetzt mache. Ich wohnte an der Sixth Avenue, gegenüber vom Jefferson-Frauengefängnis, und jeden Morgen, wenn ich todmüde nach Hause kam, standen an der Hauswand Männer Schlange, die mit ihren Frauen hinter den Gefängnismauern reden wollten.

Punkt sechs tauchten die Frauen an den Fenstern auf, dann ging es los. Ich lag im Bett und lauschte ihren Stimmen. Spanisch, Italienisch, Chinesisch, Englisch, die ganze Welt versammelte sich unter meinem Fenster. Ich verstand nur wenig von dem, was sie sagten. Die Männer erzählten wohl über die Kinder zu Hause, über ihre Arbeit, über die Familie. Die Frauen über ihre Sehnsucht, wieder bei ihnen zu sein. Das Erstaunliche aber war, dass sie trotz des Geschreis und des unbeschreiblichen Lärms die für sie wichtige Stimme herausfiltern konnten.

Ich erinnere mich an ein Paar, das sich nachts heißmachte. Sie rief ihm vom Zellenfenster aus alle möglichen Liebesworte zu, er antwortete von der anderen Straßenseite. Sie waren wie zwei hitzige Katzen. Die ganze Gegend lag wach und hörte ihrem Liebesspiel zu. Wie oft habe ich mich dabei angefasst und mich gemeinsam mit ihnen erregt? Und zusammen mit mir bestimmt hundert andere aus der Nachbarschaft. Nun ja, das waren andere Zeiten.»

«Und später? Was fällt dir noch ein?»

«Später? In den Achtzigern trat ich als singender Kellner in Orlando auf, in einem Themenrestaurant. Das Thema meines Restaurants war Nostalgie, und es befand sich zwischen einem, das dem Wilden Westen gewidmet war, und einem anderen, das eine Reise auf dem Mississippi versprach. Die Gäste nahmen Platz an langen Tischen, und ich erschien auf einem Balkon hoch über ihnen. Von dort schwang ich mich an einem Seil singend über ihre Köpfe hinweg und landete auf einem der Tische. Ich sang irgendein Lied, vielleicht so:

Catch a falling star and put it in your pocket
Never let it fade away
Catch a falling star and put it in your pocket
Save it for a rainy day
For love may come and tap you on the shoulder some starless night
Just in case you feel you want to hold her
You'll have a pocket full of starlight

Ich war knapp über dreißig, halb so alt wie die meisten Besucher, aber ich sang so gefühlvoll, dass manche weinten. Es war die beste Zeit ihres Lebens gewesen, über die ich sang, die Fünfzigerjahre, in denen ich erst geboren worden war. Eine Zeit, in der sie nicht nur von einem guten, satten, sicheren Leben träumen konnten, sondern es auch hatten. In der sie, so wie einst Großvater, Mutter und ich in unserer winzigen Wohnung in Two Bridges, Perry Como, Tony Bennett oder Bing Crosby im Fernsehen singen hörten.

Die Achtziger waren eine gute Zeit. Ich lebte in einem kleinen Haus außerhalb von Orlando, am Ufer des St. John's River. Wenn ich nicht sang, paddelte ich stundenlang durch das Flusslabyrinth. Und manche der alten Mädchen, die mir bei meinen Auftritten zuhörten, paddelten gerne mit. Jetzt bist du wieder dran: Wieso hältst du die Asche deiner Mutter in der Abstellkammer?»

«Weil ich mich noch nicht von ihr trennen konnte. Aber nun habe ich einen Entschluss gefasst.»

Heute Morgen hatte sich der Dunst noch nicht gehoben, als wir am Busbahnhof auf unsere Verbindung zur Kolonie warteten. Wir fuhren schweigend, mit dem einen Arm hakte ich mich bei ihm unter, und mit der anderen Hand hielt ich die Tasche mit dem Einmachglas fest. Er hatte den Koffer mit seinen Requisiten bei sich. Der Busfahrer ließ uns direkt an der Abzweigung aussteigen.

Je weiter wir uns von der Straße entfernten, desto leiser wurde der Lärm des Autoverkehrs, bis er endgültig verstummte. Der letzte Regenguss hatte tiefe Pfützen hinterlassen, die wir nicht umgehen konnten, und bald machten wir uns auch keine Mühe mehr damit, sondern platschten einfach mittendurch. Manchmal schreckten Vögel im Gebüsch auf, manchmal aber erschraken wir selbst.

Der Schotterweg steigt ein wenig an, dann fällt er steil ab. Auf den Pflanzen lag immer noch die Feuchte der Nacht. Ein Stück weit geht man durch dichteren Wald, dann folgen stachelige Gebüsche, die saure Beeren tragen. Man geht und geht und glaubt bald, die Orientierung zu verlieren: Man hört nur das Summen der Insekten und fragt sich, ob es die Welt überhaupt noch gibt.

Du kannst dich an den Weg, der aus der Kolonie zur Hauptstraße führt, nicht mehr erinnern, nicht wahr? Du hast mir einmal erzählt, dass du das Tal nie wieder verlassen hast. Nicht einmal, als du das gedurft hättest, nachdem man festgestellt hat, dass ihr nicht mehr ansteckend wart.

Ray und ich marschierten durch das offene Tor, und ich beobachtete ihn, um festzustellen, was in ihm vorging. Ob er zögerte oder gar kehrtmachen wollte. Er aber sah sich den notdürftig gepflasterten, kleinen Platz ganz genau an, die Blumenbeete vor dem niedrigen, langgezogenen Wohnhaus, die Küche, er ging sogar einige Schritte in den Aufenthaltsraum hinein. So ist er nun mal.

Die Krankenschwester sagte uns: «Sie sind alle sehr aufgeregt. Sie kriegen nicht jeden Tag solchen Besuch. Sie haben sich für den Amerikaner herausgeputzt. Ich habe weiter hinten, vor der Kirche, Stühle aufgestellt. Neun oder zehn werden genügen, die anderen bleiben lieber in ihren Zimmern liegen, aber sie wollen ihre Türen offen lassen, um ihm zuhören zu können. Auch Tanti Maria bleibt im Bett, sie ist zu schwach, um aufzustehen. Auf dem Weg dorthin können Sie bei ihr vorbeischauen, sie wird sich freuen.»

Da bin ich also. Ich habe Ray vorausgeschickt, später bringe ich ihn zu dir. Ich habe die Krankenschwester gebeten, ihn ein wenig herumzuführen, damit ich ein paar Minuten allein bei dir sein kann. Was möchtest du? Deine Stimme ist zu leise, sodass ich sie kaum verstehe.

325

Ich kann sie alle von hier oben gut sehen; die letzten Bewohner des Tals, die Letzten von denen, die ihr Leben hier gefristet haben. Sie tragen ihre schönste Kleidung und wirken so feierlich wie für einen Festtag. Vielleicht heben auch die Toten ihre Köpfe von den angrenzenden Hügeln, um einen guten Ausblick zu haben.

Ich kann Ray erkennen, aber er scheint nicht angewidert zu sein, nicht einmal erstaunt. Er wühlt in seinem Koffer herum und holt jetzt seinen Frack heraus. Er steckt ihn wieder rein, holt ihn wieder heraus.

Jetzt haben alle Platz genommen, Pascu erhebt sich, er ist doch der Jüngste und Kräftigste von euch allen. Ihm sieht man die Krankheit kaum an. Er könnte an einem Sonntagnachmittag in Tulcea auf der Promenade spazieren, und niemand würde es merken. Ein paar Finger kann man auch anders verlieren. Er nimmt den Hut ab und verbeugt sich feierlich.

«Wir möchten Ray herzlich willkommen heißen! Wir freuen uns, dass er ein wenig Amerika in unser Tal bringt.»

Jetzt setzt er den Hut wieder auf und schaut sich um.

«Die Ablenkung wird uns gut tun, sonst sitzen wir den ganzen Tag rum und starren in den Wald. Ray kann uns erzählen, wie man bei ihm zu Hause lebt. Er muss sich nicht beeilen, wir haben sehr viel Zeit. Wir sind geduldig. Wir sind vielleicht die geduldigsten Menschen der Welt.» Pascu macht eine kurze Pause. «Wir sind nie weit gereist, wir haben die Welt nicht gesehen. Ich kam nur einmal bis nach Tulcea, andere nicht einmal so weit. Aber lieber schweige ich jetzt und überlasse Ihnen die Bühne. Wir sind ganz Ohr.» Das Publikum lacht. Pascu ist verlegen, er wischt sich den Schweiß von der Stirn. «Wenn wir überhaupt noch Ohren haben.»

Ich muss gleich los und dich allein lassen, Tanti Maria, denn ich habe Ray versprochen, dass ich für ihn übersetze. Er braucht mich, ohne mich kriegt er das nicht hin. Bevor ich zu dir kam, hat er mich gefragt, was er sagen soll, und ich habe geantwortet: «Du hast die Wahl: dein Leben oder die Show.»

Er wollte die Entscheidung herauszögern und schlug vor, dass wir zunächst Mutter, und alle anderen, die im Glas sind, auf den Friedhof bringen, zu Vater. Aber das hat auch später noch Zeit. Wenn sie schon ein paar Jahre warten konnten, kommt es auf eine Stunde auch nicht mehr an.

Ray schließt seinen Koffer. Nun gehe ich, aber keine Angst, ich verschwinde nicht, ich tauche nicht ab, nicht mehr. Mit mir kannst du von jetzt an rechnen. Ich komme bestimmt wieder. Wenn du mich willst, hast du eine Tochter.

Kannst du dieses Geräusch hören, das durch das Tal brandet?

Der Applaus der stumpfen Hände ist ohrenbetäubend.

Danksagung:

Der Autor bedankt sich herzlich für die gewährte finanzielle Unterstützung bei der Stadt Zürich wie auch beim Kanton Zürich, der Landis & Gyr Stiftung und der Calwer Hermann-Hesse-Stiftung für die Aufenthaltsstipendien, die allesamt die Entstehung dieses Romans ermöglicht haben.

Ein besonderer Dank geht an das Kloster Kappel in Kappel am Albis, in dessen Bibliothek ein großer Teil des Buches entstand.

Die Literaturagentur Liepman, insbesondere Ronit Zafran und Marianne Fritsch, begleitet den Autor seit nun vielen Jahren, geduldig und beharrlich, mit Rat und Tat. Ein großes Dankeschön dafür geht ganz besonders an sie.